CUERPO EXTRAÑO

WITHDRAWAL

RobinCook
CUERPO EXTRAÑO

Traducción de **Manu Viciano**

Título original: *Foreign Body*

Primera edición: mayo, 2009

© 2008, Robin Cook
  Todos los derechos reservados, incluidos los de reproducción parcial o total en cualquier formato
© 2009, Random House Mondadori, S. A.
  Travessera de Gràcia, 47-49. 08021 Barcelona
© 2009, Manuel Viciano Delibano, por la traducción

Printed in Spain – Impreso en España

ISBN: 978-84-01-33718-5
Depósito legal: B. 14.521-2009

Compuesto en Lozano Faisano, S. L. (L'Hospitalet)

Impreso en Limpergraf
Mogoda, 29. Barberà del Vallès (Barcelona)

Encuadernado en Relligats Mollet

L 337185

*Este libro está dedicado a Samarth Gautam,
con el deseo de que su generación y la anterior
vivan en armonía y respeto.
¡Que tengas una vida maravillosa, pequeño!*

Quien se imagina libre es libre, y quien se imagina preso, preso está. Aquí este dicho es cierto: «El pensamiento lo hace realidad».

Ashtavarka Gita, 1:11

Agradecimientos

Me gustaría expresar mi agradecimiento a algunos médicos indios que se mostraron excepcionalmente acogedores conmigo durante mi visita a la India, en particular al doctor Gagan Gautam, quien dedicó un día entero de su apretada agenda a enseñarme hospitales indios, tanto privados como públicos. También querría dar las gracias al doctor Ajit Saxena, quien no solamente me permitió visitar su centro médico privado, sino que además me invitó a su hogar para conocer a su familia y disfrutar de una maravillosa cena casera india. Y gracias también al doctor Sudhaku Krishnamurth, quien me presentó a las dos personas mencionadas.

Además de expresar mi reconocimiento a estos médicos, me gustaría eximirles de cualquier responsabilidad sobre la historia, las descripciones o las leves exageraciones presentes en *Cuerpo extraño*, sobre las que asumo toda la responsabilidad. Por ejemplo, el doctor Gautam, tras leer el manuscrito, me comentó: «Nunca he visto gente subida al techo de los autobuses en Delhi. Colgando a los lados, sí, pero no en el techo». Después de meditarlo un poco me di cuenta de que tenía razón. Siempre que lo vi, fue fuera de la ciudad.

Finalmente, querría manifestar mi agradecimiento a la India. Durante mi visita descubrí que es una mezcla abrumadora y fascinante de contrastes: un país rico y sin embargo pobre, dotado de una belleza serena y a la vez lleno de injusticias, moderno y aun así medieval. Es un país que vive al mismo tiempo en tres siglos distintos, con una historia fascinante de la que conocía muy poco, y poblado de gente creativa, inteligente, hermosa y hospitalaria. En pocas palabras: un país al que estoy deseando volver.

Prólogo

Delhi, lunes 15 de octubre de 2007, 19.00 h

Solo las personas que llevaban algún tiempo residiendo en Delhi y eran muy sensibles a los vaivenes del tráfico urbano podían darse cuenta de que la hora punta había pasado y que aquel había iniciado ya una curva descendente. Para los torturados oídos poco entrenados, la algarabía de cláxones, sirenas y chirridos no parecía haber disminuido. Las aglomeraciones no daban la impresión de estar despejándose. Había camiones pintados en tonos llamativos; había autobuses con tantos pasajeros aferrados precariamente a los lados y al techo como en el interior; había automóviles de todos los tamaños, desde imponentes Mercedes hasta diminutos Maruti; había un tropel de taxis de color negro y amarillo; mototaxis; diversas motocicletas y ciclomotores, muchos de ellos transportando a familias enteras; y había un enjambre de viejas bicicletas negras. Miles de peatones se entremezclaban con el tráfico que avanzaba a trompicones mientras auténticas hordas de niños sucios y harapientos tendían sus manos embarradas hacia las ventanillas abiertas en busca de alguna moneda. Vacas, perros y manadas de monos salvajes deambulaban por las calles. Por encima de todo aquello pendía una manta asfixiante de polvo, contaminación y calina.

Para Basant Chandra era el típico regreso agobiante a casa

después del trabajo en la ciudad donde había pasado sus cuarenta y siete años de vida. En una ciudad con más de catorce millones de habitantes, no había más remedio que aceptar el tráfico, y Basant, como todos, había aprendido a sobrellevarlo. Aquella noche en concreto, Basant era incluso más tolerante de lo habitual, pues había hecho una parada para visitar a su prostituta favorita, Kaumudi, y se sentía relajado y satisfecho.

En términos generales, Basant era un hombre holgazán, huraño y violento que se consideraba traicionado por la vida. Había nacido en una familia *Chatria*, de casta alta, y sentía que sus padres lo habían malcasado con una mujer *Vaisia*, a pesar de que, como parte de la unión, su padre logró un puesto directivo en la empresa farmacéutica de los consuegros y el propio Basant había conseguido un cargo particularmente bien pagado en la gerencia de ventas, en lugar de su anterior empleo como vendedor de camiones Tata. El golpe definitivo a la autoestima de Basant llegó con su descendencia: cinco chicas, de veintidós, dieciséis, doce, nueve y seis años. Podría haber habido un niño, pero a los cinco meses su esposa sufrió un aborto, del que Basant la culpó abiertamente. Creía que ella lo había hecho a propósito, trabajando demasiado y con demasiada presión en su puesto de internista en un hospital público. Se acordaba de aquel día como si fuera ayer. Podría haberla matado.

Con esos pensamientos en mente, Basant aporreó el volante, agobiado, mientras colocaba su coche en el aparcamiento reservado delante de casa de sus padres, donde vivían él y su familia. Era una deteriorada estructura de hormigón de tres pisos que en algún momento impreciso del pasado había sido blanca. El tejado era plano y las ventanas tenían marcos metálicos. En el primer piso había un pequeño despacho donde en ocasiones su esposa, Meeta, recibía a sus pocos pacientes privados. El resto de la primera planta albergaba a sus envejecidos padres. Basant y su familia ocupaban el segundo piso, y su hermano pequeño, Tapasbrati, vivía en el tercero con su propia familia.

Mientras Basant examinaba su casa con ojo crítico, pensando

que no se ajustaba al nivel de vida del que había esperado gozar a su edad, se dio cuenta de que un coche estaba aparcando detrás de él y le bloqueaba la salida. Cuando miró por el espejo retrovisor, los faros del otro vehículo le deslumbraron. Lo único que pudo distinguir entre el brillo neblinoso fue el emblema de Mercedes.

—Pero ¿qué demonios? —gruñó Basant.

Se suponía que nadie debía aparcar detrás de él.

Abrió la puerta y salió del coche decidido a acercarse y explicarle un par de cosas al conductor del Mercedes. Pero no tuvo que hacerlo. El conductor y sus dos pasajeros ya se habían apeado y se dirigían hacia él con andar inquietante.

—¿Basant Chandra? —preguntó el que había ocupado el asiento del copiloto. No era un hombre corpulento, pero emanaba un aura indiscutible de maligna autoridad: tez oscura, pelo engominado hacia arriba y cazadora de motero, negra, de cuero, sobre una camiseta blanca y ajustada que marcaba un cuerpo fuerte y atlético. El conductor resultaba casi igual de intimidante. Era enorme.

Basant dio un cauteloso paso atrás mientras las alarmas empezaban a sonar dentro de su cabeza. Aquel encuentro no era casual.

—Esta es una propiedad privada —dijo Basant, intentando aparentar una confianza que estaba claro no sentía.

—La cuestión no es esa —respondió el hombre de la cazadora de motero—. La cuestión es: ¿eres tú el pedazo de mierda de burro llamado Basant Chandra?

Basant tragó saliva con cierta dificultad. Sus alarmas internas sonaban ahora a plena potencia. Tal vez no debería haberle pegado tan fuerte a aquella zorra. Llevó su mirada del conductor sij al pasajero del asiento de atrás, que ya había sacado una pistola del bolsillo de su chaqueta.

—Soy Basant Chandra —consiguió articular. Su voz sonó aguda, casi irreconocible para él mismo—. ¿Cuál es el problema?

—El problema eres tú —dijo el hombre de la cazadora de

cuero. Señaló por encima de su hombro—. Métete en el coche. Nos han contratado para aclararte un poco algunos asuntos. Vamos a dar un paseíto.

—Yo... yo... no puedo ir a ningún sitio. Mi familia está esperándome.

—¡Sí, ya lo creo! —replicó el que parecía ser el jefe del grupo con una carcajada breve y cínica—. De eso precisamente es de lo que tenemos que hablar. Métete en el coche antes de que mi amigo Subrata pierda el control y te pegue un tiro, que es lo que sé que preferiría hacer.

Basant estaba temblando. Llevó con desesperación su mirada de una cara amenazante a otra, y enseguida la bajó hacia la pistola que sostenía Subrata.

—¿Le disparo, Sachin? —intervino Subrata, alzando su pistola automática con silenciador.

—¿Ves lo que te decía? —preguntó Sachin, separando las manos con las palmas hacia arriba—. ¿Te vas a meter en el coche o qué?

Basant deseaba huir hacia la oscuridad, pero le aterrorizaba recibir un disparo en la espalda; se obligó a dar un paso adelante, preguntándose si podría escapar hacia la calle llena de gente. Con la mente bloqueada, incapaz de tomar una decisión, finalmente se encontró junto al Mercedes negro, del que Subrata abrió una de las puertas traseras con su mano libre. Este empujó hacia abajo la cabeza y la espalda de Basant para meterlo en el coche, dio la vuelta y entró por la puerta del otro lado. Seguía sosteniendo la pistola, y se cercioró de que Basant lo había visto.

Sin más palabras, Sachin y el conductor se sentaron en los asientos delanteros. El coche salió y se adentró en la calle todo lo rápido que el intenso tráfico se lo permitió.

—¿Al vertedero? —preguntó el conductor.

—Al vertedero, Suresh —asintió Sachin.

Al principio, Basant, consciente de la presencia del arma, estaba demasiado aterrorizado para abrir la boca, pero diez minutos después empezó a darle más miedo seguir guardando silencio. Primero la voz le tembló, pero pronto adquirió cierta apariencia de fuerza.

—¿A qué viene todo esto? —preguntó—. ¿Adónde me llevan y por qué?

—Te llevamos al vertedero —dijo Sachin mientras giraba la cabeza—. Todos estamos de acuerdo en que es el lugar que te corresponde.

—No entiendo —replicó Basant—. Yo no les conozco.

—Eso va a cambiar, y empezará esta misma noche.

Basant albergó una pizca de esperanza. No es que sus expectativas le parecieran optimistas, pero Sachin había apuntado una relación a largo plazo, y eso significaba que no iban a dispararle. Como gestor de ventas de medicamentos, se le pasó por la cabeza que aquella gente podría estar interesada en algún tipo de drogas. El problema era que Basant solo tenía acceso a los medicamentos de la empresa de sus suegros, en su mayoría antibióticos, y semejante revuelo para conseguir antibióticos parecía exagerado.

—¿Puedo ayudarles de alguna forma? —preguntó Basant, esperanzado.

—¡Sí! ¡Desde luego! —respondió Sachin sin dar más explicaciones.

Durante un rato avanzaron en silencio. Finalmente Basant habló de nuevo.

—Si me dijeran en qué puedo ayudarles, estaría encantado de hacer cuanto estuviera en mi mano.

Sachin giró la cabeza y clavó su mirada en Basant durante un segundo, pero no habló. Cualquier ligera disminución que pudiera haberse producido en el pánico que embargaba a Basant se evaporó. Sus temblores volvieron con más fuerza. La intuición le decía que aquello no iba a terminar bien. Cuando el conductor redujo la velocidad detrás de un carro de bueyes que estaba adelantando a otro, Basant pensó en abrir la portezuela, saltar fuera del coche y correr como un poseso dentro de la oscura y polvorienta cabina. Una mirada a la pistola que Subrata tenía en su regazo provocó una reacción inmediata:

—Ni se te ocurra —dijo Subrata, como si le hubiera leído la mente.

Pasados otros quince minutos abandonaron la carretera principal y se adentraron en el enorme vertedero. Al otro lado de las ventanillas se veían pequeñas hogueras cuyas llamas atravesaban serpenteando los montones de basura y enviaban al cielo espirales de humo. Había niños correteando por los desperdicios en busca de comida o cualquier objeto de algún valor, por dudoso que fuera. Los faros del coche alumbraron ratas del tamaño de conejos que cruzaban el camino a la carrera.

Esquivando varios montes de basura altos como un primer piso, el conductor cambió de sentido en tres movimientos y detuvo el coche encarado hacia el lugar de donde venían. No apagó el motor. Los tres matones se apearon. El conductor abrió la puerta de Basant. Viendo que este no reaccionaba, metió el brazo, lo agarró de la *kurta* y lo sacó de un tirón. Basant sintió que se ahogaba por el humo y el hedor. Sin quitarle en ningún momento las manos de encima, el conductor lo arrastró hasta la zona iluminada por los faros y lo soltó bruscamente. Basant hizo lo posible por mantenerse en pie.

Sachin, que estaba poniéndose un guante grueso en la mano derecha, se acercó a él y, antes de que Basant pudiera reaccionar, le propinó un puñetazo tremendo en la cara que lo envió tambaleándose hacia atrás, le hizo perder el equilibrio y caer en la fétida basura. Le zumbaban los oídos y le sangraba la nariz; rodó hasta quedar sobre su estómago e intentó levantarse pero las manos se le hundieron en la inmundicia al tiempo que sentía que un cristal roto le cortaba la carne del brazo izquierdo. Alguien lo agarró del tobillo y tiró de él hasta sacarlo de la blanda inmundicia y devolverlo al camino para camiones, sólido y firme. Entonces recibió una fuerte patada en el estómago que lo dejó sin respiración.

Tardó unos minutos en recuperar el aliento. Cuando lo hizo,

Sachin se agachó, le asió la parte delantera de la *kurta* y lo obligó a sentarse. Basant levantó los brazos para tratar de proteger su cara de otro golpe, pero el golpe no llegó. Sin saber qué hacer, abrió los ojos y miró el rostro cruel de su agresor.

—Ahora que ya tengo tu atención —gruñó Sachin—, quiero explicarte unas cuantas cosas. Sabemos de ti y sabemos el pedazo de mierda que eres. Sabemos lo que le has hecho a tu hija mayor, Veena, desde que tenía seis años. Sabemos que la has tenido a raya amenazándola con hacer lo mismo a sus cuatro hermanas pequeñas. Y sabemos lo que has estado haciéndole a su madre.

—Yo nunca he... —empezó a decir Basant, pero una fuerte bofetada en la cara lo interrumpió.

—Más vale que no intentes negarlo, hijo de puta, o te haré papilla y te dejaré aquí para que coman las ratas y los perros salvajes. —Sachin miró con furia al temeroso Basant y luego siguió hablando—: Esto no es un juicio ni nada por el estilo. Sabemos que lo que he dicho es verdad, cabronazo baboso. Y te diré algo: ¡esto es un aviso! Si vuelves a ponerle la mano encima a alguna de tus hijas o a tu esposa, te mataremos. Así de sencillo. Nos han contratado para hacerlo y, sabiendo lo que sé de ti, no me importaría nada hacerlo ya mismo y acabar con esto. Así que la verdad es que espero que me des la excusa. Pero ese es el mensaje. ¿Alguna pregunta? Quiero estar seguro de que me has entendido.

Basant asintió. Un destello de esperanza brilló en su aterrada mente. La pesadilla que estaba viviendo era solo un aviso.

De repente Sachin lo abofeteó otra vez y Basant cayó de espaldas al suelo; volvían a zumbarle los oídos y su nariz sangraba de nuevo.

Sin más palabras, Sachin se quitó el guante de cuero, clavó la mirada en Basant durante un segundo, hizo un gesto a sus compañeros para que le siguieran y regresó al Mercedes negro.

Basant se incorporó hasta sentarse, el alivio que sintió al darse cuenta de que se marchaban fue total; finalmente se puso en pie. Al instante tuvo que dar un buen salto hacia la basura suelta para apartarse: el coche aceleraba en su dirección y no lo arrolló por unos centímetros. Se quedó mirando el coche de los sicarios mientras las luces rojas traseras se desvanecían entre el humo y la neblina. Solo entonces fue verdaderamente consciente de la oscuridad y el hedor que lo envolvían, de que el brazo y la nariz le sangraban, de que un reducido público de niños vagabundos lo observaba en silencio y de que las ratas se le estaban acercando poco a poco. Con miedo y asco renovados, Basant consiguió ponerse en pie, salió de la basura y volvió al camino haciendo muecas de dolor por la patada que había recibido en el costado. Aunque le resultaba difícil ver porque era una noche sin luna, apretó el paso. Tenía que caminar un buen trecho hasta llegar a una carretera donde pudiera conseguir un medio de transporte. No era agradable y sin duda daba miedo, pero al menos seguía vivo.

A la misma hora, en un sector de Nueva Delhi

En una ajetreada calle de negocios, encajados entre los típicos comercios de tres plantas hechos de hormigón reforzado y, con las fachadas prácticamente cubiertas por carteles en hindi y en inglés, se alzaban los cinco pisos del rotundamente moderno Hospital Queen Victoria. En contraste con sus vecinos estaba terminado con mármol verde y vidrio espejado en ámbar. El hospital, que había recibido su nombre en honor a la amada monarca británica del siglo XIX con el objetivo de atraer al reciente turismo médico y a la clase media-alta india, en rápida expansión, era un faro de la modernidad plantado en el centro de la intemporalidad de la India. Asimismo, en contraste con la plétora de pequeños negocios que lo rodeaba, la mayoría todavía abiertos, concurridos y lanzando una ruda fluorescencia blanquiazul a la calle, el hospital parecía haberse acostado, pues solo una pequeña parte de su suave iluminación interior atravesaba el cristal tintado.

De no ser por los dos porteros, altos y ataviados con el traje sij tradicional, que flanqueaban la entrada, cualquiera creería que el hospital estaba cerrado. En su interior el ritmo de trabajo había disminuido claramente. Al ser un hospital de atención terciaria, sin un departamento de urgencias, el Queen Victoria solo llevaba a cabo operaciones quirúrgicas programadas, no atendía emergencias. Los platos usados en la cena ya llevaban mucho tiempo recogidos, lavados y guardados, y la mayoría de los visitantes se habían marchado. Los enfermeros repartían la medicación vespertina, se ocupaban de los drenajes y las curas postoperatorias del día o se sentaban bajo los brillantes conos de luz de los puestos de control de enfermería para terminar de rellenar sus informes en el ordenador.

Tras un día agotador en el que había habido treinta y siete intervenciones quirúrgicas importantes, todo el mundo disfrutaba de ese momento de relajación y tranquilidad, incluidos los ciento diecisiete pacientes. Todos salvo Veena Chandra. Mientras su padre avanzaba torpemente por el hediondo y repugnante vertedero, Veena bregaba en la penumbra de la sala de anestesia de una zona de cirugía vacía donde la única luz provenía del pasillo central. Con dedos temblorosos, intentaba clavar la aguja de una jeringuilla de diez mililitros en la tapa de goma de un frasco que contenía succinilcolina, un medicamento de paralización rápida relacionado con el curare, presente en los famosos dardos envenenados del Amazonas. Normalmente, Veena podía llenar sin problemas una jeringuilla como aquella. Era enfermera, se había diplomado en el famoso hospital público del All India Institute of Health Sciences casi tres meses atrás. Después de graduarse firmó un contrato con una empresa estadounidense llamada Nurses International que, a su vez, la había subcontratado al hospital Queen Victoria después de un período de formación especializado.

Veena no quería pincharse con la aguja —eso podría matarla—, así que bajó los brazos e intentó relajarse. Era un manojo de nervios. La verdad era que no sabía si sería capaz de llevar a cabo la tarea que le habían encomendado y que ella había aceptado. Le parecía increíble que hubieran podido convencerla. Debía llenar la jeringuilla, bajarla a la habitación de María Hernández, que estaría durmiendo por la anestesia de la artroplastia de cadera a que se había sometido por la mañana, inyectarla en su vía intravenosa y a continuación escurrir rápidamente el bulto; todo eso sin que la viera nadie. Veena sabía que evitar que alguien la viera en la planta de un hospital prácticamente llena era casi imposible, por eso todavía llevaba puesto el uniforme blanco de enfermera. Confiaba en que si alguien la veía no le pareciera extraño que estuviera en el hospital a pesar de que trabajaba en el turno de la mañana, no de la noche.

Cerró los ojos para calmarse y, en el instante en que lo hizo, se transportó cuatro meses atrás: hasta la última vez que su padre la había amenazado. Ocurrió en casa un sábado por la tarde; sus abuelos paternos estaban en la sala de estar, su madre en el hospital y sus hermanas habían salido con amigos. Sin previo aviso, su padre la acorraló en el cuarto de baño. Mientras la televisión atronaba en la sala contigua, él empezó a gritar y a maldecirla. La golpeó con habilidad, sin dejarle ninguna marca en la cara. Su furia fue inesperada y volcánica, y a Veena le faltó poco para gritar pidiendo ayuda. En más de un año no había tenido lugar ningún episodio parecido, y Veena había supuesto que el problema se había terminado. Pero entonces tuvo la certeza de que aquello no acabaría nunca. La única forma de huir de las garras de su padre era irse de la India. Sin embargo, temía por sus hermanas. Sabía que él era incapaz de controlar sus impulsos. Si ella se marchaba, su padre sin duda elegiría a una de sus hermanas y empezaría de nuevo. Y eso Veena no podía tolerarlo.

Un repentino ruido metálico contra el suelo de hormigón armado devolvió a Veena al presente; el corazón le dio un vuelco. Metió febrilmente el frasco y la jeringuilla en un cajón cercano lleno de agujas intravenosas. De pronto le llegó el resplandor de las luces que acababan de encenderse en el pasillo principal de la zona de cirugía. Con el corazón desbocado, se acercó a la pequeña ventana de cristal reforzado con alambre y miró al exterior. Confiaba en que no pudieran verla en la oscuridad de la sala de anestesia. A la derecha observó que las puertas principales que daban al pasillo exterior estaban abiertas. Un segundo después aparecieron dos miembros del personal de limpieza vestidos con la bata del hospital. Los dos hombres llevaban fregonas. Recogieron los cubos vacíos que habían dejado caer al suelo un momento antes, enfilaron el pasillo y pasaron a menos de un metro de Veena.

Aliviada hasta cierto punto de que solo se tratara del servicio de limpieza, Veena dio media vuelta para recuperar el frasco y la jeringuilla. Estaba mucho más nerviosa que minutos antes. Aquella llegada inesperada le recordó lo fácil que sería que alguien la pillara en el quirófano y lo difícil que le resultaría improvisar una explicación para lo que estaba haciendo. Pese a que sus temblores se habían intensificado, perseveró y logró guiar la aguja hasta el interior del frasco. Succionó y llenó la jeringuilla hasta el nivel que había decidido con antelación. Quería una buena dosis, pero no demasiado grande.

Aquel corto y desagradable ensueño le había recordado con dolorosa claridad por qué tenía que cumplir la tarea que se le había encomendado. Se había comprometido a «poner a dormir» a una anciana estadounidense con un historial de problemas cardíacos a cambio de que su jefe le garantizara que en el futuro su madre y sus hermanas estarían protegidas de los abusos de su padre. Para Veena había sido una decisión difícil, tomada impulsivamente con la convicción de que representaba la única oportunidad de conseguir alguna clase de libertad, no solo ella, sino también once de sus amigos que se habían unido a Nurses International al mismo tiempo.

Después de dejar el frasco en su sitio y tirar el envoltorio de la jeringuilla, Veena se encaminó hacia la puerta. Si iba a seguir adelante con el plan, debía concentrarse y ser meticulosa. Por encima de todo debía evitar que la vieran, en especial cerca de la habitación de la víctima. Si alguien la descubría en cualquier otra zona del hospital, explicaría que había regresado por la tarde para utilizar la biblioteca y estudiar la afección de María Hernández.

Accionó la manecilla de la puerta, la abrió despacio y sacó la cabeza para mirar a ambos lados del pasillo. Vio a algunos empleados del servicio de limpieza charlando y pasando la fregona. Habían empezado en un extremo y avanzaban hacia las puertas, por lo que estaban convenientemente de espaldas a Veena. Salió al pasillo y sostuvo la puerta para que se cerrara con suavidad antes de encaminarse en silencio hacia el exterior de la zona de cirugía. Justo antes de que las puertas principales se cerraran, volvió la mirada hacia el equipo de limpieza. No habían advertido su presencia.

Descartó el ascensor: además de que podía encontrarse a alguien, se vería obligada a entablar conversación, y bajó al cuarto piso por la escalera. Allí, abrió nuevamente solo una rendija y miró a izquierda y derecha el pasillo débilmente iluminado. No había nadie a la vista, ni siquiera en el control de enfermería, que en contraste era un oasis de luz brillante. Al parecer los enfermeros estaban atendiendo a los pacientes en las habitaciones. Veena confiaba en que no hubiera nadie en la habitación de María Hernández, que se hallaba en la dirección opuesta. Desde su posición en el descansillo de la escalera, quedaba a la derecha, a tres habitaciones de distancia. Lo único que se oía eran los sonidos apagados de los televisores y los pitidos distantes de los monitores más próximos.

Dejó que la puerta se cerrara e intentó infundirse ánimos cerrando los ojos y apoyando la cabeza contra el bloque de hormigón del descansillo. Repasó uno por uno los pasos del plan, para evitar posibles errores, y pensó de nuevo en cómo había llegado a aquel punto inconcebible en su vida. Todo había encajado aquella misma tarde, cuando volvió al bungalow después del trabajo. A ella y a los otros once enfermeros contratados por Nurses International se les exigía que residieran en lo que ellos describían como una choza pero que en realidad era una enorme mansión de la época imperial británica. Allí vivían rodeados de lujos junto con las cuatro personas que formaban el equipo directivo de Nurses International. Sin embargo, al cruzar la puerta de entrada, Veena notó que su pulso se aceleraba y sus músculos se tensaban, como le pasaba siempre. Tenía que estar constantemente en guardia.

Como mujer educada en la cultura hindú, Veena se sabía presa de una poderosa tendencia a someterse a la autoridad masculina. Cuando se unió a Nurses International, principalmente porque le prometieron ayudarle a conseguir su objetivo de emigrar a Estados Unidos, su respuesta natural fue tratar a Cal Morgan, el líder de la organización, como se suponía que debía tratar a su propio padre. Por desgracia, esta reacción espontánea trajo problemas. Cal, un típico varón estadounidense de treinta y dos años, interpretó la atención y el respeto de Veena como un coqueteo, lo que propició numerosos malentendidos. La situación era complicada para ambos, y permaneció invariable a causa de la falta de comunicación. Veena temía perder la oportunidad de que Nurses International le proporcionara su libertad ayudándola a emigrar, y Cal temía perderla porque era su mejor empleada y la líder de los demás enfermeros.

Aquella tarde, como todas las tardes de un día laborable, Veena entró en la mansión y, a pesar de la tensión que existía entre ambos, fue inmediatamente a la biblioteca panelada que Cal se había apropiado como despacho. Al final de cada turno, cada enfermero debía presentar su informe al cargo directivo de la empresa que lo hubiera contratado: el presidente, Cal Morgan; la vicepresidenta, Petra Danderoff; el jefe de informática, Durell Williams; o la psicóloga, Santana Ramos. Veena debía informar a Cal porque era él quien la había contratado dos meses atrás, cuando la empresa se estaba formando. Todos los días Veena y los demás, aparte de cumplir con sus deberes como enfermeros, debían descargar a escondidas paquetes de datos de los pacientes desde los ordenadores centrales de los seis hospitales privados donde estaban subcontratados y llevárselos al cargo administrativo que tuvieran asignado. Durante el mes de formación en Estados Unidos les habían instruido específicamente en esta tarea. Les habían dicho, a modo de explicación, que una de las funciones principales de Nurses International era obtener datos de resultados quirúrgicos. No se les explicó por qué la compañía estaba interesada en ese tipo de datos, y a nadie le preocupó demasiado. Ese trabajo, complicado y clandestino, les parecía un módico precio a cambio del sueldo propio de un enfermero estadounidense que ya cobraban —diez veces más que lo que recibían sus colegas indios— y, sobre todo, de la promesa de trasladarlos a Estados Unidos pasados seis meses.

Aquella tarde, cuando Veena entró en el despacho de Cal, tensa como solía estar, él aumentó su ansiedad ordenándole que cerrara la puerta y se sentara en el sofá. Temiendo otra escena de seducción, Veena obedeció, pero él la sorprendió con algo totalmente distinto. Le dijo que aquel mismo día se había enterado de la historia de su padre y de cómo él la extorsionaba. Aturdida y humillada, Veena sintió rabia hacia su mejor amiga, Samira Patel, pues supo al instante que había sido la delatora de su secreto más sombrío. Samira era enfermera, había estudiado con Veena y había entrado en Nurses International al mismo tiempo que ella. Samira también quería emigrar a Estados Unidos, pero por motivos menos específicos. Conocía las libertades occidentales a partir de las imágenes de internet, y despreciaba las restricciones que la vida en la India le imponía. Samira era, como le gustaba decir, un espíritu libre.

Cuando Cal le reveló lo que sabía, Veena se levantó con la idea de huir sin pensar siquiera adónde, pero Cal la agarró del brazo e insistió en que volviera a sentarse. Para su sorpresa, en lugar de culparla de todo y condenarla, como ella esperaba, Cal hizo gala de una comprensión muy convincente y se enojó porque ella en cierto modo se considerara responsable del comportamiento de su padre. A continuación pasó a convencerla de que podía ayudarla si ella le ayudaba a él. Le garantizó que su padre no volvería a ponerle la mano encima, ni a ella, ni a sus hermanas, ni a su madre. Y si lo hacía, desaparecería.

Cuando tuvo la certeza de que Cal hablaba totalmente en serio, Veena preguntó qué debía hacer por él. Cal pasó entonces a explicarle que los datos sobre los resultados quirúrgicos que estaban reuniendo iban a servirles de poco. Las cifras eran demasiado buenas, habían llegado a la conclusión de que necesitaban crear sus propios malos datos, y le explicó que tenían previsto hacerlo usando la succinilcolina. Al principio a Veena el plan le escandalizó, y más porque no tenía ni idea de para qué necesitaban esos «malos datos», pero cuanto más hablaba Cal y le decía que solo debería hacerlo una vez y entonces se libraría de su padre y podría emigrar sin cargar con el remordimiento de dejar a su madre y sus hermanas en peligro, cuanto más se convencía ella de que nunca recibiría una oferta parecida, más se acercaba a la decisión impulsiva de colaborar. Y no solo se mostró de acuerdo en cooperar, sino que quiso hacerlo inmediatamente, aquella misma noche, antes de que pudiera pensar demasiado en lo que realmente iba a hacer.

Con una determinación renovada por acabar con aquel asunto y una idea clara de los pasos que debía llevar a cabo, Veena respiró profundamente. A continuación se irguió, se separó de la pared en la que estaba apoyada, abrió los ojos y volvió a comprobar que al otro lado de la puerta el pasillo estaba vacío. Con la tensión acelerándole el pulso en las sienes, se encaminó con paso enérgico hacia la habitación de Hernández. Apenas había dado unos pasos cuando una enfermera del turno de tarde salió de la habitación de enfrente de la de Hernández. Veena se detuvo en el acto. Afortunadamente para ella, la enfermera no se percató de su presencia. Concentrada en la bandeja con medicamentos que llevaba en las manos, enfiló el pasillo en dirección contraria al puesto de control de enfermería. Tan rápido como había aparecido, desapareció en la habitación de otro paciente.

Mientras exhalaba un silencioso suspiro de alivio, Veena volvió la cabeza hacia el control de enfermería. Todo estaba tranquilo. Apretó el paso y alcanzó la habitación de Hernández en cuestión de segundos. Tras empujar la puerta y entrar, la devolvió a su posición original, casi cerrada. El televisor estaba encendido pero tenía el volumen bajo. Las luces del techo eran tenues y sumían en la penumbra las esquinas de la habitación. A Veena no le costó reconocer a la señora Hernández. La mujer dormía profundamente, con la cabecera de la cama elevada unos cuarenta y cinco grados. La luz casi fluorescente que emanaba del televisor apenas iluminaba sus rasgos, envolvía sus ojos en profundas sombras y le daba una apariencia fantasmal, como si ya estuviera muerta.

Agradeciendo que la mujer estuviera dormida y deseando terminar aquel angustioso asunto cuanto antes, Veena se precipitó hacia el costado de la cama mientras sacaba la jeringuilla del bolsillo. Tuvo cuidado de no golpear las barandillas metálicas mientras alcanzaba la vía intravenosa. También tomó la precaución de no tirar del catéter, no fuera a despertar a la paciente. Sostuvo el punto de inyección con una mano y utilizó los dientes para retirar la funda de la aguja. A continuación, sin respirar siquiera, insertó la aguja. Cuando vio asomar la punta en la cavidad de la vía intravenosa se dispuso a presionar lentamente el émbolo. Antes de que pudiera hacerlo, dio tal respingo que casi se le escaparon los zuecos. Sin ningún motivo aparente, la señora Hernández había girado la cabeza hacia Veena y estaba mirándola a la cara. Sus labios dibujaron una leve sonrisa.

—Gracias, cariño —dijo.

A Veena se le heló la sangre. Supo que tenía que actuar en aquel mismo instante o ya no sería capaz de hacerlo; oprimió con fuerza el émbolo de la jeringuilla e inyectó el bolo de succinilcolina en el torrente sanguíneo de la paciente. Había extraído su arrojo de una rabia defensiva, repentina e inapropiada, motivada porque la mujer hubiera tenido la indecencia no solo de despertarse sino también de darle las gracias, posiblemente creyendo que Veena iba a suministrarle algún medicamento beneficioso.

Aunque Veena no había pensado seriamente en lo que se vería obligada a presenciar tras la inyección del compuesto paralizante, lo que vio la horrorizó. Lejos de la defunción serena, cinematográfica, que ella tenía en mente y que Cal le había dado a entender, a los pocos segundos el cuerpo de la señora Hernández reaccionó a la alta dosis de succinilcolina con unas rápidas contracciones musculares. Comenzó por los músculos de la cara, que provocaron oleadas de grotescos espasmos faciales. El miedo le nubló la vista y se añadió a aquel horror inesperado. Cuando la señora Hernández levantó el brazo en un vano intento de alcanzar a Veena para que la ayudara, su mano empezó a agitarse incontrolablemente. Y entonces una repentina oscuridad de color violeta se extendió por sus facciones como la sombra que cubre la superficie lunar durante un eclipse. Incapaz de respirar pero completamente consciente, estaba sufriendo una rápida asfixia y una profunda cianosis.

El sentimiento de culpa obligó a Veena, aterrada por lo que había hecho y ansiando huir más que nada en el mundo, a permanecer allí y observar las convulsiones finales de su paciente. Por suerte para ambas, terminó pronto. Los ojos de la señora Hernández miraban inexpresivos la eternidad.

—¿Qué he hecho? —susurró Veena—. ¿Por qué tenía que despertarse?

Veena superó por fin su propia parálisis, dio media vuelta y salió de la habitación precipitadamente. Recorrió el pasillo a la carrera, sin pensar siquiera en las consecuencias y solo vagamente consciente de que el puesto de control de enfermería seguía desierto. En el turno de día siempre había como mínimo un administrativo de planta, pero no durante la tarde ni la noche.

Ya en el ascensor, Veena ni siquiera se dio cuenta de que estaba sola. Seguía viendo las horribles contracciones de la cara de la señora Hernández. En el vestíbulo del hospital había gente, incluso algunos pacientes paseando con sus familiares, pero nadie miró dos veces a Veena. Ella sabía lo que debía hacer: alejarse tan rápido como le fuera posible.

Los porteros, cuando la vieron acercarse, le abrieron las puertas de cristal desde el exterior. Le dieron las buenas noches pero Veena salió presurosa y no respondió. En un principio había planeado abandonar el edificio por la entrada de empleados y suministros, pero en ese momento consideró que aquello no tenía importancia. Por lo que a ella respectaba, nada cambiaba porque la gente la viera o no.

En la calle, paró una mototaxi verde y amarilla, un ciclomotor de tres ruedas cubierto con bancos para sentarse en la parte trasera y los laterales abiertos. Antes de subir, Veena indicó al conductor la dirección del bungalow, en el lujoso barrio de Chanakyapuri. El conductor aceleró con una repentina sacudida, como si acabara de empezar una carrera, y comenzó a hacer sonar el claxon de forma intermitente, a pesar de que no era necesario. El tráfico había disminuido considerablemente, por lo que avanzaron a buen ritmo, en especial cuando llegaron a la zona residencial de Chanakyapuri. Durante todo el recorrido, Veena mantuvo su mirada fija en el frente, intentaba no pensar pero no podía sacarse de la cabeza las violentas contracciones del rostro de la señora Hernández.

No consiguió convencer al conductor para que enfilara el camino de entrada de la mansión y la dejara en el pórtico. No creía que ella viviera allí y no quería tener problemas con la policía. Durante el mes casi completo que Veena llevaba viviendo allí, ya había vivido una escena similar con otros dos conductores de mototaxi, así que no intentó discutir. Pagó al hombre y cruzó con apremio la portalada que daba al terreno acotado por un muro y una cerca. Cuando entró en la casa, no se dirigió de inmediato a la habitación que compartía con Samira, sino que se encaminó hacia la biblioteca con la esperanza de que Cal estuviera todavía allí. Al no encontrarlo, lo buscó en la sala de estar, a la que Nurses International había añadido un gran televisor de pantalla plana. Cal y Durell estaban absortos en la retransmisión en diferido de un partido de fútbol americano que se había disputado el día anterior. Ambos estaban tendidos en sendos sofás imperiales con una botella de cerveza Kingfisher en la mano.

—¡Ah! —exclamó Cal cuando vio a Veena. Dejó que sus piernas resbalaran del brazo del sofá—. ¡Qué rápida! ¿Ya está?

Veena guardó silencio. Con una expresión lúgubre, se limitó a hacer un gesto para que Cal la siguiera y echó a andar hacia el despacho que él tenía en la biblioteca. Cuando Cal entró, Veena estaba de pie junto a la puerta. La cerró detrás de él, y a Cal aquello le pareció extraño.

—¿Qué ocurre? —preguntó.

Por primera vez notó que algo iba realmente mal. La observó con más atención. Desde su punto de vista, y el de casi todo el mundo, Veena era una combinación increíblemente hermosa de angulosos rasgos arios y redondeadas facciones hindúes, con ojos de líneas exóticas y color azul verdoso, un pelo más negro que la noche y una piel de tonos dorados y broncíneos. Normalmente su aspecto era tranquilo. Pero no entonces. Sus labios, por lo general turgentes y oscuros, eran una línea pálida. Cal no supo si reflejaban rabia, resolución o una combinación de ambas cosas.

—¿Lo has hecho? —preguntó.

—Lo he hecho —respondió Veena al tiempo que le entregaba un llavero con un dispositivo de almacenamiento USB que contenía el historial médico de María Hernández—. Pero ha habido un problema.

—Vaya… —Cal miró el dispositivo y se preguntó si el problema estaría allí—. ¿Te ha costado conseguir los datos?

—¡No! Grabar el historial médico de la mujer ha sido fácil.

—Vale —dijo Cal, estirando la palabra—. Entonces, ¿cuál es el problema?

—Hernández se ha despertado y me ha hablado.

—¿Y? —preguntó Cal. No había duda de que Veena estaba muy disgustada, pero el hecho de que la mujer hubiera hablado con ella no le parecía tan insólito—. ¿Qué te ha dicho?

—Me ha dado las gracias —respondió Veena mientras las lágrimas le llenaban los ojos. Respiró profundamente y apartó la mirada; intentaba mantener a raya sus emociones.

—Bueno, eso es bonito —dijo Cal en un intento de aligerar la conversación.

—Me ha dado las gracias justo antes de que le pusiera la inyección —añadió Veena airadamente. Sus ojos ardían de rabia cuando se volvió hacia Cal.

—¡Cálmate! —exclamó este, a medio camino entre la petición y la orden.

—Para ti es fácil decirlo. Tú no has tenido que mirarla a los ojos ni ver cómo se le contorsionaba la cara. No me habías dicho que sufriría unos espasmos monstruosos y que se pondría de color morado mientras se asfixiaba delante de mis ojos.

—No lo sabía.

Veena lo miró con furia y meneó la cabeza con expresión indignada.

—Los que me explicaron cómo hacerlo dieron a entender que el paciente moriría en paz porque estaría totalmente paralizado.

—Bien, pues te mintieron.

—Lo siento —dijo Cal, encogiéndose de hombros—. De todos modos, estoy orgulloso de ti. Y como te prometí, hace unos minutos mis colegas me han dicho que la conversación con tu padre ha ido estupendamente. Están muy, muy seguros de que seguirá sus consejos al pie de la letra. Así que de ahora en adelante ya no ha de preocuparte la posibilidad de que se porte mal contigo, con tus hermanas o con tu madre. Los hombres que envié están convencidos de ello, pero cada mes o así se aparecerán y le recordarán que más le vale portarse bien. Eres libre.

Cal le sostuvo la mirada durante unos segundos. Había esperado alguna reacción positiva por parte de Veena, pero no fue así. Justo cuando iba a preguntarle por qué no se alegraba de ser libre, ella lo sorprendió echándosele encima. Antes de que Cal tuviera tiempo de entender qué ocurría, Veena le agarró con las dos manos el cuello de la camisa y la rasgó de un tirón. Los botones saltaron con una fuerza explosiva.

Cal la agarró de los antebrazos, pero ella ya le había pasado la camisa por detrás de los hombros y tiró de ella hacia abajo. Cal, totalmente confundido, le permitió que le quitara la camisa, la arrugara en una bola compacta y la arrojara a un lado. Intentó establecer contacto visual, con la esperanza de hallar alguna explicación a todo aquello, pero ella estaba absorta. Sin perder un segundo, Veena apoyó las palmas de sus manos en el torso desnudo de Cal y le dio un empujón que lo envió hacia atrás hasta que sus talones toparon con el pie del sofá. Se le doblaron las rodillas y acabó sentado. Sin titubear ni ofrecer ninguna explicación, ella le cogió un pie, lo levantó, le quitó el zapato y lo lanzó junto a la camisa abandonada. A continuación voló el segundo zapato. Cuando los zapatos fueron historia, Veena atacó el cinturón y la cremallera del pantalón y, tras agarrar los dobladillos de ambas perneras, los pantalones acabaron donde los zapatos y la camisa.

—Pero ¿qué demonios...? —exclamó Cal mientras Veena, inmutable, deslizaba los pulgares por la cinturilla de sus calzoncillos.

El atlético cuerpo de treinta y dos años de Cal quedó a la vista en todo su esplendor. La situación superaba incluso sus fantasías más lascivas. Era cierto que Cal Morgan se había sentido atraído por Veena Chandra desde el mismo instante en que la había entrevistado nueve semanas atrás, y que se había dedicado a perseguirla con intenciones sexuales y sin ninguna suerte. Y aquello lo había dejado perplejo. Durante el último curso en el instituto de Beverly Hills lo habían elegido el hombre más sexy de su promoción y el encargado de pronunciar el discurso de graduación, y durante su posterior estancia en la Universidad de California había recibido honores similares, por lo que nunca le había faltado la compañía femenina ni el sexo, que para él era como un deporte. Pero con Veena no había hecho ningún progreso, y eso lo confundía, ya que ella actuaba siempre como si de verdad se preocupara por él, le hacía pequeños favores y lo trataba de manera especial.

—¿Por qué haces esto? —preguntó Cal, sin tratar de ocultar su desconcierto pese a que no tenía ninguna intención de decirle que parara.

Veena estaba desabotonando rápidamente su uniforme de

enfermera. Miraba a Cal a los ojos, y su expresión mostraba una determinación furiosa. Por primera vez desde que la conocía, a Cal se le pasó por la cabeza que tal vez sufriera un desequilibrio emocional. No le pasó por alto el hecho de que ese mismo día había descubierto que Veena había sido víctima de su padre durante dieciséis años.

Ella no dijo nada cuando dio un paso adelante y dejó que su uniforme se resbalara hasta el suelo. No apartó la mirada de los ojos de Cal mientras se desabrochaba el sujetador y liberaba sus proporcionados pechos. En cambio, los ojos de Cal sí descendieron para contemplar la desnudez de Veena en todo su esplendor. Sabía que tenía un cuerpo de infarto desde que la vio con un recatado biquini cuando llevaron a todos los enfermeros a California para su mes de formación informática y cultural, pero lo que en ese momento tenía delante era infinitamente más cautivador.

Aun así, Veena ni abrió la boca ni bajó el ritmo. En cuanto se hubo desprendido de la ropa, avanzó hacia Cal, se sentó encima de él a horcajadas y lo guió hacia su interior. Acto seguido le puso las manos en los hombros y empezó a moverse rítmicamente.

Cal alzó su mirada para encontrarse con la de ella. Veena lo miraba con furia y con la misma determinación. Si aquello no estuviera resultándole tan placentero, habría supuesto que estaba castigándolo por la experiencia que había vivido esa noche en el hospital. Sin moderación alguna por parte de Veena, Cal perdió el control y alcanzó el clímax. Pero Veena no se detuvo, y Cal tuvo que pedirle que lo hiciera.

—Dame un descanso —consiguió decir.

Veena reaccionó de inmediato: desmontó y, sin vacilar ni un segundo, empezó a vestirse. Su expresión no había cambiado.

Cal, sumido en una neblina poscoital de placer, la observó y se sintió cada vez más confuso. Se incorporó.

—¿Qué haces?

—Me visto, está claro. —Era la primera vez que hablaba desde que empezó su agresivo avance amoroso. Su tono era desafiante, como si pensara que la pregunta de Cal era idiota.

—¿Te vas?

—Me voy —dijo Veena mientras se abrochaba el sujetador.

Cal la miró recoger el uniforme.

—¿Has disfrutado de esta experiencia? —preguntó.

Era evidente que Veena no había tenido un orgasmo. Su participación había sido tan mecánica, que Cal comparaba su comportamiento con el de un maniquí motorizado.

—¿Por qué? ¿Se suponía que debía?

—Bueno, sí, por supuesto —dijo Cal, algo herido pero también desconcertado—. ¿Por qué no te quedas? Tengo que enviar la noticia de la señora Hernández, pero luego podemos hablar de lo que has pasado esta noche en el hospital. Me parece que necesitas hablar de ello.

—¿De qué hablaríamos?

—Bueno, comentaríamos los detalles.

—Los detalles son que se despertó, me dio las gracias y no murió en paz.

—Estoy seguro de que hay más que eso.

—Tengo que irme —dijo Veena con énfasis. Miró a su alrededor para asegurarse de que no se dejaba nada y se encaminó hacia la puerta.

—¡Espera! ¿Por qué me has hecho el amor esta noche, y por qué lo has hecho como lo has hecho?

—¿Cómo lo he hecho?

—Pues con agresividad. No puedo describirlo de otra forma.

—Por una vez en mi vida quería demostrar que mi padre se equivocaba.

—¿Se puede saber qué significa eso? —preguntó Cal con una carcajada corta y cínica. Empezaba a sentirse utilizado, aunque la experiencia no hubiera sido nada desagradable físicamente.

—Mi padre me decía siempre que ningún hombre que conociera mi secreto me desearía. Tú lo sabías, y aun así estabas dispuesto a hacer el amor conmigo. Mi padre se equivocaba.

«Por el amor de Dios», pensó Cal, irritado, pero lo que dijo, acompañado de una sonrisa falsa, fue:

—Estupendo, ahora ya lo sabes. Nos veremos por la casa.

Se levantó y empezó a vestirse. Sabía que Veena lo estaba observando, pero evitó su mirada. Un momento después ella había desaparecido.

Cal dejó escapar una sarta de improperios entre dientes mientras se vestía. A sus treinta y dos años, no tenía ninguna intención de ponerse serio en el plano romántico, y las vivencias como aquella le hacían preguntarse si alguna vez le apetecería. Por lo que a él respectaba, las mujeres eran misteriosas y estaban locas.

Salió de la biblioteca con el dispositivo USB en la mano y fue a buscar a Santana Ramos, que era la psicóloga residente del equipo y también su gurú mediática. Aunque Cal tenía mucha experiencia en asuntos de prensa porque se había encargado de las relaciones públicas en la corporación sanitaria SuperiorCare, donde había trabajado junto a Petra Danderoff antes de pasar a Nurses International, no tenía contactos en las cadenas de televisión. Santana sí los tenía: había trabajado casi cinco años en la CNN. La encontró leyendo una de sus queridas revistas de psicología en su habitación y, ahorrándose los detalles escabrosos que Veena le había relatado, le comunicó que la primera paciente ya estaba despachada. Le dio el dispositivo USB para que se encargara de la noticia. No dijo ni una palabra del agresivo encuentro sexual.

—Llama a tus amigos de la CNN —dijo Cal—. Allí son más o menos las diez de la mañana. Pásales la noticia e hínchala como si fuera una gran exclusiva de investigación, diles que el gobierno indio está intentando encubrir asuntos como este. Diles que habrá más noticias porque ahora tenemos topos infiltrados, y anímales a que la emitan cuanto antes.

—Perfecto —respondió Santana, sopesando el USB—. Creo que esto va a funcionar —añadió mientras se levantaba.

—Yo también —dijo Cal—. Ponte a ello.

—Dalo por hecho.

Seguro de que Santana cumpliría su palabra, Cal le dio dos

palmaditas de ánimo en el hombro. Salió de la habitación y se dirigió hacia la sala de estar con el propósito de volver al partido de fútbol americano que había estado viendo con Durell. Pero mientras andaba, su mente regresó al perturbador incidente con Veena. A pesar de que era la mejor empleada que tenían, Cal se preguntó si debía comentar a los demás su evidente inestabilidad emocional. Dudaba porque sabía que Petra, contraria a todo flirteo de Cal o Durell con cualquier enfermera, se regodearía y lo torturaría con su invariable «Ya te lo dije». Además, se le caería la cara de vergüenza por haberse dejado utilizar con tanto descaro. De repente, Cal se detuvo. Su mente acababa de reproducir el último comentario de Veena: «Por una vez en mi vida quería demostrar que mi padre se equivocaba».

«¿Por qué por una vez?», se preguntó Cal. Se llevó un nudillo a la boca y lo mordisqueó distraídamente.

—¡Dios mío! —exclamó en voz alta.

Dio media vuelta y echó a correr hacia el ala de invitados, donde se alojaban los enfermeros. Llegó a la habitación de Veena y Samira y golpeó varias veces la puerta mientras gritaba el nombre de Veena. Como no contestó, abrió la puerta con la esperanza de que sus temores fueran infundados. Por desgracia, no lo eran. Encontró a Veena inmóvil, echada de cualquier manera en su cama, con los ojos cerrados. De su puño cerrado sobresalía un bote de plástico vacío de sedantes Ambien.

Cal tiró bruscamente de los hombros de Veena y la obligó a sentarse. Su cabeza se balanceaba sobre su laxo cuello, pero fue capaz de alzar sus pesados párpados.

—¡Dios, Veena! —gritó Cal—. ¿Por qué? ¿Por qué lo has hecho? —Sabía que si ella moría, la empresa que había levantado con tanto mimo se iría al garete.

—Es lo correcto —murmuró Veena—. Una vida por otra.

Veena trató de recostarse otra vez, y Cal le dejó caer de nuevo en la cama. Sacó su teléfono móvil y pulsó la tecla de marcado rápido asignada a Durell. Lo primero que hizo Durell fue quejarse de que le interrumpiera mientras veía el partido, Cal le dijo con malos modos que llamara a una ambulancia de inmediato porque Veena acababa de tomarse una sobredosis y había que hacerle un lavado de estómago.

Tiró el teléfono a un lado, encima de la cama, y arrastró el cuerpo flácido de Veena hasta el borde, con la cabeza fuera de la cama. Utilizó el dedo índice para inducirle el vómito. No fue agradable. La parte buena fue que en la alfombra, echada a perder, cayeron más de una docena de comprimidos Ambien intactos y algunos rotos. La parte mala fue que él también acabó devolviendo.

1

Los Ángeles, lunes 15 de octubre de 2007, 7.35 h
(En el mismo momento en que Cal obliga a Veena a vomitar)

En Los Ángeles hacía un día magnífico. El viento por fin había empujado hacia el interior el calor, la contaminación y el humo de los inevitables incendios forestales de finales del verano, y el primer aire fresco en meses los había reemplazado. Jennifer Hernández no solo había visto las cercanas montañas de Santa Mónica mientras se dirigía al centro médico de UCLA, la Universidad de California-Los Ángeles, sino que había atisbado incluso la lejana cordillera de San Gabriel, hermosamente recortada por el sol naciente.

Aquella fresca mañana, Jennifer se sentía emocionada, y no solo por el clima. Era el primer día de su pasantía en cirugía general. Jennifer estaba en cuarto curso de medicina en UCLA, y la cirugía de tercero le había gustado lo suficiente para considerarla una posible especialidad, pero necesitaba familiarizarse con las intervenciones quirúrgicas antes de tomar una decisión. Aunque el número de mujeres que estudiaban cirugía había aumentado, seguían siendo una minoría. No era una decisión fácil. La cirugía general tenía un horario especialmente exigente, en particular para una mujer que pretendía compaginar carrera y familia, y Jennifer quería tener familia. La necesidad de adquirir más experiencia para decantarse por una opción inteligente la había llevado a escoger cirugía general como asignatura optativa de su cuarto y último curso. Jennifer confiaba en su determinación y su habilidad manual, cualidades necesarias para la cirugía, y sabía por su experiencia en el curso anterior que ésta era tan emocionante como exigente.

El plan para el primer día era que los estudiantes de medicina se pusieran el uniforme de quirófano y se reunieran con sus respectivos instructores a las ocho de la mañana en la sala de cirugía. Jennifer había llegado temprano, como tenía por costumbre. Así que, aunque solo eran las siete y treinta y cinco, ya estaba cambiada y sentada en la sala de cirugía, hojeando distraídamente un número atrasado de la revista *Time*. Al mismo tiempo escuchaba la CNN en la televisión mientras observaba las idas y venidas de doctores, enfermeros y demás empleados. El trabajo en los quirófanos avanzaba ya a buen ritmo. Le habían dicho que los lunes siempre había mucho trabajo, y la pizarra blanca le confirmó que en ese momento los veintitrés quirófanos estaban ocupados.

Jennifer tomó un sorbo de café. Su preocupación por llegar tarde se estaba disipando agradablemente, y comenzó a preguntarse si la aceptarían en el excelente programa de cirugía de UCLA en caso de que se decidiera a elegir esa especialidad. Lo mejor de todo era que el año siguiente el hospital se trasladaría al nuevo centro Ronald Reagan, al otro lado de la calle, donde los quirófanos estarían equipados con las mejores y más modernas instalaciones. Jennifer era una de las estudiantes más aplicadas, se contaba entre las alumnas destacadas de su promoción y, como tal, confiaba en que tenía muchas posibilidades de que le pidieran quedarse si solicitaba la plaza. Pero en realidad su prioridad no era quedarse en Los Ángeles. No había nacido allí; ni siquiera era de la costa Oeste como la mayoría de sus compañeros de estudios. Jennifer procedía de Nueva York y se había desplazado al oeste para disfrutar una beca de cuatro años financiada por un rico mexicano agradecido por haberse curado de un cáncer en el centro médico de UCLA. La beca iba dirigida a mujeres hispanas sin demasiados recursos económicos. Jennifer reunía las tres condiciones, la había solicitado y la había obtenido, y así fue como comenzó su inesperada incursión en California. Pero ahora que su formación médica llegaba a su fin, ansiaba regresar al este. Amaba la Gran Manzana y se consideraba una neoyorquina de pura cepa. Allí había nacido y allí se había criado, por duro que hubiera sido el proceso.

Jennifer tomó otro sorbo de café y se concentró en el televisor. Los dos presentadores de la CNN habían dicho algo que había llamado su atención. Comentaban que el turismo médico amenazaba con convertirse en una industria boyante en varios países en vías de desarrollo, concretamente en países del sur de Asia, como la India y Tailandia, y no solamente en la cosmética o los procedimientos propios de los curanderos —como los tratamientos experimentales para el cáncer—, como había ocurrido en el pasado. Allí se estaban llevando a cabo intervenciones del siglo XXI en toda regla, como operaciones a corazón abierto o trasplante de médula ósea.

Jennifer se inclinó hacia delante para escuchar mejor. Jamás había oído la expresión «turismo médico». Le parecía una especie de oxímoron. Jennifer no había estado nunca en la India, y por lo poco que sabía, imaginaba un país pobrísimo en el que la mayoría de sus habitantes estaban flacos, desnutridos, vestían harapos y soportaban un monzón cálido y húmedo durante medio año y un desierto ardiente, seco y polvoriento durante el otro medio. Aunque era lo bastante inteligente para saber que aquel estereotipo no tenía por qué ser necesariamente cierto, pensaba que debía tener algún fundamento para haberse convertido en estereotipo. De lo que sí estaba segura era de que semejante estereotipo difícilmente podía ser el destino apropiado para quien buscara los últimos avances en cirugía, una tecnología cara y moderna y las técnicas del siglo XXI.

Para Jennifer era evidente que los locutores compartían su desconfianza.

«Es increíble —dijo el hombre—. En 2005 viajaron a la India

más de setenta y cinco mil estadounidenses para someterse a operaciones quirúrgicas mayores y, desde entonces, según el gobierno indio, el número ha crecido más de un veinte por ciento cada año. Para el final de la década se espera que suponga una fuente de divisas extranjeras cifrada en dos mil doscientos millones de dólares.»

«Estoy atónita, ¡totalmente atónita! —dijo la presentadora—. ¿Por qué va allí la gente? ¿Podemos aventurar algún motivo?»

«En Estados Unidos, la falta de seguro médico es la razón principal, y el precio, la segunda —dijo el hombre—. Una operación que en Atlanta costaría ochenta mil dólares allí podría salir por veinte mil; además, la oferta incluye unas vacaciones en un complejo hotelero indio de cinco estrellas para la recuperación.»

«¡Caramba! —exclamó la mujer—. Pero ¿es seguro?»

«Eso es lo que me preocuparía también a mí —asintió el hombre—. Y por eso es tan interesante la noticia que acabamos de recibir. El gobierno indio, que ha prestado su apoyo al turismo médico con incentivos económicos, ha afirmado durante los últimos años que sus resultados son tan buenos o mejores que los de cualquier hospital occidental. Afirman que se debe a que todos sus cirujanos están colegiados y también a que el equipo y los hospitales, algunos de ellos acreditados por la Joint Commission International, disponen de los últimos avances y son de reciente construcción. Sin embargo, en realidad ninguna revista médica ha publicado nunca suficientes datos ni estadísticas que avalen esas afirmaciones. Hace unos instantes la CNN ha sabido, a través de una fuente conocida y fiable, que una mujer estadounidense de sesenta y cuatro años que gozaba de buena salud, procedente de Queens, Nueva York, y llamada María Hernández, ha muerto repentinamente a las 7.54 del lunes por la tarde, hora local india. Unas doce horas antes, María Hernández se había sometido a una operación de reemplazo de cadera, sin complicaciones, en el hospital Queen Victoria de Nueva Delhi. Es más, nuestra fuente afirma que este trágico fallecimiento de una mujer sana de sesenta y cuatro años no es más que la punta del iceberg.»

«Muy interesante —dijo la mujer—. Confío en que tendremos más noticias.»

«Eso tengo entendido», respondió el hombre.

«Y ahora pasemos a la interminable campaña de las elecciones presidenciales de 2008...»

Jennifer, aturdida, apoyó la espalda en el asiento. Repitió mentalmente el nombre: «María Hernández, de Queens, Nueva York». La abuela paterna de Jennifer, la persona más importante en su vida, se llamaba María Hernández y, para mayor congoja, vivía en Queens. Aun peor, sus problemas de cadera se habían ido agravando con el tiempo. Hacía menos de un mes que había consultado a Jennifer si creía que debería operarse. Jennifer le dijo que solo ella misma podía contestar a esa pregunta, ya que, en aquel punto, dependía de la incapacitación o las molestias que le causara.

—Pero ¿la India? —Jennifer meneó la cabeza.

El hecho de que su abuela se hubiera ido a la India sin comentárselo le parecía tan improbable que halló en eso su principal fuente de esperanza de que la historia fuese una coincidencia, que no fuera su María Hernández sino otra María Hernández que también vivía en Queens. Jennifer y su abuela tenían una relación muy estrecha, ya que María era su madre putativa. Su madre real falleció cuando Jennifer tenía solo tres años, víctima de un conductor que se dio a la fuga en el Upper East Side de Manhattan. Casi desde el mismo día del accidente, Jennifer, sus dos hermanos mayores, Ramón y Diego, y el holgazán de su padre, Juan, había vivido en el diminuto adosado con un solo dormitorio que María tenía en Woodside, Queens.

Jennifer fue la última de los nietos que se fue de allí, y eso no ocurrió hasta que entró en la facultad de medicina. Para Jennifer, María era una santa a la que su marido había abandonado. No solo les había permitido vivir con ella; también los había mantenido y alimentado trabajando de niñera y ama de llaves. Cuando se hicieron mayores, Jennifer y sus hermanos la ayudaron haciendo algunos trabajos después de clase, pero María era quien llevaba el pan a casa.

En cuanto a Juan, que Jennifer recordara nunca había hecho nada útil. Supuestamente, antes de que ella naciera, sufrió una lesión de espalda que lo dejó incapacitado para el trabajo. Hasta que murió, Mariana, la madre de Jennifer, encargada de compras en Bloomingdale's, era la única persona que llevaba dinero a casa. Ahora que Jennifer se acercaba al final de sus estudios de medicina y sabía algo sobre enfermedades psicosomáticas y fingidas, tenía todavía más razones para cuestionar la supuesta discapacidad de su padre y despreciarlo aún más.

El sillón donde estaba sentada era bajo y tenía los reposabrazos muy altos, por lo que le costó levantarse. No podía quedarse allí sentada preocupada como estaba por su abuela. Sabía también que la más ligera posibilidad de que la noticia estuviera relacionada con ella le haría imposible concentrarse cuando conociera a su nuevo instructor. Necesitaba estar segura, y eso significaba que tendría que hacer algo que no le apetecía nada: llamar al odioso y gandul de su padre.

Desde los nueve años apenas había hablado con él, prefería fingir que no existía, lo cual resultaba complicado viviendo todos apretados en un piso pequeño. En ese aspecto, mudarse a Los Ángeles le había resultado un alivio, pues ya no tenía que dirigirle la palabra. Durante el primer curso, si su padre contestaba al teléfono cuando Jennifer llamaba a María, ella colgaba y lo intentaba más tarde, cuando tenía la seguridad de que su abuela estaba en casa. Pero normalmente dejaba que fuera su abuela quien la llamara, algo que María hacía con regularidad. Y el teléfono dejó de ser un problema cuando su abuela, a petición de Jennifer, compró un móvil y puso la línea fija a nombre de su padre. En los últimos cuatro años Jennifer no había vuelto a Nueva York. En parte por su padre y en parte por el gasto que suponía. En lugar de ir ella, traía a su abuela a la costa Oeste aproximadamente cada seis meses. A María le encantaba. Para ella —le había dicho a Jennifer—, ir a California a verla era lo más emocionante que había hecho en su vida.

Jennifer llegó al vestuario de mujeres, soltó el imperdible que sostenía la llave de su taquilla, la abrió y sacó el teléfono móvil. Recorrió la sala hasta que por fin dio con un lugar donde había buena cobertura. Marcó el número y, mientras esperaba, apretó la mandíbula imaginando el momento en que oiría la voz de su padre. Eran las ocho menos cuarto en Los Ángeles, las once menos cuarto en Nueva York, justo la hora en que Juan solía alzarse entre los muertos.

—Vaya, vaya, pero si es la creída de mi hija —dijo Juan con sorna tras el primer hola—. ¿A qué se debe el honor de que me llame la estirada doctora en ciernes?

Jennifer hizo caso omiso de la provocación.

—Te llamo por la abuela —dijo simplemente. Estaba decidida a no caer en ninguna trampa que alargara la conversación más allá del asunto que le interesaba.

—¿Qué pasa con la abuela?

—¿Dónde está?

—¿Por qué lo preguntas?

—Tú dime dónde está.

—En la India. Por fin le han arreglado la cadera. Ya sabes lo cabezota que es. Yo llevaba un par de años pidiéndole que lo hiciera porque estaba empezando a afectarle seriamente en el trabajo.

Jennifer se mordió la lengua ante el comentario sobre el trabajo, conocía demasiado bien el historial de su padre.

—¿Has tenido noticias del médico, del hospital, algo?

—No. ¿Debería?

—Supongo que tienen tu número de teléfono.

—Desde luego.

—¿Cómo es que no has ido con ella? —A Jennifer le dolía imaginarse a su abuela viajando sola hasta la India y enfrentándose a una operación cuando el viaje más largo que había hecho en su vida era acercarse a California de visita.

—Tal como tengo la espalda y eso no puedo viajar.

—¿Cómo se organizó la operación? —preguntó Jennifer. Quería colgar ya. El hecho de que nadie hubiera llamado a su padre le pareció esperanzador.

—La organizó una empresa de Chicago llamada Foreign Medical Solutions.

—¿Tienes el número a mano?

—Claro, un momento.

Jennifer oyó el golpe del auricular contra la mesita. Se la podía imaginar junto a la puerta de entrada, en la parte del adosado donde debía ir una mesa de comedor pero que estaba ocupada por la cama de Juan. Un minuto después, su padre volvió al teléfono y le recitó un número de Chicago. Jennifer colgó en cuanto lo hubo apuntado. No le apetecía mantener ninguna charla hipócrita, ni siquiera decirle adiós. Con el número en la mano, llamó a Foreign Medical Solutions y, tras decirle a un operador quién era y para qué llamaba, la pasaron con una mujer llamada Michelle que era gerente médica. Tenía una voz increíblemente profunda y resonante con un ligero acento sureño. Jennifer repitió su historia y la mujer le pidió que no colgara. Durante unos instantes Jennifer escuchó el sonido inconfundible de un teclado mientras Michelle abría el fichero de María Hernández.

—¿Qué es lo que desea saber? —preguntó Michelle, de nuevo al teléfono—. Como estudiante de medicina, supongo que está al corriente de que el Acta de Portabilidad y Responsabilidad para Seguros Sanitarios limita la información que podemos darle, incluso si usted es quien dice ser.

—En primer lugar quiero tener la certeza de que se encuentra bien.

—Está respondiendo muy bien. No hubo problema en la operación. Estuvo menos de una hora en la Unidad de Reanimación Postanestesia y después la trasladaron a su habitación. Aquí dice que ya han empezado a ponerle los fluidos por vía oral. Es la última entrada.

—¿Es reciente?

—Sí. De hace poco más de una hora.

—Son buenas noticias —dijo Jennifer. Sentía mayor alivio incluso que cuando Juan le había dicho que no sabía nada—. La mayoría de sus pacientes del hospital Queen Victoria ¿evolucionan bien?

—Sí. Es un hospital famoso. Tuvimos un paciente que insistió en volver al Queen Victoria para la segunda rodilla.

—Siempre viene bien tener algún testimonio —dijo Jennifer—. ¿Puedo llamar al hospital para intentar hablar con mi abuela?

—Por supuesto —respondió Michelle, y le dictó el número de teléfono.

—¿Qué hora es ahora en Nueva Delhi? —preguntó Jennifer.

—Vamos a ver... —Hubo una pausa—. A veces me confundo. Si aquí son las diez menos cinco de la mañana, me parece que en Nueva Delhi son las nueve y veinticinco de la noche. Van diez horas y media por delante que nosotros, aquí en Chicago.

—¿Es buena hora para llamar?

—La verdad es que no sabría decirle —respondió Michelle.

Jennifer le dio las gracias. Por un momento pensó en llamar al teléfono móvil de su abuela, pero descartó enseguida la idea. Al contrario que su operador de telefonía, AT&T, Jennifer dudaba mucho que el Verizon de María funcionara en la India. Llamó al hospital Queen Victoria. Se quedó estupefacta al oír el sonido de la línea solo unos segundos después, sobre todo porque no tenía ni idea de cómo funcionaban los móviles ni ningún otro teléfono. Al momento se encontró hablando en inglés con la otra punta del mundo, con una mujer con un reconocible acento indio agradable y melódico; al oído de Jennifer se parecía al acento de Inglaterra, pero era más musical.

—Me parece increíble que esté hablando con alguien que está en la India —exclamó Jennifer.

—De nada —respondió la operadora del hospital, algo inapropiadamente—. Pero con la de centros de atención telefónica que hay aquí, seguramente habla usted con la India más de lo que cree.

Jennifer le dijo el nombre de su abuela y preguntó si podían pasarle con su habitación.

—Lo lamento mucho —respondió la operadora—, pero no podemos pasar llamadas después de las ocho de la tarde. Si tuviera usted la extensión, podría llamar directamente.

—¿Puede darme la extensión?

—Lo siento pero no se nos permite por razones evidentes. Si no fuera así, le pasaría yo misma.

—Comprendo —dijo Jennifer, pero aun así pensó que preguntar no hacía daño a nadie—: ¿Puede decirme cómo se encuentra?

—Sí, por supuesto. Tenemos una lista aquí mismo. ¿Podría decirme otra vez el apellido?

Jennifer repitió: «Hernández».

—Aquí está —dijo la operadora—. Ha evolucionado estupendamente, ya han empezado a alimentarla y la han trasladado. Los médicos dicen que están muy satisfechos.

—¡Eso es magnífico! —respondió Jennifer—. Dígame, ¿hay alguien en el hospital que se encargue de su caso?

—¡Claro! Todos nuestros visitantes extranjeros tienen asignado un gerente médico nativo. La de su abuela se llama Kashmira Varini.

—¿Podría dejarle un mensaje?

—Sí. ¿Quiere que se lo comunique yo o prefiere dejárselo en el buzón de voz? Puedo conectarla.

—Mejor el buzón de voz —dijo Jennifer.

Estaba sorprendida. Su breve relación con un hospital indio indicaba que era bastante civilizado y que, sin duda, estaba equipado con un moderno sistema de comunicación.

Tras escuchar el mensaje grabado de Kashmira Varini, Jennifer dejó su nombre, su relación con María Hernández y la petición de que la informara de la evolución de su abuela o, al menos, de que la avisaran si había algún problema o complicación.

Antes de colgar, Jennifer pronunció lenta y claramente su número de teléfono móvil. Quería asegurarse de que su acento no daría motivo a ningún error. Sabía que tenía un fuerte acento neoyorquino.

Cerró la tapa del teléfono y lo estaba guardando otra vez en taquilla cuando de repente se detuvo. Razonó que la probabilidad de que otra María Hernández de Queens hubiera ido a operarse al mismo hospital indio era bastante pequeña. En realidad era completamente inverosímil; la idea de llamar a la CNN y tener unas palabras le pasó por la cabeza. Jennifer era una activista, no una persona reflexiva, y no se lo pensaba dos veces antes de despacharse a gusto cuando alguien lo merecía, y la CNN se lo merecía por no contrastar sus noticias antes de emitirlas. Sin embargo, se impuso en ella una actitud más racional, menos emotiva. ¿A quién de la CNN podía llamar, y qué posibilidades tenía de sacar algo en claro? De pronto miró su reloj. Al ver que eran más de las ocho, un escalofrío de inquietud le recorrió la columna vertebral como una descarga eléctrica. A pesar de sus esfuerzos por que ocurriera lo contrario, llegaba tarde a su primera sesión en la optativa de cirugía.

Cerró la taquilla de golpe y, mientras corría hacia la puerta, puso el teléfono en modo de vibración y lo deslizó dentro del bolsillo de sus pantalones de hospital, junto al imperdible y la llave. Estaba realmente preocupada. Llegar tarde no era forma de empezar una pasantía, y menos con un cirujano obsesivo. Y sabía, por su experiencia en el tercer curso, que todos eran obsesivos.

2

*Nueva York, lunes 15 de octubre de 2007, 11.05 h
(En el mismo momento en que Jennifer recibe un sermón por
llegar tarde)*

—¿Los ves? —preguntó la doctora Shirley Schoener.

La doctora Schoener era una ginecóloga especializada en infertilidad. Aunque jamás lo había admitido, su decisión de estudiar medicina había sido una forma supersticiosa de enfrentarse a su temor hacia la enfermedad, y si se especializó en infertilidad fue por su miedo a sufrirla. Y en ambos casos había funcionado. Era una mujer sana con dos hijos maravillosos. Y la clientela de su consulta aumentaba, pues su estadística en el logro de embarazos era excelente.

—Supongo que sí —respondió la doctora Laurie Montgomery.

Laurie era médico forense y trabajaba en la Oficina del Forense de la ciudad de Nueva York. Tenía la misma edad que Schoener: cuarenta y tres años. Habían hecho la carrera juntas en la facultad de medicina y habían sido amigas y compañeras de clase. La diferencia entre ambas, aparte de sus respectivas especialidades profesionales, era que Shirley se había casado relativamente pronto —a los treinta años, poco después de terminar su programa de residencia— y los niños habían llegado a su debido tiempo, uno tras otro. Laurie había esperado hasta cumplir los cuarenta y uno, dos años atrás, para casarse con su colega forense Jack Stapleton y dejar de utilizar lo que ella llamaba «el guardameta», un eufemismo con el que se refería a los diversos métodos anticonceptivos a que había recurrido durante años. Laurie había supuesto que a partir de entonces no tardaría en quedarse embarazada del hijo que siempre supo que tendría. Al fin y al cabo, ya se había quedado embarazada por error durante la época en que confió en el método Ogino por acercarse demasiado a la fecha límite. Por desgracia el embarazo resultó ser ectópico y tuvo que interrumpirse. Sin embargo, ahora que sí quería quedarse embarazada, no lo conseguía. Y tras el obligatorio año de sexo sin protección, sin «guardameta», Laurie había llegado a la desagradable conclusión de que debía enfrentarse a la realidad y actuar. Fue en ese momento cuando contactó con su vieja amiga Shirley y empezó los tratamientos.

El primer paso había consistido en averiguar si había algún problema anatómico o fisiológico en ella o en Jack. La respuesta fue que no. Por primera vez en su vida Laurie había esperado que las pruebas médicas revelaran algún problema y, a partir de ahí, solucionarlo. Lo que revelaron fue lo que ya suponía: una de sus trompas de Falopio había quedado dañada a consecuencia del embarazo ectópico. Pero parecía que la otra trompa funcionaba con total normalidad. La opinión general era que una trompa de Falopio no debería suponer un problema.

Llegados a ese punto, Laurie había probado el Clomid, medicamento estimulador de la ovulación, combinado con el proceso de inseminación intrauterina, cuyo antiguo nombre —inseminación artificial— se había cambiado para que sonara menos antinatural. Tras los intentos cíclicos requeridos para el Clomid, todos fallidos, habían pasado a las inyecciones de hormona foliculoestimulante. Laurie había comenzado ya su tercer ciclo de inyecciones. Si fallaba, como había ocurrido con los anteriores, solo le quedaría la esperanza de la fecundación in vitro. Por tanto, era comprensible que estuviera nerviosa e incluso padeciera una leve depresión clínica. Jamás había imaginado lo estresantes que iban a resultarle los tratamientos para combatir la infertilidad, ni la carga emocional que conllevaban. Laurie estaba frustrada, decepcionada, furiosa y agotada. Era como si su cuerpo estuviera tomándose las cosas con calma después del empeño que había puesto durante tantos años por no quedarse embarazada.

—No entiendo por qué no los ves —dijo la doctora Schoener—. Los folículos son muy evidentes, al menos cuatro de ellos, y tienen un aspecto estupendo. Son de buen tamaño: ni demasiado grandes ni demasiado pequeños.

Cogió la pantalla de ultrasonidos con la mano que tenía libre y la giró con cierto esfuerzo para dejarla perpendicular a la línea de visión de Laurie. A continuación señaló los folículos uno por uno. Con la mano derecha debajo de un paño estéril dirigió la sonda transductora hacia el vértice vaginal izquierdo de Laurie.

—Vale, ya los veo —dijo Laurie, tumbada en la camilla de exploración, con los pies en alto y las piernas separadas.

La primera vez que pasó por una prueba de fertilidad con ultrasonidos se llevó una sorpresa, ya que había esperado que la doctora colocara el sensor sobre su abdomen. Pero a aquellas alturas, después de someterse al procedimiento en días alternos durante la primera mitad de cinco ciclos, ni se inmutaba. Era un proceso incómodo, pero no le provocaba ningún dolor. El mayor problema era que le parecía humillante pero, a decir verdad, todo el jaleo de la infertilidad ya le parecía humillante.

—¿Tienen mejor aspecto que los de ciclos anteriores? —preguntó Laurie. Necesitaba que la animaran.

—No especialmente —admitió la doctora Schoener—. Pero lo que me gusta sobre todo es que en este ciclo la mayoría están en el ovario izquierdo, no en el derecho. Recuerda que tu oviducto viable es el izquierdo.

—¿Y crees que eso supondrá alguna diferencia?

—Vaya, sí que estamos negativas... —dijo la doctora Schoener mientras extraía la sonda y apartaba la pantalla de ultrasonidos de la vista de Laurie.

Laurie dejó escapar una breve risa burlona mientras bajaba los pies, pasaba las piernas a un lado de la camilla y se sentaba, sujetándose la sábana alrededor del cuerpo.

—Tienes que ser positiva —añadió Schoener—. ¿Has tenido algún síntoma hormonal?

Laurie repitió su risa falsa con algo más de energía. Esta vez también puso los ojos en blanco.

—Cuando empecé con todo este asunto, me prometí a mí misma que no dejaría que me afectara. Qué equivocada estaba... Tendrías que haber oído los gritos que le eché ayer a una octogenaria que se me intentó colar en la caja del supermercado. Solté más tacos que un conductor en hora punta.

—¿Qué tal los dolores de cabeza?

—Siguen.

—¿Sofocos?

—El paquete completo, sí. Y lo que más me molesta es Jack. Se comporta como si no tuviera nada que ver en esto. Cada vez que me baja la regla y me quedo hecha un asco por no estar embarazada, él dice tan campante «Bueno, quizá el mes que viene», y sigue a lo suyo. Me dan ganas de darle un sartenazo en la cabeza.

—Pero él quiere tener niños, ¿no? —preguntó la doctora Schoener.

—Bueno, si te soy sincera, probablemente él sigue adelante con todo esto por mí. Pero cuando los tengamos, si es que los tenemos, será el mejor padre del mundo. Estoy convencida. El problema de Jack es que ya tuvo dos hijas encantadoras con su difunta esposa, pero ella y las niñas fallecieron en un trágico accidente de aviación. Sufrió tanto que ahora tiene miedo de volverse vulnerable otra vez. Ya fue difícil conseguir que se comprometiera al matrimonio.

—No lo sabía —dijo la doctora Schoener con sincera compasión.

—Lo sabe muy poca gente. Jack no es nada comunicativo con sus sentimientos personales.

—No hay nada extraño en eso —respondió la doctora

Schoener mientras recogía los envoltorios de papel de la prueba de ultrasonidos y los metía en la papelera—. A menos que pueda demostrarse que el problema de esterilidad lo tiene el varón, en cuyo caso se la toma muy en serio, lo normal es que aborde la infertilidad y su tratamiento de forma muy diferente a como lo hace una mujer.

—Lo sé, lo sé —dijo Laurie con fervor. Se puso en pie, sujetando todavía la sábana en torno a su cuerpo—. Lo sé, pero no por eso me fastidia menos que no se implique más y no comprenda lo que estoy pasando. Este asunto no es nada fácil, te pongas como te pongas, y menos con el peligro de la hiperestimulación a la vuelta de la esquina. El problema es que, al ser médico, sé de lo que debo asustarme.

—Bueno, por suerte no parece que haya ningún riesgo de hiperestimulación en este ciclo ni en los anteriores, así que quiero que sigas con la misma dosis en las inyecciones. Si en la muestra de sangre que te hemos sacado hoy sale un nivel hormonal demasiado alto, te llamaré y haremos los ajustes necesarios. Si no, cíñete al tratamiento. Lo estás haciendo de maravilla. Este ciclo pinta bien.

—Lo mismo dijiste el mes pasado.

—Te lo dije porque de verdad pintaba bien. Pero este mes el ovario izquierdo ha tomado protagonismo y la cosa pinta mejor.

—¿Cuándo crees que tendré que ponerme la inyección desencadenante y hacer la inseminación intrauterina? Jack prefiere saber con un poco de tiempo cuándo tendrá que pasar a la acción.

—Por el tamaño actual de los folículos, yo diría que tal vez dentro de cinco o seis días. Que en recepción te den cita para otra ecografía y prueba de estradiol dentro de dos o tres días, cuando mejor te venga. Entonces podré darte una estimación aún mejor.

—Otra cosa —dijo Laurie mientras la doctora Schoener se preparaba para marcharse—. Anoche estaba en la cama sin poder volver a dormirme cuando se me ocurrió una pregunta relacionada con mi trabajo. ¿Crees que alguna condición ambiental en el depósito de cadáveres podría estar agravando este problema de fertilidad? ¿Los fijadores para muestras de tejido o algo por el estilo?

—Lo dudo —respondió al instante la doctora Schoener—. Si los patólogos sufrieran esterilidad en mayor medida que otros médicos, me parece que estaría enterada. Recuerda que en el hospital veo a muchos médicos, entre ellos a unos cuantos patólogos.

Laurie dio las gracias a su amiga, la envolvió en un breve abrazo y se dirigió al vestuario donde había dejado su ropa. Lo primero que hizo fue sacar el reloj. Todavía no eran las once y media, lo cual era perfecto. Significaba que podría estar de vuelta en la Oficina del Forense hacia el mediodía, la hora a la que se ponía su inyección diaria de hormona.

3

Los Ángeles, lunes 15 de octubre de 2007, 9.30 h
(Veinte minutos después de que Laurie se inyecte la hormona)

La vibración del teléfono móvil pilló a Jennifer totalmente por sorpresa; no recordaba habérselo guardado en el bolsillo del pantalón de quirófano en lugar de dejarlo en la taquilla. El sobresalto que se llevó fue suficiente para llamar la atención de su nuevo instructor. Se llamaba Robert Peyton. El doctor Peyton ya le había dejado claro que llegar casi cuatro minutos tarde el primer día era empezar con mal pie, por lo que la vibración del teléfono, que se oía débilmente, era un desastre en potencia. Jennifer se metió la mano en el bolsillo para tratar de calmar al insistente artilugio, pero no lo consiguió. Incapaz de determinar con la suficiente rapidez la orientación del teléfono, no dio con el botón correcto.

En la sala de suministro de anestesia, silenciosa como un mausoleo, situada entre los quirófanos ocho y diez, Jennifer, el doctor Peyton —un hombre elegante y muy bien parecido— y siete de los compañeros de clase de Jennifer que se habían apuntado a la misma asignatura optativa, discutían los horarios del siguiente mes. El grupo de ocho personas iba a dividirse en cuatro parejas, a las que les asignarían pasantías de una semana en las distintas especialidades de cirugía, incluida la anestesia. Para disgusto de Jennifer, a ella y a otro estudiante les habían asignado a anestesia. Opinaba que, si hubiera querido practicar la anestesia, la habría elegido para la pasantía completa. Pero ya había tenido un mal comienzo por llegar tarde, así que no protestó.

—¿A la señorita le gustaría compartir algo con el grupo en relación con su evidente sobresalto y su aparente necesidad de traerse el móvil al quirófano? —preguntó el doctor Peyton en tono burlón y con lo que a Jennifer le pareció una pizca de inapropiado sexismo.

Estuvo tentada de responderle como merecía, pero se lo pensó mejor. Además, la vibración ininterrumpida del teléfono dominaba sus pensamientos. No imaginaba quién podía llamarla a menos que tuviera algo que ver con su abuela. Por impulso, y pese a que la atención de todo el mundo estaba centrada en ella, sacó el teléfono del bolsillo para silenciarlo, pero en el proceso echó un vistazo a la pantalla del aparato. Vio al instante que era una llamada internacional y, al haber marcado el número hacía tan poco tiempo, supo que se trataba del hospital Queen Victoria.

—Pido disculpas a todos —dijo Jennifer—, pero tengo que responder esta llamada. Es sobre mi abuela. —Sin esperar la reacción del doctor Peyton, salió a toda prisa hacia el pasillo central del quirófano y, con la sensación de que llevar un teléfono allí podría considerarse algo inadmisible, lo abrió, se lo acercó al oído y dijo—: ¡No cuelgue, por favor!

A continuación corrió hacia la doble puerta doble de entrada, que se abría en ambas direcciones. Cuando por fin llegó al lugar del vestuario donde había estado antes, intentó iniciar la conversación. Comenzó pidiendo disculpas.

—No es ningún problema —dijo una voz india de timbre más bien agudo—. Me llamo Kashmira Varini, y usted me ha dejado un mensaje en el contestador. Soy la gerente del caso de María Hernández.

—Sí, le he dejado un mensaje —admitió Jennifer. Notó que se le tensaban los músculos abdominales al preguntarse la razón de aquella llamada. Jennifer sabía que no se trataba de pura cortesía; en Nueva Delhi debía de ser cerca de medianoche.

—Me pidió que la llamara. Además, acabo de hablar con su padre y él también me ha aconsejado que la llame. Me ha dicho que es usted quien debería encargarse.

—¿Encargarme de qué? —preguntó Jennifer. Sabía que estaba haciéndose la tonta y postergando lo impensable. Aquella llamada tenía que ver con el estado de su abuela, y no era probable que fueran buenas noticias.

—De los trámites. María Hernández ha fallecido.

Durante unos segundos, Jennifer fue incapaz de hablar. Le parecía imposible que su abuela estuviera muerta.

—¿Sigue ahí? —preguntó Kashmira.

—Sí —respondió Jennifer. Estaba petrificada. No podía creer que un día que le había parecido tan prometedor estuviera resultando tan desastroso—. ¿Cómo puede ser? —se quejó, irritada—. He llamado a su hospital hace hora y media y la operadora me ha asegurado que mi abuela estaba bien. Incluso me ha dicho que ya la estaban alimentando y que la habían trasladado.

—Me temo que la operadora no lo sabía. El personal del hospital Queen Victoria lamenta muchísimo esta situación tan desafortunada. Su abuela estaba evolucionando estupendamente, la operación de reemplazo de cadera había sido un éxito completo y rotundo. Nadie se esperaba este desenlace. Espero que acepte nuestras más sinceras condolencias.

La mente de Jennifer estaba casi paralizada. Era como si le hubieran dado un golpe en la cabeza.

—Sé que está conmocionada —continuó Kashmira—, pero quiero asegurarle que se ha hecho por María Hernández todo lo que se podía hacer. Ahora, por supuesto...

—¿De qué ha muerto? —preguntó Jennifer de repente, interrumpiendo a la gerente médica.

—Los médicos me han dicho que ha sido un ataque al corazón. La encontraron inconsciente en su habitación. No hubo ningún aviso de que hubiera algún problema. Por supuesto, se llevó a cabo un intento completo de reanimación, pero por desgracia no hubo respuesta.

—Un ataque al corazón no me parece demasiado probable —dijo Jennifer mientras sus emociones en estado puro se convertían en rabia—. Sé a ciencia cierta que tenía el colesterol bajo, la presión sanguínea baja, el azúcar en sangre normal y un cardiograma perfectamente limpio. Soy estudiante de medicina. Me aseguré de que le hicieran un examen físico de primera aquí, en el centro médico de la Universidad de California, hace solo unos meses, cuando vino a visitarme.

—Uno de los médicos mencionó que tenía un historial de arritmia cardíaca.

—¡Arritmia cardíaca, y una mierda! —espetó Jennifer—. Es cierto que hace algún tiempo tuvo unos cuantos episodios de extrasístole ventricular, pero se determinó que estaban provocados por la efedrina presente en un remedio para el resfriado que tomaba sin receta. Desaparecieron tan pronto como dejó de tomarlo, y no volvieron a presentarse.

Esa vez fue Kashmira la que guardó silencio y Jennifer la que, tras una pausa, preguntó si la comunicación se había interrumpido.

—No, sigo aquí —replicó Kashmira—. No sé qué puedo decirle. Yo no soy médico, solo sé lo que me dicen los médicos.

Un ligero sentimiento de culpa suavizó la reacción de Jennifer ante aquella horrible noticia. Se avergonzó al instante de haber echado la culpa al mensajero.

—Perdóneme. Estoy hecha polvo. Mi abuela era una persona muy especial para mí. Era como una madre.

—Todos lamentamos muchísimo su pérdida, pero hay que tomar algunas decisiones.

—¿Qué clase de decisiones?

—Sobre todo, en cuanto al cuerpo. Con el certificado de defunción firmado, que ya tenemos, necesitamos saber si quiere incinerar el cuerpo o embalsamarlo, y si desea devolverlo a Estados Unidos o que permanezca en la India.

—¡Oh, Dios mío! —murmuró Jennifer entre dientes.

—Somos conscientes de lo difícil que resulta tomar decisiones en sus circunstancias, pero hay que afrontarlas. Se lo hemos preguntado a su padre porque en el contrato aparece como familiar más cercano, pero él nos ha dicho que usted, por su condición de estudiante de medicina, debería ser quien se encargara. Nos enviará una declaración por fax a tal efecto.

Jennifer puso los ojos en blanco. Semejante treta para evitarse responsabilidades era típica de Juan. No tenía ninguna vergüenza.

—Considerando tan horribles circunstancias —continuó diciendo la mujer india—, esperábamos que el señor Hernández aceptara nuestra oferta de correr con los gastos de su desplazamiento inmediato a la India, pero nos ha dicho que no puede viajar por una lesión en la espalda.

«Sí, seguro que sí», se burló Jennifer en silencio. Sabía perfectamente que cuando llegaba noviembre era capaz de conducir sin ningún problema hasta los Montes Adirondack, que estaban en el quinto pino, para cazar y escalar montañas con sus otros amigos inútiles.

—Por supuesto, al convertirse usted en la pariente más cercana, esa invitación se la hacemos ahora a usted —siguió Kashmira—. El contrato que firmó su abuela incluía las tarifas aéreas y los gastos de alojamiento del familiar que la acompañara, pero ella dijo que no sería necesario. En todo caso, los fondos siguen estando disponibles.

Jennifer no podía soportar imaginarse a su abuela muriendo en la lejana India ni visualizar su cadáver sobre una tabla fría en la cámara refrigeradora de un depósito de cadáveres. Teniendo asegurados el desplazamiento, el alojamiento y la manutención, no podía fallarle a su abuela. Sus responsabilidades personales —la facultad de medicina y su nueva pasantía quirúrgica— pasaban a segundo plano. Sabía que si no lo hacía, y a pesar de que su abuela no le había confiado sus planes, nunca se lo perdonaría.

—Los preparativos pueden hacerse a través de la embajada estadounidense, y los documentos pueden firmarse a distancia, pero la verdad es que sería mejor que usted estuviera presente. En estos casos, es más seguro contar con la presencia de un familiar para evitar cualquier equivocación o malentendido.

—De acuerdo, iré —dijo Jennifer con brusquedad—. Pero quiero ir ya. Hoy mismo, si es posible.

—Si quedan plazas en el vuelo de Singapur de finales de la tarde, con escala en Tokio, no habrá ningún problema. Hemos tenido a otros pacientes de la zona de Los Ángeles, así que estoy familiarizada con el horario. El mayor problema será el visado, pero puedo solucionarlo si consigo que el Ministerio de Sanidad indio emita un visado médico especial de emergencia. Podemos informar a la aerolínea desde aquí. Pero necesitó que me dé su número de pasaporte tan pronto como le sea posible.

—Iré a mi apartamento y la llamaré para decírselo —prometió Jennifer. Se alegró de tener pasaporte, y la única razón de aquello era su abuela. Cuando Jennifer tenía nueve años, María se la había llevado a ella y a sus dos hermanos a Colombia para que conocieran a sus familiares. También se alegró de haberse tomado la molestia de renovarlo.

—Quizá cuando vuelva a llamarme ya haya hecho todas las gestiones. A pesar de la hora que es aquí, en la India, lo haré ahora mismo. Pero antes de colgar, querría preguntarle de nuevo si quiere incinerar el cuerpo de su abuela, que sería nuestra recomendación, o embalsamarlo.

—No haga ninguna de las dos cosas hasta que yo llegue —replicó Jennifer—. Quiero saber qué piensan mis dos hermanos.

Jennifer sabía que eso era mentira. Sus hermanos y ella habían seguido caminos opuestos en la vida, y rara vez hablaban. Ni siquiera sabía cómo localizarlos; por lo que sabía, seguían en la cárcel por tráfico de drogas.

—Pero necesitamos una respuesta. El certificado de defunción ya está firmado. Debe decidirse.

Jennifer no respondió de inmediato. Siempre que alguien la empujaba, ella devolvía el empujón.

—Supongo que el cuerpo está en una cámara frigorífica.

—Lo está, pero tenemos la política de ocuparnos de él inmediatamente. No disponemos de las instalaciones adecuadas, ya que las familias indias reclaman a sus familiares difuntos de inmediato para incinerarlos o enterrarlos, generalmente para incinerarlos.

—El principal motivo por el que voy a ir hasta allí es porque quiero ver el cuerpo.

—En ese caso podemos embalsamarlo. Estará mucho más presentable.

—Mire, señorita Varini, voy a recorrer medio mundo para ver a mi abuela. No quiero que nadie toque su cuerpo hasta que yo llegue. Y desde luego, no quiero que ningún embalsamador la rebane ni la trocee. Probablemente haré que la incineren, pero no lo decidiré hasta que la vea por última vez, ¿de acuerdo?

—Como desee —respondió Kashmira, aunque su tono indicaba que discrepaba por completo de esa decisión. A continuación le dio su número de acceso directo e insistió en que necesitaba los datos de su pasaporte tan pronto como le fuera posible.

Jennifer cerró la tapa del teléfono. Estaba perpleja y enfadada por la inapropiada insistencia de la gerente para que decidiera qué debían hacer con el cuerpo de su abuela a pesar de que ella había dicho claramente que aún no lo sabía. Pero al menos aquello tuvo el efecto de suavizar el dolor. Jennifer se encogió de hombros. Probablemente aquel solo era un ejemplo más de la falta de sentido común de alguna gente en las relaciones sociales. Kashmira Varini debía de ser una cuadro medio que tenía una casilla en blanco junto a las palabras «Disposición del cuerpo» y debía rellenarla.

Mientras salía del vestuario con paso rápido, planificó las siguientes horas; sentía que eso además la ayudaría a no pensar en la muerte de su abuela. En primer lugar, debía regresar al quirófano para ver al doctor Peyton y explicarle la situación. Después volvería a su apartamento a toda prisa, cogería el pasaporte y llamaría por teléfono al hospital para darles el número. A continuación iría a la facultad de medicina y se lo contaría todo al decano de estudiantes.

Cruzó las puertas de acceso al complejo de cirugía y se detuvo en el mostrador principal. Mientras esperaba para preguntar a alguno de los supervisores de enfermería si el doctor Peyton y sus estudiantes seguían en la sala de anestesia donde los había dejado, empezó a darle vueltas a un hecho desconcertante: ¿cómo es que se había enterado de la muerte de su abuela por la CNN, que ya era raro, hora y media antes de que el hospital la informara? No se le ocurría ninguna explicación plausible. Decidió que en cuanto llegara a la India se lo preguntaría a los responsables del hospital. Por lo que sabía, los familiares directos debían ser informados antes de revelar ningún nombre a los medios de comunicación; aunque tal vez eso fuera así en Estados Unidos pero no en la India. Sin embargo, esa cuestión la llevó a plantearse otra: ¿qué interés podía tener la CNN en airear el nombre de su abuela? No era una persona famosa. ¿Había sido solo una forma de guiar la charla hacia el asunto del turismo médico? ¿Y quién era esa fuente «conocida y fiable» que afirmaba que la muerte de su abuela no era más que la punta del iceberg?

4

Delhi, lunes 15 de octubre de 2007, 23.40 h
(En el mismo momento en que Jennifer se extraña
de que la CNN haya anunciado la muerte de su abuela)

Kashmira Varini era una mujer delgada, pálida y sensata, rara vez sonreía y su tono de piel contrastaba siempre con los saris que vestía sin excepción. Incluso a esas horas de la noche, cuando la llamaron del hospital para que regresara urgentemente debido a la muerte de la señora Hernández, Kashmira se tomó la molestia de ponerse un sari recién planchado de ricos tonos en rojo y oro. Aunque tenía un aspecto apagado y no destacaba por su amabilidad, era buena en su trabajo: inspiraba en sus pacientes una intensa y tranquilizadora sensación de eficiencia, competencia y compromiso, reforzada por su magnífico dominio del inglés de Inglaterra. Los pacientes que llegaban del extranjero para operarse estaban, sin excepción, asustados y nerviosos, pero en cuanto entraban en el hospital, ella los tranquilizaba.

—¿Ha oído lo suficiente de mi parte de la conversación para suponer lo que ha dicho la señorita Hernández? —preguntó.

Estaba sentada ante el escritorio del despacho del presidente del hospital. Él estaba enfrente. En contraste con el elegante estilo étnico de Kashmira, Rajish Bhurgava, de formas redondas y con cierto sobrepeso, vestía a lo *cowboy*: pantalones vaqueros que no le sentaban bien y camisa de franela con botones de presión. Tenía las piernas cruzadas y sus botas tejanas apoyadas en precario equilibrio en la esquina de la mesa.

—He entendido que no has sido capaz de conseguir que te diera permiso para embalsamar o incinerar el cuerpo, que era el principal objetivo de la llamada. Y eso es un desastre.

—Lo he hecho lo mejor que he podido —se defendió Kashmira—, pero la nieta es muy pertinaz, sobre todo comparada con el hijo. Tal vez deberíamos haber seguido adelante e incinerar el cuerpo sin preguntarle.

—No creo que hubiéramos podido asumir ese riesgo. Ramesh Srivastava ha sido muy claro cuando me ha llamado para decirme que quería que este caso desapareciera. En concreto dijo que no deseaba seguir atrayendo la atención de los medios de comunicación, y si la nieta es una cabezota, como sospechas, incinerar el cuerpo sin su permiso podría explotarnos en las narices.

—Mencionó a Ramesh Srivastava cuando me llamó para comunicarme la muerte de la señora Hernández y decirme que teníamos que ocuparnos de ello esta misma noche. ¿Quién es? No había oído nunca ese nombre.

—Lo siento, creí que lo sabías. Es un cuadro alto que ha sido puesto al mando del departamento de turismo médico del Ministerio de Sanidad.

—¿Le llamó él para hablar de la muerte de esa paciente?

—Él mismo, lo cual es sorprendente. No conozco a ese hombre, pero es un tipo importante. Su nombramiento demuestra que el gobierno cree que el turismo médico está convirtiéndose en un tema de primer orden.

—¿Cómo es que se enteró del fallecimiento antes que nosotros?

—Buena pregunta. Uno de sus subordinados lo vio en el canal internacional de la CNN y, considerando el efecto que podría tener en la campaña de relaciones públicas que patrocinan conjuntamente el Ministerio de Turismo y la Federación Sanitaria India, le pareció un tema lo bastante serio para informar de inmediato a Srivastava a pesar de la hora. Para mí lo más chocante es que Srivastava me llamara él mismo, en lugar de delegar la tarea en algún subordinado. Eso demuestra lo serio que le parece el asunto, por eso quiere que el caso desaparezca, y esa es, por supuesto, la razón de que quiera que dispongamos rápidamente del cuerpo. Me ha dicho que haría unas llamadas para que se firmara el certificado de defunción sin retraso, y así ha sido. También ha ordenado que ningún empleado del hospital hable con los medios de comunicación, bajo ningún pretexto. Ha dicho que había pistas sobre alguna especie de investigación en el aire. No quiere investigaciones de ninguna clase.

—Ese mensaje me ha llegado alto y claro, igual que a todos los demás.

—Pues entonces —dijo Rajish, dejando que sus piernas cayeran al suelo y dando una palmada en la mesa para enfatizar sus palabras—, consigamos el permiso para incinerar o embalsamar el cuerpo y saquémoslo de aquí.

Kashmira empujó hacia atrás su silla, y las patas rechinaron contra el suelo en protesta.

—Iniciaré el proceso de inmediato arreglando el viaje de la señorita Hernández. ¿Tiene pensado hablar otra vez con el señor Srivastava esta noche?

—Me ha pedido que le llame a casa para ponerle al día. Así que hablaré con él, sí.

—Coméntele que podríamos necesitar su apoyo para conseguirle un visado médico de emergencia a la señorita Hernández.

—Así lo haré —respondió Rajish, garabateando una nota rápida para recordarlo.

Miró a Kashmira mientras ella salía por la puerta. Después devolvió su atención al teléfono que la gerente médica había utilizado para llamar a Jennifer y, tras sacar un papel en el que tenía anotado el teléfono del secretario adjunto Srivastava hizo la llamada. Se sintió orgulloso de estar llamando a alguien que ocupaba una posición tan elevada en la burocracia sanitaria, sobre todo a una hora tan poco ortodoxa.

Después de contestar a la primera señal, lo cual sugería que el secretario estaba esperando junto al teléfono, Ramesh Srivastava no perdió el tiempo en formalidades. Preguntó si se habían encargado ya del cuerpo como había exigido.

—No del todo —tuvo que admitir Rajish. Pasó a explicarle que habían pedido permiso al hijo de la difunta, pero que el hijo había designado como responsable a la nieta y la nieta había puesto objeciones—. La buena noticia es que la nieta estará camino de Delhi en unas pocas horas —dijo a continuación— y, tan pronto como llegue, la presionaremos para que tome una decisión.

—¿Qué hay de los medios de comunicación? —preguntó Ramesh—. ¿Hay algún periodista rondando el hospital?

—Ninguno en absoluto.

—Eso me sorprende y me anima. También me lleva a preguntarme cómo es que los medios se enteraron del fallecimiento. Tal como emitieron la noticia, da la impresión de que debe de haber sido algún estudiante de izquierdas que está en contra de la rápida proliferación de hospitales privados en la India. ¿Tiene usted constancia de alguna persona o personas de esas características en el hospital Queen Victoria?

—Ni por asomo. Estoy seguro de que en caso de emplear a alguien así en la administración estaríamos enterados.

—Téngalo en mente. Con el presupuesto para hospitales públicos congelado, en particular para el control de enfermedades infecciosas, hay gente que se está tomando el asunto bastante a pecho.

—Lo tendré en mente, por supuesto —respondió Rajish.

La idea de que alguien de su equipo médico pudiera ser un traidor le preocupó, y decidió que lo primero que haría por la mañana sería hablar del tema con el jefe del personal médico.

5

Los Ángeles, lunes 15 de octubre de 2007, 10.45 h
(En el mismo momento en que Rajish Bhurgava sale del
hospital Queen Victoria)

Jennifer recorría el camino de vuelta entre la facultad de medicina y el edificio principal del centro médico de UCLA; le asombraba todo lo que había sido capaz de hacer pese a su neblina emocional. En cuanto la conversación con la gerente médica del hospital Queen Victoria terminó, hacía poco más de una hora, fue a hablar con su nuevo instructor, luego salió disparada hacia su casa, llamó a la India para darles su número de pasaporte, llegó a la facultad de medicina, obtuvo el permiso del decano para ausentarse una semana, encontró un sustituto para su empleo remunerado en el banco de sangre y en ese momento albergaba la esperanza de resolver sus miedos emocionales, sus preocupaciones económicas y el problema con la profilaxis de la malaria. Aunque había retirado los casi cuatrocientos dólares que tenía ahorrados, le preocupaba que no fueran suficientes, ni siquiera contando con su tarjeta de crédito y con que la empresa Foreign Medical Solutions pagara los principales gastos. Jennifer jamás había visitado la India, y mucho menos para ocuparse de un cadáver. La posibilidad de que necesitara una cantidad elevada de dinero no era ni mucho menos descabellada, en especial si no podía cargar la incineración o el embalsamamiento en la tarjeta.

Estar tan ocupada durante más de una hora le había ayudado a no obsesionarse con el hecho real de que su abuela había muerto. Incluso el tiempo estaba echándole una mano, ya que hacía un día tan magnífico como había presagiado el amanecer. Aún podía ver las montañas en la lejanía, aunque ya no con la asombrosa claridad de antes. Pero en ese momento en que casi había completado sus tareas, la realidad cobró protagonismo.

Jennifer iba a echar muchísimo de menos a María. Era la persona más cercana a ella, y había ocupado ese lugar desde que Jennifer tenía tres años. Aparte de sus dos hermanos, con los que podía pasar meses sin cruzar palabra, sus únicos familiares conocidos residían en Colombia, y solo los había visto una vez, cuando su abuela la llevó allí con ese propósito. La familia de su madre era un completo misterio. Y por lo que respectaba a Jennifer, su padre, Juan, no contaba.

El edificio principal del centro médico estaba construido con ladrillos rojos. Justo después de que Jennifer cruzara la puerta giratoria, sonó su teléfono móvil. Un vistazo a la pantalla le reveló que, de nuevo, la llamada procedía de la India. Jennifer contestó mientras volvía a salir a la luz del sol.

—Tengo buenas noticias —dijo Kashmira—. He terminado todas las gestiones. ¿Tiene bolígrafo y papel a mano?

—Sí —respondió Jennifer. Sacó un cuadernillo de tapa dura de su bolso y sostuvo el teléfono en la curva del cuello para poder tomar nota de los detalles del vuelo. Cuando supo que saldría aquella tarde pero no llegaría hasta bien avanzada la madrugada del miércoles se llevó un disgusto—. No imaginaba que fueran tantas horas.

—Es un vuelo muy largo —coincidió Kashmira—, al fin y al cabo estamos al otro lado del mundo. Bien, cuando aterrice en Nueva Delhi y llegue al control de pasaportes, diríjase a la cola del cuerpo diplomático. Su visado la estará esperando allí. Después, una vez tenga su equipaje y pase por la aduana, verá a un representante del hotel Amal Palace con un letrero. Él se encargará de su equipaje y la llevará hasta su chófer.

—Parece bastante sencillo —dijo Jennifer mientras intentaba calcular cuánto tiempo pasaría en el aire a partir de las horas de salida y llegada. Enseguida se dio cuenta de que no podría hacerlo sin tener en cuenta los husos horarios. Además, la confundía tener que cruzar la línea internacional de cambio de fecha.

—Enviaremos un coche para que la recoja en el hotel el miércoles por la mañana, a las ocho. ¿Le parece bien?

—Supongo que sí —respondió Jennifer, preguntándose cómo se sentiría después de pasar cien años en un avión y sin tener idea de cuánto tiempo podría dormir.

—Estamos deseando conocerla.

—Gracias.

—Y ahora me gustaría preguntarle una vez más si se ha decidido por la incineración o el embalsamamiento.

Jennifer notó que la abrumaba una oleada de irritación justo cuando la gerente empezaba a caerle bien. ¿Es que aquella mujer no tenía intuición?, se preguntó anonadada.

—¿Por qué iba a cambiar de idea en las dos horas escasas que han pasado? —preguntó, crispada.

—La administración del hospital me ha comunicado con gran claridad que lo mejor para todos, incluso para el cuerpo de su abuela, sería que siguiéramos adelante.

—Bueno, pues lo siento. Mis sentimientos no han cambiado, sobre todo porque he estado tan ocupada que no he tenido tiempo de pensar en nada. Es más, preferiría no sacar la conclusión de que me están atosigando. Voy para allá tan pronto como me es posible.

—Por favor, no estamos atosigándola. Nos limitamos a recomendarle lo que es mejor para todo el mundo.

—Yo no considero que sea lo mejor para mí. Espero que me haya entendido, porque si llego allí y el cuerpo de mi abuela ha sido profanado sin mi consentimiento, pienso armar un buen jaleo. Le hablo muy en serio. No puedo creer que en una situación como esta sus leyes sean tan distintas a las nuestras. El cuerpo me pertenece a mí, que soy la pariente más cercana.

—Por supuesto, nunca haríamos nada sin su aprobación expresa.

—Bien —dijo Jennifer, recuperada en cierto modo aunque sorprendida por la vehemencia de su propia respuesta.

No se le escapaba que aquella gran carga emocional la estaba llevando a culpar al hospital e incluso a María. No solo estaba triste por su abuela, además estaba furiosa. Era una injusticia que María no le hubiera confiado su plan de viajar a la India, se hubiera sometido a una operación y hubiera muerto.

Tras finalizar la llamada, Jennifer se quedó de pie donde estaba; sabía que seguramente le costaría tiempo y esfuerzo poner orden en su mente. Pero entonces se dio cuenta de la hora que era y de que no faltaba mucho para su vuelo. Con todo ello en mente, volvió a cruzar a toda prisa la puerta giratoria y se dirigió al departamento de urgencias.

Como de costumbre, la sala de urgencias era una olla de grillos. Buscaba al doctor Neil McCulgan, que había ascendido con rapidez de jefe residente de urgencias a su puesto actual como director adjunto de la sala de urgencias a cargo de la programación de horarios. Jennifer lo había conocido durante el primer curso, cuando todavía era un residente. En la costa Este no había personajes como Neil, y a Jennifer le parecía único e intrigante. Neil era el perfecto estereotipo de «colega surfista» del sur de California, salvo que no tenía el pelo rubio sino de un castaño anodino. Para Jennifer, lo que le diferenciaba era su actitud, relajada y amistosa, en contraste con el hecho de que era un intelectual y un estudioso compulsivo con una memoria casi fotográfica. Cuando lo conoció, le costó creer que de verdad se sintiera atraído por una especialidad de tanta tensión y tan exigente como la medicina de urgencias.

Aunque Jennifer era muy consciente de que no compartía sus dotes sociales, sí compartía su interés general por el conocimiento en sí mismo y sus hábitos de estudio, y halló en Neil una rica fuente de información de todo tipo. Durante el primer curso, Neil se convirtió en el primer hombre con el que Jennifer podía realmente conversar, y no solo sobre medicina. Como consecuencia, se hicieron íntimos amigos. De hecho, Neil fue su primer novio de verdad. Ella creía que había tenido otros novios antes, pero cuando conoció a Neil se dio cuenta de que no era cierto del todo. Había sido la primera persona en la que Jennifer había estado dispuesta a volcar sus secretos más íntimos.

—¡Disculpe! —Jennifer se dirigió a uno de los atareados enfermeros que recorrían la caótica central de urgencias. El enfermero acababa de gritar algo a un colega que asomaba la cabeza por una puerta, varias habitaciones pasillo abajo—. ¿Podría decirme dónde está el doctor McCulgan?

—No tengo ni idea —dijo el hombre. Por alguna razón llevaba dos estetoscopios, no uno, colgados del cuello—. ¿Ha mirado en su despacho?

Jennifer le hizo caso y se apresuró hacia la zona de triaje, donde estaba el despacho. Echó un vistazo al interior y se sintió afortunada: Neil estaba sentado a su mesa, de espaldas a ella, vestido con una bata blanca almidonada que dejaba ver sus pantalones verdes de hospital. Jennifer se dejó caer en la silla aprisionada entre la mesa y la pared. Sorprendido, Neil levantó la mirada al instante.

—¿Ocupado? —logró decir Jennifer con voz entrecortada.

Su pregunta le arrancó una risita de sorna, pero volvió de inmediato a centrar su atención en el monumental horario de urgencias para el mes de noviembre que estaba analizando.

Neil tenía rasgos agradables, ojos inteligentes y una ligera llovizna de gris prematuro alrededor de las sienes. Tenía amplios hombros y la cintura excepcionalmente estrecha propia de un surfista. Calzaba unos zuecos de cuero blanco con la suela de madera.

—¿Puedo hablar contigo un momento? —preguntó Jennifer. Tuvo que contener las lágrimas mientras hablaba.

—Si es rápido, sí —dijo él con una sonrisa—. Dentro de una hora debo tener este horario listo para imprimirlo. —Volvió a alzar la mirada y solo entonces comprendió que Jennifer estaba luchando por controlar sus emociones—. ¿Qué ocurre? —Su voz sonó súbitamente preocupada. Dejó el bolígrafo en la mesa y se inclinó hacia ella.

—Esta mañana me han dado una noticia horrible.

—Lo lamento muchísimo —dijo él, posando la mano en su brazo. No preguntó de qué se trataba: la conocía lo bastante para saber que, por mucho que él insistiera, Jennifer solo se lo diría si realmente quería.

—Gracias. Era sobre mi abuela. —Jennifer liberó su brazo para coger un pañuelo de papel de la mesa de Neil.

—Ya recuerdo. María, ¿verdad?

—Sí. Ha muerto hace unas pocas horas. Lo creas o no, hasta ha salido en las noticias de la CNN.

—¡Oh, no! Vaya, de verdad que lo siento. Sé lo que significaba para ti. ¿Qué ha ocurrido?

—Me han dicho que ha tenido un ataque al corazón, lo cual me sorprende muchísimo.

—Te entiendo. ¿No le hizo nuestro departamento médico un examen que salió increíblemente limpio?

—Exacto. Le hicieron hasta una prueba de esfuerzo.

—¿Vas a ir a tu casa o sería un problema? Lo digo porque empezabas hoy la pasantía quirúrgica, ¿verdad?

—No y sí —respondió Jennifer—. La situación es un poco más complicada.

Pasó entonces a relatarle la historia completa: le habló de la India, de que la presionaron para que se decidiera a incinerar o embalsamar, de que había conseguido que el decano le diera una semana libre, de que una compañía médica le pagaba los gastos y de que se marcharía dentro de unas horas.

—Vaya —dijo Neil—. Menuda mañanita has tenido… Qué lástima que tengas que ir a la India por un motivo tan triste. Ya te dije en mayo, cuando volví de ahí, que es un país fascinante y de contrastes increíbles. Pero imagino que este no va a ser un viaje de placer.

Neil había estado en la India hacía cinco meses para dar una charla en un congreso de medicina que tuvo lugar en Nueva Delhi.

—No creo que en este viaje haya nada agradable, y eso me lleva al asunto de la malaria. ¿Qué piensas que debería hacer?

—¡Ay! —dijo Neil, haciendo una mueca de dolor—. Lamento decirte que deberías haber empezado el tratamiento hace una semana.

—Bueno, no había forma de prever todo esto. Estoy al día en todo lo demás, incluida la tifoidea, por aquel susto del año pasado con mi paciente de medicina interna.

Neil sacó del cajón un talonario de recetas y rellenó una con rapidez. Se la pasó a Jennifer, que le echó un vistazo.

—¿Doxiciclina? —leyó en voz alta.

—No es la mejor elección, pero la cobertura empieza de inmediato. De todas formas, lo más probable es que no te haga falta. Donde la malaria es un problema de verdad es en el sur de la India. —Jennifer asintió y se guardó la prescripción en el bolso mientras Neil preguntaba—: ¿Por qué tu abuela fue a operarse a la India?

—Me imagino que por el precio. No tenía seguro médico. Y no me cabe duda de que el cabronazo de mi padre la animó a base de bien.

—He leído cosas sobre el turismo médico en la India, pero no he conocido nunca a nadie que lo haya hecho.

—Yo ni siquiera sabía que existía.

—¿Dónde te alojarás?

—En un hotel llamado Amal Palace.

—¡Caramba! —exclamó Neil—. Se supone que es un cinco estrellas. —Soltó una risita y añadió—: Ten cuidado, no vaya a ser que estén intentando comprarte. Es broma, por supuesto. No necesitan comprarte. Uno de los inconvenientes del turismo médico es que no tienes maneras de recurrir. No existe la figura legal de negligencia médica. Aunque hagan una cagada de las gordas, en plan sacar el ojo que no es o matar a alguien por error o incompetencia, no puedes hacer nada.

—Me imagino que tienen algún tipo de acuerdo con el Amal Palace. Supongo que siempre alojan allí a la gente. Me refiero a que no están dándome ningún trato especial. Por lo visto siempre pagan las tarifas aéreas y el hotel para un familiar. Por eso me regalan el viaje. El perezoso de mi padre ha dicho que él no podía ir.

—Bueno, ojalá salga algo positivo de este viaje —dijo Neil al tiempo que le daba un último apretón amistoso en la muñeca—. Y tenme informado, por favor. Llámame a cualquier hora: mañana, tarde o noche. Siento muchísimo lo de tu abuela.

Cogió el bolígrafo de la mesa, señal de que debía volver al trabajo.

—Quiero pedirte un par de cosas —dijo Jennifer, sin moverse del asiento.

—Claro. ¿Qué te preocupa?

—¿Considerarías la idea de venir conmigo? Creo que te necesito. Me refiero a que voy a estar totalmente fuera de mi ambiente. Quitando el viaje a Colombia que hice a los nueve años, nunca he salido del país, y mucho menos para ir a un sitio tan exótico como la India. Tú acabas de estar allí, así que ya tienes el visado. No te imaginas lo mucho más segura que me sentiría si vinieras. Ya sé que es mucho pedir, pero me siento tan pueblerina... ¡Si hasta cuando iba a New Jersey me ponía nerviosa! Exagero, pero no soy una persona viajera, qué va. Y sé que una ventaja de la medicina de urgencias es que puedes tomarte días libres, sobre todo porque hace un par de semanas le hiciste unos turnos a Clarence y te los debe.

Con un suspiro, Neil negó con la cabeza. Lo último que quería era largarse a la India, aunque pudiera tomarse tiempo libre. En realidad, el tiempo libre había sido parte de su motivación inicial para dedicarse a la especialidad, y había fijado un horario comprimido para sí mismo, de forma que si su semana laboral comenzaba a las siete de la mañana del lunes, básicamente había terminado a las siete de la tarde del jueves, a menos que quisiera hacer horas extra. Los otros cuatro días de la semana quedaban disponibles para dedicarlos a su auténtico amor: el surf. En aquellos momentos tenía planeado viajar a San Diego el siguiente fin de semana para un encuentro de surfistas. Era cierto que su amigo, colega y compañero del surf Clarence Hodges le debía turnos por una excursión que había hecho a Hawái. Pero nada de aquello importaba. Neil no quería ir a la India por una abuela muerta. Si hubiera sido la madre de Jennifer quien hubiera fallecido, tal vez, pero no por su abuela.

—No puedo —dijo Neil tras una pausa, como si de verdad hubiera dedicado tiempo a considerarlo—. Lo lamento, pero no puedo. Ahora mismo no. Si pudieras esperar una semana, quizá podría, pero este no es un buen momento.

Movió las manos con torpeza sobre el horario en el que estaba trabajando, como si ese fuera el problema.

Jennifer quedó sorprendida y decepcionada. Le había dado mil vueltas a si pedírselo o no y a si de verdad lo necesitaba. Lo que finalmente había decantado la balanza fue su duda de que realmente fuera capaz de manejar la situación cuando llegara a la India. Tenía claro que, tras el impacto inicial de la noticia de la muerte de María, había erigido unas defensas formidables, que incluían las prisas por ir de un lado a otro, los planes para el viaje y lo que los psiquiatras llamaban «bloqueo». Hasta el momento aquello había funcionado bastante bien, y así seguía siendo. Pero su abuela había sido una persona tan cercana para Jennifer, que temía que los problemas llegaran en cuanto tomara conciencia de la realidad de su pérdida. Temía de verdad llegar a la India con los nervios destrozados.

Jennifer apuñaló a Neil con la mirada. La sorpresa y la decepción se metamorfosearon al instante en rabia. Había confiado plenamente en que, si se lo pedía sin ambages y admitía que lo necesitaba como había hecho, Neil accedería, movido por la confianza que habían compartido. El hecho de que la hubiera rechazado tan rápido y con una excusa tan ridícula y floja —algo que en la situación inversa ella jamás haría— solo podía significar que su relación no era la que ella pensaba. En pocas palabras, como solía ocurrir con los hombres, para Jennifer aquella era la demostración de que no se podía contar con él.

Se levantó bruscamente y, sin mediar palabra, salió del pequeño despacho hacia la abarrotada sala de urgencias. Oyó que Neil la llamaba, pero no se detuvo ni respondió. La atormentaba haberse dado cuenta de que había sido un error confiar en él. Y en cuanto a pedirle dinero prestado, en aquel momento ni siquiera lo consideraba.

6

Nueva Delhi, martes 16 de octubre de 2007, 6.30 h

Cal Morgan tenía el sueño muy profundo y necesitaba un despertador potente para abrir los ojos. Empleaba a tal efecto un reloj con radio y reproductor de CD en el que siempre había un disco de música militar. A tres cuartas partes de su volumen máximo, el aparato hacía vibrar la mesilla de noche hasta moverla y, con ella, los objetos que la cubrían. Incluso Petra, que ocupaba la suite de habitaciones contigua, lo oía como si sonara junto a su cama. Así que, cuando sonaba, Cal hacía el esfuerzo de apagarlo tan pronto como alcanzaba un estado apropiado de consciencia. Y aun así, en ocasiones volvía a quedarse profundamente dormido.

Pero eso no iba a ocurrir aquella mañana. Estaba demasiado nervioso por los acontecimientos de la noche anterior para seguir durmiendo. Se quedó mirando el alto techo y reflexionó sobre todo lo que había ocurrido la noche antes.

Lo que le preocupaba era lo cerca que el intento de suicidio de Veena había estado de hundir el proyecto. Si no hubiera ido a verla cuando lo hizo, Veena habría muerto y, sin duda, su muerte habría resultado en una investigación, y una investigación significaría el desastre. Cerrarían Nurses International y, como mínimo, el progreso de Cal hacia su objetivo final de hacerse rico de verdad como presidente de la corporación sanitaria SuperiorCare se ralentizaría.

Cal nunca había sentido ningún interés por la sanidad, y el cuidado de los pacientes o, ya puestos, de los enfermeros, seguía sin preocuparle. Lo que le gustaba era el dinero que movía esa industria: dos billones de dólares todos los años solo en Estados Unidos y la mejor marca del estadio en crecimiento sostenido. Durante la enseñanza secundaria escogió dedicarse profesionalmente a la publicidad, y para ello se matriculó en la Universidad de California-Los Ángeles y la Escuela de Diseño de Rhode Island. Pero el poco tiempo que trabajó en publicidad le llevó a tomar conciencia de las grandes limitaciones de ese campo, en especial de las financieras. Renunció a la publicidad, aunque no a su poder embaucador, y pasó a la Escuela de Negocios de Harvard, donde se percató de la inconcebible cantidad de dinero que movía el negocio sanitario. Cuando acabó el posgrado en la Escuela de Negocios, buscó y consiguió un puesto de bajo nivel en la corporación sanitaria SuperiorCare, una de las más importantes en el sector. La empresa poseía hospitales, clínicas que les derivaban pacientes y planes sanitarios en casi todos los estados y ciudades importantes de Estados Unidos.

Intentando sacar partido a su vena creativa, Cal entró en el departamento de relaciones públicas, donde vio las mejores oportunidades de que se reconociera su trabajo y, por tanto, de llamar la atención de los directivos de la compañía. En su primer día de trabajo fanfarroneó diciendo que al cabo de diez años estaría dirigiendo la empresa, y cuando habían pasado dos daba la impresión de que su profecía no era descabellada. Entonces codirigía ya el departamento completo, junto a una mujer llamada Petra Danderoff que le sacaba cinco años y dos centímetros de altura —Cal medía uno ochenta— y que también trabajaba en relaciones públicas cuando él entró. El ascenso fue el resultado de una serie de campañas publicitarias de mucho éxito, ideadas entre los dos, que casi habían logrado duplicar la afiliación a varios de los planes sanitarios de la empresa.

Su meteórico ascenso sorprendió a bastante gente, pero no a Cal. Estaba acostumbrado al éxito desde muy joven; la confianza en sí mismo y la competitividad formaban parte de su código genético, y su padre, igualmente competitivo, había afinado esos rasgos hasta convertirlos en una obsesión. Cuando era un crío quería ganar siempre a todo, especialmente si sus rivales eran sus dos hermanos mayores. Desde los juegos de mesa como el Monopoly hasta las notas escolares, desde los deportes hasta los regalos que hacía a sus padres en Navidad, Cal se empeñaba siempre en ser el número uno con una obstinación que muy pocos podían igualar. Y el éxito no hacía más que reforzar su apetito por tener más éxito, hasta tal punto que con los años había perdido la necesidad de guiarse por unos principios morales. Desde su punto de vista, hacer trampas —que él no llamaba así— y desoír las razones éticas —que él consideraba simples limitaciones para los miedicas— no eran más que herramientas para sacar adelante su proyecto.

Los cargos directivos de SuperiorCare no conocían estos detalles del pasado y la personalidad de Cal. Pero sí conocían, y mucho, sus contribuciones a la compañía, y estaban deseosos de recompensarle, sobre todo el presidente, Raymond Housman. Fue una coincidencia que ese reconocimiento se materializara más o menos por el mismo tiempo en que el presidente se enteró por boca de su director financiero, Clyde English, de un problema económico que iba en aumento. Para horror general de todo el cuadro directivo, el informe del departamento de contabilidad revelaba que la compañía había sufrido en 2006 una disminución de alrededor de veintisiete millones de dólares en su resultado anual. La causa era el crecimiento de la industria del turismo médico en la India, por la que un número alarmante de pacientes estadounidenses rehuían los hospitales de SuperiorCare y volaban al subcontinente asiático para operarse.

Raymond Housman conectó esos dos asuntos y citó a Cal para mantener una reunión secreta en su despacho. Le explicó el asunto del turismo médico... y la necesidad de revertirlo de alguna manera. Y entonces le ofreció una oportunidad única. Le dijo que SuperiorCare estaba dispuesta a financiar con generosidad, a través de un discreto banco situado en Lugano, Suiza, a otra compañía cuyo único objetivo sería disminuir considerablemente la demanda de los servicios quirúrgicos en la India, siempre que Cal aceptase fundarla. Raymond dejó muy claro que SuperiorCare no deseaba tener ninguna conexión visible con esa compañía, que negaría enérgicamente la existencia de tal conexión en caso de que alguien preguntara, y que no quería saber qué métodos empleaba esa compañía para lograr sus objetivos. Lo que Raymond no dijo, y sin embargo Cal oyó perfectamente, fue que su cese en SuperiorCare solo sería temporal: en caso de tener éxito en su nueva empresa, la corporación le recibiría de nuevo en su regazo con los brazos abiertos y un puesto de altísimo nivel, lo que en esencia supondría saltarse de golpe varios escalones.

Aunque Cal no tenía ni idea de cómo se las ingeniaría para afrontar los retos de su nueva empresa, aceptó de inmediato; su única condición fue que Petra Danderoff, por entonces su codirectora en el departamento de relaciones públicas, estuviera incluida en el trato. Al principio Housman se mostró reacio, ya que entonces no quedaría nadie para timonear el departamento de relaciones públicas de SuperiorCare, pero bastó que Cal le recordara la gravedad del problema del turismo médico para que cediera.

Dos semanas después, Cal había vuelto con Petra a su ciudad natal, Los Ángeles, e ideaban el modus operandi de su empresa en ciernes. Cada uno de ellos contrató a un amigo con talento para que les ayudara: Cal escogió a Durell Williams, un afroamericano con quien había hecho migas en UCLA y que se había especializado en seguridad informática, y Petra llamó a Santana Ramos; doctorada en psicología, había de entrar en la CNN tras seis años de trabajo en su consulta privada.

Lo más importante era que los cuatro eran igualmente competitivos, despreciaban en igual medida la ética por considerarla una debilidad limitadora y estaban convencidos de que el desafío de socavar el turismo médico en favor de una compañía listada entre las quinientas más productivas por la revista *Fortune* era la oportunidad de su vida. Todos se comprometieron a hacer cuanto estuviera en sus manos para desacreditar el turismo médico. El grupo acordó con bastante celeridad un plan de negocio consistente en despertar el miedo en los pacientes para así reducir la demanda. Antes de que se desarrollara una propaganda justamente con el objetivo contrario, cualquier persona que debía someterse a una operación quirúrgica consideraba con grandes reservas la posibilidad de desplazarse a la India —o a cualquier otro país en vías de desarrollo—, y ello debido a una serie de razones muy comprensibles. En primer lugar, les preocupaba la suciedad general del país, que despertaba fantasmas de heridas infectadas y de posibles contagios por cualquier enfermedad infecciosa presente en la India. A continuación llegaba la pregunta obvia de si los cirujanos y demás personal sanitario, enfermeros incluidos, estarían bien cualificados. A ese interrogante se sumaban las dudas sobre la calidad de los hospitales y de si contaban con el necesario equipo médico de alta tecnología. Y por último cabía preguntarse si en general las operaciones se completaban con éxito.

Cuando el equipo examinó la propaganda que la Oficina de Turismo de la India estaba difundiendo, descubrieron que abordaba clara y específicamente esas mismas cuestiones. Como consecuencia, decidieron que la nueva empresa de Cal se dedicaría a crear campañas publicitarias en el sentido opuesto utilizando el miedo de la gente. Todos estaban convencidos de que el plan funcionaría, ya que las campañas publicitarias siempre son más fáciles cuando buscan reforzar las creencias y los prejuicios que la gente ya tiene de antemano.

Por desgracia, tan pronto como acordaron una estrategia y empezaron a intercambiar ideas toparon con un grave problema. Se dieron cuenta de que, si la India estaba invirtiendo gran cantidad de dinero y esfuerzo en la promoción del turismo médico, sin duda el gobierno indio abriría una investigación cuando alguien empezara a hacer lo contrario, y cualquier investigación provocaría complicaciones a menos que todo cuanto afirmaran los anuncios fuera demostrable.

Se dieron cuenta enseguida de que necesitaban datos reales sobre los hospitales privados indios, en particular sobre resultados, mortalidad y complicaciones, que debían incluir estadísticas sobre las tasas de infección. Pero esos datos no estaban disponibles. Buscaron en internet, en revistas de medicina e incluso en el Ministerio de Sanidad indio, que, como descubrieron enseguida, estaba totalmente en contra de poner información de ese tipo en manos del público e incluso se negaba a admitir su existencia. En sus anuncios, el Ministerio no usaba datos de ninguna clase; se limitaba a afirmar que sus hospitales tenían unos resultados igual de buenos o mejores que los de Occidente.

Varados durante un tiempo, de repente el grupo se dio cuenta de que necesitaban infiltrar quintacolumnistas en los hospitales privados indios que estuvieran participando en la provechosa y creciente industria del turismo médico. Introducir topos en los departamentos de contabilidad habría sido lo ideal, pero la viabilidad de tal proyecto parecía cuestionable. Se les ocurrió la idea de utilizar enfermeros, inspirada por algo que Santana sabía y los demás no: que el negocio de la enfermería era global. En Occidente faltaban enfermeros. Los países orientales, en particular Filipinas e India, tenían excedentes: muchos enfermeros jóvenes ansiaban emigrar a Estados Unidos por motivos económicos y culturales pero se enfrentaban a obstáculos importantes, casi insalvables.

Tras un largo período de investigación y debate, Cal y los demás decidieron entrar en el negocio de la enfermería y fundar una empresa llamada Nurses International. El plan que finalmente llevaron a cabo fue contratar a una docena de enfermeros indios recién graduados, jóvenes, vulnerables, atractivos e impresionables, pagarles sueldos equivalentes a los de sus colegas estadounidenses y llevarlos con visados de turista a Estados Unidos, en concreto a California, para ofrecerles sesiones gratuitas de formación durante un mes, con lo que se sentirían en deuda con ellos y por tanto serían fácilmente manipulables para poder convertirlos en espías. Una vez llegados a California, mimaron al equipo de enfermeros para maximizar su manejabilidad y explotar su deseo de emigrar. Como actividad paralela, por la mañana los instruían en el manejo de ordenadores, centrándose en las técnicas de piratería informática. Por la tarde les hacían trabajar unas horas en un hospital de SuperiorCare para que mejoraran su inglés americano y conocieran las expectativas de los pacientes de Estados Unidos. Daban por hecho que todo aquello facilitaría la tarea de subcontratarlos más adelante a hospitales indios privados.

Todo salió milagrosamente según el plan, y en ese momento tenían equipos de dos enfermeros en seis hospitales indios de turismo médico. En cuanto al alojamiento, exigieron que todos los empleados vivieran juntos en una mansión alquilada por Nurses International en la zona diplomática de Nueva Delhi, lo cual disgustó al principio a sus familiares. Pero el dinero que les enviaban los enfermeros seguía llegando, y finalmente las protestas familiares cesaron.

Tras la primera semana de trabajo, durante la cual todos los enfermeros se quejaron de que querían volver a California antes de los seis meses que se les exigía pasar en la India, les ordenaron que empezaran a extraer datos sobre resultados médicos de los ordenadores de sus respectivos hospitales. El objetivo era calcular tasas de infección, índices de resultados adversos y promedios de defunciones para utilizarlos en sus futuras campañas publicitarias. Para sorpresa de Cal y los demás, ningún enfermero puso pegas a esta actividad y todos demostraron una eficiencia tremenda. Pero entonces se toparon con el desastre. Ocurrió algo que ninguno de ellos había previsto. Resultó que las estadísticas eran bastante buenas, en algunos de los centros eran incluso excelentes.

Cal y Petra pasaron unos cuantos días deprimidos y sin saber qué hacer. Habían invertido mucho dinero en organizar su elaborado sistema de espionaje y empezaban a presionarles exigiendo resultados. Es más, una semana antes Raymond Housman había enviado en secreto a un representante para que se informara de en qué momento cabía esperar que ocurriera algo. Al parecer, los beneficios seguían menguando a causa del turismo médico a un ritmo alarmante. Cal le había prometido que los resultados se notarían muy pronto, ya que durante la visita del representante de SuperiorCare apenas habían empezado a recibir datos.

Pero entonces Cal explotó su creatividad y su necesidad de ganar y concibió un segundo plan. Si no había malas estadísticas en las que basar su destructiva campaña publicitaria, ¿por qué no utilizar la quinta columna que ya tenían posicionada para crear sus propias historias de resultados adversos y pasárselas a la prensa en tiempo real? Tras conocer la opinión de un anestesiólogo y patólogo que había conocido en Charlotte, Carolina del Norte, cuando trabajaba en la oficina de SuperiorCare, se decidió por la succinilcolina entre los medicamentos que podían causar una muerte súbita. Su nuevo plan consistía en buscar pacientes con un historial que incluyera algún tipo de enfermedad cardíaca y en cuya anestesia formara parte la succinilcolina, e inyectarles un bolo adicional del paralizante muscular la tarde siguiente a la operación. Le habían asegurado que el medicamento sería indetectable y, en caso contrario, se daría por hecho que provenía de la anestesia aplicada al paciente. Y lo mejor de todo: gracias al historial, el diagnóstico de infarto de miocardio sería inmediato.

Cal y Petra pulieron los detalles del plan y se lo presentaron a Durell y Santana. El primero aceptó el plan sin dudarlo, pero Santana al principio se mostró reacia. Para ella, una cosa era robar datos privados y otra, totalmente distinta, matar a pacientes. Pero finalmente dio su brazo a torcer; en parte por el entusiasmo que mostraban los demás; en parte por lo comprometidos que estaban todos —ella también— en el éxito de la empresa; en parte porque la convencieron de que el plan era imposible de desenmascarar, y en parte porque habría muy pocas víctimas. Pero la principal razón fue que todos consideraban que aquella era la única forma de salvar del desastre a Nurses International; al parecer, aquel centro era clave para sus respectivas carreras y para obtener la riqueza que creían merecer. Una razón menor para su cambio de opinión estaba relacionada con el intenso estudio del hinduismo que había emprendido al llegar al país. Intelectualmente le atraía el concepto *punarjanma*, la fe hindú en el renacimiento: la muerte no era el final, sino una mera puerta hacia una nueva vida que sería mejor que la actual si el individuo había atendido sus responsabilidades dhármicas. Y por último estaba el hecho de que Santana, como los demás, se había comprometido a hacer cuanto fuese necesario para desprestigiar el turismo médico.

Una vez aceptada la nueva estrategia, el problema era cómo reaccionarían los enfermeros y si estarían dispuestos a colaborar. El grupo había asimilado la cultura estadounidense durante el mes que habían pasado en Los Ángeles, se había vuelto adicto al dinero que cobraban y al bien que hacía a sus familias, y tenían tantas ganas de emigrar que probablemente harían todo lo que se les pidiera, pero aun así Cal, Petra y Durell no las tenían todas consigo. Santana, por su parte, creía que los enfermeros no tendrían ningún problema pues se apoyarían en la fe en el *samsara* y sobre todo en la creencia de que la organización y el grupo eran más importantes que el individuo. Santana afirmó a continuación que la pieza crucial era Veena; que debían convencerla de que «poner a dormir» a un paciente estadounidense era su *dharma*. Sabía que si ella, la líder de facto, estaba dispuesta a hacerlo, los demás la imitarían sin condiciones.

Pero tenían la seguridad de que Veena cooperase. Todos coincidían en que era la enfermera más comprometida con el equipo y la que abrazaba mayores deseos de emigrar, pero todos habían observado también una incoherencia entre, por una parte, su aguda inteligencia, su capacidad de liderazgo innata y su belleza excepcional y, por otra, la mala imagen que tenía de sí misma y su falta de autoestima. Con todo ello en mente, Santana había emitido una opinión profesional: Veena cargaba con un severo lastre psicológico de algún tipo y estaba firmemente enraizada a la cultura india tradicional y a su religiosidad. Apuntó también que para obtener su colaboración sería muy útil averiguar cuál era el problema y, fuera cual fuese, ofrecerle ayuda para solucionarlo.

En aquel momento todos miraron a Durell. A nadie se le escapaba que había intimado con una de las enfermeras, Samira Patel. Aunque Petra y Santana habían desaprobado el romance, de repente aquello se convirtió en una herramienta útil. Samira era la compañera de cuarto de Veena y su mejor amiga, así que pensaron que si Veena había confiado su secreto a alguien, sería a ella. Como consecuencia, pidieron a Durell que averiguara qué ocurría; él convenció a Samira de que Nurses International necesitaba ayudar a Veena y de que, si no eran capaces de hacerlo por no saber qué la atormentaba, entonces todo el programa, incluida la ayuda para que los enfermeros emigraran a Estados Unidos, estaría en peligro.

Samira se creyó la historia de cabo a rabo y, a pesar de que había jurado guardar el secreto, narró a Durell la dolorosa historia familiar de Veena. Finalmente, Cal, armado con esa información, abordó a Veena para ofrecerle el cese de los abusos a cambio de su cooperación y liderazgo en la nueva estrategia. Al principio Veena se resistió, pero la promesa de que su padre no sería una amenaza tampoco para sus hermanas y su madre la hizo cambiar de idea. Esa había sido siempre su mayor preocupación, el principal obstáculo para decidirse a emigrar.

Cal Morgan suspiró. Después de repasar mentalmente la historia, tuvo que reconocer que el plan de acobardar a los estadounidenses para que no acudieran a la India para operarse no estaba siendo el camino de rosas que había imaginado. Movió la cabeza y se preguntó qué más iba a ocurrir. Llegó a la conclusión de que no había forma de anticipar lo imprevisto, y decidió que necesitaba una estrategia de retirada. Si la sangre llegaba al río, le hacía falta un plan y los recursos suficientes para salir de la India, por lo menos él y los otros tres directores. Se propuso hablar del asunto aquella misma mañana, en la reunión que tenían programada a las ocho en punto.

Cal rodó en la cama para mirar el despertador. Eran las siete menos cuarto de la mañana, la hora de levantarse si quería correr un poco antes del desayuno y pasarse a ver si Veena estaba en forma y dispuesta a ir al trabajo. Los médicos le habían hecho un lavado de estómago la noche anterior en la sala de urgencias y suponían que no había absorbido más que una dosis mínima de Ambien gracias a la rápida actuación de Cal, pero prefería asegurarse. Si alguien tenía cualquier razón para dudar de que la muerte de la señora Hernández fuera natural, la ausencia de la enfermera en el hospital al día siguiente llamaría la atención. También le preocupaba la posibilidad de que en el hospital hubieran visto a Veena mucho después del final de su turno.

Vestido con el equipo de hacer footing, Cal se dirigió hacia el ala de los invitados. Al girar en la última esquina vio que la puerta de Veena estaba entreabierta y lo interpretó como una buena señal. Cuando llegó al umbral, golpeó con los nudillos en el quicio, dijo «hola» y asomó la cabeza, todo al mismo tiempo. Veena estaba sentada en la cama, ataviada con una bata. Salvo por el leve color rojizo en el blanco de los ojos, tenía un aspecto normal, estaba tan hermosa como de costumbre. No se hallaba sola: Santana estaba sentada en la cama de Samira, enfrente de Veena.

—Me alegra decirte que la paciente se encuentra bien —dijo Santana.

La psicóloga era cinco años mayor que Cal. También iba vestida con ropa de deporte, pero a diferencia de la de Cal, la de ella tenía estilo: pantalones negros, brillantes y ajustadísimos, y camiseta de manga corta igualmente negra y ceñida, todo elaborado con tejido sintético. Llevaba el pelo tupido y espeso, recogido en una coleta apretada contra la nuca.

—¡Genial! —dijo Cal con sinceridad—. Irás al trabajo, ¿verdad? —preguntó a Veena.

—Desde luego —respondió ella. Su voz reflejó que todavía estaba bajo los efectos de los medicamentos que había tomado.

—Hemos estado hablando de lo que ocurrió anoche —dijo Santana sin más preámbulos.

—Genial —volvió a decir Cal, aunque sin el mismo entusiasmo. Le incomodaba hablar de un tema que le resultaría embarazoso de haber sido él el protagonista.

—Me ha prometido que no volverá a intentarlo.

—Me alegro —dijo Cal mientras pensaba: «Más nos vale, maldita sea».

—Me ha dicho que lo hizo porque le pareció que los dioses lo aprobarían: algo así como una vida por otra. Pero ahora, como los dioses la han salvado, piensa que desean que siga con vida. En realidad, cree que todo el episodio forma parte de su karma.

«Sí, seguro que fueron ellos quienes la salvaron», pensó Cal.

—Me alegro muchísimo —dijo en cambio—, porque la necesitamos de verdad.

Cal escudriñó la cara de Veena y se preguntó si le habría hablado a Santana del agresivo encuentro sexual que habían tenido o de los inquietantes estertores agónicos de la paciente, pero la cara de la joven tenía un aspecto tan sereno e inescrutable como de costumbre. Cal no había mencionado el tema a los otros directores cuando habló con ellos la noche anterior, cuando regresó de urgencias. No sabría decir exactamente por qué. Supuso que le daba vergüenza admitir que Veena se había aprovechado sexualmente de él. Cal estaba acostumbrado a manipular a las mujeres, no a lo contrario. En cuanto al tipo de muerte que la succinilcolina parecía haber provocado, totalmente distinta a la pacífica parálisis que le habían descrito y que él había transmitido a los demás, temía que cualquier discusión al respecto apagara el entusiasmo general hacia el plan.

Cal se excusó y se marchó, aunque le inquietaba en cierta medida que las mujeres aprovecharan la ocasión para hablar de él. No obstante, no se preocupó durante mucho tiempo. Salió del bungalow, cruzó al trote el portón frontal y empezó a hacer footing. Chanakyapuri era una de las pocas zonas de la ciudad, aparte del bosque protegido en las colinas, donde se podía disfrutar corriendo. Era una lástima que se le hubiera hecho tarde, porque el tráfico era denso y crecía a cada minuto. El polvo y la contaminación casi alcanzaban ya los niveles de mediodía. Cal abandonó la calle principal y se internó en las secundarias. Allí el aire era mejor, pero no lejos de la atestada carretera se encontró con un grupo numeroso de monos; siempre le habían dado miedo. Los monos de Delhi eran muy atrevidos, al menos según la experiencia de Cal. No le preocupaba que pudieran atacarle en grupo, sino que fueran portadores de alguna enfermedad exótica que pudiera contraer, en especial si alguno le mordía. Aquella mañana, como si percibieran su intranquilidad, los animales le persiguieron, enseñando sus dientes amarillentos, parloteando y chillando como si hubieran enloquecido.

Con tanto mono y contaminación, Cal decidió que esa mañana la carrera estaba resultando un fiasco, cambió bruscamente de dirección y los monos huyeron aterrados. Volvió a la mansión como un caballo empeñado en regresar al establo. No había estado fuera ni media hora, pero cuando entró se alegró, y más todavía cuando se metió en la ducha. Mientras se enjabonaba el cuerpo y se afeitaba, dio la mañana por positiva incluso a pesar de la desastrosa sesión de footing. La breve conversación con Santana había disipado en buena medida sus preocupaciones respecto a Veena. El intento suicida le había asustado, y temía que la joven pudiera volver a intentarlo hasta que la psicóloga le aseguró lo contrario. Ahora confiaba en que no ocurriría; por otra parte, al entrar en juego el concepto del karma, ahora Veena consideraba que lo que había hecho a la señora Hernández era parte de su destino, y eso influiría en la cooperación de los demás enfermeros.

Desayunó unos huevos con jamón preparados por el cocinero del bungalow y se dirigió a la galería acristalada que había en la parte de atrás. Cuando se mudaron a la propiedad, en esa habitación solo había sillas, pero Nurses International había añadido una mesa redonda y por la mañana utilizaba el espacio como sala de reuniones.

Cuando Cal entró los demás ya estaban sentados y su animada conversación se extinguió. Cogió su silla de siempre, encarada directamente hacia el jardín, con la mansión a su espalda. Los otros también ocupaban sus sitios habituales, lo cual indicaba que eran personas de costumbres. Santana estaba a la derecha de Cal, Petra a su izquierda, y Durell enfrente. La postura de cada uno reflejaba, en mayor o menor grado, su personalidad. Durell estaba encorvado, apoyaba la barbilla en una mano y el codo en el reposabrazos. Tenía una constitución impactante, era musculoso, tenía la piel de color caoba y una fina perilla oscura y bigote. Petra estaba sentada con la espalda recta en el borde de la silla, como si con su atención pretendiera impresionar a un profesor de lengua. Era una mujer atractiva, muy alta, de tez sonrojada y rasgos vivos. Santana, apoyada cómodamente en el respaldo, tenía las manos juntas sobre su regazo, como la psicóloga profesional que era a la espera de que el paciente empezara a hablar. Siempre transmitía una sensación de calma, con las emociones bajo control.

Cal abrió la reunión con el intento de suicidio de Veena, para asegurarse de que todo el mundo estaba bien informado. Pidió a Santana que narrase lo que había averiguado aquella misma mañana en su conversación con la enfermera, centrándose en la promesa de no volver a intentarlo y las razones que la respaldaban. Cal admitió que el episodio le había asustado hasta el punto de que creía que necesitaban preparar una estrategia de retirada rápida por si acaso la necesitaban.

—Si hubiera conseguido matarse —añadió Cal—, nos habríamos visto sometidos a investigaciones y auditorías; cualquier tipo de averiguación significaría un problema enorme para Nurses International.

—¿A qué te refieres exactamente con «estrategia de retirada»? —preguntó Petra.

—Exactamente a lo que implican esas palabras —explicó Cal—. No estoy hablando metafóricamente. Hablo literalmente. En el peor de los casos, que sería tener que abandonar la India sin previo aviso, deberíamos tener organizados todos los detalles. No deberíamos dejar nada a la improvisación, porque podría ser que no tuviéramos tiempo suficiente.

Petra y Santana asintieron. Durell enarcó las cejas con gesto de duda.

—¿Por tierra, mar o aire? —preguntó.

—Acepto sugerencias —respondió Cal. Miró a los demás uno por uno y se quedó en Petra, que era muy puntillosa para aquel tipo de detalles.

—Por aire sería demasiado complicado —dijo ella—. Los de control de pasaportes del Gandhi International están muy curtidos. Tendríamos que sobornar a demasiada gente, ya que no sabemos en qué momento del día podríamos necesitarles. Si lo que queremos es escapar en secreto, tendrá que ser por tierra.

—Estoy de acuerdo —terció Durell. Se inclinó hacia delante, apoyó los codos en la mesa y empezó a frotarse las manos—. Creo que deberíamos considerar dirigirnos hacia el nordeste en un coche o un todoterreno adquirido expresamente para eso, y con el depósito lleno de gasolina, equipado con lo que podamos necesitar y listo para salir. Podríamos cruzar la frontera con Nepal por el lugar que decidamos de antemano que es el mejor, aunque lo cierto es que no tenemos mucha elección. Y por último habría que guardar en el coche una buena cantidad en efectivo para sobornos. Eso es crucial.

—O sea que deberíamos comprar un vehículo, prepararlo y tenerlo escondido —resumió Cal.

—Exacto —dijo Durell—. Arrancar el motor de vez en cuando, pero meterlo en ese garaje grande que hay en el terreno y dejarlo allí.

Cal se encogió de hombros. Miró a las dos mujeres para intentar saber qué pensaban. Nadie habló. Cal devolvió su atención a Durell.

—¿Puedo ponerte al cargo de la organización de todo lo que has sugerido?

—Ningún problema —dijo Durell.

—Pues entonces pasemos a nuestra nueva estrategia. ¿Ha habido alguna reacción?

—Ya lo creo que sí —dijo Santana—. Mi contacto en la CNN me llamó cuando no habían pasado ni dos horas. Lo echaron adelante y la noticia salió al aire justo después de que la recibieran, como yo quería. La respuesta fue enorme, mucho mayor de lo que esperaban; les inundaron de e-mails desde el momento en que la emitieron. Más de los que habían recibido en toda la semana con cualquier otra noticia, aparte de las elecciones primarias presidenciales. Se mueren por saber más del tema.

Cal se reclinó en su asiento y permitió que se le colara una sonrisa en la cara. Aquella era la primera noticia positiva generada por sus esfuerzos colectivos en ese proyecto.

—Esta mañana, cuando me he levantado, tenía otro mensaje de Rosalyn Beekman, mi contacto en la CNN. Dice que los tres noticiarios de la cadena han utilizado la historia para componer reportajes sobre el turismo médico en general. Al final de cada uno, los presentadores cuestionaron duramente la seguridad de las operaciones quirúrgicas en la India.

—¡Genial! —exclamó Cal, golpeando suavemente la superficie de la mesa varias veces con el puño—. Eso es música para mis oídos. Y me lleva a preguntarme cuándo deberíamos hacerlo otra vez. Si la CNN se muere por tener más material, como dice Santana, me parece que no tendríamos que negárselo.

—Estoy de acuerdo —dijo Durell—. No hay duda. Si los peces pican, es el momento de pescar. Y tíos, os aseguro que Samira está preparada. Se sintió herida cuando seleccionamos a Veena para que fuera la primera. Dice que tiene un paciente con algún problema cardíaco en su historial y al que operan esta mañana; sería perfecto.

Cal soltó una risita.

—Y yo que creía que nos costaría convencer a los enfermeros

para que colaboraran, y resulta que se ofrecen espontáneamente como voluntarios… —Cal posó la primera mirada en Petra y luego en Santana—. ¿Qué opináis vosotras, chicas? ¿Lo hacemos otra vez? Cuando anoche me encontré a Veena con sobredosis, lo último que imaginaba es que ahora os estaría preguntando esto, pero aquí me tenéis.

—Rosalyn ha insistido mucho en conseguir más material —dijo Santana, mirando a Petra—. Sabemos que tenemos garantizada la emisión inmediata de las noticias, así que yo voto que sí.

—¿Qué probabilidad hay de que Samira reaccione como Veena? —preguntó Petra devolviendo la mirada a Santana—. No queremos otro intento de suicidio.

—Samira no será ningún problema —dijo Durell con seguridad—. Vale que tiene la misma edad que Veena, es su compañera de habitación y su mejor amiga, pero en cuanto a personalidad son totalmente distintas. En parte tal vez por eso están tan unidas, o al menos lo estaban. Ayer por la tarde, antes de marcharse a hacer lo suyo, Veena echó la bronca a Samira por irse de la lengua con sus secretos familiares.

—¿Estás de acuerdo, Santana? —preguntó Petra.

—Sí —dijo Santana—. Samira es muy competitiva, pero no es ninguna líder. Lo que nos interesa es que es más egocéntrica y menos reprimida.

—Pues entonces yo también estoy de acuerdo —zanjó Petra.

—¿Y qué pasa con actuar en el mismo hospital dos días seguidos? —preguntó Durell—. ¿A nadie le parece un problema?

—Buena pregunta —dijo Petra.

Todos los ojos se pasaron a Cal. Él se encogió de hombros.

—No creo que tenga importancia. Me han asegurado que es imposible de descubrir por varias razones. Además, los responsables del hospital y quienes lo financian se darán toda la prisa que puedan para enterrar las muertes, disculpad el chiste, y así evitar la publicidad negativa en la medida de lo posible. En la India no hay un sistema forense, pero si por alguna casualidad remotamente improbable alguien se oliera el juego sucio, y si por otra casualidad remotamente improbable se les ocurriera especular con la succinilcolina, la droga llevaría mucho tiempo desaparecida y cualquier residuo, o como se llame, estaría justificado por la anestesia que les pusieron antes de operarles.

—En realidad —dijo Santana—, dos muertes en dos días es una noticia aún más gorda. Pienso que ayudaría mucho a nuestra causa.

Cal asintió y miró a Petra y a Durell. Ambos asintieron.

—Excelente —dijo Cal con una sonrisa, colocando las manos sobre la mesa—. Es magnífico que haya unanimidad. Pongámoslo en marcha. —A continuación, mirando a Durell, añadió—: Dale tú la buena noticia a Samira cuando vuelva del trabajo.

—Será un placer —respondió Durell.

7

Los Ángeles, lunes 15 de octubre de 2007, 19.54 h
(En el mismo momento en que se levanta la reunión
de Nurses International)

Neil McCulgan dejó el bolígrafo y se frotó los ojos. El horario
en el que estaba trabajando seguía sin estar a punto. La compañía cuyo programa informático utilizaba el hospital para organizar los turnos acababa de cambiar de manos y, sin el presidente
original al mando, el software se hacía un lío, de ahí que Neil
tuviera que rehacer el horario a mano. Miró su reloj. Ya eran
cerca de las ocho, se suponía que debía haber terminado a las siete; estaba exhausto.

Si todavía no había logrado organizar el horario era por dos
motivos. El primero, un aparatoso accidente ocurrido en la autovía 405, con varios muertos y numerosos heridos muy gra-
ves que habían empezado a llegar en las ambulancias menos de
media hora después de que Jennifer Hernández se escabullera
de su despacho como una cría. Encargarse de todo aquello le
llevó varias horas: hubo que separar a los muertos de los vivos,
estabilizar a los heridos de mayor gravedad y subirlos a cirugía y, por último, ocuparse apropiadamente de los heridos
menos urgentes, encajar y escayolar los huesos rotos y sutu-
rar los cortes.

El segundo motivo por el que el horario seguía sin terminar era que Neil no podía concentrarse.

—¡Maldita sea! —gritó a la pared, y enseguida se sintió culpable y estúpido.

Giró la silla para mirar hacia la zona de triaje. Dos pacientes lo miraban con las cejas alzadas. Neil se levantó y, avergonzado por su arrebato, les dedicó un gesto tranquilizador, cerró la puerta y volvió a sentarse.

No podía concentrarse por culpa de Jennifer. Aunque había añadido lo que él llamaba «el comportamiento pueril de Jennifer» a sus razones para no viajar a la India, poco a poco empezó a admitir que había manejado la situación de forma lamentable. Para empezar, sus motivos eran egoístas, así de simple. Terminó reconociendo que la excusa que había argüido —rehacer el horario— era mentira. Si hubiera sido más sincero, al menos habrían podido mantener una discusión honesta. Por último, lo que más le remordía la conciencia era que la excusa que se había dado a sí mismo —que habría estado más receptivo si la muerta hubiera sido la madre en vez de la abuela— también era mentira. Sabía de sobra que la abuela de Jennifer había sido a todos los efectos como una madre.

Llegó un momento en que Neil llamó al móvil de Jennifer, pero ella no respondió. No sabía si porque había visto que la llamada era suya o porque ya se había ido, y no tenía forma de averiguarlo. En un arranque de irracionalidad llegó a plantearse salir a toda prisa hacia el Aeropuerto Internacional de Los Ángeles e intentar alcanzarla antes de que partiera, pero rechazó la idea porque no sabía con qué aerolínea tenía contratado el billete. Neil había hecho las gestiones para su viaje a la India cinco meses atrás, y sabía que había varias compañías que operaban la ruta entre Los Ángeles y Nueva Delhi.

Durante toda la tarde, Neil continuó reprochándose haberse portado tan mal con Jennifer, hasta el punto de que llegó a ver en sí mismo el comportamiento inmaduro y egoísta que le había atribuido a ella. Incluso llegó a aceptar que Jennifer había hecho lo correcto al marcharse y no mirar atrás. Sabía que si ella hubiera actuado de otra forma, probablemente él habría seguido en sus trece y habría quedado como un idiota total.

Neil se levantó de golpe y la silla rodó hacia atrás sobre sus ruedecillas hasta que chocó con la puerta. Cogió una bata blanca limpia de la percha que había junto a la puerta, se la puso y salió hacia el mostrador central. Preguntó a la primera enfermera a la que fue capaz de acorralar si Clarence Hodges se había marchado. En teoría terminaba el turno al mismo tiempo que Neil, pero, al igual que él, rara vez salía a su hora. Le alegró saber que estaba en uno de los boxes de urgencias, cosiendo una herida. La enfermera le hizo el favor de señalar hacia la cortina indicada.

Clarence estaba suturando una oreja derecha al costado de la cabeza de su propietario; una meticulosa reconstrucción plástica compuesta por lo que parecían cientos de minúsculas puntadas hechas con un hilo de seda negra similar a una telaraña. A Clarence lo había contratado Neil. Habían sido compañeros de clase durante el instituto y, al pasar a la universidad, habían escogido instituciones rivales: Neil fue a la Universidad de California-Los Ángeles y Clarence a la Universidad del Sur de California. Pero ambos escogieron UCLA para los cursos superiores de medicina. La pasión de ambos por el surf había sellado su amistad.

—¡Vaya! —exclamó Neil después de mirar por encima del hombro de Clarence—. ¡Menudo corte!

Clarence enderezó la espalda y se estiró.

—El amigo Bobby, aquí presente, y su monopatín han tenido una pequeña discusión con un árbol, y diría que ganó el árbol. —Clarence levantó el paño quirúrgico por una esquina y echó un vistazo a su paciente. Le sorprendió que estuviera dormido—. Madre mía, sí que llevo tiempo con esto.

—¿Por qué no has llamado a alguien de cirugía plástica para que baje y lo haga? —preguntó Neil.

—Porque Bobby no me ha dejado —dijo Clarence mientras introducía un hilo nuevo en el portaagujas—. Cuando se lo he sugerido me ha dicho que se largaba, y eso que llevaba la oreja colgando. Dijo que hacía un montón que había llegado y que no pensaba esperar más. Quería que se lo hiciera yo aunque no fuera cirujano plástico. Se ha puesto pesado, y hasta se ha levantado de la camilla como si estuviera decidido a largarse. En fin, esa es la razón por la que estoy haciéndolo yo.

—¿Te importa si te pido tu opinión sobre un asunto mientras trabajas?

—En absoluto. Con Bobby aquí dormido, se agradece la compañía. La verdad es que hace dos segundos no sabía que estuviera durmiendo.

Neil explicó brevemente la historia de Jennifer, Clarence escuchaba sin hacer comentarios mientras seguía suturando la oreja de Bobby.

—Y eso es todo —dijo Neil cuando terminó.

—¿Sobre qué quieres que te dé mi opinión? Si lo que quieres saber es si me iría a la India a hacerme una artroplastia de cadera, la respuesta es no.

—No es eso. Lo que me preocupaba es cómo he reaccionado a la petición de Jennifer. Me parece que he metido la pata hasta el fondo. ¿Tú cómo lo ves?

Clarence levantó la mirada hacia su amigo.

—¿Hablas en serio? ¿De qué otro modo podías haber reaccionado?

—Podría haber sido más honesto.

—¿En qué sentido? Me refiero a que, ¿cómo vas a pegarte la panzada de viaje que hay hasta la India por la abuela de alguien? No puedes devolverla a la vida ni nada por el estilo.

—La verdad es que en este momento ir a la India no me apetece nada —admitió Neil.

—Pues ya está. Has reaccionado como debías. Si ella ha respondido así, es su problema. No debería haberse largado de esa manera.

—¿Tú crees? —Neil no estaba convencido. Lo cierto era que después de explicar la escena a Clarence sentía más remordimientos que antes.

—Eh, eh, un momento —dijo Clarence, interrumpiendo la sutura y clavando los ojos en Neil—. Empiezo a pensar que aquí hay algo que no me has contado. ¿Qué relación tienes con esa chica? ¿Te gusta o qué? ¿Estáis saliendo?

—Algo así —reconoció Neil—. En realidad no estoy seguro. Es como si ella me mantuviera apartado. Hemos pasado mucho tiempo juntos, y es maravilloso. Nunca nos quedamos sin temas de los que hablar y ella ha sido muy abierta conmigo, me ha contado cosas que estoy seguro de que nunca había dicho a nadie.

—Pero ¿sois pareja?

—No, pero no porque no lo hayamos intentado. En realidad lo intentamos una vez, pero fue una situación muy incómoda. Es un rollo bastante raro. Podemos estar hablando de los temas más íntimos del mundo y, tan pronto como intento acercarme, ¡catapum! Se levanta una muralla.

—Eso no suena bien.

—Ya lo sé, pero por otra parte es lista de verdad y estudia como una campeona, y es genial pasar el rato con ella. No había estado nunca con una chica como Jennifer.

—Si es la que creo, además tiene un culo estupendo.

—No puedo negarlo. Me fijé en ella la primera vez que la vi en su primer año de medicina.

—Vale —dijo Clarence—, eso lo cambia todo. Lo que me estás diciendo es que quieres a esa mujer.

—Dejémoslo en que me interesa, pero me gustaría saber algo más sobre sus fantasmas antes de lanzarme.

—Entonces, ¿has pensado en ir a buscarla a la India? ¿Sobre eso querías mi opinión?

—Eso es. Lo que sí sé de ella con absoluta seguridad es que es una cabezota. Toma decisiones sobre las cosas al instante y luego se agarra a esa decisión como un perro a un hueso. En estos momentos está cabreadísima conmigo, y lo entiendo. Ella se confió a mí, y ahora que me ha pedido que la ayude, yo, al negarme, en cierto sentido he confirmado sus peores miedos. Si no me voy para allá, ya puedo ir despidiéndome de cualquier posibilidad de saber más de ella.

—¡Pues hazlo! Ese es mi consejo. Posiblemente arreglar las gestiones concernientes al cadáver de la abuela os llevará una media hora, y luego se acabó. Podréis hacer las paces. Si no, habrás quemado los puentes que podían llevarte hasta ella.

—Entonces, ¿crees que debería ir?

—Sin dudarlo. Y me dijiste que la India era un país divertido, así que matarás dos pájaros de un tiro.

—Te dije que era interesante.

—¿Interesante, o divertido, qué más da? Y no te preocupes por tus responsabilidades aquí.

—Tengo libres los próximos cuatro días.

—¿Ves lo que te decía? Esto tenía que pasar. ¡Largo! Y si necesitas más de cuatro días, olvídate de tus obligaciones en el hospital. Te debo una. Yo te haré los turnos y, cuando no pueda, me ocuparé de que alguien te los haga.

—Seguro que necesitaré más tiempo. En el viaje ya se me irán los cuatro días.

—Tranquilo, ¿vale? Ya te he dicho que yo te cubro. ¿Sabes dónde se aloja?

—Sí.

—Pues no necesitas más. ¿Cuándo te vas?

—Mañana, supongo —dijo Neil, preguntándose si no se habría dejado convencer por su amigo de algo que podía acabar siendo más complicado y tenso de lo que se esperaba.

Si él supiera...

8

Nueva Delhi, martes 16 de octubre de 2007, 19.45 h

En un acto reflejo, Samira Patel dedicó una sonrisa coqueta a los dos corpulentos porteros sij del acceso principal del hospital Queen Victoria. Llevaba puesto el uniforme de enfermera, como Veena la noche anterior. Ellos no le devolvieron el flirteo, pero sin duda la habían reconocido. Ambos alargaron un brazo en silencio, tiraron de las puertas para abrirlas y, con una inclinación, le permitieron el paso.

Aquella tarde, antes de que partiese a cumplir su misión, Durell dedicó unas cuantas horas a preparar a Samira; la sesión había incluido consejos sobre qué debía hacer una vez estuviera dentro del hospital. A pesar de lo nerviosa que estaba siguió sus indicaciones al pie de la letra. Avanzó por el vestíbulo a paso rápido y evitando cruzar la mirada con nadie. Utilizó la escalera y no el ascensor para acceder al segundo piso, donde estaba la biblioteca. Después de encender las luces, sacó varios libros sobre ortopedia de las estanterías y los dispersó sobre una mesa. Tuvo incluso el detalle de abrir uno por la sección de artroplastias de rodilla, que era la intervención a la que su paciente, Herbert Benfatti, se había sometido por la mañana. Todo aquello había sido idea de Durell. Quería que Samira tuviera una prueba clara y demostrable para explicar su presencia en el hospital fuera de su horario si cualquier supervisor de enfermería le hacía preguntas.

Cuando terminó de preparar la biblioteca a su gusto y descargó el registro de Benfatti desde el terminal que había allí a su dispositivo de almacenamiento USB, Samira volvió a la escalera y subió hasta el quinto piso, donde estaba la zona de quirófanos. Para entonces, su nerviosismo se había convertido en auténtica ansiedad, más de la que había imaginado, y llegó a preguntarse por qué había puesto tanto empeño en presentarse voluntaria. Pero sabía de sobra cuál era la razón. Veena Chandra había sido su mejor amiga desde que se conocieron en tercero de primaria, pero Samira siempre se había sentido inferior. El problema era que ella envidiaba la belleza de Veena, contra la que sabía que no era rival, y de ahí su deseo por competir en todos los demás aspectos. Samira estaba convencida de que el pelo de Veena era más oscuro y brillante que el suyo, de que su piel era más dorada, de que su nariz era más pequeña y bonita.

Sin embargo, a pesar de esa rivalidad —de la que Veena no tenía ni idea—, habían desarrollado una viva amistad basada en su sueño común de emigrar a Estados Unidos algún día. Como sus otras amigas del colegio, las dos tuvieron acceso a internet a una edad muy temprana; Samira le sacó mucho más partido que Veena, pero aquella herramienta se convirtió para ambas en un ojo de buey por el que mirar a Occidente e introdujo en ellas el concepto de la libertad personal. Cuando llegaron a la adolescencia, eran inseparables y compartían todos los secretos, que en el caso de Veena incluían los abusos de su padre, algo que no había revelado a nadie más por miedo a avergonzar a su familia. El secreto de Samira era muy diferente del de Veena: a ella le fascinaban las páginas web de pornografía y, por consiguiente, el sexo. Y, como para ella era un tema prohibido, a duras penas conseguía pensar en nada más. Se moría de ganas de hacerlo, y se sentía como un animal enjaulado, coartada sobre todo por su estricta educación musulmana. En el fondo, lo que reforzó la amistad entre las dos muchachas fue que ambas estaban dispuestas a mentir por la otra. Cada una decía a sus padres que se quedaba a dormir en casa de la otra y en realidad se iban a discotecas de estilo occidental y se pasaban despiertas toda la noche. En lugar de abrazar los tradicionales valores kármicos indios de obediencia pasiva y aceptación de las dificultades de la vida con la esperanza de recibir la recompensa en la próxima, Samira y Veena se inclinaban cada vez más a buscar las recompensas en esta vida, no en la siguiente.

El día anterior, cuando Samira se enteró de que Veena había sido seleccionada como primera enfermera que pondría en práctica la nueva estrategia, sufrió un ataque inmediato de celos. Por eso se había presentado voluntaria para la siguiente misión y había afirmado que ella lo haría mejor y sin titubeos. La razón de tanta confianza era que había un campo en el que Samira había hecho mayores progresos que su amiga, y ese campo era su grado de abandono de la antigua cultura india y su adaptación a la nueva cultura occidental. La prueba de ello era su relación con Durell.

Samira empujó con mano temblorosa la puerta que conectaba la escalera con el quinto piso. Estaba relativamente oscuro. Durante unos segundos se limitó a escuchar. No oyó nada salvo el constante y omnipresente zumbido grave de los climatizadores. Salió al pasillo y la puerta se cerró tras ella.

Segura de que estaba sola, se encaminó hacia la zona de cirugía mientras intentaba minimizar el sonido de sus tacones contra el suelo de hormigón armado. La iluminación era débil pero apropiada. Al cruzar las puertas exteriores dobles, se aseguró de que no hubiera nadie en la sala de cirugía. Sabía que en ocasiones la utilizaban por las tardes, y que los empleados del turno de noche la usaban para los ratos de descanso y mirar un poco la televisión, aunque en teoría no les estaba permitido. Se acercó a las puertas dobles que daban propiamente a la zona de cirugía y las abrió. Desafortunadamente, las bisagras protestaron con un chirrido que la hizo encogerse. Notaba cómo le latía el corazón en el pecho y le retumbaba en los oídos. Se detuvo unos segundos por si el ruido de las puertas provocaba alguna reacción, y a continuación se adentró en la zona de cirugía. Se encogió de nuevo cuando las puertas emitieron el mismo chirrido al cerrarse. Pero el silencio anterior, propio de un mausoleo, cayó inmediatamente sobre ella como una pesada manta.

Samira estaba deseando acabar con aquella parte de su tarea. Podía notar el sudor de su cara a pesar del frío que reinaba en los quirófanos debido al aire acondicionado. No le gustaba sentir ansiedad, y mucho menos sabiendo cuántas veces se había sentido así durante la doble vida que había llevado continuamente de cara a sus padres en la adolescencia.

Una vez dentro del quirófano y segura de estar sola, Samira se apresuró a llenar la jeringuilla con succinilcolina. Con las prisas, casi se le cayó el frasco que contenía el medicamento paralizante. Si se hubiera roto al impactar contra el duro suelo, habría sido un desastre porque habría dudado en limpiarlo. Cualquier esquirla de cristal se habría convertido en el equivalente a un dardo envenenado con curare en las selvas de Perú. No se le escapó la ironía de que la hubieran encontrado muerta en el quirófano por la mañana.

Samira volvió sobre sus pasos, aliviada, hasta llegar a la escalera. Con aquella parte de la tarea terminada, supuso que lo demás sería coser y cantar; bien poco se esperaba lo que vendría.

Descendió dos pisos y miró la hora. Eran poco más de las ocho. En aquel momento su única preocupación era la señora Benfatti, a la que había conocido aquella tarde. ¿Estaría todavía de visita? La parte positiva era que el señor Benfatti se había sometido a la operación aquella misma mañana, y lo más probable era que aún estuviera bajo los efectos de la anestesia, por lo que seguramente estaría somnoliento o dormiría profundamente. La única forma de averiguarlo era mirar.

Abriendo la puerta que daba al tercer piso, Samira miró a ambos lados del pasillo. Vio a dos personas en el bien iluminado control de enfermería, lo que significaba que los otros dos enfermeros estaban en la habitación de algún paciente o tomándose un descanso. No había forma de saberlo.

Samira sintió que la ansiedad se apoderaba de ella de nuevo y se dijo que entonces o nunca. Respiró profundamente y salió al pasillo en dirección al cuarto del señor Benfatti. Todo fue bien hasta que llegó a la puerta de la habitación, que estaba entreabierta unos quince centímetros. Impaciente ya por zanjar el asunto, levantó el brazo para llamar a la puerta y se quedó con la mano suspendida en el aire. Vio estupefacta que la puerta se abría en el mismo instante en que ella esperaba hacer contacto con su superficie. Se le escapó un grito de sorpresa cuando se encontró inesperadamente frente a una de las enfermeras del turno de tarde. Solo la conocía por su nombre de pila. Era la notablemente obesa y arisca Charu, y llenaba por completo el umbral.

En contraste con la reacción de sorpresa de Samira, Charu parecía enfadada porque le cerrara el paso. Miró a Samira de arriba abajo, como si la estuviera evaluando, y dijo en tono poco amistoso:

—¿Qué haces aquí? Tú haces el turno de día.

Charu y Samira solo se conocían de los informes durante el cambio de turno, cuando los enfermeros de la mañana comunicaban a los de la tarde el estado de cada paciente y sus necesidades específicas.

—Quería ver cómo está mi paciente —dijo Samira; su voz sonó más vacilante de lo que habría querido—. Estaba en la biblioteca estudiando las artroplastias de rodilla.

—¿De verdad? —preguntó Charu, con un tono de duda en su voz.

—De verdad —repitió Samira intentando sonar convincente.

Charu la miró con incredulidad.

—La señora Benfatti está dentro —dijo.

—¿Se marchará pronto? Quería hacerle algunas preguntas al señor Benfatti sobre sus síntomas.

Por toda respuesta, Charu se encogió de hombros, apartó a Samira y salió.

Samira la observó dirigirse hacia el mostrador. Estaba en un dilema: ¿qué debía hacer? No podía quedarse fuera esperando a que la señora Benfatti se marchase, pero si regresaba a la biblioteca, cuando la señora Benfatti se fuera, ella no se enteraría. También se preguntó si cruzarse con Charu significaba que debía cancelar el plan. El problema de cancelarlo era que podría pasar una semana hasta que tuviera otro paciente estadounidense con algún problema cardíaco en su historial que lo convirtiera en un blanco adecuado. Para entonces, sus esfuerzos en la competición con Veena posiblemente ya no le servirían de nada.

Samira seguía sin decidirse cuando volvieron a sorprenderla. Esta vez fue la señora Lucinda Benfatti, una mujer moderadamente alta y corpulenta en la mitad de la cincuentena y con una permanente muy marcada. Había conocido a Samira aquel mismo día, así que la reconoció de inmediato.

—Caramba, sí que le echas horas...

—A veces —balbuceó Samira. El objetivo de pasar desapercibida durante su misión se estaba convirtiendo en un chiste malo.

—¿Hasta qué hora trabajas?

—Depende —mintió Samira—. Pero enseguida me iré a casa. ¿Cómo le va al paciente? Quería saber cómo estaba.

—¡Eres un encanto! Dentro de lo que cabe, está bastante bien, pero tolera mal el dolor y le está doliendo mucho. La enfermera que acaba de irse le ha inyectado más calmante, espero que funcione. ¿Por qué no entras a saludarle? Seguro que se alegrará de verte.

—Si acaban de ponerle un calmante, quizá no sea un buen momento. No quiero molestar.

—No será ninguna molestia. ¡Pasa!

La señora Benfatti la cogió del codo y la hizo pasar a la habitación de su marido. Las luces estaban bajas, pero la iluminación general de la estancia era suficiente porque el gran televisor con pantalla plana estaba encendido, con la BBC sintonizada. El señor Benfatti estaba semisentado. Tenía la pierna izquierda en un aparato que, lenta pero constantemente, le hacía flexionar la rodilla treinta grados varias veces por minuto.

—Herbert, cariño —gritó la señora Benfatti para imponerse al sonido del televisor—. Mira quién ha venido.

El señor Benfatti bajó el volumen con el mando a distancia y miró a Samira. La reconoció y, como su mujer, hizo un comentario sobre su larguísima jornada laboral.

Antes de que Samira pudiera responder, la señora Benfatti intervino de nuevo:

—No sé vosotros, pero yo estoy agotada. Me vuelto al hotel a descansar. Buenas noches otra vez, cariño —le dijo a su marido; le dio un beso en la frente y añadió—: Que duermas bien.

La mano derecha del señor Benfatti se movió con debilidad. La izquierda —en el brazo izquierdo tenía la vía intravenosa— se quedó quieta. La señora Benfatti se despidió de Samira y salió del cuarto.

Samira se vio en un incómodo aprieto. No le apetecía implicarse en una conversación con aquel hombre si quería llevar a cabo su plan, pero tampoco podía quedarse allí plantada. Además, se había cruzado con la señora Benfatti. ¿No era esa una razón más para retirarse? Lo único seguro era que algo que parecía simple estaba resultando ser todo menos eso. Bloqueada, incapaz de decidirse, Samira parecía estar echando raíces en la habitación.

Al cabo de un rato el señor Benfatti le preguntó:

—¿Puedo hacer algo por ti? ¿Bajo corriendo a la cocina y te traigo algo para picar? —Se rió de su propia broma.

—¿Qué tal la rodilla? —preguntó Samira mientras intentaba poner orden en su cabeza.

—De maravilla —dijo el señor Benfatti con sorna—. Listo para echarme una carrerita.

Sin ella ser consciente, la mano de Samira se había metido en el bolsillo y sus dedos encontraron la jeringuilla llena. Con un respingo, recordó lo que la había llevado allí.

Mientras el señor Benfatti explicaba con detalles el dolor que sufría, Samira se preguntaba qué debía hacer. Se dio cuenta de que no había ninguna forma racional de tomar una decisión, aparte de la bola de cristal que no tenía, así que optó por admitir su impetuosidad y limitarse a seguir según lo planeado. El factor decisivo fue el hecho de caer en la cuenta de que pasarían horas hasta que alguien volviera a ver al señor Benfatti, ya que la esposa acababa de irse y la enfermera le había puesto una inyección hacía poco. Samira estaría lejos de la escena del crimen cuando se descubriera. Sacó la jeringuilla de su escondrijo. Utilizó los dientes para quitarle el capuchón y alcanzó el punto de inyección por debajo del filtro miliporo.

El señor Benfatti, consciente del repentino avance de Samira hacia su cama, entrevió la jeringuilla e interrumpió su diatriba sobre el dolor.

—¿Qué es eso? —preguntó. Cuando Samira no le hizo caso y levantó la aguja hacia el punto de inyección, el señor Benfatti estiró el brazo derecho y capturó la muñeca derecha de Samira. Un instante después, sus miradas se cruzaron—. ¿Qué me vas a poner?

—Es una cosa para el dolor —improvisó Samira, nerviosa.

La aterrorizaba que el señor Benfatti estuviera agarrándola. Durante un segundo, la embargó el absurdo temor de que lo que estaba a punto de suministrar al señor Benfatti pasara a ella por contacto.

—Me han inyectado calmantes hace un momento. ¿No nos estaremos pasando?

—Instrucciones del doctor. Esta lleva más concentración, para que pueda dormir más tiempo.

—¿De verdad?

—De verdad —repitió Samira, lo que le recordó la desagradable conversación que había mantenido con Charu.

Bajó la mirada al brazo del señor Benfatti, que seguía apretándole la muñeca. El hombre tenía fuerza y, aunque Samira no sentía dolor, poco le faltaba. Le estaba restringiendo el flujo sanguíneo.

—¿El médico está aquí?

—No, ya ha terminado por hoy. Acaba de llamar con las instrucciones.

El señor Benfatti siguió agarrándola durante unos segundos más y luego la soltó de repente.

Samira dejó escapar un silencioso suspiro de alivio. Habían empezado a cosquillearle las puntas de los dedos. Sin desperdiciar tiempo, introdujo la aguja poniendo especial cuidado en no pincharse. Tratándose de succinilcolina, incluso una pequeña dosis le traería problemas. Samira vació la jeringuilla entera sin más dilación. Un segundo más tarde se inició un grito en los labios del señor Benfatti y Samira presionó su mano libre contra la boca del hombre.

El señor Benfatti buscó a tientas el botón de llamada a los enfermeros, que estaba enganchado en el extremo de la almohada, pero Samira consiguió apartarlo de un tirón con la mano que sostenía la jeringuilla. Casi de inmediato, la resistencia que notaba en la mano con la que le tapaba la boca se disipó. Al apartar la mano, percibió una especie de serpenteo por debajo de la piel del señor Benfatti, como si su cara hubiera sufrido una repentina infiltración de gusanos. Simultáneamente sus brazos y su pierna libre empezaron a sufrir convulsiones breves e incontrolables. Los espasmos cesaron enseguida. Los reemplazó un oscurecimiento de la piel que resaltaba especialmente debido a la luz blanca que emanaba del televisor. Aunque al principio el cambio de color fue lento, enseguida se aceleró hasta que toda la piel visible del señor Benfatti estuvo teñida de un siniestro violeta oscuro.

Samira había evitado mirar los ojos del hombre mientras atravesaba esos rápidos dolores agónicos, pero entonces lo hizo. Tenía los párpados semiabiertos y la mirada perdida. Samira se retiró hacia la puerta, chocó con una silla y la agarró para evitar que cayera. Lo último que quería era que apareciera alguien para ver a qué se debía el ruido. Echó una última mirada al señor Benfatti desde la puerta y por un momento se quedó como hipnotizada: su pierna mantenía el ritmo mecánico de flexión y extensión como si el hombre siguiera vivo.

Se dio la vuelta y huyó de la habitación, pero al momento se obligó a reducir el paso para evitar llamar la atención. Sin apartar la mirada del control de enfermería, donde vio a los cuatro enfermeros, Samira llegó a la escalera. Solo cuando salió del pasillo se permitió respirar de nuevo, sorprendida de haber estado conteniendo la respiración. Ni siquiera se había dado cuenta.

Recogió los libros de la biblioteca y apagó la luz. A continuación descendió al vestíbulo. Se alegró de encontrarlo vacío, pero se alegró más aún de que los porteros hubieran terminado su turno. Ya en la calle, tomó una mototaxi y, mientras se alejaba, se giró para echar un último vistazo al hospital Queen Victoria. Le pareció un edificio oscuro, lleno de sombras y, lo más importante, tranquilo.

Durante el trayecto hacia la casa, pensar en que había completado la tarea hizo que se sintiera poco a poco mejor, y el miedo, la ansiedad y la indecisión que había experimentado se diluyeron y pasaron a segundo plano. Cuando la mototaxi llegó al camino de entrada del bungalow, le pareció que todos aquellos problemas eran meros pitidos en la pantalla del radar.

—Debo dejarla aquí —dijo el conductor en hindi, mientras detenía el vehículo.

—No quiero bajarme aquí. ¡Llévame hasta la puerta!

Los ojos del conductor brillaron nerviosos en la oscuridad cuando se giró hacia Samira. Era evidente que estaba asustado.

—Pero el propietario de esa casa se enfadaría, y llamaría a la policía, y la policía me pediría dinero.

—Yo vivo aquí —replicó Samira bruscamente, y acompañó la frase con unas cuantas expresiones malsonantes aprendidas en internet—. Si no me llevas, no te pagaré.

—Prefiero no cobrar. La policía me pedirá diez veces la misma cantidad.

Tras unas pocas palabras más que consideró apropiadas, Samira salió del ciclomotor con tres ruedas y, sin mirar atrás, enfiló el camino de acceso. Oyó una sarta de tacos parecidos a los suyos y luego la mototaxi aceleró ruidosamente y se zambulló en la noche. Mientras caminaba, pensó en cómo describiría el desarrollo de su misión. No le llevó más que un minuto decidir que se saltaría las preocupaciones secundarias y se centraría en su éxito: se había encargado del señor Benfatti, eso era lo importante. Lo que no iba a hacer era quejarse como había hecho Veena.

Cuando entró en la casa, los cuatro directores y los once enfermeros estaban en la sala de estar viendo un antiguo DVD llamado *Desmadre a la americana*. Tan pronto como Samira entró en el salón, Cal detuvo la película. Todos la miraron expectantes.

—¿Y bien? —preguntó Cal.

Samira disfrutó haciendo sufrir al grupo. Cogió una manzana y se sentó, como si se dispusiera a ver la película y pasara de dar su informe.

—¿Y bien qué? —dijo, prolongando su ardid.

—¡No nos obligues a suplicarte! —amenazó Durell.

—Ah, supongo que te refieres a lo que le ha pasado al señor Benfatti...

—Samira... —advirtió Durell en tono juguetón.

—Todo ha ido bien, exactamente como tú dijiste; no esperaba otra cosa.

—¿No te has asustado? —preguntó Raj—. Veena dijo que se asustó.

Raj era el único enfermero varón. Tenía aspecto de culturista, pero su voz era suave, casi femenina.

—Ni lo más mínimo —dijo Samira, aunque mientras hablaba recordó cómo se había sentido cuando Benfatti le agarró la mano lo bastante fuerte como para interrumpir el flujo sanguíneo.

—Raj se ha presentado voluntario para mañana por la noche —le explicó Cal—. Tiene un paciente perfecto con una operación programada por la mañana.

Samira se giró hacia Raj. Era un hombre muy bien parecido. Por las noches se ponía camisetas una talla más pequeña para resaltar su impresionante físico.

—No te preocupes, te irá bien —le aseguró Samira—. La succinilcolina hace efecto literalmente en segundos.

—Veena dijo que su paciente sufrió muchísimas contracciones en la cara —comentó Raj con aire preocupado—. Dijo que fue horrible.

—Tuvo algunos espasmos, pero terminaron casi antes de que empezaran.

—Veena dijo que su paciente se puso de color violeta.

—El mío también, pero no hace falta que te quedes allí admirando tu trabajito.

Algunas enfermeras se rieron. Cal, Petra y Santa estaban serios.

—¿Tienes el registro médico informático de Benfatti? —preguntó Santana. Como Samira aún no lo había mencionado, temía que se le hubiera olvidado. Necesitaba el historial para que la noticia que transmitieran por la televisión fuera más personal.

Samira apoyó la espalda contra el respaldo del sofá y estiró el cuerpo para poder sacar del bolsillo el USB, parecido al que Veena había entregado a Cal la noche anterior. Lo lanzó en dirección a Santana.

La psicóloga capturó el dispositivo en pleno vuelo, como un portero de hockey, lo sopesó como si eso fuera a permitirle saber si contenía los datos o no, y se levantó.

—Quiero mandar esta historia a la CNN. Ya les he dado un adelanto y están esperándola con ansia. Mi contacto me ha asegurado que saldrá directamente.

La gente que estaba sentada a su lado levantó las piernas para dejarla pasar por detrás de la mesita baja y dirigirse a su despacho.

—Tengo una sugerencia —dijo Samira cuando Santana se marchó—. Creo que deberíamos conseguir nuestra propia succinilcolina. Colarse en la zona de quirófanos es el eslabón más débil del plan. Es el único lugar del hospital donde no pintamos nada, y si pescaran a cualquiera de nosotros allí, no tendríamos forma de explicarlo.

—¿Sería difícil conseguirla? —consultó Durell.

—Con dinero, en la India es fácil conseguir cualquier droga —dijo Samira.

—Pues entonces no hay que darle más vueltas —dijo Petra a Cal.

Ese asintió y miró a Durell.

—A ver qué puedes hacer.

—Ningún problema —respondió el afroamericano.

Cal no podía estar más satisfecho. La nueva estrategia estaba funcionando, todos la habían aceptado, e incluso ofrecían sugerencias. No pudo evitar decirse que iniciar la trama con Veena había sido una gran idea, a pesar del susto del intento de suicidio. Hacía solo unos pocos días le daba miedo hablar con Raymond Housman, en cambio en ese momento estaba deseando ponerse en contacto con él. Le alegraba muchísimo que Nurses International estuviera empezando a compensar el esfuerzo, aunque no fuera de la forma que él había previsto. Pero qué más daba, pensó. Lo importante eran los resultados, no el método.

—Bueno, ¿quién quiere terminar de ver la película? —dijo en voz alta, moviendo el mando a distancia por encima de su cabeza.

9

Nueva Delhi, martes 16 de octubre de 2007, 23.02 h

Las ruedas del avión de amplio fuselaje toparon con fuerza contra el asfalto del Aeropuerto Internacional Indira Gandhi y Jennifer se despertó asustada. Veinte minutos antes una azafata la había despertado para pedirle que enderezara el respaldo de su asiento porque iban a iniciar el descenso, pero volvió a quedarse dormida. La cruel ironía era que durante la última etapa del vuelo no había conseguido pegar ojo hasta la última hora.

Pegó la nariz contra la ventanilla e intentó captar sus primeras imágenes de la India. Aunque pudo ver algo más que las centelleantes luces de la pista pasando como un rayo mientras los potentes motores invertían su empuje. Para su sorpresa, había una especie de niebla densa que oscurecía la vista hacia la terminal. Lo único que veía vagamente eran las colas iluminadas de los aviones elevándose por encima de la penumbra general. La terminal era un mero punto difuminado de luz. Miró hacia arriba y vio una luna casi llena en un cielo gris y sin estrellas.

Jennifer empezó a organizar sus cosas. Por suerte para ella, el asiento contiguo al suyo estaba vacío, y lo había aprovechado para dejar su libro de cirugía, la guía turística de la India y la novela que se había llevado para leer durante el vuelo... o, más exactamente, los tres vuelos. Su itinerario incluía dos paradas, y la verdad es que las había agradecido porque pudo estirar las piernas y caminar, pero solo un cambio de avión.

Cuando el gran aeroplano alcanzó la plataforma de terminal y el indicador de los cinturones se apagó, Jennifer ya tenía el equipaje de mano guardado en la maleta con ruedas, pero tuvo que esperar hasta que los pasajeros más cercanos a la puerta salieran lentamente. Todo el mundo parecía exactamente igual a como ella se sentía: exhausta; sin embargo, el hecho de haber aterrizado en un país extraño y exótico la estimulaba para sacar fuerzas de flaqueza. Llegaba a la India para ocuparse de la muerte de su querida abuela, pero no podía evitar sentir cierta emoción y cierto nerviosismo.

Los vuelos, aunque muy largos, habían sido soportables. Al principio le había preocupado que durante el viaje tuviera demasiado tiempo libre para obsesionarse con la pérdida de su mejor amiga, pero el efecto parecía haber sido el contrario. Hasta cierto punto, la soledad le había permitido hacer las paces con la pérdida recordando una de las lecciones que había aprendido durante sus estudios de medicina: que la muerte es parte indisoluble de la vida y una de las razones que hacen que la vida sea algo tan especial. Jennifer nunca dejaría de echar de menos a su abuela, pero no iba a quedarse estancada por su pérdida.

Una vez fuera del avión, Jennifer caminó por el edificio deslucido y algo deteriorado de la terminal y tomó conciencia por fin de que realmente había llegado a la India. Todos los pasajeros del avión vestían ropa occidental. A partir de entonces empezó a ver saris de brillantes colores y otros atuendos femeninos igualmente coloridos; más adelante aprendería que se llamaban *salwar kameez*. Los hombres vestían largas túnicas llamadas *dhoti* por encima de aparatosos *lungi* o pijamas, que eran unos pantalones muy sueltos ceñidos por los tobillos.

Con cierta preocupación por si se topaba con problemas, Jennifer se dirigió hacia el primer posible obstáculo: el control de pasaportes. Vio las largas colas de gente que avanzaban lentamente hacia las pocas cabinas, para nacionales y extranjeros, ocupadas por los policías. Sin embargo, delante de la cabina destinada a los diplomáticos no había nadie. Sus ocupantes estaban charlando o leyendo el periódico. Con lo poco que confiaba en la burocracia en general, y en la burocracia india en particular —gracias a lo que había leído recientemente en la guía de viaje—, Jennifer temía que el hecho de no llevar visado le trajera problemas aun si la compañía aérea ya estaba informada de ello. Todo dependía de la señorita Kashmira Varini, de si había hecho la llamada que le había prometido y de si había hablado con las personas apropiadas.

—Disculpe —dijo Jennifer desde la ventanilla de la cabina para llamar la atención de los empleados.

Las conversaciones cesaron y los periódicos cayeron. El grupo que atendía el puesto para los diplomáticos, numeroso en comparación con otras cabinas, ocupadas por un solo agente, miró a Jennifer con ojos inexpresivos, como si les sorprendiera tener trabajo. Llevaban holgados uniformes de color marrón y, aunque la ropa no tenía manchas visibles, todos daban una impresión de cierto desaliño.

Jennifer entregó el pasaporte a un agente y empezó a explicar la situación cuando el funcionario le devolvió el documento y le indicó con un gesto que se dirigiera a una de las otras filas.

—Me dijeron explícitamente que viniera a la ventanilla del cuerpo diplomático —explicó Jennifer. Tenía el corazón en un puño: después de semejante viaje, tal vez no lograra entrar en el país. Se apresuró a explicar que le habían dicho que el visado estaría esperándole en esa ventanilla y no en otra.

El agente de aduanas, sin dirigir una palabra a Jennifer, levantó el teléfono. Desde donde ella estaba podía oír los gritos procedentes del otro lado de la línea. Un minuto después, Jennifer vio que el funcionario abría un cajón de debajo del mostrador y sacaba unos papeles. Luego pidió por gestos a Jennifer que volviera a dejarle el pasaporte, cosa que ella hizo de mil amores. El agente pegó en el pasaporte lo que ella supuso que sería el visado, escribió sus iniciales en él y lo selló. A continuación se lo devolvió y le dio a entender que podía pasar. Jennifer, aliviada de poder entrar en el país después de temerse lo peor y sorprendida de que no le hubieran hecho pagar por el visado, cogió su maleta y avanzó con rapidez, no fuera a ser que cambiaran de opinión. Le pareció curioso que toda aquella escena hubiera transcurrido sin que el funcionario le dirigiera ni una sola palabra, y eso le recordó por qué no le gustaba la burocracia.

El siguiente paso era la zona de recogida de equipajes, que sorprendentemente funcionaba con mayor eficiencia que la del Aeropuerto Internacional John F. Kennedy. Cuando Jennifer encontró la cinta correcta, su maleta había dado ya varias vueltas.

Los funcionarios de aduanas parecían más desaliñados y menos ocupados que la gente del pasaporte. Estaban sentados en las esquinas de los largos mostradores destinados a la apertura y el examen de equipajes, aunque nadie estaba haciendo ninguna de las dos cosas. Jennifer redujo el paso, como era su obligación, pero se limitaron a mover la mano para que avanzara.

Jennifer empujó las puertas de seguridad de la sala de aduanas y entró en la zona de llegadas de la terminal. Inmediatamente tomó conciencia de una de las principales características de la India: su superpoblación. El lugar estaba a rebosar. Habían llegado muchos vuelos internacionales casi al mismo tiempo, por lo que la zona de llegadas estaba abarrotada. Sin embargo, no era nada en comparación con el resto de la terminal. Justo al otro lado de las puertas había una rampa ascendente de nueve metros de ancho y veinticinco de largo, provista de barandillas metálicas. Multitud de personas esperaban ahí apretadas contra las barandillas como sardinas en lata, muchas de ellas con toscos letreros en las manos. Aproximadamente la mitad de ellas vestían al estilo occidental, y había bastante gente con uniformes vistosos y gorros con viseras que lucían insignias de hoteles.

Jennifer, desconcertada ante el nuevo dilema, se quedó plantada al pie de la rampa. Le habían dicho que la recogería un empleado del hotel Amal Palace que llevaría un cartel con su nombre, y ella no se había preocupado más por aquella parte del viaje. Estaba claro que no había sido buena idea. Le parecía que allí podía haber miles de letreros e incluso muchas más personas.

Jamás le había gustado ser el centro de atención, pero intentó hacerse notar mientras subía poco a poco. Buscaba su nombre, por lo que no pudo evitar cruzar la mirada con extraños, cada uno con aspecto más extranjero y exótico que el anterior. Para una mujer joven y sola que no tenía ninguna experiencia en viajes, aquella situación resultaba intimidante, incluso le daba un poco de miedo, sobre todo porque no había policía ni ninguna otra autoridad a la vista.

«No te pongas nerviosa», se dijo en silencio con la esperanza de que en cualquier momento alguien gritara su nombre por encima del barullo. Por desgracia o por suerte, al culminar la rampa Jennifer no estaba segura de si la había abordado alguien. Sin ningunas ganas de abrirse paso entre la multitud, dio media vuelta y, tan despacio como había subido, volvió a bajar. Cuando llegó otra vez a las puertas de salida nadie había gritado su nombre, o si lo habían hecho, ella no lo había oído.

Mientras Jennifer consideraba si regresar al interior para ver si había alguna información sobre hoteles, las puertas de abrieron bruscamente y salió un joven vestido con un uniforme de portero de hotel bastante menos pulcro que los que llevaban los funcionarios de aduanas. Tenía más aspecto de estudiante que de portero profesional, y el uniforme, además de estar hecho jirones, le quedaba muy grande. Empujaba un carro de cuatro ruedas cargado con maletas. Al cruzar las puertas había cogido carrerilla para enfilar la pendiente y a punto estuvo de atropellar a Jennifer.

—¡Le ruego que me disculpe! —exclamó el portero mientras intentaba detener el carro.

Jennifer se hizo a un lado.

—Ha sido culpa mía. No debería haber intentado entrar por una puerta de salida. ¿Podría decirme si hay algún puesto de información por aquí? Se suponía que tenía que recogerme alguien de mi hotel, pero no sé exactamente dónde.

—¿Qué hotel?

—El Amal Palace.

El portero silbó.

—Si la tenía que recoger alguien del Amal, estará aquí.

—Pero ¿dónde?

—Suba la rampa y luego gire a la derecha. Seguro que en esa zona verá a algunos de ellos. Todos llevan un uniforme de color azul oscuro.

Jennifer le dio las gracias y volvió a subir la rampa. Aunque seguía sin hacerle ninguna gracia abrirse paso entre la multitud, lo hizo; tal como el portero le había dicho, enseguida vio a los conserjes del Amal con su ceñidísimo y elegante uniforme. Estaba pensando que era extraño que no se molestaran en hacerse notar cuando se encontró frente al hombre que llevaba una pizarra con su nombre escrito en ella. El conserje se presentó como Nitin y cogió las dos maletas de Jennifer. Llamó por el móvil a Rajiv, que iba a ser su chófer, y guió a Jennifer hacia la salida de la terminal. Mientras caminaban, Nitin no dejó de bromear.

Cuando ambos salieron y se detuvieron en la acera para esperar a que Rajiv llegara con el coche, Jennifer se fijó de nuevo en la densa bruma, parecida a la niebla, que cubría la zona y creaba gruesos halos alrededor de las farolas del aeropuerto y los faros de los coches. Era exactamente igual a lo que había visto desde el avión, aunque con el añadido de un olor acre.

—¿Esta neblina es normal? —preguntó a Nitin, arrugando la nariz.

—Oh, sí —respondió el hombre—. Al menos durante esta época del año.

—¿Y en qué poca del año no hay?

—Durante el monzón.

—¿Sí?

—¿Y a qué se debe?

—Me temo que al polvo y la contaminación. En Delhi vivimos oficialmente alrededor de once millones y medio de personas, y cada día llega más gente de fuera que la que nace aquí.

Extraoficialmente, yo diría que la cifra está más cerca de los catorce millones. Hay una migración masiva desde el campo que dificulta mucho las cosas y hace que el tráfico crezca sin medida. La neblina es producto de los tubos de escape y el polvo de las calles, en su mayoría, pero las fábricas que hay en las afueras también tienen mucho que ver.

A Jennifer aquello le horrorizó, pero no dijo nada. Ella pensaba que Los Ángeles estaba mal en septiembre, pero Delhi hacía que Los Ángeles pareciera como la primavera en los Alpes.

—Ahí está Rajiv —dijo Nitin mientras un Ford Explorer negro y muy brillante, con las ventanillas ahumadas, se detenía junto a la acera.

Rajiv se apeó del asiento del conductor, dio la vuelta al coche y saludó a Jennifer a la manera hindú: unió las palmas de las manos, se inclinó y dijo *Namasté*. Llevaba un espléndido uniforme blanco, inmaculado, recién planchado y complementado con guantes blancos y una gorra del mismo color. Mientras abría la puerta trasera para que Jennifer entrara, Nitin cargó su equipaje en el maletero. Un momento después, ella y Rajiv se dirigían hacia Nueva Delhi.

El primer coche que pasó en sentido contrario cogió a Jennifer totalmente por sorpresa. El volante del Explorer estaba en el lado derecho, pero ella no cayó en la cuenta de lo que aquello implicaba. Cuando vio en el frente los faros del otro vehículo, Jennifer dio por hecho que pasaría a su derecha, pero a medida que los dos coches se acercaban, el otro automóvil no se movió hacia la derecha de Jennifer. Al contrario: parecía que se desviaba a la izquierda. En el momento en que se cruzaron, Jennifer, creyendo que estaban a punto de chocar, ahogó un grito. Entonces lo entendió. En la India, como en Gran Bretaña, los vehículos circulaban por la izquierda y se cruzaban a la derecha.

Jennifer se reclinó en su asiento con el corazón desbocado. La avergonzaba su falta de experiencia en cuestión de viajes. Para calmarse, se secó la frente con la toallita fresca que le había dado Rajiv y bebió un sorbo de la botella de agua helada que también le había proporcionado. Mientras lo hacía, miraba llena de asombro cuanto veía a través de la ventanilla.

Cuando dejaron la vía de acceso al aeropuerto y se incorporaron a la autopista, avanzaron muy lentamente. Era más de medianoche y sin embargo la carretera estaba congestionada en ambos sentidos, llena de vehículos de todo tipo, en su mayoría camiones cargados hasta los topes. Una capa asfixiante de polvo y humo de los tubos de escape se añadía al estruendo de los motores sin silenciador y al claxon de absolutamente todos los vehículos sonando cada pocos segundos sin más razón que el mero capricho de los conductores.

Jennifer movía la cabeza sin dar crédito a lo que veía. Era como un sueño absurdo. Si a medianoche había aquel tráfico, era incapaz de imaginar cómo sería de día.

El chófer hablaba un inglés pasable y se mostró más que dispuesto a hacer de guía turístico mientras se adentraban en la ciudad. Ella lo bombardeó a preguntas, sobre todo cuando salieron de la carretera principal y entraron en el sector residencial de Chanakyapuri. Al menos allí no había camiones ni autobuses y el tráfico avanzaba con mayor libertad. Jennifer vio la sucesión de mansiones de estilo relativamente similar; parecían algo descuidadas pero seguían siendo impresionantes. Preguntó sobre ellas al conductor.

—Son bungalows de la época imperial británica —dijo él—. Los construyeron para los diplomáticos ingleses, y algunos todavía los utilizan.

Poco después el chófer le señaló las distintas embajadas extranjeras; parecía sentirse orgulloso. Le indicó cuál era la embajada estadounidense, que a Jennifer le pareció más bien fea comparada con las de otros muchos países. Su rasgo distintivo consistía en lo grande que era. Se giró a su izquierda para verla bien al pasar por delante; probablemente tendría que ir allí a solicitar ayuda para encargarse del cuerpo de su abuela.

Lo siguiente que señaló el conductor fueron los edificios gubernamentales de la India, esplendorosos e impresionantes. Le explicó que los había diseñado un famoso arquitecto inglés de quien Jennifer no había oído hablar. Pocos minutos después llegaron al hotel y enfilaron el camino de acceso a la entrada principal. Al principio se llevó una decepción. Era un edificio alto, de muchas plantas, de estilo moderno, que podría haber estado en cualquier otra parte del mundo. Esperaba algo más típico de la India.

Pero por dentro era otra historia. Para su sorpresa, en las zonas de acceso público había una actividad febril a pesar de la hora, y Jennifer tuvo que guardar cola para registrarse. En realidad no tuvo que esperar su turno de pie, pues la sentaron en un sillón y le ofrecieron refrescos y la oportunidad de inspeccionar el vestíbulo. Comprendió al instante la reacción del portero con el que se había cruzado en el aeropuerto cuando le dijo dónde iba a hospedarse. Jennifer no había estado en muchos hoteles y ciertamente en ninguno como el Amal Palace. Era, en palabras de Jennifer, lujoso, decadente incluso.

Veinte minutos después, el botones formalmente ataviado que la había acompañado a su habitación del noveno piso se retiró y cerró tras él la puerta. De camino le había descrito las instalaciones y los servicios del hotel, que incluían un gimnasio abierto las veinticuatro horas y un balneario con una piscina exterior de tamaño olímpico. Jennifer decidió que haría un esfuerzo por disfrutar su estancia al menos un poco, como Neil le había sugerido. Pensar en él la ponía de los nervios, así que se lo sacó de la cabeza.

Tras echar el cierre de seguridad a la puerta, Jennifer abrió las maletas, las vació y se dio una ducha larga y cálida. Al terminar se preguntó qué haría a continuación. Aunque sabía que tenía que estar exhausta, la emoción de la llegada y el hecho de que en Los Ángeles fuera mediodía le daba renovadas fuerzas. Sabía que si intentaba dormir empezaría a dar vueltas en la cama y acabaría harta. Así que se puso una de las lujosas batas turcas que colgaban tras la puerta del baño, dobló el edredón de la amplia cama de matrimonio, apiló unos cuantos almohadones de plumas, apoyó la espalda en ellos y encendió con el mando a distancia el impresionante televisor de pantalla plana. No tenía la menor idea de lo que habría, pero tampoco le importaba. Su intención era relajarse y engañar al cuerpo para que creyese que era hora de dormir.

Lo que encontró fueron muchos más canales en inglés que los que ella esperaba, así que cambiar de canal fue bastante entretenido. Cuando dio con la BBC, casi se detuvo para ver las noticias, pero le costó concentrarse, siguió cambiando y pronto dio con la CNN. Extrañada de encontrar una cadena estadounidense por cable, la vio durante un rato; no reconocía a los presentadores. Quince minutos después, cuando estaba a punto de cambiar de canal, la presentadora dio paso a una noticia sobre turismo médico parecida a la que Jennifer había visto mientras esperaba en la sala de cirugía del centro médico de UCLA. Se preguntó si volverían a mencionar a su abuela y escuchó con atención. Pero María no formaba parte de la noticia. El nombre del paciente era otro, pero el hospital era el mismo: el Queen Victoria.

Sin poder apartar la vista, Jennifer enderezó la espalda mientras la presentadora seguía hablando:

«La afirmación por parte del gobierno indio de que sus resultados en cirugía son tan buenos o mejores que los de cualquier hospital occidental recibió anoche un nuevo revés cuando, como les decíamos, Herbert Benfatti, de Baltimore, Maryland, falleció de un ataque al corazón poco después de las nueve de la noche, hora de Nueva Delhi. El trágico suceso tuvo lugar aproximadamente doce horas después de que el paciente se sometiera a una operación de reemplazo de rodilla. Aunque el señor Benfatti había sufrido episodios de arritmia, gozaba de buena salud; el mes anterior, como preparación para la intervención quirúrgica, incluso le habían practicado un angiograma que había dado resultados normales. Según afirman nuestras fuentes, estos desenlaces no son inusuales en los hospitales privados de la India, pero las autoridades han logrado evitar que se filtren informaciones de este tipo. Nuestras fuentes se han comprometido a continuar informando sobre los fallecimientos, pasados o futuros, de los que tengan conocimiento, con el fin de que los pacientes dispongan de la información necesaria para decidir con conocimiento de causa si desean afrontar semejante riesgo solo por ahorrarse unos dólares. La CNN, por supuesto, les ofrecerá dicha información tan pronto como disponga de ella. Y ahora pasemos a...»

La primera reacción de Jennifer fue compadecerse de la familia Benfatti y desear que no se hubieran enterado de la trágica noticia por la televisión, como le pasó a ella. También pensó en el hospital. Dos muertes inesperadas tras dos operaciones quirúrgicas programadas en dos noches seguidas era sin duda excesivo; seguramente podían haberse evitado, y por eso mismo resultaba más doloroso. También se preguntó si el señor Benfatti estaría casado y, en caso positivo, si la señora Benfatti estaría en la India, tal vez en su mismo hotel. Se le ocurrió que, si existía una señora Benfatti, sería un detalle darle el pésame en persona, si lograba reunir el valor. Lo último que deseaba era molestar a quienquiera que fuese el pariente más cercano, aunque dado lo que ella misma estaba pasando con la muerte de su abuela, decidió que nadie podía acompañarle en el sentimiento mejor que ella.

10

Nueva Delhi, miércoles 17 de octubre de 2007, 8.31 h

Jennifer se apeó del Mercedes negro que el hospital Queen Victoria había enviado a recogerla al hotel Amal Palace. Fuera hacía calor pero no demasiado. El anémico sol matinal luchaba por atravesar la neblina y tan solo lograba arrancar unos débiles destellos a la fachada acristalada del hospital. Ni siquiera tuvo que hacerse visera con la mano para examinar el edificio. Tenía cinco pisos, y aunque era frío y ultramoderno, la agradable combinación de vidrio cobrizo y el mármol en su color complementario despertó en ella cierta admiración. Destacaba en gran medida por el vecindario en el que se encontraba. La estructura, ostensiblemente cara, estaba como encajada a presión junto a un decrépito e insulso centro comercial, con la fachada blanca pero muy sucia, lleno de pequeñas tiendas en las que se vendían desde latas de Pepsi hasta cubas para lavar la ropa. La calle era un desastre, llena de baches y de todo tipo de basura, además de algunas vacas inmutables ante la aglomeración del tráfico y el sonido de los cláxones. Como Jennifer había imaginado, el tráfico estaba peor incluso que la noche anterior. Aunque parecía haber menos camiones destartalados de colores chillones, había muchos más autobuses hasta los topes, *rickshaws*, bicicletas, peatones y, lo que más la trastornaba, bandas de niños descalzos, vestidos con harapos mugrientos, algunos con deformaciones, otros enfermos y malnutridos, y todos corriendo peligrosamente entre los lentos vehículos para pedir una moneda. Por si aquello fuera poco, unas puertas más allá del hospital, al otro lado de la calle, había una plaza de aparcamiento llena de cascotes de hormigón, mugre, piedras, desperdicios de todo tipo y hasta bolsas llenas de basura. Aun así, aquel sitio era el hogar de muchas familias que vivían en cuchitriles formados por chapas de metal corrugado, cajas de cartón y trozos de tela. Había también perros callejeros e incluso alguna rata.

—La esperaré aquí —dijo el chófer, que había dado la vuelta para abrirle la puerta a Jennifer—. ¿Sabe cuánto tiempo tardará?

—No tengo ni idea —respondió Jennifer.

—Si no me encuentra aquí, llámeme por favor al móvil cuando desee marcharse.

Jennifer le aseguró que así lo haría, aunque tenía toda su atención puesta en el hospital. No sabía qué debía esperar, y se dio cuenta de que tenía las emociones a flor de piel. En lugar de sentirse triste por el fallecimiento de su abuela, ahora que por fin estaba allí se sentía cada vez más enfadada. Saber que se había producido una muerte similar en tan poco tiempo reforzaba su convicción de que podían haberse prevenido o evitado. No estaba segura de que aquella fuera una reflexión completamente racional, era posible que se debiera al estado general de su mente, pero así era como se sentía. El principal problema era que estaba agotada, el efecto del jet lag era más fuerte de lo que había esperado. Había dormido poco y mal.

Y luego, para empeorar las cosas, su chófer se había retrasado —empezaba a darse cuenta de que aquella era una tradición india—, y la había obligado a pasear arriba y abajo por el vestíbulo del hotel. Temía quedarse dormida si se sentaba, por lo que empleó el tiempo en investigar sobre la señora Benfatti y enterarse de si se alojaba en el mismo hotel; resultó que así era. No estaba segura de si la llamaría, pero quería saberlo por si se decidía.

Los altísimos porteros, vestidos a la manera tradicional y con turbantes, se le antojaron tan imperturbables como el propio edificio. Ambos juntaron sus palmas para saludarla a la manera india y a continuación abrieron las puertas, pero ni hablaron ni cambiaron su expresión pétrea.

Dentro, el aire acondicionado estaba demasiado alto —como si así el hospital pretendiera proclamar lo lujoso que era—, y tenía un aspecto tan moderno y rico como el exterior. Los suelos eran de mármol; las paredes, de una madera noble de tono suave y unos acabados elaboradísimos; los muebles, una combinación de pulcro acero inoxidable y terciopelo. A la izquierda había una elegante cafetería propia de un hotel occidental de cinco estrellas.

Jennifer, sin saber qué hacer exactamente, se acercó a un mostrador de información más apropiado para la recepción del Ritz-Carlton o el Four Seasons que para un hospital, sobre todo por las atractivas jóvenes que había tras él, ataviadas con preciosos saris en vez de con una bata de color rosa. Una de ellas advirtió su presencia y, cuando Jennifer se acercó, le preguntó con amabilidad en qué podía ayudarla. Conociendo las prisas con las que actuaban los empleados y voluntarios de los hospitales estadounidenses, a ella le impresionó la atención al cliente de que hacía gala aquella institución.

Tan pronto como Jennifer dijo su nombre, la recepcionista le explicó que la señorita Kashmira Varini la estaba esperando, y que ella misma informaría a la gerente médica de su llegada. Mientras la recepcionista hacía su llamada, Jennifer paseó la mirada por el vestíbulo. Había hasta una pequeña librería y una tienda de regalos.

La señorita Varini apareció casi al momento por la puerta de uno de los despachos que había tras el mostrador de información. Vestía un sari muy vistoso, confeccionado con un rico tejido. Jennifer la examinó mientras se acercaba. Era delgada y algo más baja que el metro setenta que medía Jennifer. Tenía el pelo y los ojos bastante más oscuros que los suyos, y llevaba el pelo recogido en la nuca con un pasador de plata. Aunque sus rasgos eran agradables, sus delgados labios le daban un aspecto duro cuando no lucía una sonrisa plácida que, como descubriría Jennifer más tarde, era falsa. Cuando se encontró con Jennifer, Kashmira la saludó al estilo indio.

—*Namasté* —dijo.

Jennifer devolvió el saludo con timidez.

Kashmira pasó a las preguntas normales y socialmente aceptables: el viaje, si la habitación y el hotel eran de su gusto y si el transporte le había parecido aceptable. Tras un intercambio rápido de frases, la sonrisa desapareció casi por completo, a excepción de algunos intentos de sonrisa en los momentos apropiados.

A continuación Kashmira adoptó un aire de seriedad extrema y le transmitió sus condolencias, las de los médicos y las de todo el personal del hospital, por el fallecimiento de su abuela.

—Ha sido un acontecimiento trágico y totalmente inesperado —añadió.

—Desde luego —dijo Jennifer.

Escrutando a la mujer, sintió que renacía en ella la rabia que la había embargado aquella misma mañana, no solo por haber perdido a la persona a la que más quería, sino también porque la hubieran obligado a dejar colgada una de las actividades más importantes de su carrera universitaria. Sabía que el inútil de su padre era tan culpable como el que más, pero en aquel momento estaba descargándolo todo en el hospital Queen Victoria en general y en Kashmira Varini en particular, especialmente cuando Jennifer se dio cuenta de que la pena que decía compartir no era sincera.

—Dígame —pidió Kashmira, desconecedora del estado de ánimo y la falta de sueño de Jennifer—, ¿dónde quiere que vayamos a zanjar estos asuntos tan desagradables? Podríamos ir a la cafetería o a mi despacho. Usted decide.

Jennifer se tomó su tiempo para contestar. Lanzó una mirada hacia la puerta por la que había salido Kashmira, detrás del mostrador, y luego hacia la cafetería, separada del vestíbulo por una mampara de cristal. Le decidió el hecho de que, si no se tomaba otra taza de café, podría quedarse dormida. La gerente aparentó estar encantada con la elección y exhibió una de sus breves sonrisas; le parecía que Jennifer sería fácil de manipular.

La joven se tomó un café, pero no le hizo demasiado efecto; no tardó en llegar a la conclusión de que necesitaba volver al hotel para dormir un poco. Tras un cálculo rápido, comprendió que si estuviera en Los Ángeles le faltaría poco para irse a la cama; por eso se sentía tan mal.

—Señorita Varini —dijo Jennifer, interrumpiendo a su anfitriona, que estaba explicándole la falta de instalaciones mortuorias en el hospital—, lo siento muchísimo pero me cuesta concentrarme por la falta de sueño, y estoy menos capacitada que normalmente para tomar decisiones importantes. Me temo que tendré que volver a mi habitación para descansar unas horas.

—La culpa de eso, si es de alguien, es mía —dijo Kashmira, no demasiado convincente—. No debería haberla citado tan pronto. Pero podemos abreviar los trámites. En realidad, lo único que necesitamos es que se decida, y nosotros nos encargaremos de todo lo demás. Solo tenemos que saber si quiere embalsamar o incinerar el cuerpo. ¡Basta con que nos lo diga y nosotros nos ocuparemos de que así sea!

Jennifer se frotó los ojos y suspiró.

—Eso podría haberlo hecho desde Los Ángeles.

—Sí, podría haberlo hecho —se mostró de acuerdo Kashmira.

Jennifer abrió los ojos, parpadeó unas cuantas veces para quitarse la sensación de cuerpo extraño en ellos y contempló la expresión atenta de la señorita Varini.

—Muy bien, quiero ver a mi abuela. Para eso he venido.

—¿Está segura?

—¡Pues claro que estoy segura! —saltó Jennifer, incapaz de contenerse. No quería dejar traslucir de aquella manera sus emociones—. Está aquí, ¿verdad?

—Por supuesto. Es solo que no tenía claro si de verdad querría verla. La defunción tuvo lugar el lunes por la noche.

—Pero ha estado refrigerada, ¿no?

—Sí, desde luego. Pero pensé que una chica joven como usted no querría...

—Tengo veintiséis años y estudio cuarto de medicina —la interrumpió Jennifer, molesta—. No creo que deba preocuparse por si soy demasiado sensible.

—Muy bien —dijo Kashmira—. En cuanto se termine el café, la llevaré a ver a su abuela.

—Ya he tomado bastante café. Estoy empezando a ponerme nerviosa.

Jennifer empujó el plato con su taza a medio beber y se levantó. Mientras Kashmira la imitaba, se detuvo un momento hasta que se le pasó un ligero mareo.

Utilizaron uno de los silenciosos y ultramodernos ascensores para bajar al sótano, donde había salas de máquinas, una moderna cafetería para el personal, un vestuario y diversos almacenes. Al final del pasillo central, más allá de la cafetería, había un muelle de carga. El único guardia, anciano y con un uniforme demasiado grande, estaba sentado en una silla de respaldo recto, inclinada contra la pared.

Había dos refrigeradores, ambos situados más cerca del ascensor que de la cafetería. Sin mediar palabra, Kashmira guió a Jennifer hasta el más próximo e intentó abrirlo. Jennifer le echó una mano. Estaba claro que no era un refrigerador propio de un depósito de cadáveres, como ya le había explicado Kashmira. El interior estaba lleno de estanterías, desde el suelo hasta el techo, que recubrían los trece metros del recinto. Un vistazo rápido reveló a Jennifer que en general contenían alimentos, aunque también había algunos suministros médicos sellados que requerían conservarse en frío. En el centro había una camilla con ruedas; su ocupante estaba totalmente cubierta por una sábana limpia del hospital. El olor en la cámara refrigeradora era ligeramente empalagoso.

—Aquí no hay mucho sitio —dijo Kashmira—. Quizá desee entrar usted sola.

Jennifer no dijo nada y dio un paso hacia el interior. La temperatura, cercana al punto de congelación, parecía la adecuada. Ahora que estaba en presencia de su abuela, no tenía tan claro que quisiera verla. Pese a lo que había dicho, Jennifer, la estudiante de medicina, nunca se había sentido cómoda delante de un cadáver, ni siquiera después de toda una semana presenciando el trabajo en una morgue durante sus años de secundaria. Se giró hacia la gerente médica, que la miró a los ojos y arrugó la nariz, como diciendo: «¿Y bien? ¿Vas a mirar o qué?».

Sabiendo que no podía retrasarlo más, Jennifer, mientras contenía las lágrimas, cogió el borde de la sábana y la retiró para dejar al descubierto la cara de su abuela. Lo primero que la sorprendió fue lo normal que parecía. Era idéntica a su canosa, amable y generosa abuela, a la comprensiva aliada que siempre había estado de su parte. Pero entonces Jennifer se acercó un poco más y comprendió que no era la luz fluorescente la que hacía que la piel y los labios de su abuela tuvieran el color del alabastro y en cambio a lo largo de un lado de su cuello, tuviera una lividez purpúrea. Realmente tenía un tono melocotón, apagado, translúcido y con manchas, y no cabía duda de que estaba muerta.

Como resultado de sus frágiles emociones su tristeza se convirtió en rabia. Volvió a subir la sábana, dio media vuelta hacia Kashmira Varini, y la falsa compasión de la mujer la enfureció aún más. Jennifer salió de la cámara y la observó mientras cerraba con grandes dificultades la pesada puerta. Esta vez no le ofreció su ayuda.

—¡Ya está! —dijo Kashmira, enderezando la espalda y secándose las manos después de cerrar la puerta—. Usted misma ha podido ver por qué es preciso que tome pronto una decisión respecto a su ser querido. No puede quedarse aquí más tiempo.

—¿Hay un certificado de defunción? —preguntó Jennifer, aparentemente sin venir a cuento pero en realidad porque acababa de acordarse del señor Benfatti.

—Por supuesto. Antes de considerar la incineración o el embalsamamiento de un cadáver tiene que haber un certificado de defunción. Lo firmó el cirujano que operó a la señora María Hernández.

—¿Y la causa definitiva de la muerte fue un ataque al corazón?

—Exacto.

—¿Qué provocó el ataque al corazón?

Durante unos segundos Kashmira le sostuvo la mirada. Jennifer no habría sabido decir si la mujer estaba sorprendida, molesta o simplemente decepcionada por la pregunta, o si creía que Jennifer estaba dándole largas en cuanto a la disposición del cadáver.

—No sé lo que provocó el ataque. Yo no soy médico.

—Pues yo estoy a punto de serlo y no me explico qué podría haberle provocado un infarto de miocardio. El corazón era uno de sus puntos fuertes, en todos los aspectos, literal y figuradamente. ¿Qué me dice de la autopsia? ¿Nadie ha pensado en eso? Normalmente, cuando los médicos no saben qué le ha pasado al paciente, quieren saberlo, y eso les lleva a practicar una autopsia.

Aquello cogió a Kashmira por sorpresa, pero también a Jennifer. Hasta entonces, la posibilidad de una autopsia no se le había pasado por la cabeza; ni siquiera sabía si era eso lo que quería. En realidad lo había dicho para los oídos de Kashmira, y también probablemente porque la gerente y tal vez incluso el hospital la estaban presionando para que se decidiera. La autopsia, la incineración, e incluso el embalsamamiento, eran procesos violentos, y a Jennifer le horrorizaba considerarse responsable, por muy irracional que fuese la idea. Pero además había otra cosa: ¿cuán similares eran la muerte de Herbert Benfatti y la de María? ¿Podrían haberse evitado?

—En la India, solo la policía o un juez puede solicitar una autopsia; un médico no puede hacerlo.

—Está de broma.

—Le aseguro que no bromeo.

—Pues eso es como pedir a gritos que haya confabulaciones entre la policía y los jueces. ¿Y qué me dice de la posibilidad de que el fallecimiento de mi abuela les permita averiguar algo que pueda salvar la vida de otro paciente en el futuro? Al fin y al cabo, anoche tuvieron ustedes otra muerte bastante parecida. Si hubieran sabido qué le provocó el infarto a mi abuela, ¿no podrían haber evitado el ataque del señor Benfatti y salvarle la vida?

—No sé nada de ningún señor Benfatti —respondió Kashmira casi demasiado rápido—. Lo que sí sé es que en este frigorífico tenemos un cadáver que lleva aquí demasiado tiempo y que hay que sacarlo. Por lo general las familias reclaman los cuerpos de inmediato, así que debemos resolver este asunto ya mismo. Usted misma ha visto que el cuerpo no puede quedarse ahí dentro. Es tan sencillo como que la cámara no se construyó para albergar cadáveres, y el de su abuela lleva ahí desde el lunes por la noche.

—Eso es problema de ustedes —replicó Jennifer—. Me parece escandaloso que su hospital no tenga unas instalaciones mortuorias en condiciones. Acabo de llegar a la India después de pasarme casi veinticuatro horas volando, y solo estoy empezando a comprender los detalles. El problema es que estoy mental y físicamente exhausta. Voy a volver al hotel para dormir unas horas antes de tomar una decisión. También iré a mi embajada y hablaré con ellos de la logística. Supongo que usted tiene claro lo que van a decirme, pero yo no, y prefiero no enterarme de estas cosas porque lo dijo Blas.

—¿Porque lo dijo Blas? —preguntó Kashmira.

—Es una frase hecha. Significa saber algo por intermediarios. Voy a echarme un rato, si puedo pasaré por la embajada de Estados Unidos y luego volveré.

—Será demasiado tarde. Debe decidirse ahora.

—Escúcheme, señorita Varini. Para serle sincera, estoy llevándome una mala impresión de aquí porque me presionan demasiado. Y con la noticia de la segunda muerte de anoche, que a mí me parece un pelín demasiado parecida a la de mi abuela, es todavía menos probable que me decida por una cosa o por la otra sin meditarlo bien. De acuerdo, usted dice que no sabe nada de ello, y posiblemente sea cierto, pero yo sí quiero saber algo más. La muerte del señor Benfatti ha ocurrido solo un día después de que falleciera mi abuela, y ambos casos se parecen demasiado.

—Lo lamento, pero los registros de otras personas son confidenciales. Y por lo que a usted respecta, se me ha ordenado específicamente que debía conocer su decisión esta misma mañana. Sencillamente, no podemos tener el cadáver de su abuela en este frigorífico ni una hora más. —Kashmira alargó una mano y tocó la puerta de la cámara para dar más énfasis a sus palabras—. Si no está dispuesta a cooperar, me temo que deberá hablar directamente con nuestro presidente, es él quien tiene la autoridad para hablar con un juez y solicitar a un tribunal que elija por usted.

—No tengo intención de hablar con nadie en las próximas horas —objetó Jennifer con igual brusquedad. Estaba furiosa de verdad. Antes le parecía que el Queen Victoria intentaba presionarla, pero en ese momento estaba segura de ello. Si por una parte podía ser comprensible debido a la falta de instalaciones apropiadas, por otra le parecía una provocación, y más viendo la nula disposición a considerar la posibilidad de una autopsia aun cuando ella la había solicitado expresamente—. Cuando pueda razonar un poco mejor, la llamaré por teléfono y volveré al hospital. Mientras tanto, déjeme que les haga una advertencia: no profanen el cadáver de mi abuela sin mi permiso a menos que quieran lidiar con alguien con las narices muy hinchadas.

—¿Alguien con las narices muy hinchadas? —repitió Kashmira, confundida.

Jennifer puso los ojos en blanco.

—Significa alguien que está muy cabreado.

11

Jennifer tenía la mirada fija en la ventanilla del Mercedes. Estaba tan absorta en sus pensamientos que ni siquiera veía el tráfico. Lo cierto es que estaba cabreada mucho antes de que lo hubiera dicho. No cabía duda de que el hospital Queen Victoria estaba jugando con ella. Jennifer había sido una víctima durante demasiado tiempo en su relativamente corta vida, y no le gustaba nada ese papel. De hecho, romper con aquello había sido su mayor desafío. El punto de inflexión tuvo lugar durante la secundaria, cuando lo normal en ella era el absentismo escolar y las peleas. Para intentar arreglarlo, su abuela, una mujer de gran orgullo, hizo algo que normalmente no habría hecho: rogar a alguien que la ayudara. La persona a la que acudió fue la doctora Laurie Montgomery, una forense neoyorquina a la que María prácticamente había criado como niñera desde que tenía un año hasta los trece.

Por aquel entonces, a Jennifer le sorprendió conocer a alguien que llamaba «yaya» a su propia abuela. Pero la yaya había sido la niñera de Laurie Montgomery durante doce años. No era extraño que la doctora Montgomery sintiera tanto cariño por su abuela y la considerase de la familia. Así pues, cuando Jennifer empezó a pasarse de la raya, María suplicó a Laurie Montgomery que intentara sacarla de la espiral en la que se hallaba.

Laurie, que de verdad quería y respetaba a María, estuvo más que dispuesta a ayudar. Lo que hizo fue invitar a la caprichosa Jennifer a que visitara la Oficina del Forense después de clase durante una semana, para que la acompañara y viera en qué consistía su trabajo. Los demás forenses no entendían demasiado que una chica de doce años pasara una semana de orientación profesional en un depósito de cadáveres, pero Laurie insistió y el resultado superó todas las expectativas. La experiencia resultó lo bastante «rara» y «asquerosa», en palabras de la propia Jennifer, para captar su imaginación adolescente, y más siendo la primera disciplina académica a la que se había aproximado. Jennifer se lo tomó todo con mucha calma… hasta el tercer día. Aquella tarde trajeron a una chica de su misma edad con un punto rojo, perfectamente redondo y limpio, en la frente. Había recibido un disparo de una banda rival.

Afortunadamente, la historia de Jennifer tuvo un final feliz. Jennifer y Laurie congeniaron más de lo que ninguna de las dos habría imaginado, y eso llevó a Laurie a preguntar a su filantrópica madre y en su propia facultad privada sobre la posibilidad de que Jennifer recibiera una beca. Un mes después, Jennifer se encontraba en un entorno académico exigente y había roto con las bandas callejeras; el resto era historia.

—¡Pues claro! —dijo Jennifer, lo bastante alto como para asustar al chófer.

—¿Algún problema, señora? —preguntó el conductor, mirándola por el retrovisor.

—No, ningún problema —dijo esta al tiempo que cogía el bolso y buscaba el teléfono.

No tenía ni idea de cuánto podría costarle una llamada a Nueva York, pero tampoco le preocupaba. Iba a telefonear a Laurie Montgomery. Ella ni siquiera sabía que la yaya había muerto, lo cual ya era motivo suficiente para llamarla. Además, estaba el tema de la decisión que debía tomar, y la posibilidad de su autopsia. No se explicaba cómo no se le había ocurrido llamar a Laurie.

Mientras intentaba aclararse sobre los prefijos que debía

marcar para contactar con Estados Unidos, se le planteó un nuevo dilema: ¿qué hora era en la costa Este? Había nueve horas y media de diferencia, pero ¿en qué sentido? Se obligó a superar el cansancio y concentrarse. Razonó que, al estar Nueva York por delante, el tiempo debía ir hacia atrás y, por ridículo que le sonara aquello en esos momentos, estaba bastante segura de que era así, aunque no totalmente segura. Repasó una vez más su razonamiento y acabó cortando por lo sano: en la Gran Manzana debía de ser cerca de medianoche del día anterior.

Recordaba de tiempos lejanos que Laurie era un ave nocturna empedernida, y se decidió a hacer la llamada. A pesar del motivo, cuando oyó el sonido de la línea se emocionó. Era increíble pensar que estaba a punto de hablar con Laurie a medio mundo de distancia; además, hacía más de un año que no sabía nada de ella. Laurie descolgó el teléfono al primer tono.

—Espero que no sea demasiado tarde —dijo Jennifer sin preámbulos.

—Claro que no —respondió Laurie—. ¿Eres Jennifer?

Estaba claro que a Laurie le alegró oír la voz de Jennifer, y sin duda la hacía en California. Durante unos minutos mantuvieron una conversación trivial. Jennifer le preguntó por Jack. Laurie se disculpó por no haberla llamado desde la boda, y le explicó que el motivo había sido el jaleo de la esterilidad. Jennifer le deseó suerte.

—Bueno —dijo Laurie cuando se produjo una pausa—, ¿me llamas porque sí o pasa algo? Me encanta saber de ti, pero si hay algo para lo que necesites ayuda, no sé, como una carta de recomendación para pedir una beca de residencia...

—Por desgracia, sí te llamo por una razón en concreto, pero no tiene nada que ver con mis estudios —dijo Jennifer.

Le explicó que estaba en la India y por qué. Tuvo que hacer una pausa en varias ocasiones para darse ánimo y seguir.

—¡Oh, no! —exclamó Laurie cuando Jennifer terminó—. No sabía nada. ¡Lo siento muchísimo!

Jennifer notó que a Laurie se le quebraba la voz mientras

recordaba con nostalgia lo mucho que María había significado para ella en su infancia. Sus espontáneos elogios acabaron cuando preguntó:

—¿Has viajado a la India para traer el cuerpo o las cenizas a Estados Unidos o porque estás considerando dejarla allí? Al fin y al cabo la India debe de ser el país más espiritual del mundo. Si yo muriera allí, creo que me gustaría que depositaran mis cenizas en el Ganges, junto a otros miles de millones de almas.

—La verdad es que eso ni se me había ocurrido —admitió Jennifer. Le explicó que, con lo difícil que le estaba resultando decidirse por la incineración o el embalsamamiento, ni siquiera se había planteado qué haría más adelante con los restos—. Intentaré acercarme a la embajada hoy mismo. Supongo que me darán la mejor información sobre los diferentes precios y todos los detalles diplomáticos.

—Supongo que sí. Caramba, lamento que tengas que ocuparte de todo eso tú sola. Ojalá estuviera allí para ayudarte. María fue como una madre para mí. Tanto, que creo que a veces mi madre le tenía celos, pero la culpa era suya; ella fue quien dejó que me criara otra persona.

—Te aseguro que el sentimiento era mutuo —dijo Jennifer con convencimiento.

—Me alegra oírtelo decir, pero no me sorprende. Los críos notan esas cosas, y yo lo sabía.

—Hay otra cosa que quiero comentarte. ¿Tienes unos minutos más?

—Desde luego que sí. Soy toda oídos.

—Los responsables del hospital me han estado agobiando muchísimo, y admito que yo reacciono mal y que ellos tienen sus razones. Me explico. El hospital privado es muy espectacular, en plan alta tecnología. Pero cuando lo construyeron se olvidaron de habilitar las instalaciones mortuorias. Se ve que en la India la gente, tanto los hindúes como los musulmanes, reclama los cuerpos enseguida, por motivos religiosos.

—Y quizá los propietarios del centro pensaran que, con lo

espiritual que es la India y con tanto dios de su parte, no se les moriría nadie.

Jennifer soltó una risita y continuó:

—El cuerpo de la yaya está en una cámara frigorífica, pero esa cámara está cerca de la cafetería, y lo que contiene, sobre todo, son recipientes sellados con alimentos. Se ve que es el único lugar donde pueden dejar un cuerpo.

—Puaj —articuló Laurie.

—Te lo cuento porque, desde su punto de vista, ese es el motivo por el que quieren disponer del cuerpo cuanto antes, y más teniendo ya el certificado de defunción.

—Parece razonable.

—Pero estaban empeñados en que me decidiera incluso antes de que yo llegara, y una vez aquí, y conste que solo llevo unas horas, ha sido todo el rato: «Va, va, va, incinera o embalsama». De verdad, querían que me decidiera literalmente ayer, no fuera a ser que se les cayera el cielo encima. Al principio puede que les pusiera pegas porque me cabreaba que hubieran matado a mi yaya. Pero ahora es por otra cosa.

—¿Por qué? ¿Qué insinúas?

—Les he preguntado la causa de la muerte, y me han dicho que infarto de miocardio. Entonces les he preguntado qué provocó el infarto, porque ella fue a visitarme a Los Ángeles no hace mucho y, mientras estuvo allí, le hicieron un examen físico completo en el centro médico de UCLA. Me dijeron que tenía un sistema cardiovascular de matrícula de honor. Así pues, ¿cómo es posible que alguien con matrícula de honor suspenda a los pocos meses, doce horas después de una operación programada? Sería comprensible durante el procedimiento, por toxicidad inducida por medicamentos, pero no doce horas más tarde. O al menos yo creo que no.

—Estoy de acuerdo contigo —dijo Laurie—. Sin factores aparentes de riesgo, siempre hay que preguntarse la razón.

—Por eso se la he preguntado yo, pero no me han dado ninguna respuesta, al menos no la gerente médica del caso. Me ha dicho que ella no es médico y, por lo visto, a ella le basta con eso. Entonces ha sido cuando le he sugerido la autopsia.

—Bien hecho —dijo Laurie—. Eso es justo lo que hay que hacer si queda alguna duda.

—Pues ni de coña —dijo Jennifer, burlona—. La gerente, Kashmira Varini, me ha explicado que autorizar un examen post mórtem no es cosa de los médicos ni los familiares directos, sino de la policía o los jueces. También ha dicho que, como ya tenían el certificado de defunción, no iba a haber autopsia y punto.

—Ya había oído decir que en la India el sistema de patología forense está muy atrasado. Es una lástima. Esa circunstancia propicia muchos errores judiciales. La policía y la magistratura de muchos países en desarrollo están corruptos y casi siempre actúan en comandita.

—Y aún hay más —continuó Jennifer—. La noche siguiente, en el mismo hospital se produjo otra muerte extrañamente parecida. Primero fue la yaya, y anoche un hombre llamado Herbert Benfatti. Al parecer, los dos sufrieron un ataque al corazón la misma noche de su intervención, y el señor Benfatti tenía un angiograma preoperatorio básicamente normal, igual que la abuela.

—¿Al segundo paciente le han hecho la autopsia?

—No tengo ni idea. La gente que lleva el caso de la abuela dice que no sabía que hubiera muerto otra persona anoche. No la creo.

—¿Por qué?

—Más que nada por intuición, nada científico. Simplemente no me parece sincera. Quería que me decidiera acerca del cuerpo de mi abuela y no me dejaba cambiar de tema. No sé.

—¿Crees que puedes retrasar más las cosas?

—De verdad que no lo sé. Yo estoy enfadada, pero sé que ellos también; al menos la gerente médica. ¿Por qué lo preguntas?

—Porque voy para allá a echarle una mano tan pronto como me sea posible. Si no lo hiciera, no me lo perdonaría. Recuerda que fue tan madre para mí como para ti y tus hermanos. Escúchame bien: a menos que pienses que no te conviene soportar a una loca atiborrada de hormonas, iré para allá.

Jennifer se quedó anonadada. Nunca se le habría ocurrido que Laurie estuviera dispuesta a desplazarse hasta la India.

—Las hormonas me dan igual, pero es un vuelo horrorosamente largo —avisó—. No me malinterpretes, ¡me encantaría tener tu ayuda y tu apoyo!

—Debe de ser de los vuelos más largos —dijo Laurie—, pero tampoco puede ser tanto. Hace poco leí que Air India vuela de Nueva York a Nueva Delhi sin hacer escalas.

—Mejor eso que las dos escalas que me tocaron a mí...

—¿Dónde te alojas?

—En el Amal Palace. Es el mejor hotel donde he estado nunca. Claro que he estado en muy pocos.

—¡Espera un momento! —exclamó Laurie de repente, con tono de estar disgustada consigo misma—. ¿En qué estaría pensando? No puedo volar a la India. Estoy a mitad de un ciclo de fertilización.

—¡Es verdad! Me lo habías dicho y yo también lo había olvidado —dijo Jennifer, sintiendo una decepción egoísta. Haber tenido a Laurie con ella habría sido genial.

—En realidad —dijo Laurie—, podría ir si me llevara conmigo la fábrica de semen. Así es como Jack se llama a sí mismo desde hace unos meses. Así pues, queda todo en manos del doctor Calvin Washington, el subdirector. Yo sé que me dejaría ir, pero no tengo ni idea de si Jack y yo podemos tomarnos días libres a la vez sin previo aviso. Pero vale la pena intentarlo. El plan es este: o vamos los dos o no vamos ninguno. Lo siento, pero ha de ser así. ¿Puedes vivir con la incertidumbre?

—Claro que sí —dijo Jennifer—. Dile al doctor Washington que le pido por favor que os deje venir.

—Esa es una buena baza. Nunca olvidó la semana que estuviste allí hace catorce años.

—Ni yo tampoco, y este junio tendré la recompensa con el doctorado en medicina.

—Y yo estaré allí para verlo —dijo Laurie—. Vale, hablemos de los horarios. ¿Cuánto tiempo nos costará llegar, suponiendo que vayamos? ¿Sabes algo de eso?

—Sí —dijo Jennifer—. Corrígeme si me equivoco: ahí todavía es martes.

—Exacto. Falta poco para la medianoche.

—Pues si salís mañana por la noche, que será miércoles, llegaréis el jueves por la noche, bastante tarde.

—¿Crees que podrás frenar a los del hospital hasta que lleguemos? No nos interesa que incineren ni embalsamen a la yaya si estamos pensando en autopsias.

—Haré todo lo que pueda, de eso puedes estar segura. Oye, hasta iré a recogeros al aeropuerto.

—Eso ya lo hablaremos cuando estemos seguros de que vamos.

—Laurie —dijo Jennifer momentos antes del final de la llamada—, ¿puedo hacerte una pregunta personal?

—Pues claro.

—¿Está mal que todo este asunto tan superfluo se haya impuesto a mi dolor por María? Lo digo porque la mayoría de la gente estaría tan abrumada por la tristeza que sería incapaz de plantearse si debería hacer la autopsia. ¿Soy rara?

—¡Totalmente, absolutamente, cien por cien no! Exactamente así es como habría reaccionado yo. La gente normal quiere a la persona, no al cuerpo. El cuerpo solo es un receptáculo, destinado a marchitarse y morir. El hecho de que quisieras a tu abuela lo bastante para preocuparte por algo que no sean los detalles del funeral es un homenaje, creo yo.

—Eso espero.

—Yo estoy segura —dijo Laurie—. Como forense, he visto muchos cadáveres y la reacción de muchos familiares.

Pocos minutos más tarde, tras despedirse, Jennifer colgó. No era supersticiosa, pero agradeció en silencio que se le hubiera ocurrido llamar a Laurie Montgomery. Le hacía muchísima ilusión que Laurie pudiera ir, y su disposición a ayudarla convenció a Jennifer de que Neil McCulgan había resultado ser un petardo, amigo solo en las buenas. Cruzó los dedos, los agitó en el aire y pidió que Laurie y Jack consiguieran unos días libres.

—Estamos llegando a su hotel —anunció el chófer—. ¿Quiere que la espere?

No se le había ocurrido, pero ya que la compañía de gestión sanitaria que había matado a su abuela corría con los gastos, ¿por qué no? Después de todo, tenía que volver al hospital.

—Puede esperarme o puede volver al hotel dentro de unas horas. En cualquier caso, le llamaré por teléfono cuando tenga que volver al hospital Queen Victoria.

—Muy bien, señora —respondió el conductor.

12

Nueva York, miércoles 17 de octubre de 2007, 1.15 h

—¡Jack! ¡Despierta! —Laurie había encendido la luz del dormitorio pero, pensando en Jack, la había dejado al mínimo de intensidad. Venía del ordenador que había en el estudio, totalmente iluminado, por lo que el dormitorio le pareció oscurísimo—. Vamos, cariño —insistió—, ¡despierta! Tenemos que hablar.

Jack estaba tumbado de lado, de cara a Laurie. Ella no sabía cuánto tiempo llevaba dormido, tal vez fueran casi dos horas. Por las noches la rutina de la pareja consistía en una cena ligera después de la carrera de Jack por la cancha de baloncesto. Mientras cenaban, veían un DVD durante una hora aproximadamente, dejaban el resto para la noche siguiente, y a continuación recogían. Por lo general hacia las nueve se metían en su estudio, que daba a la calle 106, a la pista de baloncesto del barrio y al resto del pequeño parque que gracias al dinero de Jack estaba restaurado y contaba con buena iluminación. Alrededor de las diez, Jack, sin excepción, empezaba a bostezar, le daba un beso en la coronilla y en teoría se retiraba a la cama para leer. En realidad, jamás leía demasiado. A cualquier hora que Laurie asomara la cabeza, Jack estaba dormido, a veces con un libro o una revista de medicina caída sobre su pecho y la luz de la mesilla de noche encendida.

—¡Jack! —volvió a llamar Laurie.

Sabía que le costaría despertarlo, pero estaba decidida a hacerlo. Empezó a moverle el hombro hasta zarandearlo. Aun así, Jack seguía dormido. Laurie no tuvo más remedio que sonreír. Jack dormía como un campeón. Aunque en algunas situaciones le parecía un incordio, en general lo consideraba un rasgo envidiable. Laurie tenía el sueño ligero hasta que llegaba la mañana, cuando debía levantarse. Era entonces cuando por fin dormía profundamente.

Laurie dio una última sacudida al fornido hombro de Jack y alzó la voz para repetir su nombre. Se abrió un ojo, luego el otro.

—¿Qué hora es? —preguntó él con voz pastosa.

—Sobre la una y cuarto, creo. Tenemos que hablar. Ha pasado una cosa. —En un principio, después de colgar el teléfono, Laurie no tenía intención de molestar a Jack. Había dado por hecho que dormía, lo cual era obviamente cierto. Lo que había hecho era conectarse a internet para averiguar cuanto pudiera acerca de los viajes a la India, y había conseguido un montón de información.

—¿Se quema la casa? —preguntó Jack con su típico sarcasmo.

—¡No! Compórtate. Tenemos que hablar.

—¿No puede esperar a mañana?

—Supongo que sí —admitió Laurie—, pero quería ponerte al corriente ya. Me has dicho muchas veces que no te gustan las sorpresas, y mucho menos las sorpresas gordas.

—¿Estás embarazada?

—¡Ojalá! Buen intento, pero no, no estoy embarazada. Me ha llamado aquella chica que está estudiando en la facultad de medicina de UCLA y que se licenciará en junio, Jennifer Hernández. ¿Te acuerdas de ella? Vino a la boda. Llevaba un vestido rojo monísimo, ¿te acuerdas? Tiene uno de los mejores tipazos del mundo.

—Santo Dios —murmuró Jack—. Es más de medianoche y me despiertas para hacerme preguntas sobre lo que alguien llevaba puesto en nuestra boda. ¡Dame un respiro!

—El vestido da igual. Lo que quiero es que te acuerdes de esta estudiante de medicina. Es la que estuvo una semana en la Oficina del Forense cuando tenía doce años, la misma para la que mi madre y yo conseguimos una beca ese mismo año.

—Vale, ya me acuerdo de ella —dijo Jack, aunque era evidente que mentía. Estaba claro que lo que quería era volver a dormir.

—Me ha llamado hace una hora o así, desde la India. Está allí porque ha muerto su abuela después de operarse en Nueva Delhi. El hospital está presionándola para que decida lo que quiere hacer con el cuerpo.

Jack levantó la cabeza y abrió los ojos un poco más.

—¿India?

—India —repitió Laurie. Pasó a contarle la historia tal como se la había relatado Jennifer. Al llegar al final, añadió—: No sé si te acordarás, pero María Hernández fue mi niñera hasta los trece años, y si dejó de serlo fue porque mi madre se puso demasiado celosa. Yo la quería muchísimo. Me fiaba más de la opinión de María que de la de mi madre, en cosas de ropa y tal. Quería mucho a esa mujer. Fue una madre para mí durante muchos años importantes. Me escapé muchas veces para ir a verla a Woodside, en Queens.

—¿Por qué se fue a la India para operarse?

—No lo sé seguro. Probablemente por el dinero.

—¿Piensas de verdad que hay alguna conspiración en todo esto? —preguntó Jack en tono escéptico.

—Pues claro que no. He apoyado a Jennifer porque ella parece opinar que sí. Si en ese hospital hay algún problema, debe de ser un error en algún sistema. En cuanto a que estén presionando a Jennifer, lo entiendo. El cuerpo lleva en la nevera desde el lunes por la noche, pero no en una cámara mortuoria. Lo que me ha dicho sonaba a almacén refrigerado para la cafetería.

—¿Quieres decir que hay comida dentro, con el cadáver?

—Eso me ha dicho. Pero es al revés. Lo apropiado sería decir que el cadáver está allí dentro con la comida y algunos suministros médicos. Pero la comida está sellada, así que suena peor de lo que en realidad es. En todo caso, Jennifer piensa que podría haber alguna especie de conspiración en todo el asunto.

—¡Qué locura! Me parece a mí que la señorita Jennifer se siente un pelín desbordada y eso le lleva a ponerse un poco paranoica.

—Estoy completamente de acuerdo, y esa es una de las razones por las que, con un poco de suerte, tú y yo iremos allí mañana por la noche.

—¿Me lo repites? —pidió Jack. Creía haberlo oído bien, pero no estaba seguro.

—Lo primero que haré por la mañana es entrar en el despacho de Calvin. Espero que esta emergencia justifique que nos conceda una semana libre, a los dos a la vez. Si dice que sí, iré directamente a la organización que otorga los visados para la India, luego pagaré los billetes, que ya he reservado por internet, y entonces…

—¡Espera un momento! —dijo Jack. Se incorporó hasta sentarse y tiró de las mantas hasta su cintura. Tenía los ojos muy abiertos—. Para el carro. ¿Te has comprometido a que los dos viajaremos a la otra punta del mundo?

—Si me preguntas si le he dicho a Jennifer que haríamos todo lo posible para ir, la respuesta es sí. Le he dicho que necesitábamos la aprobación de Calvin.

—Una chica joven de luto volviéndose paranoica por el estrés no justifica volar tropecientos mil kilómetros para cogerla de la manita.

—Apoyar a Jennifer no es la única razón —respondió Laurie, que notaba cómo crecía su ira.

—¡Pues dime otra!

—¡Ya te la he dicho! —espetó Laurie—. María Hernández fue una madre para mí durante doce años. Su defunción es una pérdida real para mí.

—Si tanta pérdida es, ¿cómo es que no la has visto desde Dios sabe cuándo?

Laurie lo vio todo de color rojo y durante un segundo no

dijo nada. El comentario de Jack empeoraba con mucho el creciente enfrentamiento, ya que avivaba el sentimiento de culpabilidad de Laurie. Era verdad que hacía mucho tiempo que no había visitado ni hablado con María. Lo había pensado y había querido hacerlo, pero no lo había hecho.

—Se me echa encima la fecha de entrega del artículo de investigación —siguió diciendo Jack tras la pausa—. Y el sábado, en el barrio, tenemos un partido de baloncesto que llevo mucho tiempo esperando. Demonios, si hasta ayudé a organizarlo.

—Cierra el pico ya con la chorrada del baloncesto —rugió Laurie.

Apretó los dientes y todo el resentimiento que había estado burbujeando bajo la superficie por la tensión del tratamiento para la esterilidad emergió como en la explosión piroclástica de un volcán. Tampoco le gustaba que Jack siguiera jugando al baloncesto, pues lo consideraba un deporte peligroso.

Jack recordó enseguida que Laurie se inyectaba hormonas todos los días, y aunque no sospechaba lo molesta que estaba por su actitud, que él creía correcta, ya había pasado por varios y sorprendentes estallidos hormonales de Laurie, y ese sin duda era uno de ellos. Al caer en la cuenta, alzó las manos en gesto de rendición.

—Lo lamento —dijo, intentando sonar sincero—. Me había olvidado de las hormonas.

Por un breve instante, aquellas palabras agravaron la situación. Laurie tuvo la idea absurda de que Jack solo intentaba culparla de ese último desacuerdo. Pero al pensarlo mejor se dio cuenta del parecido entre su estado aquella noche y cuando se lanzó sobre la abuelita octogenaria en la caja del supermercado. Un segundo más tarde, la comprensión la hizo estallar en lágrimas.

Jack se acercó al borde de la cama y la rodeó con un brazo. Durante un momento no dijo nada. Sabía, por el método de prueba-error de anteriores intentos, que era lo mejor que podía hacer. Debía esperar a que ella se calmara por sí misma.

Pasado un minuto Laurie refrenó el llanto. Cuando se volvió hacia Jack, tenía los ojos húmedos y de color rojo brillante.

—¡No me has apoyado en toda esta mierda de la esterilidad!

Jack tuvo que esforzarse para no poner los ojos en blanco. Desde su punto de vista, había intentado hacerlo todo, y no podía colaborar en nada más aparte de proporcionar el semen cuando fuese necesario.

—Cuando me viene el período en cada ciclo, para ti es como si lloviera, joder —siguió diciendo ella, atragantada por las lágrimas—. Dices: «Bueno, la próxima vez será», y eso es todo. No haces ningún esfuerzo por lamentarte conmigo. Para ti no es más que otro ciclo.

—Creía que esforzándome por no tomármelo a la tremenda te ayudaba. Sinceramente, sería más fácil mostrarme abatido. Pero no creí que así pudiera ayudarte. Me acuerdo perfectamente de que la doctora Schoener lo decía. Demonios, lo que tengo que fabricar es indiferencia.

—¿En serio? —preguntó Laurie.

—En serio —dijo Jack mientras le apartaba de la frente un mechón húmedo de su pelo color caoba—. Y en cuanto a la India, no tengo nada en contra de que tú vayas. Yo no conozco a María Hernández ni a su nieta, Jennifer. Para mí, es tan sencillo como que volar medio mundo no tiene sentido: demasiado tiempo y dinero, sobre todo dinero. Te echaré de menos, desde luego, e iría si me necesitaras.

—¿Te he entendido bien? —preguntó Laurie.

—No. Si me necesitaras, iría. Eso seguro, pero...

—Te necesito —dijo Laurie con repentino entusiasmo—, eres indispensable.

—¿De verdad? —dijo Jack. Sus cejas tupidas se fruncieron, dudosas—. No entiendo para qué.

—El ciclo, tonto —dijo Laurie, emocionada—. Ayer la doctora Schoener me dijo que dentro de cuatro o cinco días tendría que ponerme la inyección estimuladora para que se liberen los folículos. Y entonces será tu turno de batear.

Jack vació sus pulmones de aire. En su mente, el asunto de la esterilidad no se había mezclado con la propuesta de viajar a la India.

—No pongas esa cara de agrio. A lo mejor deberíamos plantearnos pasar de ponerle salsa al pato y hacerlo de verdad. Pero una cosa te digo: con todo el esfuerzo y el estrés que esto implica, no pienso dejar que tú estés aquí sentado y yo en la India cuando explote esta cosecha de folículos. Esta vez la doctora Schoener está muy optimista porque el ovario izquierdo, el de mi trompa de Falopio buena, es el que va a pegar el cañonazo.

Jack apartó el brazo del hombro de Laurie y apoyó la espalda en la cabecera de la cama.

—Parece que nos espera un viajecito a la India —dijo—, eso suponiendo que nuestro intrépido segundo al mando nos deje ir. ¡A lo mejor puedo sobornarle para que diga que no!

Laurie se apoyó juguetonamente en el muslo de Jack, cubierto por las mantas, y se levantó.

—Se me acaba de ocurrir una idea. Para hacer el seguimiento de los folículos y las pruebas de sangre necesitaré acudir a la consulta de un ginecólogo-tocólogo, y a lo mejor encuentro uno en el mismo hospital, el Queen Victoria. Sería bueno para el problema de Jennifer que contáramos con un amigo dentro del hospital.

—Podría ser —dijo Jack mientras se escurría bajo las mantas y tiraba de ellas para abrigarse el cuello—. Una pregunta sobre logística: para el visado necesitaremos fotos de carnet…

—Por la mañana podríamos ir a esa tienda de veinticuatro horas que tiene una sección de fotografía, en la avenida Columbus.

—Es justo lo que había pensado —respondió Jack después de inspirar hondo y exhalar ruidosamente.

—¿Te vas a volver a dormir?

—Pues claro. ¿Qué iba a hacer si no después de medianoche?

—Ojalá yo pudiera dormir como tú. El problema es que ahora yo ya estoy con las pilas puestas.

13

Nueva Delhi, miércoles 17 de octubre de 2007, 11.42 h

Jennifer estaba harta. A pesar de lo cansada que se sentía, hasta el punto de notar unas ligeras náuseas, no conseguía dormirse. Había echado las gruesas cortinas y la habitación estaba a oscuras. El problema era que se sentía al mismo tiempo agotada e inquieta. La posibilidad de que Laurie fuera a la India era casi demasiado buena para ser verdad y le mantenía la mente en marcha. «A tomar por el culo», se dijo por fin, y salió de debajo de las mantas.

Con solo las braguitas puestas, tal como se había metido en la cama, se acercó a la ventana, descorrió las cortinas y la habitación se inundó del sol neblinoso de la India urbana. Se preguntó distraída cuánto calor haría fuera si la contaminación no bloqueara una parte significativa de los rayos solares.

Jennifer bajó la mirada hasta la piscina. Había bastante gente pero no demasiada. Era una piscina grande. Lamentó al instante no haber metido en la maleta un bañador. Cuando la hizo ni se le pasó por la cabeza, pero en ese momento, viendo aquella magnífica extensión de agua azul, supo que debería haber caído en la cuenta. Al fin y al cabo, ya sabía que estaría en un hotel caro en un país caluroso. Se encogió de hombros. Pensó que quizá en el hotel vendieran bañadores sencillos, pero luego negó con la cabeza. En un establecimiento tan lujoso, si vendían bañadores serían de diseño y carísimos. Una lástima, porque estaba segura de que un poco de ejercicio era justo lo que necesitaba para superar el jet lag.

Entonces se acordó del gimnasio del hotel. Pensó que podría ponerse la ropa de deporte, que sí había llevado consigo, y hacer un poco de bicicleta estática y pesas. Estaba a punto de seguir adelante con la idea cuando echó un vistazo a la hora. Era casi mediodía, y eso le sugirió otra opción: comer. A pesar de las ligeras náuseas inducidas por el jet lag, decidió que poner orden en las horas de las comidas ayudaría a su cuerpo a lidiar con el lío de las horas de sueño.

Aquella mañana, para ir al hospital, Jennifer se había puesto un polo sencillo y unos vaqueros ajustados; no tenía ningún interés en impresionar a nadie, y mucho menos a la gente del Queen Victoria, y tras su intento de dormir un rato, volvió a ponerse lo mismo. Mientras se vestía, se le ocurrió ver si la señora Benfatti querría comer con ella. Cabía la posibilidad de que la mujer estuviera hecha un mar de lágrimas, deprimida, y que no deseara dejarse ver. Pero al mismo tiempo, esa posibilidad era un indicador de cuán apropiado era preguntárselo. Como estudiante de medicina, Jennifer había sido testigo demasiadas veces de lo aislada que podía quedarse una persona tras la muerte y la enfermedad de un ser querido, justo cuando más apoyo necesitaba.

Consciente de que si le daba más vueltas podía echarse atrás, Jennifer cogió de inmediato el teléfono y pidió al operador que la pusiera en contacto con la habitación de la señora Benfatti, dondequiera que estuviera. Separó un momento el auricular de la oreja, mientras sonaba, para ver si la habitación de la señora Benfatti estaba cerca. No oyó nada.

Estaba a punto de colgar cuando se estableció la conexión. Respondió una mujer de voz áspera y lenta. Jennifer adivinó que había estado llorando.

—¿Señora Benfatti? —preguntó.

—Sí —respondió con cautela la señora Benfatti.

Jennifer le explicó brevemente quién era y qué la había llevado a la India. Le pareció oír un respingo de la señora Benfatti cuando le explicó que su abuela había muerto en circunstancias similares a las de su marido y solo una noche antes.

—Siento muchísimo lo de su marido —continuó Jennifer—. Con la muerte de mi abuela la noche anterior, comprendo perfectamente cómo se siente.

—Yo también lamento que haya perdido a su abuela. Qué tragedia, sobre todo estando tan lejos de casa.

—La razón de que la llame es que querría saber si le apetecería almorzar conmigo —dijo Jennifer.

La señora Benfatti no respondió de inmediato. Jennifer esperó con paciencia; sabía que aquella mujer posiblemente estaba enzarzada en una discusión interna consigo misma. Supuso que el llanto y la tristeza habrían hecho mella en su aspecto, lo cual era un buen motivo para quedarse en su habitación. Pero aquella coincidencia debía de haber despertado su curiosidad, y tal vez no quisiera dejar pasar la oportunidad de hablar con alguien que estaba en su misma situación.

—Tengo que vestirme —respondió por fin—, y también debería hacer algo con mi cara. Me he mirado en el espejo hace un momento y, como suele decirse, estoy más blanca que un cadáver.

—Tómese el tiempo que quiera —dijo Jennifer. Aquella mujer ya le caía bien, sobre todo viendo que era lo bastante fuerte como para reírse de sí misma en un momento tan difícil—. No hay prisa. Puedo esperarla en mi habitación o en alguno de los restaurantes, pongamos el más grande que hay en el vestíbulo. ¿O quizá prefiere comida china?

—El restaurante del vestíbulo me parece bien. No tengo mucha hambre. Estaré allí dentro de media hora, y llevaré puesta una blusa de color violeta.

—Yo llevo un polo blanco y vaqueros.

—De acuerdo. Nos vemos allí. Por cierto, me llamo Lucinda.

—Perfecto. Hasta luego, Lucinda.

Jennifer colgó el teléfono lentamente. No sabía por qué, pero tenía un buen presentimiento acerca de Lucinda, y de repente le apetecía mucho comer con ella. Por alguna razón misteriosa, las náuseas habían desaparecido.

Desde donde Jennifer estaba sentada en aquel restaurante de varios niveles vio a la señora Benfatti en el mismo instante en que entró desde el vestíbulo. O por lo menos estaba casi segura de que era ella. Llevaba una camisa de color violeta muy bien planchada y una falda de un tono púrpura más oscuro. Era robusta, de huesos grandes. Lucía una media melena de color castaño claro con una fuerte permanente. Jennifer le echó unos cincuenta y cinco años.

La observó mientras se detenía a hablar con el maître. Cuando él le indicó que lo siguiera y echó a andar en dirección a Jennifer, ella saludó con la mano y la señora Benfatti le devolvió el saludo. Jennifer siguió observándola mientras se acercaba. Le impresionó su forma de andar, con la cabeza muy alta. Pero cuando por fin la tuvo cerca, vio lo rojos que tenía los ojos; aquella mujer acababa de perder a su compañero.

Jennifer se levantó y le tendió la mano.

—Señora Benfatti, me alegro mucho de conocerla, aunque lamento las circunstancias. Gracias por haber aceptado acompañarme en la comida.

La señora Benfatti no respondió al momento. Dejó que el maître le apartara la silla y la ayudara a moverla hacia delante una vez se hubo sentado.

—Lo siento —dijo cuando el maître las dejó solas—. Me temo que me cuesta mucho controlarme. ¡Ha ocurrido todo tan de repente! Ayer salió de la anestesia sin problemas y pasó un buen día, y yo estaba convencida de que lo peor ya había pasado. Y de repente…

—La comprendo, señora Benfatti… —empezó a decir Jennifer.

—Por favor, llámame Lucinda. —La mujer se llevó un pañuelo a los ojos y se irguió; estaba claro que intentaba recuperar y mantener el control.

—Sí, por supuesto. Gracias, Lucinda.

Jennifer propuso que pidieran la comida y así relajar un poco los ánimos. Después, empezó a hablarle de ella, de su inminente licenciatura en medicina, de la muerte de su abuela, que era quien la había criado. Cuando les sirvieron la comida, Jennifer hizo una pausa y Lucinda le preguntó sobre su padre, al que la joven no había mencionado.

—Vaya, ¿no lo he nombrado? —dijo con expresión burlona—. ¡Qué raro! Bueno, quizá no tanto. Seguramente si no he hablado de él es porque nunca lo hacemos, ni mis dos hermanos mayores ni yo. No se lo merece.

A su pesar, Lucinda se llevó una mano a la boca y se rió.

—Me hago a la idea. En mi familia también tenemos un hombre así.

Jennifer vio, encantada, que a partir de ahí Lucinda tomó las riendas de la conversación. Mientras comían, le habló de su repudiado tío, al que aún le quedaba algún tiempo en la cárcel. Pasó después a hablarle de sus dos hijos. Uno era oceanógrafo y vivía en Woods Hole, Massachusetts, con su hijo; el otro era herpetólogo en el Museo de Historia Natural de Nueva York y tenía tres niños.

—¿Y su marido qué era? —preguntó Jennifer con cierto reparo. No podía predecir la reacción de Lucinda, pero ella quería que la conversación les llevara al tema de las muertes de sus familiares. Quería averiguar hasta dónde llegaban los parecidos.

—Tuvo una tienda de animales durante muchos años.

—Ahora entonces ya entiendo de dónde han salido los biólogos.

—Así es. A los chicos les encantaba la tienda y trabajar con los animales. Incluso con los peces.

—¿Por qué vinieron a la India para la operación? —Jennifer contuvo la respiración. Si Lucinda era capaz de encajar aquella pregunta sobre una decisión que, de haber sido otra, podría haber significado que su marido siguiera vivo, estaba segura de que no habría barreras para plantear las demás cuestiones que le preocupaban.

—Muy sencillo. Pensamos que no podíamos permitirnos una operación de prótesis de rodilla en Estados Unidos.

—Creo que con mi abuela pasó lo mismo —dijo Jennifer. Estaba satisfecha. A Lucinda le había temblado ligeramente la voz, pero no lloraba—. Dígame, ¿qué le ha parecido el hospital Queen Victoria? ¿Le ha sido fácil tratar con ellos? ¿Son profesionales? Lo pregunto porque el hospital tiene una pinta estupenda, cosa que no puede decirse del barrio.

Lucinda reaccionó con otra de sus suaves carcajadas, y a Jennifer le pareció un rasgo distintivo de su carácter, sobre todo por cómo trataba de ocultar su sonrisa con la mano.

—Cuánta basura… Es horrible. Todos los empleados del hospital, hasta los médicos, se comportaban como si no la vieran, y menos a los niños mendigos. Y es evidente que algunos están enfermos.

—Yo también me he quedado de piedra. Pero ¿cómo la ha tratado el personal?

—De maravilla, por lo menos al principio.

—¿A qué se refiere?

—Cuando llegamos aquí todo el mundo nos trató muy, muy bien. Mira qué hotel. —Lucinda recorrió el restaurante con un gesto—. Yo nunca había estado en un hotel tan bonito. En el hospital pasó lo mismo. De hecho, el servicio del hospital nos recordó el de un hotel. Recuerdo que Herbert lo dijo. —Mencionar a su marido así como si nada la obligó a hacer una pausa. Carraspeó. Jennifer esperó—. Pero esta mañana ha sido distinto.

—¿Ah, sí? —dijo Jennifer—. ¿En qué ha sido distinto?

—No saben qué hacer conmigo —respondió Lucinda—. Todo iba bien hasta que se pusieron pesados con que me decidiera por la incineración o el embalsamamiento. Dijeron que tenía que elegir ya mismo. Cuando les dije que no podía porque mi marido nunca hablaba del tema por superstición, intentaron obligarme. Y cuando les expliqué que mis dos hijos estaban de camino y que ellos lo decidirían, la representante del hospital dijo que no podían esperar hasta que alguien hiciera el viaje hasta aquí desde América. Tenían que saberlo hoy. Estaban muy molestos.

Entonces fue Jennifer la que rió.

—Yo estoy en la misma situación —dijo—, y están enfadados conmigo por lo mismo

—Qué coincidencia…

—Estoy empezando a preguntarme si lo es —dijo Jennifer—. ¿Dónde está el cuerpo de su marido?

—En alguna cámara de refrigeración. No estoy segura.

—Posiblemente esté en una de las dos cámaras frigoríficas del sótano, cerca de la cafetería para el personal. Ahí es donde está mi abuela mientras esperamos.

—¿A qué estás esperando?

—A que llegue una muy buena amiga mía. Al menos, eso espero. Es patóloga forense y trabaja para los juzgados. Intentará venir para ayudarme y echarle un vistazo a mi abuela. Yo creo que tendrían que hacerle la autopsia, y cuanto más me presionan más convencida estoy. Verá, es que mi abuela no tenía el corazón delicado. De eso estoy segura.

—Nosotros creíamos que Herbert tampoco. Lo examinó su cardiólogo poco más de un mes antes que viniéramos aquí. Le dijo que estaba bien, que tenía el corazón estupendo y el colesterol bajo.

—¿Por qué iba su marido al cardiólogo?

—Hace tres años fuimos de viaje a África para ver animales. Tuvimos que ponernos un montón de inyecciones y tomar un medicamento contra la malaria llamado mefloquina. Por desgracia durante un tiempo mi marido sufrió uno de sus efectos secundarios: el corazón le latía desacompasadamente, pero se le pasó solo.

—Entonces su marido tenía el corazón bien a todos los efectos —dijo Jennifer—. Como mi abuela. Ella recordaba haber oído que de pequeña había tenido un soplo en el corazón, y siempre pensó que le pasaba algo. Hice que la viera uno de los mejores cardiólogos del centro médico de la Universidad de California, y nos explicó que se trataba de un ductus arterioso persistente, que es algo que necesitan los embriones para desarrollarse y luego en teoría se cierra. El de ella se quedó abierto, pero se cerró prácticamente del todo más adelante. Mi abuela también presentaba alguna irregularidad, como el señor Benfatti, pero se determinó que estaba causada por un remedio contra el resfriado y se le pasó. Tenía el corazón perfectamente normal, magnífico para su edad. Que su marido y mi abuela tuvieran solo incidentes cardíacos como esos en su historial basta para volver paranoico a cualquiera que supiera lo que pasaba.

—¿Crees que tu amiga querría echarle un vistazo también a mi Herbert?

Mientras el camarero les tomaba nota de los cafés y se llevaba los platos, las mujeres dejaron de hablar y se apoyaron en el respaldo. Ambas aprovecharon para repasar la conversación. Cuando el camarero se marchó, volvieron a inclinarse hacia delante.

—Puedo pedírselo, por supuesto —dijo Jennifer—. Es una persona estupenda, y creo que en su especialidad es famosa, bueno, los dos, tanto ella como su marido. Trabajan juntos en Nueva York. —Hizo una pausa—. ¿Cuándo se enteró de lo de su marido?

—Eso fue lo más raro —dijo Lucinda—. Anoche me despertó una llamada telefónica de un amigo de la familia, desde Nueva York, que quería darme el pésame por Herbert. Lo horrible es que en ese momento yo aún no había oído nada. Pensaba que Herbert estaba igual de bien que cuando lo había dejado en el hospital tres horas antes.

Lucinda calló y le temblaron los labios mientras intentaba contener las lágrimas. Al poco tiempo suspiró y se secó el borde de los ojos. Miró a Jennifer, trató de sonreír y se disculpó.

—No tiene por qué disculparse —le aseguró ella. En realidad, se sentía un poco culpable por estar apretándola tanto. Pero las similitudes entre los dos casos no hacían más que crecer—. ¿Se encuentra bien? —Inconscientemente, alargó un brazo y le cogió la muñeca en un gesto espontáneo de apoyo. Aquello la sorprendió incluso a ella; apenas conocía a la mujer y ya estaba tocándola—. Quizá deberíamos hablar de otra cosa —propuso al tiempo que retiraba el brazo.

—No, tranquila. En realidad quiero hablar de ello. En la habitación no hacía más que darle vueltas, y eso no me ayudaba. Hablar contigo me hace bien.

—Entonces, ¿qué hiciste después de hablar con tu amigo de Nueva York? —preguntó, pasando a tutearla.

—Me quedé de piedra, desde luego. Le pregunté de dónde narices había sacado eso. Y resultó que lo había oído en la CNN, en un reportaje sobre el turismo médico. ¿Te lo puedes creer?

A Jennifer se le descolgó la mandíbula lentamente; ella había visto el mismo programa que el amigo de Lucinda, aunque posiblemente no a la misma hora.

—En todo caso —continuó Lucinda, que recuperaba progresivamente el control sobre sus frágiles emociones—, mientras hablaba con mi amigo y le insistía en que Herbert estaba bien, empezó a sonar la segunda línea telefónica. Le pedí a mi amigo que esperara un momento y apreté el botón. Me llamaban del hospital, concretamente la gerente de nuestro caso, para informarme de que Herbert había muerto.

Lucinda volvió a hacer una pausa. No hubo más lágrimas, solo respiró profundamente.

—Tómate el tiempo que quieras —le rogó Jennifer.

Lucinda asintió mientras el camarero se acercaba para preguntarles si querían tomar más café. Las dos mujeres negaron con la cabeza, ensimismadas por completo en su conversación privada.

—Me pareció horroroso que la CNN se enterara de lo de mi marido antes que yo. Pero en ese momento no dije nada. Estaba abrumada por la noticia. Lo único que le dije a Kashmira Varini es que iba ya mismo al hospital.

—¡Un momento! —exclamó Jennifer alzando la manos—. ¿La gerente de tu caso se llama Kashmira Varini?

—Sí. ¿La conoces?

—No puedo decir que la conozca, pero sí que he hablado con ella. Era la gerente del caso de mi abuela. Esto se pone cada vez más raro. Esta misma mañana le he preguntado por la muerte de tu marido y me ha dicho que no sabía nada.

—Pues desde luego lo sabía. Me reuní con ella anoche.

—Madre mía —dijo Jennifer—. Ya me parecía a mí que esa mujer no era de fiar, pero ¿por qué iba a mentir sobre algo que yo podía averiguar fácilmente?

—No tiene sentido.

—Te digo una cosa: cuando hable con ella esta tarde, se lo preguntaré directamente. Esto es ridículo. ¿Cree que somos niños y que puede mentirnos a la cara así como así?

—Igual tiene algo que ver con la necesidad de mantener la confidencialidad.

—¡Gilipolleces! —exclamó Jennifer, y se controló al momento—. Perdona la palabrota. Es que cada vez estoy más cabreada.

—No hace falta que te disculpes. He criado a dos chicos.

—Ya, pero la mayoría de la gente no es tan tolerante con las mujeres. Da igual, volvamos a la CNN. A mí me pasó algo muy parecido.

Jennifer le explicó que ella también se había enterado de la muerte de su abuela por la CNN, y que había llamado a la compañía sanitaria que lo había gestionado todo y también al propio hospital para que la tranquilizaran sobre su estado. Solo más adelante supo la verdad, cuando una tal señorita Varini la llamó para decirle que en efecto su abuela había fallecido.

—¡Qué raro! Da la impresión de que en el Queen Victoria la mano derecha no se habla con la izquierda.

—Me pregunto si no será peor que eso —replicó Jennifer.

—¿Como qué?

Jennifer sonrió, negó con la cabeza y se encogió de hombros, todo al mismo tiempo.

—No tengo ni la más remota idea. También puede ser que estemos sufriendo paranoia inducida por el duelo. Soy la primera en admitir que después del golpe de haber perdido a mi mejor amiga, madre y abuela, todo de una, tengo la cabeza un poco revuelta. Y para colmo resulta que el jet lag no es un cuento de viejas. Estoy agotada pero no consigo pegar ojo. Es posible que tampoco razone demasiado bien. Podría ser que las muertes tras una operación programada sean tan poco usuales en el Queen Victoria que no saben cómo afrontar el asunto. Al fin y al cabo, ni siquiera cuentan con unas instalaciones mortuorias.

—Entonces, ¿qué vas a hacer?

—Rezar por que venga mi amiga Laurie Montgomery. Si no viene, de verdad que no sé qué haré. Mientras tanto, esta tarde volveré al hospital. Le preguntaré a la señorita Varini por qué me ha mentido, y le dejaré bien claro, si es que no lo he hecho aún, que más les vale no tocar a mi abuela. ¿Y tú? ¿Te gustaría que cenáramos juntas esta noche?

—Vaya, muchas gracias por la invitación. ¿Puedo contestarte más tarde? Es que no sé cómo voy a andar de emociones.

—Claro, cuando quieras. Lo que pasa es que seguramente necesitaré cenar pronto. En cualquier momento se me acabará la gasolina y supongo que entonces dormiré doce horas de un tirón. Pero ¿qué vas a hacer tú respecto al hospital? ¿Esperarás a que lleguen tus hijos y les dejarás elegir a ellos?

—Sí, eso es exactamente lo que voy a hacer.

—Quizá deberías llamar a nuestra amiga la señorita Varini y dejarle claro que no puede alegar ningún malentendido para hacer algo sin tu aprobación explícita. Es fácil manipular a los parientes cercanos cuando están abrumados por la pena. Lo irónico es que normalmente lo que se busca es hacer las autopsias, no que no se hagan.

—Creo que seguiré tu consejo. Anoche no era yo.

—¿Damos por acabada la comida? —preguntó Jennifer—. Me voy al hospital. Iba a acercarme a la embajada, pero creo que lo dejaré para más adelante. Quiero hacer algunas preguntas a la gerente médica, como por ejemplo por qué me mintió. Si averiguo cualquier cosa sorprendente, te la haré saber.

Las dos mujeres ya habían firmado sus respectivas cuentas y se levantaron. Dos camareros se apresuraron a apartarles las sillas. El restaurante se había llenado y las dos tuvieron que abrirse paso entre la multitud que esperaba para conseguir mesa. Ya en el vestíbulo, se despidieron con la promesa de que hablarían más tarde. Justo cuando iban a separarse, Jennifer recordó otra cosa.

—Creo que voy a investigar la conexión con la CNN, si puedo. ¿Sería mucha molestia que le preguntaras a tu amigo a qué hora en Nueva York vio exactamente el reportaje de tu marido?

—Claro que no. Ya había pensado en llamarle. Seguro que se siente fatal por haber sido él el que me dio la mala noticia. —Y de nuevo estaban a punto de separarse cuando Lucinda dijo—: Gracias por animarme a salir de la habitación. Me ha hecho mucho bien, y me temo que si hubiera dependido de mí no me habría movido.

—El placer ha sido mío —respondió Jennifer. Tenía ya en la mano el teléfono para llamar a su chófer.

14

Nueva Delhi, miércoles 17 de octubre de 2007, 13.42 h

—¿Cuánto tiempo cree que estará dentro, señora? —le preguntó el conductor. Sostuvo la puerta del coche mientras Jennifer salía.

Durante el recorrido desde el hotel hasta el hospital había conseguido dormir unos veinte minutos, y en ese momento se sentía mucho peor que antes. Sin embargo, quería hablar con Kashmira Varini.

—No estoy segura —respondió Jennifer mirando la fachada del hospital. Acababa de ocurrírsele subir al cuarto piso, donde le habían dicho que estaba la habitación de su abuela, y ver si podía localizar a la enfermera del turno de día que hubiera tenido asignada—. Pero tal como me siento, no será mucho rato.

—Intentaré quedarme aquí —dijo el conductor, señalando el suelo—, pero si los porteros me echan, tendrá que llamarme al móvil.

—No hay problema —zanjó Jennifer.

Igual que en su anterior visita, los dos pintorescos porteros le abrieron las puertas dobles sin que ella tuviera que decir palabra. Fuera hacía más calor que por la mañana y por tanto el interior le pareció más fresco. En su opinión, el hospital tenía el aire acondicionado demasiado alto.

A aquella hora había cuarenta o cincuenta personas en el vestíbulo, todos eran indios de clase media-alta o extranjeros pudientes. Cerca del mostrador de ingreso, había algunos pacientes, varios de ellos en sillas de ruedas. Vio a varios empleados del hospital atareados en las diversas fases del proceso de admisión. Echó un vistazo a la cafetería y vio que también estaba llena, incluso había gente de pie a la espera que quedara libre alguna mesa.

Con el aplomo adquirido durante las muchas horas que había pasado en un hospital, Jennifer se encaminó sin vacilar hacia los ascensores. Al entrar en uno de ellos, comprobó que el botón de la cuarta planta estaba iluminado y entonces se mezcló entre los ocupantes.

La planta reservada a los pacientes era una de las más agradables que había visto, y había visto unas cuantas. El suelo estaba cubierto por una moqueta industrial de gran calidad y atractivos colores que absorbía el sonido, y combinada con un techo acústico de alta tecnología y paredes construidas con material amortiguador, el ruido ambiente quedaba reducido casi a la nada. Incluso el sonido de un carro de bandejas cargado hasta los topes fue mínimo cuando pasó junto a Jennifer, que se dirigía al puesto de control de enfermería.

Varios pacientes acababan de salir del quirófano, por lo que casi todo el mundo estaba ocupado, incluida la administrativa de planta. Jennifer se quedó quieta y observó; le asombró las pocas diferencias que parecía haber entre los protocolos para gestionar la planta en un país en vías de desarrollo que se hallaba al otro lado del mundo y los que ella solía presenciar en el centro médico de UCLA.

En un período relativamente corto, los pacientes del postoperatorio estaban instalados en sus habitaciones, estabilizados y en compañía de sus parientes. Tan de repente como había empezado, aquella frenética actividad se disipó. Fue entonces cuando do la administrativa de planta, en cuya tarjeta identificativa solo ponía KAMNA, advirtió la presencia de Jennifer.

—¿Puedo ayudarla en algo? —preguntó.

—Me parece que sí —dijo Jennifer. Se preguntó si Kamna era un nombre propio o significaba algo como «administrativa»—. Me llamo Jennifer Hernández, soy la nieta de María Hernández. Tengo entendido que estuvo en esta planta.

—Así es —replicó Kamna—. Estaba en la habitación cuatrocientos ocho. Lo lamento muchísimo.

—Yo también. ¿Es algo habitual?

—No estoy segura de a qué se refiere.

—¿Las muertes son relativamente frecuentes?

Kamna se sacudió casi como si Jennifer le hubiera dado un golpe. Una enfermera que estaba sentada al ordenador levantó la cabeza con cara de sorpresa.

—No. Es un hecho muy raro —dijo Kamna.

—Pero anoche hubo otra más o menos a la misma hora. Eso ya son dos seguidas.

—Es cierto —admitió Kamna, nerviosa. Miró hacia la enfermera en busca de apoyo.

—Me llamo Kumar —dijo la otra mujer—. Soy la enfermera supervisora de esta planta. ¿En qué puedo ayudarla?

—Querría hablar con la persona que estuvo al cargo de mi abuela.

—En realidad fueron dos: la señorita Veena Chandra y, como ella lleva poco tiempo con nosotros, una enfermera veterana llamada Shruti Aggrawal, encargada de supervisar.

—Supongo que la persona que de verdad trató con mi abuela fue la señorita Chandra.

—Exacto. Todo se desarrolló con total normalidad. Ni un solo problema. La señora Hernández estaba evolucionando de maravilla.

—¿Podría hablar con la señorita Chandra?

La enfermera Kumar escrutó a Jennifer durante unos instantes; tal vez se preguntaba si no sería una chalada en busca de venganza. En el hospital todo el mundo tenía muy presente el fallecimiento de la señora Hernández. Pero al parecer Jennifer superó la inspección.

—No veo por qué no. Veré si puede atenderla ahora.

—Perfecto —dijo Jennifer.

Kumar se levantó, recorrió parte del pasillo y, tras volverse y echar una rápida mirada hacia Jennifer, desapareció en una habitación.

Jennifer devolvió su atención a Kamna, que no había movido ni un músculo. Era evidente que aún no estaba segura de que Jennifer estuviera en sus cabales ni de sus intenciones. Esta sonrió, con la intención de calmar a aquella mujer que parecía un conejo a punto de huir. Kamna le correspondió con otra sonrisa aún más falsa y efímera que la de Jennifer. Antes de que esta pudiera intentar tranquilizarla, vio que Kumar había salido de la habitación seguida por una enfermera joven. Jennifer parpadeó. Incluso de uniforme, aquella enfermera recién contratada parecía la ganadora de un concurso de belleza o una estrella de cine o, aún peor en opinión de Jennifer, una modelo de lencería. Era el tipo de mujer que conseguía que ella se sintiera gorda. Tenía un cuerpo perfecto y una cara que sería el sueño de cualquier fotógrafo.

—Esta es la enfermera Veena Chandra —dijo la supervisora cuando llegaron al puesto de control.

En ese mismo instante llegó un ascensor y salió de él uno de los guardias uniformados que Jennifer había visto en la planta baja. En el vestíbulo le había parecido que estaba en las nubes, por lo que supuso que la supervisora lo había llamado cuando entró en la habitación.

Veena saludó a Jennifer juntando las palmas de las manos, y esta trató de imitar el gesto. De cerca era incluso más hermosa, con una piel broncínea impecable y unos ojos verdes impresionantes que a Jennifer le parecieron hipnóticos. El problema fue que esos ojos no se encontraron con los de Jennifer salvo en breves instantes; Veena apartaba la vista enseguida, como si fuese tímida o la incomodara estar en presencia de Jennifer.

—Soy Jennifer. La nieta de la señora Hernández.

—Sí, la enfermera Kumar me lo ha dicho.

—¿Te importa si te hago unas preguntas?

Veena cruzó una mirada rápida e insegura con su supervisora, que asintió para indicar su conformidad.

—No, no hay problema.

—Quizá podríamos sentarnos en aquellas sillas, junto a la ventana. —Jennifer señaló una zona en la que había un sofá moderno y dos sillas. No le gustaba tener a la enfermera supervisora y a la administrativa allí plantadas como estatuas y sin perderse ni una palabra.

Veena miró de nuevo a Kumar, y aquello confundió a Jennifer. Esa mujer actuaba como si tuviera doce años, y Jennifer estaba segura de que superaba la veintena, aunque fuese por poco. Su actitud revelaba que preferiría estar en cualquier lugar menos donde estaba: obligada a enfrentarse a una conversación con Jennifer.

Kumar alzó los hombros e hizo un gesto hacia la zona de descanso.

—Espero no estar incomodándote —dijo Jennifer a Veena mientras caminaban y tomaban asiento—. Cuando me enteré de que mi abuela había muerto, ni siquiera sabía que estaba en la India. El caso es que no me he quedado demasiado satisfecha con su muerte, por decirlo suavemente, y estoy haciendo algunas averiguaciones.

—No, no me incomoda —respondió Veena con voz tensa—. Estoy bien.

Por un instante, la imagen de los espasmos en la cara de María Hernández pasó ante los ojos de Veena.

—Pareces muy nerviosa —comentó Jennifer, intentando en vano mantener el contacto visual.

—Supongo que temo que esté enfadada conmigo.

A Jennifer aquello la sorprendió y rió para sus adentros.

—¿Por qué iba a estar enfadada contigo? Tú ayudaste a mi abuela. Cielos, no, no estoy enfadada. Estoy agradecida.

Veena asintió pero no parecía convencida, aunque sí permitió que los cruces de miradas fuesen algo más largos.

—Solo quería preguntarte cómo lo pasó. ¿Parecía contenta? ¿Sufrió?

—Estaba bien. No sufrió. Hasta me habló de usted. Me dijo que estaba estudiando medicina.

—Es cierto —dijo Jennifer. No le sorprendía. Su abuela estaba muy orgullosa de lo que ella había logrado, y siempre la avergonzaba presumiendo de ello ante cualquiera que la escuchara. Jennifer pensó en qué más podía preguntarle. En realidad no había planeado aquel encuentro—. ¿Fuiste tú la que encontró a María después de que sintiera ese aparente ataque al corazón?

—¡No! —dijo Veena con cierto arrebato—. No, no —repitió—. La señora Hernández murió durante el turno de tarde. Yo hago el turno de la mañana, salgo a las tres y media. Estaba en casa. Solo llevo un mes trabajando aquí. Estoy en el turno de la mañana, bajo supervisión.

Jennifer contempló a la joven enfermera; pensó que tenían más o menos la misma edad pero que algo fallaba, como si no emitieran en la misma longitud de onda.

—¿Puedo hacerte un par de preguntas personales?

Veena asintió despacio.

—¿Te has titulado hace poco en la escuela de enfermería?

—Hace unos tres meses —dijo Veena.

—¿Mi abuela es la primera paciente que pierdes?

—Sí —respondió Veena—. La primera paciente a mi cargo.

—Vaya, lo siento. Nunca es fácil, ya seas médico, enfermera o incluso estudiante de medicina, y de verdad que no estoy enfadada contigo. Con el destino puede, pero no contigo. No sé si eres una persona religiosa pero, en caso de que lo seas, ¿tu religión no te ayuda a sobrellevarlo? No sé, al parecer el karma de mi abuela era abandonar esta vida, y con un poco de suerte en la próxima no le tocará trabajar tanto. Trabajó mucho toda su vida, y no para sí misma. Era una persona muy generosa. La mejor.

Cuando vio que a Veena se le llenaban los ojos de lágrimas, creyó que entendía el motivo de su aflicción. La abuela había sido su primera muerte como enfermera, un hito difícil que Jennifer sin duda comprendía.

—Es reconfortante que te preocupes tanto —dijo Jennifer—. No quiero que te sientas incómoda, pero tengo algunas preguntas más. ¿Sabes algo de la muerte de mi abuela? Quién la encontró, en qué circunstancias, a qué hora.

—La encontró Theru Wadhwa cuando entró a ver si necesitaba medicación para poder dormir —dijo Veena, secándose la comisura de los ojos con los nudillos—. Creyó que dormía hasta que se dio cuenta de que tenía los ojos abiertos. Se lo pregunté anoche cuando empezó su turno; como era paciente mía y todo eso…

—¿Sabes a qué hora fue? —preguntó Jennifer.

Después de haber descubierto el secreto de la joven y de sacar el tema, Jennifer esperaba que se relajase, pero no fue así. En realidad, parecía más nerviosa. Se frotaba las manos como si estuvieran en un combate de lucha libre.

—Sobre las diez y media.

—Ya que hablaste directamente con el enfermero, ¿te la describió de alguna forma en particular? Me refiero a si parecía tranquila, como si hubiera tenido una muerte fácil. ¿El enfermero te dijo algo de eso?

—Me contó que cuando encendió las luces la vio azul y dio el aviso.

—Y entonces, ¿intentaron reanimarla?

—Solo brevemente. Me dijo que estaba claro que había muerto. No tenía ninguna actividad cardíaca, y ya estaba fría y hasta un poco rígida.

—Muerta, no hay duda. ¿Y el tono azul? ¿No sería gris?

Veena apartó la mirada, como si estuviera meditándolo. Sus manos abandonaron el combate y se aferraron a los brazos de la silla.

—Él dijo azul.

—¿Azul como en la cianosis?

—Creo que sí. Eso fue lo que yo supuse.

—Es curioso en un ataque al corazón.

—¿Sí? —preguntó Veena, algo sorprendida.

—¿Dijo el enfermero si estaba azul por todas partes o solo los labios y la punta de los dedos?

—No sé. Creo que por todas partes.

—¿Y qué me dices del señor Benfatti? —preguntó Jennifer, cambiando rápidamente de tema. Acababa de recordar las historias de los llamados ángeles de la muerte, asistentes sanitarios que en realidad eran asesinos en serie; en esas historias, ellos eran quienes «encontraban» después a sus víctimas, a veces para intentar salvarlos.

—¿Qué pasa con el señor Benfatti? —preguntó Veena, sorprendida.

—¿También lo encontró anoche el enfermero Wad…. como se llame? —Jennifer sabía que la respuesta sería no, pero tenía que preguntarlo.

—No —dijo Veena—. El señor Benfatti no estaba en esta planta. Estaba en la tres. No sé quién lo encontró.

—¡Señorita Hernández! —llamó una voz detrás de Jennifer.

Sorprendida, Jennifer se giró y miró hacia arriba. Era la enfermera Kumar, que se les había acercado desde el puesto central.

—Me temo que la señorita Chandra debe volver con su paciente. He llamado a la señorita Kashmira Varini para informarle de que está usted aquí. Me ha dicho que le pida que vaya a su despacho. Dice que ya sabe dónde está. Sin duda ella podrá responder a cualquier otra pregunta que pudiera tener.

Veena y Jennifer se levantaron.

—Muchísimas gracias —dijo Jennifer. Estrechó la mano de la joven y le sorprendió encontrarla helada como un témpano.

—De nada —dijo Veena, vacilando, comportándose de nuevo como una niña tímida. Tenía la mirada fija entre las dos mujeres—. Debo volver al trabajo.

Mientras se alejaba, Jennifer la observó y se lamentó pensando en lo poco que debería comer y en el mucho ejercicio que debería hacer para tener un cuerpo como el de Veena. Entonces se volvió hacia la enfermera Kumar y se lo hizo saber:

—Qué mujer tan hermosa…

—¿Ah, sí? —cuestionó Kumar con frialdad—. Confío en que sepa dónde está el despacho de la señorita Varini.

—Sí —respondió Jennifer—. Gracias por su ayuda y por permitirme hablar con ella.

—No hay de qué —dijo la enfermera, luego se dio la vuelta con brusquedad y se encaminó hacia el control de enfermería.

A Jennifer no se le pasó por alto aquel desaire. Mientras se dirigía hacia los ascensores, por un momento se le ocurrió ver la habitación de su abuela, pero enseguida cambió de opinión. Sabía que sería como cualquier habitación de hospital, solo que con un diseño más exclusivo. Al entrar en el ascensor se dio cuenta de que el guardia que había llegado antes también entraba. Estaba claro que la trataban con gran recelo.

Mientras el ascensor bajaba, Jennifer recordó la conversación que había tenido con la enfermera recién contratada. Le había llegado al alma que aún estuviera tan tocada por la muerte de su abuela; probablemente solo había pasado con ella unas horas durante pocos días. Lo más interesante de la charla había sido la supuesta cianosis. Jennifer cerró los ojos un segundo para retroceder a la clase de fisiología y pensó en qué tipo de ataque al corazón podía provocar una cianosis generalizada. Por desgracia, no se le ocurrió ninguno. Lo único que le vino a la cabeza fue una posible asfixia por la comida. La cianosis generalizada significaba que el corazón latía sin problemas, pero que los pulmones no habían hecho su trabajo.

Jennifer abrió los ojos. Aquel razonamiento la llevó a considerar la asfixia. Alguien podría haber ahogado a su abuela y producirle cianosis generalizada. Apartó aquella idea de su mente tan pronto como se le ocurrió. Le sorprendió lo paranoica que se estaba volviendo. Se sintió avergonzada. Sabía, como sabía que dos y dos son cuatro, que nadie había ahogado a su abuela.

El ascensor paró en el vestíbulo y sus ocupantes salieron,

también Jennifer, que miró un momento a los ojos del guardia mientras este evitaba que las puertas se cerraran.

—Vaya, muchas gracias —dijo Jennifer en tono animado.

Al guardia pareció desconcertarle que Jennifer le hablara, pero no le devolvió la gentileza.

Jennifer fue directamente hacia el mostrador principal de mármol, lo rodeó y se plantó ante la puerta abierta de Kashmira Varini. Dio un golpecito en el quicio. Kashmira estaba sentada a su mesa, rellenando un formulario.

—Entre, por favor —dijo tras alzar la mirada. Se puso de pie y la saludó a la manera tradicional; Jennifer solo respondió con una leve inclinación de cabeza. Kashmira señaló una silla y Jennifer siguió sus instrucciones—. Le agradezco que haya vuelto. Espero que se sienta mejor después de haber dormido un poco.

—La verdad es que no he pegado ojo.

—¡Oh! —exclamó Kashmira, al parecer buscando una reacción más positiva a lo que ella había planteado como un comentario retórico. Deseaba iniciar la conversación con mejor tono que el final de la que habían mantenido por la mañana en el sótano—. ¿Ha comido algo? Si quiere puedo pedir que le traigan un sándwich o una ensalada.

—Ya he comido, gracias.

—¿Ha podido hablar con la oficina consular de la embajada?

—Pues no —dijo Jennifer. Y añadió—: Señorita Varini…

—Por favor, llámeme Kashmira.

—Muy bien, Kashmira. Creo que deberíamos dejar las cosas claras. Esta mañana le he preguntado explícitamente por el señor Benfatti. Me ha mentido. Ha dicho que no sabía nada de ningún señor Benfatti, y luego me he enterado de que usted es la gerente de su caso. ¿Qué está ocurriendo aquí?

Kashmira se tomó un momento para medir sus palabras. Se aclaró la garganta.

—Le pido disculpas —dijo—. Me sentía abrumada. Intentaba que no nos saliéramos del tema de su abuela y de la necesidad de que tome una decisión, cosa que no debería ser tan complicada. Estoy segura de que sabe que nunca hablamos de otros pacientes. Eso es lo que debería haberle dicho. Confieso que perdí la paciencia, y hasta cierto punto aún siento lo mismo. Lucinda Benfatti acaba de llamarme para informarme de que usted le ha aconsejado que no tome todavía una decisión. Sé que tenía intención de esperar a que llegaran sus hijos, pero confiaba en que cuando se le pasara la conmoción, podría convencerla para que les llamara, antes de que partieran, y les preguntara qué preferían, de ese modo podríamos disponer del cuerpo como corresponde. Así es como lo habíamos hecho siempre. Nunca habíamos tenido un problema de este tipo.

—¿Me está diciendo que ocuparse de los pacientes que se les mueren es un asunto rutinario?

—Al contrario —aseveró Kashmira—. No lea en mis palabras lo que no está en ellas.

—Vale, vale —dijo Jennifer, temiendo haberla presionado demasiado—. Le agradezco sus disculpas, y las acepto. La verdad es que su explicación me ha dejado impresionada. Tenía curiosidad por ver por dónde saldría. No era fácil.

—Este asunto de su abuela me tiene desconcertada.

—Pues bienvenida al club —murmuró Jennifer.

—¿Disculpe?

—Olvídelo. Era una tontería —dijo Jennifer—. Pero hay algo que querría ver. Me gustaría que me enseñara el certificado de defunción de mi abuela.

—¿Para qué?

—Quiero leer lo que consta en él como causa de la muerte.

—Ataque al corazón, ya se lo he dicho.

—Aun así, querría verlo. ¿Está aquí, o tiene al menos una copia?

—Sí. Está en el archivo principal.

—¿Me deja verlo? Supongo que en algún momento me darán una copia. Tampoco es que sea un secreto de Estado.

Kashmira reflexionó un momento, se encogió de hombros y se empujó con la silla hacia un grupo de archivadores. Tiró de un cajón, examinó las etiquetas y finalmente sacó un portafolios. Lo abrió y extrajo un documento gubernamental de aspecto muy indio. Volvió a la mesa y se lo pasó a Jennifer.

Esta sintió una punzada de emoción al ver el nombre de su abuela. Estaba escrito en hindi y en inglés, por lo que no tuvo problemas para leerlo. Recorrió las entradas escritas a mano hasta hallar la causa de la muerte, infarto de miocardio, y la hora, 22.35, 15 de octubre, 2007. Memorizó las cifras y pasó el papel de vuelta a Kashmira, quien lo metió en el portafolios y este en su lugar en el archivo.

Haciendo rodar de nuevo la silla hasta la mesa, Kashmira no apartó los ojos de Jennifer.

—¡Bien! Y ahora que ya está todo dicho, ¿está preparada para decirme qué quiere que hagamos? ¿Incineración o embalsamamiento?

Jennifer negó con la cabeza.

—Yo también estoy hecha un lío. Pero no pierdo la esperanza. Mi abuela fue la niñera de una mujer que resulta que es patóloga forense. He hablado con ella y viene de camino; creo que llegará mañana por la noche. Voy a delegar la decisión en ella y en su marido, que también es forense.

—Le recuerdo que, forenses o no, da lo mismo. No habrá autopsia, y punto. No ha sido autorizada y no lo será.

—Tal vez sí, tal vez no. Pero al menos sentiré que tengo a alguien de mi lado. Sé que no estoy razonando demasiado bien. Estoy agotada, pero no puedo dormir.

—Quizá podría conseguirle alguna medicación para el sueño.

—No, gracias —dijo Jennifer—. Lo que sí querría es una copia del registro de hospitalización de mi abuela.

—Puedo conseguirla, pero tardará veinticuatro horas.

—¡Cuando sea! Y me gustaría hablar con el cirujano que la operó.

—Está muy ocupado. Si tiene preguntas concretas, escríbalas y yo intentaré conseguirle las respuestas.

—¿Y si es un caso de negligencia médica?

—La negligencia médica no existe en el ámbito internacional. Lo lamento.

—Debo decir que no me está siendo de mucha ayuda.

—Mire, señorita Hernández, sin duda le seríamos de más ayuda si usted colaborara más con nosotros.

Jennifer se levantó.

—Se lo digo en serio —continuó Kashmira—. Puedo traerle algo para que duerma mejor. Tal vez si descansara toda la noche entraría en razón y comprendería que debe decidirse. Su abuela no puede quedarse en nuestra nevera.

—Eso ya lo entiendo —dijo Jennifer—. ¿Y por qué no trasladan el cuerpo a un depósito municipal?

—Eso sería impensable. Las morgues públicas de este país están en unas condiciones espantosas por culpa de nuestra burocracia bizantina. Las gestiona el Ministerio del Interior, no el de Sanidad, como debería ser, y al Ministerio del Interior no le preocupan demasiado y las financia bajo mínimos. Algunos depósitos de cadáveres no están refrigerados, otros solo a veces, y los cuerpos se pudren sin excepción. Para ser brutalmente sincera le diré que no podemos permitir que eso le ocurra a su abuela por las posibles repercusiones mediáticas. Estamos intentando ayudarla. ¡Por favor, ayúdenos a nosotros!

De repente Jennifer se sintió mareada. Trató de equilibrarse. El hospital Queen Victoria, aunque seguía demostrando poco tacto, había pasado de la presión a la súplica.

—Me vuelvo al hotel —logró decir—. Tengo que descansar.

—Claro, duerma bien —dijo Kashmira mientras se levantaba y se inclinaba sobre sus palmas unidas.

Jennifer salió a trompicones hacia la confusión del vestíbulo, donde había una docena de pacientes más esperando el ingreso. Se dirigió a la pared acristalada y buscó con la mirada su coche y su chófer. Al no verlos, sacó el teléfono móvil y marcó el número.

15

Nueva Delhi, miércoles 17 de octubre de 2007, 14.55 h

Kashmira vio cómo Jennifer se abría paso entre la gente del vestíbulo. Nunca un familiar de un paciente la había exasperado hasta ese punto. Cuando logró convencerla para que fuera a la India, pensó que el problema respecto al cuerpo de María Hernández prácticamente estaba resuelto; pero en ese momento, con dos investigadores forenses en camino y dispuestos a aportar ideas, la urgencia era ya máxima. Kashmira sabía que el presidente Rajish Bhurgava no iba a alegrarse de la noticia.

Jennifer salía del hospital, cuando Kashmira abandonó su despacho y fue al de Rajish, en una esquina del vestíbulo.

—¿Está disponible? —preguntó a la secretaria de Rajish.

—Creo que sí, pero no está de buen humor.

Lo comprobó utilizando el intercomunicador y después hizo un gesto a Kashmira para que entrara mientras atendía una llamada de la línea exterior.

Entre llamada y llamada, Rajish leía una pila de cartas y las firmaba con sus rápidos garabatos. En contraste con la vestimenta a lo *cowboy* que llevaba la noche anterior, aquella tarde vestía un traje occidental de diseñador, camisa blanca y corbata de Gucci.

—¿Ha vuelto esta tarde? —preguntó Rajish cuando Kashmira cerró la puerta y se acercó a la mesa.

Durante la comida Kashmira le había informado de lo intransigente que se había mostrado Jennifer aquella mañana y de lo testaruda que era, pero terminó diciendo que confiaba en que se mostraría más razonable cuando hubiera dormido unas horas. También le contó que la norteamericana había apuntado la conveniencia de hacer la autopsia. Rajish, enojado, afirmó que no habría ninguna autopsia. Y añadió que lo último que deseaba era arriesgarse a enterarse de alguna enfermedad que deberían haber conocido antes de proceder a la intervención. La gerente también le dijo que Jennifer había mencionado a Benfatti, y el presidente le preguntó cómo se había enterado de esa muerte. Kashmira no tenía ni idea. En conjunto, podía afirmarse que Rajish no era precisamente un admirador de Jennifer.

—Acaba de marcharse —dijo Kashmira.

—¿Y? —espetó Rajish.

Con dos muertes en dos días, tenía un humor de perros. La noche anterior había vuelto a llamarle Ramesh Srivastava para informarle de que CNN International había dado cuenta de otra muerte en el hospital de Rajish antes de que él recibiera una llamada del Queen Victoria. Aunque no lo había amenazado directamente, las implicaciones de culpabilidad le habían quedado incómodamente claras.

—Me temo que la cosa está peor. Ahora dice que desea esperar hasta el viernes para decidirse. Al parecer, la mujer muerta había trabajado para alguien que ahora es patóloga forense. Y al parecer la patóloga forense llegará mañana por la noche.

Rajish se golpeó la frente con la mano abierta y se frotó las sienes con el pulgar y el dedo índice.

—Esto no puede estar pasando —gimió.

—Y hay más. La mujer se va a traer a su marido, quien también es patólogo forense.

Rajish bajó la mano y clavó la mirada en Kashmira.

—¿Tendremos que enfrentarnos a dos especialistas forenses de Estados Unidos?

—Eso parece.

—¿Le has dejado absolutamente claro a la señorita Hernández que no habrá autopsia?

—Así lo he hecho, tanto esta mañana como ahora. Me ha dado la impresión de que esa mujer no viene porque sea patóloga forense. No deberíamos adelantarnos a los acontecimientos.

El hombre inclinó su silla hacia atrás hasta que quedó mirando directamente al techo.

—¿Qué he hecho yo para merecer estos problemas? Lo único que intento es que la repercusión de todo esto en los medios no pase de las dos noticias que ya ha emitido la CNN.

—En ese aspecto las cosas están tranquilas. No han venido periodistas, ni ayer ni hoy.

—Alabados sean los dioses, pero la situación podría cambiar en cualquier momento, sobre todo ahora que tenemos dos muertes.

—La señorita Hernández también está interfiriendo en ese punto.

Se oyó un chirrido fuerte cuando Rajish devolvió repentinamente su silla a la posición inicial y miró boquiabierto a Kashmira.

—¿Cómo?

—Se ha reunido con la viuda. Lucinda Benfatti ha llamado hace poco para insistir en que tampoco ella quiere que nadie toque el cuerpo de su marido hasta que lleguen sus hijos el viernes. Como ya sabe, eso ya nos lo había dicho anoche, pero ambos suponíamos que posiblemente cambiara de opinión después de hablar hoy conmigo. Ya podemos olvidarnos. De hecho, ha mencionado a los amigos forenses de Jennifer y ha dicho que le ha preguntado si sus amigos echarían también un vistazo al caso de su marido. Si la prensa se huele algo de esto, nos saltarán encima.

Rajish dio una palmada en la mesa. Varias de las cartas que tenía por leer saltaron por los aires.

—Esa mujer es como un castigo, y se dedica a contagiar su tozudez a los demás. Me preocupa que esta situación engorde rápidamente y se nos escape de las manos. Normalmente, la gente muy apenada está emocionalmente anulada y no causa problemas. ¿Qué pasa con esta chica?

—Es testaruda, ya se lo había dicho.

—¿Es una persona espiritual?

—No tengo ni idea. No ha dicho nada que me haga pensar que sí o que no. ¿Por qué lo pregunta?

—Se me ha ocurrido que, si lo fuera, podríamos tentarla con el cuerpo de su abuela.

—¿De qué manera?

—Le ofreceríamos incinerar el cuerpo en un crematorio de los *ghats* de Benarés, famosos mundialmente, y esparcir sus cenizas en el Ganges.

—Pero ese privilegio está reservado a los hindúes.

Rajish movió la mano como si espantara una mosca.

—Ese asunto podría resolverse mostrando una consideración especial con los brahmanes de los *ghats* en Jalore. Tal vez sea posible tentar a la señorita Hernández. Se lo podríamos colar como un favor adicional hacia la difunta. Y deberíamos ofrecerle lo mismo a la señora Benfatti.

—No creo que salga bien —dijo Kashmira—. Ninguna de las dos me ha dado la impresión de ser particularmente religiosa, y la incineración en Benarés solo tiene un significado auténtico para los hindúes. De todos modos, lo intentaré. La propia Hernández ha admitido que tal vez piense de forma distinta después de dormir un poco. Está agotada y bajo los efectos del jet lag. Tal vez ese soborno consiga decantar la balanza.

—Tenemos que sacar esos cadáveres de la nevera de la cafetería —recalcó Rajish—, sobre todo ahora que el hospital está bajo la observación de la International Joint Comission. No podemos permitirnos un veredicto negativo por una transgresión tan fortuita. Mientras tanto, volveré a llamar a Ramesh Srivastava y le informaré de que la tal Hernández nos está dando muchos quebraderos de cabeza.

—He hecho todo lo que he podido, se lo aseguro. He sido

muy clara. Más de lo que jamás lo he sido con ningún otro familiar.

—Lo sé. El problema es que nuestros recursos son limitados, pero ese no es el caso de Ramesh Srivastava. Él tiene detrás el peso de toda la burocracia india. Si lo deseara, incluso podría evitar que los dos amigos forenses de la señorita Hernández entraran en el país.

—Le mantendré informado de cualquier cambio —dijo Kashmira mientras se volvía para marcharse.

—Hazlo, por favor —dijo Rajish, despidiéndose con un breve gesto.

Utilizó su intercomunicador para pedirle a la secretaria que lo pusiera en contacto con el señor Ramesh Srivastava. No estaba deseando hablar con él. Sabía lo poderoso que era y que lo podía despedir a Rajish con un simple chasquear de dedos.

16

Nueva Delhi, miércoles 17 de octubre de 2007, 15.15 h

Ramesh Srivastava no tenía un buen día. Acababa de entrar en su despacho por la mañana cuando le llamó el vicesecretario de Estado de Sanidad para decirle que su superior, el secretario de Estado, estaba furioso por las últimas noticias emitidas por CNN International sobre la incipiente industria del turismo médico. A partir de ese momento, las llamadas no habían cesado: media docena de subsecretarías adjuntas al Ministerio de Sanidad y Bienestar Familiar, el presidente de la Federación Sanitaria India, e incluso la oficina del secretario de Estado de Turismo, y todos le recordaron que él, casualmente, encabezaba el departamento de turismo médico durante la peor campaña internacional de relaciones públicas de su historia. Todos sus interlocutores aprovechaban también la ocasión para recordarle que tenían la capacidad de acabar con su carrera si no hacía algo al respecto, y rápido. El problema era que no sabía qué hacer. Había intentado imaginar cómo estaba enterándose de todo CNN International, pero sin éxito.

—El señor Rajish Bhurgava está al teléfono ahora mismo —le dijo su secretario cuando Ramesh regresó a la oficina después de su pausa de tres horas para comer.

Ramesh corrió hacia su despacho y arrancó el teléfono de su soporte.

—¿Ha localizado ya la filtración? —preguntó, sin más preámbulos.

—Un segundo —le respondió su secretario—. Le paso con el señor Bhurgava.

Ramesh lanzó una maldición silenciosa mientras se dejaba caer en la silla. Era corpulento, tenía poco pelo, ojos llorosos y marcadas cicatrices que el acné le había dejado en su adolescencia. Sus regordetes dedos golpearon el escritorio con impaciencia. Cuando por fin le pusieron en contacto con Rajish Bhurgava lanzó de nuevo la misma pregunta y con igual nerviosismo.

—No —admitió Rajish—. He mantenido otra larga conversación con el jefe de personal, lo que nos parece más probable es que sea uno de los catedráticos de la universidad que gozan de privilegios de ingreso para sus pocos pacientes privados. Sabemos que algunos de ellos se oponen con furia a que el gobierno nos esté concediendo incentivos y desgravaciones a cambio de financiar adecuadamente el control de las enfermedades contagiosas en las zonas rurales. El jefe de personal está investigando si alguno de los más ruidosos estaba en el hospital anoche y también el lunes por la noche.

—¿Y qué opina su jefe de personal sobre las muertes? —gruñó Ramesh—. Dos en dos noches son algo intolerable. ¿Qué están haciendo mal? Con la CNN aireando semejante fatalidad siete u ocho veces al día por todo el mundo, lo que han hecho ustedes es anular nuestros seis meses de campaña para promocionar el turismo médico, especialmente en Estados Unidos, nuestro objetivo principal.

—Eso mismo le he preguntado yo. Está totalmente desconcertado. Ninguno de los pacientes mostró síntomas preocupantes o señales de posibles problemas, ni durante las pruebas de ingreso aquí ni en sus revisiones médicas en Estados Unidos.

—¿Les hicieron cardiogramas preoperatorios?

—Por supuesto, y los dos pacientes traían informes impecables de cardiólogos estadounidenses. Según el jefe de personal, no había ningún indicio que apuntara que podía producirse este desenlace. Las intervenciones y el postoperatorio transcurrieron sin incidentes.

—¿Qué me dice de la joven Hernández? Supongo que ese problema lo habrán solucionado…

—Me temo que no —admitió Rajish—. Todavía no ha decidido qué quiere que hagamos con el cuerpo, y ha comentado que tal vez quiera que le hagan la autopsia.

—¿Por qué?

—Solo sabemos que está segura de que su abuela no tenía ningún problema de corazón.

—No quiero ninguna autopsia —afirmó Ramesh categóricamente—. No nos sería de ninguna utilidad. Si la autopsia saliera limpia, no nos ayudaría porque no sería noticia, y si la autopsia mostrara alguna patología de la que deberíamos haber sido conscientes, nos crucificarían. No, no debe haber ninguna autopsia.

—Y para complicar más las cosas, al parecer la señorita Hernández ha contactado con una conocida de la difunta, y ahora ella y su marido, ambos patólogos forenses, vienen hacia aquí y llegarán a Delhi el viernes.

—Madre mía —dijo Ramesh—. Bueno, si hacen una solicitud formal de autopsia, asegúrese de que se ocupe alguno de los magistrados con los que solemos tratar.

—Haré todo lo posible —afirmó Rajish—. Pero con las conexiones que usted tiene, quizá habría que plantearse si nos interesa que aparezcan por aquí.

—Tal como están las cosas, prefiero no arriesgarme. Solo podría pararlos en el aeropuerto, y si algún medio de comunicación lo asociara con las famosas muertes en un hospital privado aireadas por la CNN, nos traería problemas. La prensa libre es un fastidio, y los chismorreos les encantan.

—La señorita Hernández está haciendo otras travesuras. Por lo visto esta mañana ha estado con la mujer de Benfatti y la ha convencido para que tampoco nos permita disponer todavía del cuerpo de su marido.

—¡No! —exclamó Ramesh, incrédulo.

—Me temo que sí. Por lo que me cuenta la gerente médica, estoy empezando a pensar que intenta crearnos problemas deliberadamente. Diría que está viendo fantasmas donde no los hay y nos considera responsables, como si hubiéramos causado esta tragedia a propósito.

—Es la gota que colma el vaso —dijo Ramesh—. No podemos permitir que esto continúe.

—¿Hay algo que usted pueda hacer, señor? —preguntó Rajish, esperanzado.

—Tal vez —respondió su superior—. No vamos a quedarnos sentados mientras esa mujer encuentra el modo de satisfacer su paranoia.

—No podría estar más de acuerdo.

—Manténgame informado de cualquier acontecimiento —ordenó Ramesh.

—Por supuesto —contestó Rajish.

Ramesh colgó y se giró hacia el teclado de su ordenador. Entró en su agenda y buscó el número del teléfono móvil del inspector Naresh Prasad, de la policía de Nueva Delhi, que dirigía la pequeña y clandestina Unidad de Seguridad Industrial. Volvió a coger el receptor e hizo la llamada. Hacía casi seis meses desde la última vez que habían hablado, por lo que intercambiaron algo de información personal antes de que Ramesh pasara al tema que le preocupaba.

—En el departamento de turismo médico tenemos un problema que necesita de tu experiencia.

—Le escucho —dijo Naresh.

—¿Es buen momento para hablar?

—Como cualquier otro.

—La abuela de una joven llamada Jennifer Hernández falleció el lunes por la noche en el hospital Queen Victoria por un ataque al corazón. De alguna manera, la CNN se ha hecho con la historia y la ha propagado a los cuatro vientos como ejemplo que pone en duda la seguridad de nuestros centros.

—Eso no es bueno.

—Es lo menos que se puede decir —afirmó Ramesh. Siguió explicándole el problema, incluidos los detalles de la segunda muerte. Entonces pasó a enumerar todo lo que Jennifer había hecho y pensaba hacer y que la convertiría en persona non grata—. Este asunto está empezando a afectar gravemente en nuestra campaña para promocionar el turismo médico, y eso podría influir negativamente en nuestra capacidad para alcanzar los objetivos. No sé si estás al día, pero hemos incrementado nuestras estimaciones en 2010: el turismo médico en la India debería dejar dos mil doscientos millones de dólares.

Naresh silbó. Estaba impresionado.

—No conocía esa cifra. ¿Pretenden alcanzar a la TI? La gente de tecnología de la información se va a poner verde de envidia… Ellos que creían que habían heredado el reino de las divisas…

—Por desgracia, este problema podría tener efectos desastrosos en nuestros objetivos —dijo Ramesh, sin hacer caso de la pregunta de Naresh—. Necesitamos ayuda.

—Para eso estamos. ¿Qué podemos hacer?

—Tengo dos tareas, una para tu unidad en general y la otra para ti en particular. Respecto a tu unidad, necesitamos averiguar quién está pasando información confidencial a CNN International. El presidente del Queen Victoria y el jefe del personal médico piensan que podría ser algún catedrático radical dotado de privilegios de ingreso. No sé cuántos hay en el Victoria, pero quiero que los investigues. Quiero saber quién es esa persona.

—Eso es fácil. Pondré en ello a mis mejores hombres. ¿Y mi tarea?

—La chica, Jennifer Hernández. Quiero que te ocupes de ella. No debería ser difícil. Se aloja en el Amal.

—¿Por qué no llama usted a uno de sus iguales en inmigración? Que la cojan, la deporten y problema resuelto.

—Tengo la sensación de que esa Hernández es una mujer valiente, terca y con recursos. Si inmigración se entremete, seguro que ella montaría un escándalo; y si los medios de comunicación relacionan su caso con las noticias de la CNN, el asunto se convertiría en un encubrimiento por parte del gobierno. Eso nos pondría las cosas muchísimo peor.

—Bien pensado. ¿Qué quiere decir exactamente que me ocupe de ella? Seamos claros.

—Eso lo dejo a tu elección, que por algo tienes fama de ser una persona creativa. Quiero que deje de ser un incordio. Consíguelo, me da igual cómo, y me daré por satisfecho. En realidad prefiero no saberlo. Así, si me preguntan más adelante, no tendré que mentir.

—¿Y si al final resulta que puedo asegurarle que no va con malas intenciones y que no representa ninguna amenaza?

—Eso sería satisfactorio, por supuesto. Sobre todo si tu equipo consigue identificar al topo del hospital. Hay que atacar el problema desde los dos flancos.

—Supongo que mi compensación será la habitual…

—Digamos que comparable. Haz averiguaciones. Síguelas. Recuerda que no queremos que ella se convierta en noticia y mucho menos en ninguna clase de mártir. En cuanto a la compensación, dependerá de la dificultad. Tú y yo tenemos historia a nuestras espaldas. Podemos confiar el uno en el otro.

—Tendrá noticias mías.

—Bien.

Ramesh colgó. Hacia el final de su charla con el policía se le había ocurrido otra idea para afrontar el problema de Hernández, una posible solución más fácil, más barata y posiblemente mejor, ya que no implicaría al gobierno. Lo único que debía hacer era enfadar lo suficiente a alguien que conocía, y resultaba que la persona en la que pensaba era fácil de enfadar cuando se trataba de dinero. Le sorprendió que no hubiera pensado antes en Shashank Malhotra. Al fin y al cabo, el hombre lo tenía en nómina e incluso le había llevado a Dubai en un viaje memorable.

—Hola, mi buen amigo —dijo Shashank, muchos decibelios por encima de lo necesario—. Qué bueno es oír de ti. ¿Cómo está la familia?

Ramesh podía imaginar a Shashank sentado en su lujoso despacho con vistas a la elegante plaza Connaught. Era uno de los hombres de negocios indios del nuevo estilo, dedicados a gran variedad de propósitos, algunos legales y otros no tanto. Recientemente se había encaprichado con la sanidad, y veía el turismo médico como un medio para labrarse una segunda fortuna. En los últimos tres años había invertido sumas considerables y era el principal accionista de la compañía que poseía los hospitales Queen Victoria de Delhi, Bangalore y Madrás, y los centros médicos Aesculapian de Delhi, Bombay e Hyderabad. También había financiado la mayor parte de la campaña desplegada en Europa y Norteamérica para vender India como un destino médico del siglo XXI. Shashank Malhotra era un pez gordo.

Después de una serie de cumplidos mutuos, Ramesh pasó al tema que le ocupaba.

—Te llamo por un problema en el hospital Queen Victoria de Delhi. ¿Sabes algo?

—Me han dicho que había algún asunto sin importancia —dijo Shashank con voz cansina.

Había percibido el cambio en la voz de Ramesh y era famoso por su sensibilidad ante la palabra «problema», ya que solía implicar la necesidad de gastar dinero. Shashank era particularmente susceptible a los asuntos relacionados con el grupo de hospitales Queen Victoria y los centros médicos Aesculapian, ya que eran los miembros más recientes de su imperio financiero y aún no estaban generando beneficios.

—Es importante —dijo Ramesh—, y creo que deberías estar al corriente. ¿Tienes un minuto?

—¿Estás de broma? Quiero enterarme de todo.

Ramesh le explicó la historia tal como se la había narrado al inspector Naresh Prasad, aunque omitió las optimistas previsiones económicas del gobierno en cuanto al turismo médico; Shashank las conocía de sobra. Ramesh supo que Shashank apreciaba la importancia y la gravedad de la situación por las preguntas incisivas que planteaba a medida que avanzaba el relato.

Cuando Ramesh terminó y se quedó callado, Shashank hizo lo mismo. Aquel le dejó rumiar con tranquilidad, esperando que se centrara en la parte de anular prácticamente los efectos de la campaña de promoción.

—Creo que deberías haberme contado todo esto un poco antes —gruñó por fin Shashank.

Parecía una persona totalmente distinta. Su voz sonaba baja y amenazadora.

—Creo que si esa mujer decide de una vez qué quiere que hagamos con el cuerpo de su abuela y se marcha a su casa, todo irá bien. Estoy seguro de que conoces a alguien capacitado para empujarle en esa dirección, alguien a quien ella esté dispuesta a escuchar.

—¿Dónde se aloja?

—En el Amal Palace.

Ramesh se encontró solo al teléfono.

17

Nueva Delhi, miércoles 17 de octubre de 2007, 15.45 h

Veena lanzó un vistazo a su reloj. Nunca le había parecido que un informe durase tanto. Se suponía que debía haber salido a las tres y media y ya eran las cuatro menos cuarto.

—Y eso es todo —dijo la enfermera Kumar al enfermero supervisor del turno de la tarde—. ¿Alguna pregunta?

—Creo que no —dijo el hombre—. Gracias.

Todos se levantaron. Veena salió disparada hacia el ascensor mientras a su alrededor estallaban las conversaciones casuales del resto. Samira la vio y tuvo que correr para alcanzarla.

—¿Adónde vas? —preguntó. Veena no respondió. Sus ojos volaron veloces de ascensor en ascensor para ver cuál llegaría antes—. ¡Veena! —gritó Samira, afectada—. ¿Todavía no quieres hablar conmigo? Me parece que estás llevando las cosas demasiado lejos.

Veena no le hizo caso y dio un paso hacia el ascensor que llegaba. Samira la siguió.

—Es normal que estés enfadada —susurró mientras se colocaba al lado de su amiga. Otras enfermeras se acercaron también a los ascensores, charlando sobre los acontecimientos del día—. Pero si te pararas un momento y pensaras en ello, creo que comprenderías que lo hice tanto por ti como por mí misma y los demás.

El ascensor llegó. Todo el mundo entró. Veena fue hasta el fondo del recinto y se volvió para quedar de cara a la puerta. Samira se acercó a ella.

—Este silencio no es justo —dijo en susurros—. ¿Ni siquiera quieres que te explique los detalles de anoche?

—No —replicó Veena, también en un susurro.

Era la primera palabra que le dirigía directamente desde el lunes, cuando Cal le reveló que conocía sus problemas familiares. Solo había otra persona en el mundo que los conocía: Samira; así que la fuente era obvia.

—Gracias por hablarme —dijo la joven en voz baja entre el parloteo de los demás—. Ya sé que no debí contarle lo de tu padre, pero esto era distinto. Durell me dijo que nuestros planes de emigrar dependían de ello. Además, me prometió que se ocuparían de tu problema y que serías libre, tú y tu familia.

—Mi familia ha caído en la vergüenza —dijo Veena—. En una vergüenza irreversible.

Samira no dijo nada. Sabía que al principio Veena se obsesionaría con la reputación de su familia en lugar de alegrarse de haberse liberado, ella y sus hermanas, de su horrible padre. Pero esperaba que no tardaría en ver la luz. Samira tenía más ganas que nunca de escapar de lo que ella consideraba los grilletes culturales de la India. No veía la hora en que Nurses International las ayudara a emigrar.

Era la hora del cambio de turno, y el ascensor se detuvo en todos los pisos.

—Todavía no me voy a casa —dijo Veena con la vista fija en el indicador luminoso de los pisos—. Me quedo aquí para hablar con la *shrimati* Kashmira Varini.

—¿Para qué quieres? —preguntó Samira en un susurro.

—La nieta de mi víctima ha venido a verme esta tarde y me he sentido incomodísima hablando con ella. Cal no me había dicho que tendría que hacer algo así. Estoy asustada. Esa chica me ha dicho que no está nada satisfecha con la muerte de su abuela y está haciendo averiguaciones. No me gusta.

El ascensor se detuvo con una sacudida en el nivel del vestíbulo y todos los pasajeros salieron. Veena dio unos cuantos pasos y se detuvo. Samira la imitó.

—Quizá sería mejor que no hicieras nada hasta que hablemos con Cal y Durell —le dijo esta después de asegurarse de que nadie las escuchaba.

—Quiero averiguar dónde se aloja por si a Cal le interesa saberlo. Seguro que la gerente de su caso lo sabe.

—Supongo que sí.

—La nieta también ha mencionado a tu víctima.

—¿En qué sentido? —preguntó Samira, cada vez más alarmada.

—Quería saber si la persona que encontró a la señora Hernández fue también la que encontró al señor Benfatti.

—¿Y eso qué más da?

—No lo sé.

—Pues ahora me has preocupado. Te espero aquí —dijo Samira mientras Veena se volvía y se encaminaba hacia el mostrador de información. Le respondió con un mero gesto de la mano por encima del hombro.

Veena rodeó el mostrador y se asomó al despacho de la gerente. Había esperado que estuviera sola, y así era.

—Disculpe —dijo Veena, e hizo una inclinación cuando la mujer levantó la mirada—. ¿Podría hacerle una pregunta?

—Por supuesto —respondió Kashmira, devolviendo el saludo.

Veena se acercó a la mesa.

—He hablado con la nieta de la señora Hernández, Jennifer.

—Sí, Kumar me ha informado cuando me ha llamado para decirme que estaba aquí. Siéntate. —Kashmira señaló con la barbilla una de las sillas libres. La joven se sentó, aunque no tenía pensado entretenerse—. Me interesa conocer tu opinión sobre esa chica. Nos está resultando complicado tratar con ella.

—¿En qué sentido? —preguntó Veena, sintiéndose cada vez más inquieta por la norteamericana.

—En todos los sentidos. Solo necesitamos que nos diga de una vez qué quiere que hagamos con el cuerpo de su abuela para que podamos librarnos de él. Pero se niega. Me temo que se le ha metido en la cabeza que esa tragedia ha sido un error médico o un acto intencionado. Incluso ha pedido que vengan unos patólogos forenses de Estados Unidos, los dioses sabrán para qué, porque yo le he dejado claro varias veces que no habrá autopsia.

Veena había dado un pequeño respingo al oír la palabra «intencionado» en labios de Kashmira; deseó que no lo hubiera notado. La sospecha de que Jennifer Hernández era un peligro acababa de aumentar varios grados.

—¿Te encuentras bien? —preguntó Kashmira, inclinándose hacia ella.

—Sí, estoy bien. He tenido un día muy largo, eso es todo.

—¿Quieres un vaso de agua o algo?

—Estoy bien. He venido a verla para preguntarle dónde se aloja Jennifer Hernández. Estaba pensando en llamarla. Quiero estar segura de haber contestado a todas sus preguntas. Yo estaba muy ocupada cuando se ha pasado por aquí, y la enfermera Kumar nos ha interrumpido para que volviera con mi paciente.

—Se aloja en el Amal —dijo Kashmira—. Mientras hablabas con ella, ¿qué impresión te ha dado? ¿Ha mostrado una actitud hostil? Conmigo viene y va. No sé si es que está agotada o enfadada.

—No, nada hostil. Al contrario. Cuando se ha enterado de que su abuela ha sido mi primera paciente muerta desde que me titulé, se ha compadecido de mí.

—Esa reacción no me parece propia de ella.

—Pero sí me ha dicho claramente que no estaba satisfecha con la muerte de su abuela, signifique lo que signifique, y que estaba haciendo algunas averiguaciones. Ha empleado esas palabras pero lo ha dicho con total naturalidad.

—Si al final hablas con ella, por favor anímala a decidirse sobre el cuerpo de su abuela. Eso nos ayudaría muchísimo.

Veena prometió aportar su granito de arena en el tema de la

incineración o el embalsamamiento si se le presentaba la oportunidad, y a continuación se despidió de la *shrimati* Varini y regresó a toda prisa al vestíbulo. Encontró a Samira y ambas salieron del hospital.

—¿De qué te has enterado? —preguntó Samira.

—Hemos de hablar con Cal de Jennifer Hernández. Me tiene preocupada. Hasta Kashmira Varini está teniendo problemas con ella. Dice que cree que Jennifer Hernández sospecha que la muerte de su abuela fue un error médico o un acto más o menos provocado. En otras palabras, que no ha sido una muerte natural.

Samira se detuvo de repente, tiró del codo de Veena y la acercó.

—Eso significa que cree que podrían haber asesinado a su abuela.

—Exacto —respondió Veena.

—Será mejor que volvamos al bungalow.

—Estoy totalmente de acuerdo.

A pesar del tráfico que había en la calle, que ya vaticinaba la hora punta, tuvieron suerte y encontraron una mototaxi libre. Se sentaron en el banco de la parte de atrás, indicaron la dirección al chófer, y se agarraron como si les fuera la vida en ello.

18

Nueva Delhi, miércoles 17 de octubre de 2007, 16.26 h

—¿Tienes un segundo? —preguntó Durell desde la puerta de la biblioteca.

Cal apartó la mirada de las hojas de cálculo de los gastos de Nurses International. Estaban quemando el dinero a un ritmo endiablado pero, ahora que todo iba tan bien, no le preocupaba tanto como dos o tres días antes.

—Claro —dijo Cal.

Se apoyó en el respaldo y estiró los brazos por encima de la cabeza. Vio que Durell se acercaba con paso tranquilo y desplegaba algunos mapas en la mesa de la biblioteca que Cal empleaba como escritorio. Había también fotos de varios vehículos, que Durell colocó cuidadosamente en orden con sus fuertes manazas. Llevaba una de sus camisetas negras ajustadas que se le acoplaba a los músculos como si en vez de tela fuera pintura.

—Vale —dijo Durell, enderezándose y frotándose las manos con deleite—. Esto es lo que he encontrado.

Antes de que pudiera seguir hablando, la puerta principal se cerró a lo lejos con un golpe tan fuerte que hizo temblar la taza de café que Cal tenía sobre la mesa. Los dos hombres se miraron.

—¿Qué demonios…? —dijo Cal.

—Alguien quiere hacernos saber que ha vuelto a casa. —Durell miró el reloj; eran casi las cuatro y media—. Una de las enfermeras debe de haber tenido un mal día.

Apenas había acabado la frase cuando Veena y Samira entraron en la biblioteca. Las dos empezaron a hablar al mismo tiempo.

—¡Eh! —gritó Cal alzando las dos manos en gesto de calma—. De una en una, y más vale que sea importante. Acabáis de interrumpir a Durell.

Veena y Samira se miraron.

—Tenemos un posible problema en el Queen Victoria… —dijo Veena.

—¿Un «posible» problema? —la interrumpió Cal.

Veena asintió, nerviosa.

—Pues deberíais haber tenido un poco de respeto. Durell estaba hablando.

—Podemos hablar de esto después —dijo Durell al tiempo que recogía las fotos de los coches.

Cal le agarró la muñeca y lo miró.

—No. Sigue. Ellas pueden esperar.

—¿Estás seguro? —preguntó Durell. Se inclinó y le dijo al oído—: Creía que esto de la huida era información confidencial.

—No pasa nada. Si se nos echa encima el Armagedón, quiero que vengan con nosotros. Mejor que lo oigan. Podrían ayudar. —Durell levantó el pulgar y volvió a incorporarse. Cal añadió—: Escuchad. Durell ha estado trabajando en lo que llamaríamos un plan de contingencia por si las cosas se ponen realmente mal. Pero todo esto es información confidencial: no podéis contárselo a los demás.

Las mujeres, picadas por la curiosidad, se acercaron a la mesa para mirar los mapas.

—Espero que te des cuenta de que incluirlas añade un nuevo nivel de complejidad, será más difícil que estemos todos listos cuando deba ejecutarse el plan, si es que se ejecuta —dijo Durell a Cal.

—Eso puedes organizarlo más tarde —replicó Cal—. A ver qué traes.

Durell volvió a esparcir las fotos de los vehículos sobre la mesa. Mientras lo hacía, explicó a las mujeres que se le había ocurrido plantearse cómo saldrían del país si se presentaba la necesidad. Veena y Samira cruzaron una mirada nerviosa. Aquel tema estaba relacionado con lo que ellas pretendían contarles.

—Estos son algunos de los vehículos que podríamos comprar y guardar en ese garaje fortificado que hay en el terreno —dijo Durell—. El plan sería tenerlo con el depósito lleno, equipado y listo para salir. Creo que debería tener tracción a las cuatro ruedas, dado que en la ruta que tengo en mente las carreteras no están lo que se dice en buenas condiciones.

—¿Qué ruta recomiendas? —preguntó Cal.

—Salir de Delhi rumbo al sudeste y coger la autopista principal hacia Benarés. Desde allí, seguiríamos hacia el nordeste para cruzar la frontera con Nepal en el paso fronterizo Raxaul-Birgunj.

Durell señaló el itinerario en el mapa.

—¿Es buen sitio para cruzar?

—Yo creo que el mejor. Raxaul está en la India y Birgunj en Nepal. Al parecer, son dos ciudades de mala muerte separadas solo por unos cientos de metros de distancia, y su principal actividad, por lo que he averiguado, es el comercio sexual dirigido a los más de dos mil camioneros que cruzan la frontera todos los días.

—Suena estupendo.

—Para lo que nosotros buscamos, yo creo que es perfecto. Es casi como un paso de los espaldas mojadas, ni siquiera te piden el visado. En realidad no es más que una aduana para mercancías.

—¿Está en la montaña?

—No, es una zona tropical y llana.

—Sí, suena perfecto. Y cuando crucemos, ¿qué?

—Seguiremos todo recto por la autopista Prethir, ya en Nepal, hacia Katmandú y un aeropuerto internacional. Llegados a ese punto, ya estaremos fuera de peligro.

—Se supone que en Nepal hay montañas.

—¡Ya lo creo!

—Entonces recomiendo el Toyota Land Cruiser —dijo Cal levantando la foto para enseñarla—. Tiene seis asientos y tracción a las cuatro ruedas.

—Hecho —respondió Durell mientras empezaba a recoger las otras fotos—. Era mi primera opción.

—Cómpralo, prepáralo y mételo en ese garaje. Que los de mantenimiento lo arranquen una vez por semana. Además, cada uno de nosotros preparará un bolso de viaje.

—Si las llaves del coche van a estar fuera, no sé si dejar también las bolsas ahí es buena idea. Hay una parte de la verja trasera del terreno que se ha caído.

—Podemos dejarlas en esa habitación que hay abajo, esa que parece una mazmorra. La puerta que lleva hasta allí se puede cerrar, ¿no?

—Tiene una llave vieja y grande que parece salida de un castillo de la Edad Media.

—Entonces haremos eso. Cada uno preparará una maleta pequeña y las dejaremos cerradas con llave en la mazmorra.

—¿Y qué hacemos con la llave? —preguntó Durell—. Deberíamos saber todos dónde está. Si tenemos un problema importante, todos los que estamos en el plan deberíamos saber dónde se guarda la llave. Si alguien se quedara colgado sería un problema.

Cal recorrió la biblioteca con la mirada. Además de la considerable colección de libros antiguos, las mesas y las estanterías estaban llenas de adornos. Sus ojos tardaron poco en fijarse en una caja india de papel maché que reposaba en la repisa de mármol. Se levantó y fue hacia ella. Estaba pintada con trazos enrevesados y barnizada, y era bastante grande. Le costó abrirla. Estaba vacía, como esperaba.

—Guardaremos la llave aquí dentro. ¿Qué os parece? —Levantó la caja para que pudieran verla. Los demás asintieron y Cal dejó la caja en su posición original. Mientras regresaba a la mesa observó a las mujeres—. ¿Estáis de acuerdo con el plan? ¿Podéis preparar una maleta pequeña y dársela a Durell? Cuando digo pequeña quiero decir para un par de días. —Las mujeres volvieron a asentir. Cal se giró hacia Durell—. Suena genial, sobre todo porque las posibilidades de que lo necesitemos son prácticamente cero, pero más vale estar preparados.

Cal pensó que el motivo de aquello había sido el intento de suicidio de Veena, que nadie había previsto. Contempló a la joven, sorprendido por su aparente cambio de actitud. Aunque sabiendo los abusos que había sufrido en silencio, no pudo evitar preguntarse si era tan estable como él necesitaba que fuera.

—Me encargaré de contarles los detalles a Petra y Santana —dijo Durell mientras recogía los mapas.

Quedó en que más tarde se reuniría con las enfermeras para explicarles cómo se coordinarían en el improbable caso de tener que activar el plan de emergencia.

Cal asintió hacia Durell, pero su atención estaba centrada ya en Veena y Samira.

—Muy bien —dijo—, os toca a vosotras. ¿Cuál es ese posible problema?

Veena y Samira estallaron a la vez, se detuvieron, volvieron a empezar a hablar y entonces Samira indicó con un gesto que le cedía la palabra a Veena. Esta describió sus encuentros con Jennifer Hernández y con la gerente del caso Hernández.

Cal levantó una mano y gritó:

—¡Durell, a lo mejor tendrías que oír esto!

Este ya estaba al otro lado de la puerta, peleándose con los mapas para mantenerlos bien doblados. Dio media vuelta y regresó. Cal le resumió lo que habían explicado las chicas y pidió a Veena que continuara.

Esta explicó que Jennifer estaba impidiendo que el hospital se ocupara del cuerpo de su abuela y, lo más importante, estaba investigando la muerte de la señora Hernández. Comentó que la gerente había utilizado incluso las palabras «error» e «intencionado» para describir lo que Jennifer consideraba posibles causas del fallecimiento.

—Me temo que no cree que fuera una muerte natural —resumió Veena—. Y tú me dijiste que eso no podía ocurrir, que era imposible que alguien imaginara siquiera algo así. Pero justo eso es lo que cree Jennifer Hernández, y todo esto me da mala espina…

—Vale, vale —dijo Cal, alzando una mano para que Veena se calmara—. Te lo estás tomando a la tremenda. —Cal miró a Durell—. ¿Cómo es posible que esa tal Hernández piense lo que está pensando?

Durell movió la cabeza.

—Ni idea, pero más vale que lo averigüemos. ¿Podría haber algún fleco en la estrategia de la succinilcolina que no estemos teniendo en cuenta?

—No se me ocurre ninguno —respondió Cal—. El anestesiólogo fue muy claro. Me dijo que la víctima debía tener algún tipo de problema cardíaco en su historial; qué problema en concreto no importaba. Debía haberse sometido a una operación doce horas antes como mucho y había que suministrar la droga por una vía intravenosa que ya estuviera puesta. Eso fue todo, ¿verdad?

—Yo no recuerdo nada más —dijo Durell.

—Jennifer Hernández es estudiante de medicina —añadió Veena—. Sabe de estas cosas.

—Eso no debería importar —replicó Cal—. El procedimiento nos lo dio un anestesiólogo, y nos dijo que era infalible.

—Hernández ha conseguido que vengan a la India dos forenses —dijo Samira.

—Es verdad —asintió Veena—. Ella no es el único problema.

—Y a Veena le ha mencionado a mi paciente, Benfatti, lo que significa que sabía lo que había pasado —añadió Samira.

—La CNN emitió la noticia, así que podía saberlo cualquiera —dijo Cal—. Eso no tiene importancia.

—Pero ¿no te preocupa la llegada de esos médicos? —preguntó Veena—. Son patólogos forenses. Yo sí estoy preocupada.

—Los forenses me dan igual por dos razones: primera porque por lo que has dicho parece que el Queen Victoria no tiene ninguna intención de permitir una autopsia, y segunda porque aunque se hiciera y encontraran algún resto de succinilcolina, la atribuirían a la que inyectan a los pacientes como parte de la anestesia. Lo que me inquieta hasta cierto punto es que Hernández sospeche. ¿Qué es lo que la ha llevado a dudar?

—Quizá solo sea paranoia —dijo Durell—. Y el hecho de que haya habido dos muertes seguidas.

—Un argumento interesante —aceptó Cal—. Podría ser eso. Piénsalo. De golpe se entera de que su abuela ha muerto después de una operación y nada menos que en la India. Tiene que recorrer medio mundo para llegar hasta aquí. El hospital se pone pesado para que decida qué quiere que hagan con el cuerpo. Y entonces se produce otra muerte parecida. Es como para volver paranoico a cualquiera. Tal vez la única lección que podemos sacar de esto es que no deberíamos ocuparnos de dos pacientes seguidos en el mismo hospital.

—Pero el paciente de Samira era perfecto —dijo Durell en defensa de su novia—. Y ella estaba más que dispuesta a hacerlo. Esa iniciativa merece un reconocimiento.

—Sin duda, y eso hemos hecho. Lo hiciste de maravilla, Samira. Solo digo que de ahora en adelante no trabajemos en el mismo hospital dos noches seguidas. Debemos separarlas más. Al fin y al cabo, tenemos enfermeros en seis hospitales. No vale la pena correr riesgos innecesarios.

—Bueno, con el de esta noche no nos arriesgamos —dijo Durell.

—¿Esta noche hay otro? —preguntó Veena con reparo—. ¿No os parece que deberíamos parar durante unos días, una semana, o al menos hasta que Jennifer Hernández se marche?

—Es difícil parar con los buenos resultados que estamos teniendo —dijo Cal—. Anoche, en Estados Unidos, las tres cadenas siguieron los pasos de la CNN y emitieron noticias sobre el turismo médico en Asia apuntando que podría no ser tan seguro como se creía. Eso tiene mucho poder.

—Es verdad —coincidió Durell—. El mensaje está dando en el blanco y calando hondo. Según le ha dicho a Santana su contacto en la CNN, les están llegando informes de cancelaciones en el turismo médico. No se puede discutir con el éxito, como solía decir mi padre.

—¿En qué hospital será esta noche? —preguntó Veena, muy seria. No intentaba ocultar su oposición a un nuevo caso tan pronto, sobre todo porque ella había sido la que había iniciado el programa.

—El centro médico Aesculapian —dijo Cal—. Raj ha llamado hoy para decir que su paciente David Lucas, de cuarenta y tantos años, es un candidato perfecto. Esta mañana se ha sometido a cirugía abdominal para controlar la obesidad. Desde el punto de vista cardíaco, es inmejorable: hace tres años le pusieron un *stent*, por lo que se sabe que ha sufrido alguna afección obstructiva.

—Además, hemos simplificado el proceso —añadió Durell—. Hemos incorporado la excelente sugerencia de Samira acerca de la succinilcolina. Ahora contamos con nuestro propio suministro, así que no habrá que arriesgarse colándose en los quirófanos.

—Es verdad —dijo Cal—, nos ha llegado hoy. Ese tipo de propuestas son las que necesitamos para que este plan sea mejor y más seguro. Creo que deberíamos ofrecerles alguna bonificación para fomentar las ideas constructivas.

—Pues entonces Samira merece la bonificación —dijo Durell, dando a Samira un abrazo de enhorabuena.

—Y Veena —dijo Cal—, por poner la primera piedra.

Abrazó a Veena, y la forma y la firmeza del cuerpo que había bajo el uniforme de enfermera lo puso a cien al instante.

—¿Eso significa que no pensáis hacer nada con lo de Jennifer Hernández? —preguntó la joven. Se separó de Cal al instante. Le extrañaba que Cal y Durell no estuvieran tan preocupados como ella por el interés de Jennifer en investigar la muerte de su abuela—. Me he tomado la molestia de averiguar dónde se aloja porque pensé que os interesaría.

—¿Dónde se aloja?

—En el Amal Palace.

—¡Qué coincidencia! El mismo hotel donde estuvimos todos cuando os entrevistamos para Nurses International.

—Cal, estoy hablando en serio.

—Y yo también. Pero como miembro del equipo directivo de Nurses International, no puedo tener nada que ver con esa mujer. En cambio tú si que puedes, sin levantar sospechas. Si tanto te preocupa, ¿por qué no te inventas un motivo para hablar otra vez con ella y averiguar por qué sospecha? Seguro que acabarás pensando como Durell que la chica está paranoica, y te quedarás tranquila y nosotros también porque sabremos que no se nos está escapando nada.

—No puedo hacerlo —dijo Veena, moviendo la cabeza como si se estremeciera por un ataque de náuseas.

—¿Por qué?

—Solo pensar en ella me trae imágenes de los espasmos de la cara de su abuela mientras moría. Y lo peor de todo: oigo a la abuela darme las gracias otra vez.

—Pues entonces ni se te ocurra hablar con ella —dijo Cal con impaciencia—. Solo intentaba aconsejarte cómo lidiar con tu ansiedad.

—Quizá no debería hacer nada de nada —expuso Veena de repente.

—No exageres. Recuerda, Veena que ya no tienes que ocuparte de ningún otro paciente. Tú has acabado. Tu misión era poner la pelota en juego, eso es todo. Ahora tienes un papel secundario.

—Lo que quiero decir es que tal vez no deberíamos hacerlo ninguno.

—Esa decisión no te corresponde a ti —afirmó Cal—. Recuerda que tienes el deber *dhármico* de apoyar a los demás. Y no olvides que esta actividad te ha librado de tu padre y os va a llevar a ti y a tus colegas, incluida Samira aquí presente, a una libertad totalmente nueva en Estados Unidos.

Veena no se movió, luego asintió como si estuviera de acuerdo, dio media vuelta y abandonó la sala.

—¿Estará bien? —preguntó Durell, girando la cabeza hacia los demás después de contemplar la silenciosa salida de Veena.

—No pasa nada —dijo Samira—. Le costará un tiempo. Veena sufre más que nosotros. Su problema es que no ha vivido ni de lejos la experiencia occidentalizante por internet que hemos tenido los demás, por eso aún está mucho más empapada de la cultura india que nosotros. Si queréis un ejemplo, cuando por fin ha vuelto a dirigirme la palabra hoy después de su enfado por contaros ese secreto oscuro suyo, lo primero que ha hecho no ha sido alegrarse por haberse librado de su padre y poder alcanzar sus sueños, sino preocuparse por la vergüenza de su familia.

—Creo que empiezo a entenderlo —intervino Cal—. De todas formas, lo que me preocupa es el tema del suicidio. ¿Hay alguna posibilidad de que vuelva a intentarlo?

—¡No! ¡Ninguna en absoluto! Lo hizo porque creía que era su deber, por culpa de su religión y su familia. Pero tú la salvaste. Punto final. Su karma no era morir, aunque ella hubiera creído que sí. No volverá a intentarlo.

—Ya que eres su mejor amiga, déjame que te pregunte otra cosa —pidió Cal—. ¿Alguna vez habla de sexo?

Samira soltó una risotada.

—¿De sexo? ¿Estás de broma? No, nunca habla de sexo. Veena odia el sexo. Bueno, rectifico: sé que quiere tener niños algún día. Pero el sexo por el sexo, ni hablar. No como otros que conozco.

Samira guiñó un ojo a Durell, que rió por lo bajo con los labios detrás de un puño cerrado.

—Gracias —dijo Cal—. Tendría que habértelo preguntado hace semanas.

19

Nueva York, miércoles 17 de octubre de 2007, 6.15 h

Antes incluso de abrir los ojos, el doctor Jack Stapleton oyó un sonido extraño. Se trataba de un lejano rugido contenido, un sonido que le resultaba difícil de describir. Por un momento intentó cavilar qué podría estar provocándolo. Hacía solo dos años que Jack había hecho reformas en su casa de la calle 106 en Manhattan, la típica vivienda individual de ladrillo con escalera de entrada, por lo que decidió que podría ser el sonido de la casa asentándose en su nueva configuración y que le había pasado desapercibido hasta el momento. Pero, pensándolo mejor, era un ruido demasiado fuerte para que se tratara de eso. Intentó asociarlo con algo y de pronto pensó en una catarata.

Abrió los ojos. Pasó la mano por debajo de las mantas hacia el lado de su esposa y, al no topar con su figura durmiente, supo qué era aquel sonido: la ducha. Laurie ya estaba levantada, algo inaudito. Laurie era un ave nocturna empedernida, y a veces había que sacarla a rastras de la cama para que llegara a la OFCN, también conocida como la Oficina del Forense de la ciudad de Nueva York, a una hora razonable. A Jack, en cambio, le gustaba llegar temprano, antes que todo el mundo, para tener la posibilidad de seleccionar los casos interesantes.

Desconcertado, apartó las mantas y, desnudo, como le gustaba dormir, entró en el cuarto de baño, lleno de vapor. Laurie era prácticamente invisible dentro de la ducha. Jack dio un golpecito en la puerta.

—Buenas —dijo por encima del sonido del agua.

Con el pelo cubierto de espuma, Laurie apartó la cabeza del chorro de agua.

—Buenos días, dormilón —dijo ella—. Ya era hora de que te levantaras. Hoy va a ser un día movidito.

—¿De qué hablas?

—¡El viaje a la India! —dijo Laurie. Volvió a meter la cabeza en el torrente y se aclaró vigorosamente el pelo.

Jack saltó hacia atrás para evitar que le salpicara y dejó que se cerrara la puerta de la ducha. De repente lo recordó todo. Cuando se despertó le vinieron a la cabeza algunos jirones de una conversación en plena noche, pero pensó que había sido una pesadilla.

No había visto a Laurie tan decidida desde que se alió con su madre para preparar la boda. Cuando Laurie salió de la ducha, Jack se enteró de que se había quedado despierta y había organizado el viaje y el alojamiento; solo faltaba el permiso de Calvin para que los dos se tomaran una semana libre. Saldrían aquella misma tarde, cambiarían de avión en París y llegarían a Nueva Delhi la noche siguiente, bastante tarde. En cuanto al alojamiento, tenían una reserva en el mismo hotel donde se hospedaba Jennifer.

A las siete de la mañana Jack estaba ya posando con la mirada fija ante una cámara digital en la tienda de la avenida Columbus. El flash le sobresaltó. Pocos minutos después Laurie y él volvían a estar en la calle.

—¡Déjame ver tu foto! —dijo Laurie, y al verla soltó una risita. Jack, picado por su risa, se la quitó de las manos—. ¿Quieres ver la mía? —preguntó Laurie, y se la pasó antes de que pudiera responder.

Tal como imaginaba, la foto de Laurie era mejor que la suya: el flash había realzado las mechas color caoba de su pelo castaño, como si el dependiente fuera un fotógrafo profesional. Lo más diferente eran los ojos. Los de Jack eran de color marrón claro, tan hundidos que parecía que tuviera resaca, mientras que los de Laurie eran azul verdoso, brillantes, chispeantes.

Cuando llegaron a la OFCN a las siete y media, Laurie pensó que el ambiente que reinaba en la oficina era prometedor. Supuso que en un día especialmente ajetreado a Calvin le costaría más decidirse a prescindir de ellos durante una semana. Pero al menos de momento no había mucho trabajo. Cuando entraron en la oficina de identificación, donde empezaba la jornada para todos los forenses, encontraron al doctor Paul Plodget, encargado de examinar los casos que habían llegado durante la noche, sentado ante la mesa y leyendo el *The New York Times*. Delante de él había un montón inusualmente pequeño de carpetas que ya había examinado. Sentado a su lado, en uno de los sillones de vinilo marrón, estaba Vinnie Amendola, un técnico del depósito cuyo trabajo consistía en llegar pronto para ayudar en el reemplazo de los técnicos del turno de noche. También se encargaba de preparar café para todos. En aquel momento estaba leyendo el *New York Post*.

—¿Va a ser un día flojo? —preguntó Laurie para asegurarse.

—De los más flojos que he visto —dijo Paul sin apartar la vista del periódico.

—¿Algún caso interesante? —quiso saber Jack mientras echaba un vistazo a las carpetas.

—Depende de quién lo pregunte —respondió Paul—. Tenemos un suicidio que va a ser un problema. Seguramente os habéis cruzado con los padres. Hace un momento estaban en la sala de identificación. Una familia judía muy bien relacionada. En pocas palabras, se niegan a que le hagamos la autopsia y no hay forma de que se bajen del burro.

Paul miró por encima del periódico para asegurarse de que Jack le había oído.

—¿Y realmente es necesaria? —preguntó Jack. Según la ley, había que practicar la autopsia en todos los casos de suicidio, pero la OFCN intentaba respetar la sensibilidad de las familias, sobre todo cuando la religión estaba de por medio.

Paul se encogió de hombros.

—Yo diría que sí. Habrá que ser diplomáticos.

—Entonces el doctor Stapleton queda descartado —comentó Vinnie.

Jack golpeó con los dedos el periódico de Vinnie y el hombre pegó un bote.

—Con esa recomendación —le dijo Jack a Paul—, ¿te importa si me quedo el caso?

—Tú mismo —dijo Paul.

—¿Calvin ya ha llegado? —preguntó Laurie.

Paul bajó el periódico y miró a Laurie con una expresión interrogante que significaba: «¿Te has vuelto loca?».

—Jack y yo seguramente tendremos que tomarnos un permiso imprevisto a partir de la tarde de hoy —dijo Laurie a Paul—. Si no es problema, que me parece que no lo será, me gustaría hacer el papeleo esta mañana y cerrar todos los casos que pueda.

—No veo qué problema puede haber —coincidió Paul.

—Voy a hablar con los padres —dijo Jack levantando la carpeta del caso.

Laurie le agarró del brazo.

—Yo voy a esperar a Calvin. Quiero que me diga que sí o que no cuanto antes. Si es que sí, bajaré un momento al foso antes de ir a buscar los visados.

—Vale —dijo Jack, pero sin duda estaba ya centrado en el caso que tenía entre manos.

Laurie fue a recepción, le pidió a Marlene que la avisara cuando llegara Calvin y tomó el ascensor hasta su despacho en el quinto piso. Tras sentarse, se sumergió en el montón de casos que tenía pendientes. Pero no llegó muy lejos. Veintidós minutos más tarde Marlene le informó de que Calvin acababa de cruzar la puerta de entrada, mucho más pronto que de costumbre.

El despacho del subdirector de la Oficina del Forense estaba situado junto al del director, mucho más amplio, cerca de la entrada principal del edificio. Aún no eran las ocho y los secretarios no habían llegado, por lo que Laurie tuvo que anunciarse ella misma.

—¡Pasa! —dijo Calvin cuando vio a Laurie en la puerta—. Lo que quieras decirme, que sea rápido. Me esperan en el ayuntamiento.

Calvin era un afroamericano enorme que podría haber competido en la liga de fútbol americano de no haberle interesado tanto estudiar medicina cuando acabó el instituto. Su capacidad para intimidar, combinada con su temperamento irascible y su carácter perfeccionista lo convertían en un administrador muy eficiente. Aunque la OFCN fuera un organismo municipal, las cosas se hacían y se hacían bien bajo las órdenes de Calvin Washington, doctor en medicina.

—Lamento molestarte tan temprano —empezó Laurie—, pero me temo que Jack y yo tenemos una especie de emergencia.

—Oh, oh —canturreó Calvin mientras recogía el material que debía llevarse al despacho del alcalde—. ¿Por qué me huelo que voy a tener que apañarme sin mis dos patólogos más productivos? Vale, dame la versión resumida del problema.

Laurie carraspeó.

—¿Te acuerdas de aquella chica a la que traje aquí hace catorce años, Jennifer Hernández?

—¿Cómo iba a olvidarla? Yo estaba totalmente en contra y, no sé cómo, me convenciste. Luego resultó ser una de las mejores cosas que ha hecho jamás esta oficina. ¿Ya han pasado catorce años? ¡Dios mío!

—Catorce, sí. De hecho, en primavera se licenciará en la facultad de medicina de la Universidad de California.

—Eso es genial. La chica era adorable.

—Te manda recuerdos.

—Dáselos también de mi parte —dijo Calvin—. Laurie, ve al grano. Tendría que haber salido por esa puerta hace cinco minutos.

Laurie le contó la historia de la muerte de María Hernández

y las dificultades a las que estaba enfrentándose Jennifer para encargarse del cuerpo de su abuela. También explicó a Calvin que María había sido una madre tanto para Jennifer como para ella, desde la infancia hasta el principio de la adolescencia, y terminó diciéndole que Jack y ella deseaban viajar a la India y que para eso necesitaban tener una semana libre.

—Te acompaño en el sentimiento —respondió Calvin—. Comprendo perfectamente que quieras estar con ella, pero no entiendo por qué tiene que ir Jack. Prescindir de vosotros dos al mismo tiempo pone a la oficina en un brete, a no ser que lo sepamos con bastante anticipación.

—En realidad, la razón por la que Jack debería acompañarme no tiene nada que ver con la muerte de María —explicó Laurie—. Estamos siguiendo un tratamiento contra la infertilidad desde hace ocho meses. He estado inyectándome una buena cantidad de hormonas, dentro de unos días he de ponerme la inyección para liberar los folículos, y entonces...

—¡Vale, vale! —exclamó Calvin—. Ya lo pillo. ¡Bien! Tomaos esa semana. Ya nos las arreglaremos.

Calvin cogió su maletín.

—Gracias, doctor Washington —dijo Laurie, sintiendo una punzada de emoción. El viaje se había hecho realidad. Ambos abandonaron el despacho.

—Llamadme cuando sepáis que vais a volver al trabajo —gritó Calvin por encima de su hombro mientras se dirigía a la puerta principal.

—¡Claro! —respondió Laurie mientras se encaminaba hacia los ascensores.

—Una cosa más —dijo Calvin aguantando la puerta con el trasero—. Tráeme un recuerdo y quédate embarazada.

Dicho esto, salió y la puerta se cerró.

Una nube barrió la alegría emocionada de Laurie como una repentina tormenta de verano. La enfureció el último comentario de Calvin. Se volvió hacia el ascensor y dejó escapar una ráfaga de improperios. Bastante agobio y presión le estaban causando sus intentos de quedarse embarazada para que aún la agobiaran más. El hecho de que Calvin se hubiera permitido hacer ese comentario le olía a discriminación sexual. Al fin y al cabo, a Jack no se lo habría hecho.

Ya en el ascensor, dio un puñetazo al botón del quinto piso. Le costaba creer que los hombres pudieran ser tan insensibles. No había excusa.

Entonces, casi tan rápido como había llegado, la rabia se disipó. Supo al instante que las responsables de aquello eran las hormonas, como con Jack la noche anterior y con la anciana en el supermercado. Lo que más la sorprendía y la avergonzaba era la rapidez con que tenían lugar aquellos episodios. No le dejaban tiempo para que razonara.

De vuelta en su despacho, y sintiéndose más al mando de sus emociones, Laurie llamó a su amiga Shirley Schoener. Sabía que era buen momento porque de ocho a nueve contestaba a las llamadas y los correos electrónicos de sus pacientes. Respondió de inmediato.

Laurie sabía que otros pacientes estarían llamando en ese momento, así que fue directamente al grano, le explicó que ella y Jack salían hacia la India aquella tarde y la razón del viaje.

—Qué envidia —respondió Shirley—. Aquello os parecerá muy... interesante.

—Así es como la gente describe las cosas que no les gustan cuando saben que deben ser diplomáticos —comentó Laurie.

—Lo que pasa es que es difícil explicar lo que la India provoca en cada uno —dijo Shirley—. Ese país despierta emociones de lo más variadas; las descripciones simples y genéricas son absurdas. ¡Pero a mí me encantó!

—En realidad no nos dará tiempo de ver la India —dijo Laurie—. Me temo que será entrar y salir.

—No importa. En la India hay tantas contradicciones por todas partes que sentiréis lo que os estoy diciendo independientemente del tiempo que estéis y la ciudad a la que vayáis: Delhi, Bombay o Calcuta. Es todo tan complejo... Yo estuve hace un año para un congreso de medicina y desde entonces no soy la misma. Allí, la belleza sublime y la fealdad urbana conviven entremezcladas. Hay una riqueza increíble y la pobreza más desgarradora que puedas imaginar. Créeme, te vas a quedar con la boca abierta. Es imposible que no te afecte.

—Bueno, claro, tendremos los ojos bien abiertos, pero vamos allí por la muerte de María Hernández. Y además tendré que ocuparme de mi ciclo.

—Madre mía —exclamó Shirley—. Estaba tan entusiasmada con la India que me había olvidado de eso. Este ciclo me da muy buena espina. Si te vas, no me llevaré ningún mérito cuando te quedes embarazada, que es lo que creo que sucederá.

—Lo que me faltaba, que tú también me presionaras —dijo Laurie con una risita.

Le contó a Shirley cómo había reaccionado ante el inocente comentario de Calvin.

—¡Y tú que dudabas de que las hormonas te causaran problemas! —rió Shirley.

—No me lo recuerdes. Pero de verdad que no esperaba esto. Para mí, el síndrome premenstrual nunca ha sido el incordio que es para algunas mujeres que conozco.

—Pues tendrá que verte alguien en Nueva Delhi el primer día entero que pases allí. No quiero que te arriesgues lo más mínimo a la hiperestimulación.

—Por eso te he llamado. ¿Conoces a alguien en Nueva Delhi a quien puedas recomendarme?

—A mucha gente —respondió Shirley—. Después de aquel congreso he mantenido el contacto con algunos médicos. La medicina india está bastante avanzada, más de lo que cree casi todo el mundo. Como mínimo conozco a media docena de médicos que te recomendaría sin ninguna duda. ¿Tienes alguna preferencia, como que sea hombre o mujer, o alguna zona en particular de la ciudad?

—Lo que me vendría bien es que me recomendaras a alguien del hospital Queen Victoria —contestó Laurie—. Podría sernos de ayuda conocer a alguien del personal cuando tratemos con la administración del centro.

—Desde luego. ¿Sabes? Voy a hacer algunas llamadas ahora mismo. En Delhi son más o menos las seis de la tarde, la hora perfecta. Podría hacerlo por e-mail, pero hablar por teléfono directamente será mejor, y no veo que tenga ninguna llamada esperando.

—Gracias, Shirley —dijo Laurie—. Está claro que te deberé una después de todo esto, pero no sé cómo voy a compensarte. Dudo mucho que necesites mis servicios profesionales.

—No bromees con eso —repuso Shirley—. Soy demasiado supersticiosa.

Después de colgar, Laurie miró el reloj. La oficina de los visados para la India no abría hasta las nueve; tenía tiempo. Lo primero que hizo fue llamar a la aerolínea y utilizar su tarjeta de crédito para pagar los billetes que había reservado. A continuación llamó a Jennifer. El teléfono sonó cuatro o cinco veces, y cuando Laurie esperaba oír el contestador automático fue la joven la que respondió; parecía estar sin aliento.

Laurie le preguntó si llamaba en mal momento y le dijo que no le costaba nada volver a llamar más tarde.

—No, está bien —dijo Jennifer, respirando con fuerza—. Estoy cenando en un restaurante chino muy lujoso del hotel, y cuando ha sonado el teléfono he salido corriendo al vestíbulo para contestar. Adivina con quién estoy cenando.

—Ni idea.

—Con la señora Benfatti. La esposa del hombre que murió anoche en el Queen Victoria.

—Vaya coincidencia.

—En realidad no. La localicé y fuimos a comer juntas. Tengo que decirte que hay muchas coincidencias extrañas entre la muerte de su marido y la de la abuela.

—¿En serio? —Laurie se preguntó si las coincidencias eran reales o imaginarias.

—Un momento, caramba, que yo me enrollo y eres tú la que ha llamado. Dime que venís a la India, por favor...

—Vamos a la India —anunció Laurie con voz emocionada.

—¡Genial! —exclamó Jennifer—. No sabes lo contenta que estoy. Dile al doctor Washington que muchísimas, muchísimas gracias.

—Te manda recuerdos —dijo Laurie—. ¿Ha habido algún cambio importante por allí?

—En realidad no. Siguen insistiendo para que les dé luz verde. Ya les he dicho que veníais vosotros y que iríamos al hospital el viernes por la mañana.

—¿Les has comentado que somos patólogos forenses?

—Ya lo creo. Con toda claridad.

—¿Y su reacción?

—Otro discurso sobre la imposibilidad de hacer una autopsia. Se muestran inflexibles.

—Ya veremos —comentó Laurie.

—He hablado con la enfermera que cuidó a la yaya. Es una belleza, tiene un cuerpazo increíble.

—Viniendo de ti, eso es un cumplido enorme.

—Yo no juego en la misma división. Es el tipo de mujer que seguramente come de todo y está estupenda. Además, parece maja de verdad. Al principio se comportó de una manera un poco rara.

—¿Rara?

—Parecía tímida o incómoda, no sé. Al final resultó que le daba miedo que estuviera enfadada con ella.

—¿Por qué ibas a estar enfadada?

—Eso mismo le he preguntado yo. ¿Sabes qué era? Pues que la yaya ha sido la primera paciente que se le ha muerto desde que se tituló en la escuela de enfermería. ¿No es conmovedor?

—¿Te contó algo acerca de tu abuela? —preguntó Laurie. No hizo ningún comentario sobre la pregunta retórica de Jennifer. No veía la relación entre que María fuese la primera muerte de la enfermera y que le preocupara que Jennifer pudiera cabrearse con ella. Se dijo que en aquello debía de haber algo cultural.

—En realidad, no —contestó Jennifer, pero enseguida se corrigió—: Bueno, sí, me dijo que la yaya presentaba cianosis cuando la encontraron.

—¿Auténtica cianosis? —preguntó Laurie.

—Eso dijo, y se lo pregunté directamente. Pero ella hablaba de oídas. La abuela murió durante el turno de la tarde, y ella trabaja en el de la mañana. Se enteró por el enfermero que encontró a la abuela cuando ya estaba muerta.

—Quizá sea mejor que no juegues a los detectives en el hospital —apuntó Laurie—. No vaya a ser que se pongan nerviosos.

—Supongo que tienes razón —coincidió Jennifer—, sobre todo ahora que vais a venir. ¿Me dices los detalles de vuestro vuelo?

Laurie le dictó el número de vuelo y la hora prevista de llegada.

—Y no hace falta que vayas al aeropuerto como dijiste —añadió Laurie—. Cogeremos un taxi y punto.

—Es que quiero ir. Me llevaré un coche del hotel. No te preocupes, tengo los gastos pagados.

En esas circunstancias, Laurie se mostró de acuerdo.

—Bueno, será mejor que te deje volver a la cena con tu acompañante.

—Por cierto, le he dicho a la señora Benfatti que echaríais un vistazo al caso de su marido. Espero que no os importe. Ya te he dicho que se parecen mucho.

—Primero veremos las semejanzas y después decidiremos —sentenció Laurie.

—Una cosa más —dijo Jennifer—. Esta tarde he ido a la embajada de Estados Unidos y he hablado con un agente consular muy agradable.

—¿Te has enterado de algo?

—Resulta que la gerente médica del Queen Victoria me dijo la verdad acerca de la repatriación de cadáveres a Estados Unidos. Hay muchísima burocracia y es caro. Así que me inclino por la incineración.

—Hablaremos de eso cuando llegue —atajó Laurie—. Ahora vuelve a tu mesa.

—¡A la orden, mi general! —exclamó Jennifer con alegría—. Nos vemos mañana por la noche.

Laurie colgó. Se quedó un momento con la mano encima del receptor, pensando en el infarto y la cianosis generalizada. Cuando el corazón falla, la acción de bombeo se detiene y no se produce cianosis generalizada. La cianosis suele deberse al fallo de los pulmones mientras el corazón sigue bombeando.

El teléfono sonó con potencia bajo su mano y Laurie dio un brinco. Con el pulso acelerado, recuperó el receptor y dijo un «hola» apresurado.

—Querría hablar con la doctora Laurie Montgomery —dijo una voz agradable.

—Sí, soy yo —respondió Laurie con curiosidad.

—Soy el doctor Arun Ram. Acabo de hablar con la doctora Shirley Schoener. Me ha dicho que usted visitará Nueva Delhi en breve y que está en pleno ciclo de fertilización con hormonas. Dice que debemos realizar el seguimiento del tamaño de los folículos y controlar el nivel de estradiol en sangre.

—Es cierto. Le agradezco mucho su llamada. Creí que la doctora Schoener se pondría en contacto conmigo y me pasaría los números de teléfono para que fuera yo quien hiciera las llamadas.

—No tiene importancia. Se lo he propuesto yo, ya que la doctora Schoener me ha dicho que acababa de hablar con usted. Quería hacerle saber que sería un honor poder ayudarla. La doctora Schoener me ha dicho algunas cosas de usted y estoy muy impresionado. En mis primeros años de carrera, hubo una época en que aspiraba a convertirme en patólogo forense inducido por algunos programas estadounidenses que había visto en la televisión. Por desgracia luego me desencanté. Las instalaciones de este país son pésimas por culpa de nuestra infame burocracia.

—Eso es una lástima. Esta especialidad necesita contar con buenos profesionales, y a la India le vendría bien mejorar las instalaciones y el campo de especialización.

—La doctora Schoener llamó en primer lugar a una de mis

colegas, la doctora Daya Mishra, por si usted prefería que la atendiera una mujer. Pero me ha dicho que lo que le interesaba era alguien que contara con privilegios de admisión en el hospital Queen Victoria, y la doctora Mishra le ha recomendado que se pusiera en contacto conmigo.

—Si pudiera atenderme usted, se lo agradecería muchísimo. Mi marido y yo tenemos otro asunto en el hospital Queen Victoria, así que eso sería de lo más conveniente.

—¿Cuándo llegarán?

—Saldremos esta tarde de Nueva York y se supone que llegaremos a Delhi el jueves por la noche, el 19 de octubre, a las once menos diez de la noche.

—¿Dónde está ahora mismo dentro del ciclo de fertilización?

—Séptimo día. Pero lo importante es que el lunes la doctora Schoener estimó que en cinco días sería el momento de ponerme la inyección desencadenante.

—Entonces, la última vez que la vieron fue el lunes, y todo iba bien.

—Exacto.

—Pues creo que debería verla el viernes por la mañana. ¿A qué hora prefiere? Los viernes los dedico a la investigación y tengo la agenda despejada.

—No sé —dijo Laurie—, ¿qué le parece a las ocho de la mañana?

—A las ocho entonces —confirmó el doctor Arun Ram.

Tras despedirse del doctor Ram, Laurie llamó a Shirley y le agradeció la recomendación.

—Te caerá bien, ya verás —auguró Shirley—. Es muy inteligente, tiene un gran sentido del humor y buenas estadísticas.

—¿Qué más se puede pedir? —comentó Laurie antes de colgar.

Hechas todas las llamadas, Laurie miró su reloj. Era hora de acercarse a la empresa en la que la India había externalizado la emisión de visados. Sacó su pasaporte y el de Jack del maletín y los juntó con las fotos que se habían hecho aquella mañana.

Con los pasaportes y las fotos en el bolso, junto al teléfono móvil, Laurie salió de su despacho y se dirigió a los ascensores. Vio que se abría una puerta delante de ella y avivó el paso para llegar a tiempo. Casi se dio de bruces con su compañera de despacho, la doctora Riva Mehta, que salía del ascensor. Ambas se disculparon. Laurie se rió.

—Vaya, sí que estás de buen humor —comentó Riva.

—La verdad es que sí —respondió Laurie con alegría.

—No me digas que estás embarazada… —insinuó Riva.

Ella y Laurie no solo eran compañeras de despacho; también se hacían confidencias. Aparte de Shirley, Riva era la única persona con la que Laurie compartía el estrés causado por el tratamiento contra la infertilidad.

—Ojalá —dijo Laurie—. No, Jack y yo nos vamos a la India; un viaje imprevisto.

Laurie se interpuso entre la puerta del ascensor, que insistía en cerrarse.

—Eso es genial —dijo Riva—. ¿Adónde vais exactamente?

Riva había emigrado a Estados Unidos con sus padres cuando tenía once años.

—A Nueva Delhi —contestó Laurie—. De hecho, ahora mismo voy a buscar los visados. Supongo que estaré de vuelta dentro de media hora. Me encantaría que habláramos del tema, a lo mejor puedes darme algún consejillo.

—Encantada —dijo Riva.

Laurie entró en el ascensor y permitió que la pertinaz puerta se cerrara por fin. Mientras bajaba recordó el comentario de Riva sobre su estado de ánimo y admitió que tenía razón, una impresión que se veía reforzada por lo desanimada que había estado durante los últimos dos o tres meses. Deseó vagamente que la tensión del tratamiento no estuviera volviéndola bipolar.

Cuando el ascensor llegó al sótano, salió y avanzó con prisa hacia la sala de autopsias. Sabía que solo estaría allí un momento, por lo que se limitó a ponerse la bata y el gorro antes de empujar las puertas dobles. A pesar de que ya eran las nueve menos cuarto, Jack y Vinnie eran el único equipo que estaba trabajando. Otros técnicos del depósito estaban preparando casos y sacando cadáveres, pero los médicos asociados aún no habían aparecido. Jack y Vinnie llevaban bastante trabajo adelantado. El cuerpo en el que estaban ocupados tenía suturada la gran incisión en Y que le recorría el pecho y el abdomen. En aquel momento, habían abierto la parte superior del cráneo y estaban trabajando en el cerebro.

—¿Qué tal va? —preguntó Laurie, acercándose a Jack.

—Aquí, pasándolo pipa, como de costumbre —respondió Jack, enderezando la espalda y estirándose.

—¿Típico suicidio con arma de fuego? —quiso saber Laurie.

Jack soltó una risa corta.

—Difícilmente. Llegados a este punto, está bastante claro que fue un homicidio.

—¿Sí? —preguntó Laurie—. ¿Por qué?

Jack agarró el cuero cabelludo del cadáver, que estaba invertido, y tiró de él para que dejara de cubrir la cara y regresara a su posición original. En un lado de la cara, por encima de la oreja y en el centro de una zona afeitada, había una herida de color rojo oscuro, circular y con el borde muy definido. La rodeaban unas manchas negras de entre cinco y ocho centímetros.

—¡Madre mía! —exclamó Laurie—. Tienes razón: no es un suicidio.

—Y no acaba ahí la cosa —dijo Jack—. La trayectoria de la bala está muy inclinada hacia abajo, hasta tal punto que acabó en los tejidos subcutáneos del cuello.

—¿Cómo podéis ver tantas cosas aquí, tíos? —exclamó Vinnie.

—Es fácil —respondió Laurie—. Cuando alguien se pega un tiro, lo normal es que apoye el cañón contra la piel. Y entonces los gases de la detonación entran junto con la bala. La herida que se produce es irregular y estrellada, porque la piel se separa del cráneo y se desgarra.

—¿Y ves estas salpicaduras? —intervino Jack, señalando con

el mango de un bisturí el anillo de manchas negras que rodeaba la herida—. Eso son residuos de pólvora. Si fuera un suicidio, todo eso estaría dentro de la herida. —Jack se volvió hacia Laurie y le preguntó—: ¿A qué distancia crees que estaba el cañón cuando se disparó el arma?

Laurie se encogió de hombros.

—Entre cuarenta y cincuenta centímetros.

—Eso mismo pienso yo —coincidió Jack—. Y creo que nuestra víctima estaba tumbada cuando ocurrió.

—Mejor que se lo cuentes al jefe cuanto antes —aconsejó Laurie—. Éste es el tipo de caso con residuos políticos radiactivos.

—Eso iba a hacer —dijo Jack—. Es increíble la cantidad de casos que vemos en los que la causa de la muerte es distinta tras la autopsia a la que creíamos en un principio.

—Por eso es tan importante nuestro trabajo —determinó Laurie.

—¡Oye! —exclamó Jack—. ¿Has hablado con Calvin?

—¡Ah, sí! —dijo Laurie, recordando su misión—. Por eso he venido. Voy a Travisa para que nos hagan los visados. Calvin nos ha dado luz verde para una semana.

—Maldita sea —exclamó Jack, pero se rió antes de que Laurie tuviera tiempo de mosquearse.

20

Nueva Delhi, miércoles 17 de octubre de 2007, 19.40 h

Desde el hueco de la escalera, Raj Khatwani abrió la puerta una rendija y escudriñó el pequeño ángulo visible en el pasillo de la tercera planta del centro médico Aesculapian. En su línea de visión no había nadie, pero oyó que un carrito con medicamentos se acercaba con su característico tintineo de cristal contra cristal. Dejó que se cerrara la puerta, cuyo grosor, a prueba de incendios, no le impidió escuchar el carro pasando por el otro lado.

Apoyó la espalda contra la pared de hormigón e intentó controlar la respiración. Estaba bajo una tensión tal que no le fue fácil. El sudor le perlaba la zona superior de la frente. Solo pensaba en el respeto que ahora sentía hacia Veena y Samira. Había llegado el momento de poner a dormir a su primer paciente y se daba cuenta de que aquello era mucho más estresante de lo que había imaginado, sobre todo porque Samira había dicho que era pan comido. «Pan comido», refunfuñó para sí.

Cuando pasó un tiempo prudencial, volvió a abrir la puerta. No vio a nadie, no oyó ningún ruido; la abrió un poco más, asomó la cabeza lentamente y miró a ambos lados del pasillo. En el mostrador central, a bastante distancia pasillo abajo, vio a dos enfermeros hablando con un paciente. Estaban tan lejos que apenas podía oírles. En la dirección opuesta solo había tres habitaciones en cada lado del pasillo y, al final, una galería acristalada. En aquella planta había una galería a ambos lados del largo pasillo, cada una de ellas llena de plantas y sillas para los pacientes que podían usarlas.

Raj recordó los consejos de Samira: «Que no te vean, pero si te ven, actúa con normalidad. Deja que tu traje de enfermero sea el que hable». «¡Que no me vean!», se burló él en silencio. Para un hombre corpulento, de más de noventa kilos, era especialmente difícil pasar desapercibido, y más en una planta de hospital llena de enfermeros y celadores yendo de aquí para allá para cumplir cualquiera de sus muchas tareas.

Aquella misma tarde, antes de salir hacia el centro médico Aesculapian, Raj había ido a la habitación de Veena y Samira para pedirles consejo. En realidad no consideraba que necesitara ayuda, lo hizo más que nada por respeto hacia sus colegas femeninas; ahora que estaba allí, se alegraba de haberlo hecho. Samira había terminado admitiendo que se puso nerviosa; era bueno saberlo, sobre todo porque sin duda él estaba muy nervioso. Veena, sin embargo, no había abierto la boca.

De los doce enfermeros de Nurses International, Raj, el único varón, era el contrapunto de las once chicas, atractivas y muy femeninas. Tenía la piel inmaculada y morena, el pelo oscuro y muy corto, unos ojos negros y penetrantes y un bigote finísimo bajo una nariz levemente ganchuda. Pero su rasgo físico más característico era precisamente su físico: hombros anchos, cintura estrecha y músculos abultados. Todo en él revelaba al fervoroso culturista y cinturón negro en artes marciales que era. Sin embargo, pese a su apariencia, no era un hombre típicamente masculino; tampoco era femenino, o al menos conscientemente. No era gay. Se veía a sí mismo como Raj, y punto. El culturismo y las artes marciales, que tan lejos parecían de su carácter, fueron idea de su padre, que reconoció pronto las inclinaciones sociales de Raj y quiso dotarle de cierta protección ante una sociedad cruel. Cuando Raj se hizo mayor, le gustaba levantar pesas porque sus músculos llamaban la atención de sus amistades, femeninas en su mayoría, y le gustaban las artes marciales porque le parecían más una danza que un deporte agresivo.

De repente, Raj oyó unos pasos enérgicos contra el hormigón. Comprendió, horrorizado, que alguien bajaba por la escalera que tenía detrás. Supo por la proximidad del sonido que estaba a punto de llegar al descansillo entre el tercer y el cuarto piso, giraría y en ese momento vería a Raj con toda claridad. Sabía que, si no quería que lo vieran, solo tenía dos opciones: bajar corriendo la escalera, quizá hasta el sótano, o salir a la tercera planta y arriesgarse a que lo descubrieran.

Los pasos descendían con rapidez. Raj debía decidirse. Estaba aterrorizado. Oyó un sonido más hueco cuando quien fuera llegó al descansillo. Empujado por el pánico, Raj abrió la puerta de la tercera planta, pasó al otro lado y la cerró con un golpe de cadera. Sin ser consciente de que había estado conteniendo la respiración, se permitió respirar mientras lanzaba miradas rápidas a los dos lados del pasillo. En ese momento, en la escalera, detrás de él, los pasos sonaban amortiguados; bajaban hacia el rellano de la tercera planta. Temiendo que quienquiera que fuese decidiera salir en el tercer piso, se alejó de la puerta y se encaminó hacia la habitación de su paciente. Le habían obligado a pasar a la acción. Había sido como si estuviera en el borde de una piscina teniendo miedo al agua y que alguien lo hubiera tirado de un empujón. No volvió la mirada hasta que llegó a la puerta de David Lucas. Por delante de él, dos enfermeras salieron de la siguiente habitación enfrascadas en una conversación sobre los cuidados de algún paciente. Afortunadamente se giraron enseguida hacia el mostrador central. De haber mirado en dirección contraria, se habrían encontrado cara a cara con Raj, a solo tres metros de distancia, y él habría tenido que dar demasiadas explicaciones.

Tuvo la suerte de poder colarse en la habitación sin ser visto, pero se detuvo justo al otro lado de la puerta. Oyó una conversación en susurros. ¡David Lucas no estaba solo!

Indeciso entre quedarse o huir, Raj fue incapaz de moverse.

Un segundo más tarde le embargó una oleada de alivio. No era una visita: era la televisión. Sintiendo una confianza renovada, se adentró en la habitación, rodeó la pared del cuarto de baño y vio al obeso paciente semisentado en la cama. Dormía. De un agujero de la nariz le salía una sonda nasogástrica conectada a una bomba de succión. En la bolsa colectora había algo así como medio vaso de un fluido amarillo y sanguinolento. El monitor que había en la pared del fondo registraba un ritmo cardíaco regular. La escena era idéntica a la que él había visto durante su turno, poco después de las tres de la tarde.

Raj metió la mano en sus blancos pantalones de enfermero y sacó la jeringuilla que había preparado en el bungalow. A diferencia de Veena y Samira, él no había tenido que colarse en el quirófano para conseguir la succinilcolina, y eso le alegraba. Sabía que se lo debía a Samira, y ya se lo había agradecido.

Comprobó que la jeringuilla no hubiera perdido líquido, lo cual no era imposible porque había sobrepasado los diez centímetros cúbicos de su capacidad. Estaba listo para seguir adelante. Había puesto más succinilcolina de la necesaria a propósito; lo último que quería era quedarse corto.

Regresó a la puerta y echó un vistazo a ambos lados del pasillo. Una enfermera avanzaba en su dirección, pero se metió en una habitación y desapareció. Tuvo la sensación de que no vería una oportunidad mejor, así que regresó a la cama. Cogió la vía intravenosa con cuidado, para no tirar de ella, quitó el capuchón de la jeringuilla con los dientes e introdujo la aguja en el punto de inyección. No había necesidad de entretenerse con la técnica aséptica.

En ese punto, Raj hizo otra pausa para comprobar si le llegaba algún ruido del pasillo por encima del volumen del televisor. No oyó nada, así que con las dos manos descargó toda la jeringuilla hacia el interior de la vía intravenosa. Como no tapono la parte superior de la vía, lo primero que vio fue lo rápido que subía el nivel de fluido en la cámara de goteo. Pero ese efecto quedó eclipsado por la reacción del paciente. Como Samira le había advertido, los músculos faciales de David Lucas sufrieron un espasmo instantáneo y sus ojos se abrieron de golpe. Empezó a gritar y en sus extremidades se inició una serie de sacudidas miotónicas.

Raj, atónito ante lo que estaba viendo, dio un paso atrás. Aunque le habían prevenido, la reacción había sido más rápida y desconcertante de lo que esperaba. En el segundo siguiente vio que el paciente intentaba incorporarse pero volvía a caer de inmediato, como un objeto flácido e inerte. Sintiendo repugnancia, se giró y emprendió la huida. El problema fue que no llegó demasiado lejos. Al tirar de la puerta que daba al pasillo, chocó literalmente con una figura de bata blanca que acababa de alzar la mano para empujarla pero no pudo hacerlo porque gracias a Raj ya no estaba allí.

Este se abrazó al hombre para evitar derribarlo mientras su inercia los arrastró hasta el centro del pasillo.

—Lo siento —balbució el turbado enfermero.

El choque le había cogido totalmente por sorpresa y, para empeorar las cosas, conocía al otro hombre. Era el doctor Nirav Krishna, el cirujano de David Lucas, que estaba haciendo una ronda tardía antes de irse a casa.

—Por Dios —dijo bruscamente el doctor Krishna—. ¿A qué viene tanta prisa?

En aquel instante de pánico absoluto Raj intentó hallar algo que decir. Se dio cuenta de que no tenía salida y dijo la verdad:

—Es una emergencia. El señor Lucas tiene una emergencia.

Sin decir nada, el doctor Krishna apartó a Raj y entró en la habitación a la carrera. Al llegar a la cama observó la incipiente cianosis de David Lucas. Miró de reojo el monitor y vio que el corazón latía con relativa normalidad, solo después se dio cuenta de que el paciente no respiraba. No vio ninguna contracción porque ya habían cesado.

—¡Traiga el carro de emergencias! —gritó el doctor Krishna.

Extrajo la sonda nasogástrica de un tirón y la lanzó a un lado. Agarró el mando de control de la cama y bajó el respaldo del señor Lucas. Al ver que Raj no se había movido de donde lo había dejado, volvió a gritarle que trajera el carro de emergencias. Iban a tener que hacerle la reanimación.

Raj superó su parálisis pero no el terror que sentía. Abandonó la habitación y corrió pasillo abajo hacia el control de enfermería, donde se guardaba el carro de emergencias. Mientras corría, pensó en qué podía hacer. No se le ocurría otra cosa que ofrecer su ayuda. El cirujano lo había visto; si se esfumaba, sin duda lo implicarían con el suceso.

Llegó al puesto central y les dijo a las dos enfermeras que estaban sentadas tras el mostrador que había que hacer una reanimación en la habitación 304. No se detuvo: abrió la puerta del almacén donde estaba el carro de paradas, retrocedió tirando de él y volvió corriendo hacia el cuarto de David Lucas, armando un estruendo enorme. Cuando llegó, todas las luces estaban encendidas. El doctor Krishna estaba practicando el boca a boca y, para horror de Raj, el señor Lucas no tenía tan mal aspecto: la cianosis había desaparecido casi por completo.

—¡Bolsa de ventilación! —gritó el doctor Krishna.

Una de las enfermeras de planta, que había corrido detrás de Raj, cogió la bolsa de ventilación del carro y se la lanzó. El doctor Krishna movió la cabeza del paciente, le colocó la bolsa y la ventilación empezó. El pecho se movía mejor incluso que con el boca a boca.

—¡Oxígeno! —gritó el doctor Krishna.

La otra enfermera de planta llevó el cilindro a la cabecera de la cama y, entre dos compresiones del doctor Krishna, lo conectó a la bolsa de ventilación. En pocos segundos el color del señor Lucas mejoró notablemente. De hecho, estaba de color rosa.

En medio de toda esa actividad, Raj tomó plena conciencia del atolladero en el que se había metido. Ni siquiera era capaz de discernir si le convenía más que el paciente muriera o que se salvara. Ni si debía escabullirse o permanecer allí. Y la incertidumbre lo tenía clavado al suelo.

En aquel momento llegó corriendo la doctora residente del

turno de tarde, Sarla Dayal. Se incorporó a la multitud agrupada en la cabecera y el doctor Krishna le hizo un resumen rápido de la situación.

—Cuando he llegado, estaba claramente cianótico —dijo—, y el monitor cardíaco parecía razonable, pero son pocas pistas. El problema era que no respiraba.

—¿Cree que ha sido un accidente cerebrovascular? —preguntó la doctora Dayal—. Quizá tuvo un ataque al corazón que provocó un infarto cerebral. El paciente tiene una enfermedad cardiovascular oclusiva en su historial.

—Podría ser —admitió el doctor Krishna—. Ahora parece que el monitor cardíaco nos está diciendo algo. Sin duda el ritmo está ralentizándose.

La doctora Dayal puso una mano en el pecho del paciente.

—El ritmo cardíaco está disminuyendo y se nota más bien débil.

—Probablemente se debe a la obesidad del paciente.

—Además, está muy caliente. Compruébelo. Yo ventilaré un rato.

El doctor Krishna giró la bolsa de ventilación hacia la doctora residente y palpó el pecho de David Lucas.

—Estoy de acuerdo. —Miró a una de las enfermeras de planta—. ¡Tomémosle la temperatura!

La enfermera asintió y sacó el termómetro del paciente.

—¿Hay algún cardiólogo de guardia? —preguntó el doctor Krishna.

—Sí —afirmó la doctora Dayal. Pidió a la otra enfermera que llamara al doctor Ashok Mishra para que acudiera de inmediato—. Dígale que es una emergencia —añadió.

—No me gusta nada que el ritmo cardíaco siga bajando —dijo el doctor Krishna mirando el monitor—. Quiero un análisis del nivel de potasio.

La enfermera de planta que no estaba al teléfono sacó sangre al señor Lucas y salió a toda prisa para llevarla ella misma al laboratorio.

Raj se había ido retirando lentamente para no molestar hasta que dio con la pared. Agradeció que todos estuvieran tan concentrados en la reanimación que ni se dieran cuenta de que estaba allí. Volvió a preguntarse si debía escabullirse, pero la angustia de llamar la atención lo mantenía quieto.

—El doctor Mishra llegará en cuanto pueda —dijo la enfermera mientras colgaba el teléfono—. Está acabando con otra emergencia.

—Eso no es bueno —dijo el doctor Krishna—. Me da mala espina. Con esta bradicardia progresiva, podría ser demasiado tarde. Está claro que este corazón tiene problemas. No soy experto en esto, pero creo que el intervalo QRS está ampliándose.

—Tiene fiebre —intervino la enfermera, mirando el termómetro con cara de asombro.

—¿Cuánta? —preguntó el doctor Krishna.

—Casi cuarenta y tres.

—¡Mierda! ¡Eso es hiperpirexia! ¡Traiga hielo! —gritó el doctor Krishna. La enfermera salió a toda prisa de la habitación—. Supongo que tiene usted razón, doctora Dayal —gimió—. Parece que nos enfrentamos a un ataque al corazón y un accidente cerebrovascular.

La enfermera que había ido al laboratorio regresó a la carrera. Estaba sin aliento, pero consiguió decir:

—El nivel de potasio es nueve coma un miliequivalentes por litro. El técnico nunca había visto un nivel tan alto, y dice que va a repetir la prueba.

—¡Cielos! —exclamó el doctor Krishna—. Jamás había visto un nivel de potasio como ese. Pongámosle gluconato cálcico, diez mililitros de solución al diez por ciento. Prepárelo. Se lo administraremos a lo largo de un par de minutos. Y también quiero veinte unidades de insulina rápida. ¿Nos queda resina de intercambio de cationes? Si es así, tráigala también.

La enfermera de planta volvió con el hielo. El doctor Krishna lo volcó sobre el paciente, y buena parte del hielo cayó hasta el suelo. Entonces la enfermera volvió a marcharse para intentar conseguir resina mientras la otra empezaba a sacar medicamentos.

—¡Maldita sea! —gritó el doctor Krishna mientras el pitido del monitor se convertía en un tono continuo—. No hay pulso.

Se subió a la cama e inició un masaje cardíaco.

El intento de reanimación cardiopulmonar prosiguió durante veinte minutos, pero a pesar de las medicinas, el hielo, la resina de intercambio de cationes y mucho esfuerzo, no lograron recuperar el pulso.

—Creo que vamos a tener que rendirnos —admitió finalmente el doctor Krishna—. Está claro que lo que estamos haciendo no funciona. Y me temo que el rígor mortis se está asentando, posiblemente por la hipertermia del paciente. Ha llegado el momento de parar.

Dejó de comprimir el pecho del señor Lucas. La doctora Dayal se había ofrecido a sustituirle diez minutos antes, pero él se había negado. «Es mi paciente», explicó.

Agradeció su ayuda a las dos enfermeras de planta y a la doctora Dayal, se bajó las mangas de su bata blanca, que se había arremangado al iniciar el intento de reanimación, y se dirigió a la puerta.

—Yo me encargaré del papeleo —dijo por encima del hombro mientras las demás empezaban a recoger los restos, a poner orden en la habitación y a preparar el cuerpo—. En cuanto al e-mail de administración que nos ha llegado hoy con el requerimiento de informar de las muertes inmediatamente, también llamaré al presidente Khajan Chawdhry para darle la mala noticia.

—Gracias, doctor Krishna —dijeron las dos enfermeras al unísono.

—Si lo prefiere, puedo llamar yo a Khajan —se ofreció la doctora Dayal.

—Creo que debería hacerlo yo —respondió el doctor Krishna—. Era paciente mío, y tendré que ser yo quien cargue con el marrón. Después de la atención que los medios de comunicación han dedicado a las muertes habidas en el Queen Victoria, esto van a considerarlo muy inconveniente, por decirlo suave. Seguro que presionarán para que echemos tierra sobre el asunto y puedan disponer del cadáver cuanto antes. Una lástima, porque en circunstancias normales me habría gustado conocer la secuencia fisiológica de los acontecimientos, desde el historial de afección cardíaca obstructiva hasta la hiperpirexia y el nivel de potasio por las nubes.

—Dudo que lo sepamos nunca —respondió la doctora Dayal—. Estoy de acuerdo con usted en que la administración querrá silenciarlo. Pero si Khajan quiere hablar conmigo, dígale que estoy en el hospital y que puede llamarme al busca.

El doctor Krishna hizo un gesto por encima del hombro para indicarle que lo había oído. Estaba a punto de enfilar el corto pasillo que llevaba a la puerta de la habitación cuando vio a Raj. Los ojos del doctor se posaron en el enfermero convertido en estatua.

—Caray, hijo, me había olvidado de usted. ¡Venga conmigo!

El doctor Krishna le hizo un gesto para que le siguiera y salió de la habitación. Raj, que había esperado en vano pasar desapercibido como si fuera invisible, siguió de mala gana al cirujano. El corazón se le había acelerado de nuevo. No tenía ni idea de lo que podía esperar, pero no iba a ser bueno.

El doctor Krishna lo esperaba en el pasillo.

—Lamento no haberle hecho ningún caso, joven —dijo el cirujano—. Estaba totalmente absorto, pero ahora me acuerdo de usted. Le he visto esta mañana cuando he pasado por aquí para ver cómo estaba Lucas. Si no me equivoco, usted es el enfermero de día. ¿Cómo se llama?

—Raj Khatwani —respondió él a regañadientes.

—¡Sí, Raj, es verdad! Caramba, sí que hace horas.

—No estoy trabajando. Salgo a las tres.

—Pero está aquí, en el hospital, y de uniforme. Yo diría que sí está trabajando.

—He vuelto al hospital para utilizar la biblioteca. Quería aprender sobre la intervención que le ha hecho al señor Lucas.

La cirugía contra la obesidad no entraba en el temario de la escuela de enfermería.

—¡Impresionante! Me recuerda a mí cuando tenía su edad. La motivación es la clave del éxito en la medicina. Vamos, acompáñeme al mostrador central. —Los dos hombres empezaron a andar, aunque Raj tenía que hacer esfuerzos por no salir corriendo. Sabía que cuanto más tiempo se quedara allí y cuanto más dijera, más posibilidades habría de que lo relacionaran con el crimen. Notaba incluso la jeringuilla de succinilcolina en el bolsillo del pantalón rozándole el muslo—. ¿La investigación le ha planteado alguna duda que yo pueda resolver? —se ofreció el doctor.

Raj intentó encontrar alguna pregunta que pudiera hacer para aparentar que realmente había estado estudiando.

—Hum... —dijo—. ¿Cómo sabe lo pequeño que debe dejar el estómago?

—Buena pregunta —manifestó el doctor Krishna, adoptando un semblante profesional mientras la respondía con mucha gesticulación. Cuando pasaron por la puerta de la escalera, descubrió que los ojos de Raj la miraban con anhelo. El cirujano detuvo su lección y sus pies—. Lo siento —se disculpó—, ¿tendría que ir a algún sitio?

—La verdad es que debería irme a casa —respondió Raj.

—Pues no le entretengo más —dijo el doctor Krishna—. Pero tengo que hacerle una pregunta. ¿Cómo es que estaba en la habitación del señor Lucas justo cuando sufrió la crisis terminal?

Raj buscó una explicación a la desesperada. Para empeorar su nerviosismo, supo que cuanto más se demorara en contestar, menos convencido parecería.

—Después de leer sobre el tema, tenía algunas preguntas para el paciente. Pero nada más entrar en su habitación me di cuenta de que algo iba muy mal.

—¿Estaba consciente?

—No lo sé. Se retorcía como si le doliera.

—Posiblemente fuera el ataque al corazón. Es lo que suele

matar a estos pacientes con sobrepeso. Bueno, ha faltado poco para que salvara usted la situación. Muchas gracias.

—De nada —dijo Raj, tragando saliva y casi delatándose.

No podía creer que le estuvieran dando las gracias.

—Tengo algunas revistas con buenos artículos sobre cirugía contra la obesidad; si quiere puedo prestárselas.

—Eso sería estupendo —consiguió decir.

Los dos hombres se estrecharon rápidamente la mano y se separaron. Raj desapareció hacia la escalera y el doctor Krishna se dirigió al mostrador central para rellenar el certificado de defunción y llamar al director de atención al paciente y a Khajan Chawdhry.

Raj tuvo que detenerse después de cruzar la puerta. El corazón le latía tan rápido que sentía un ligero mareo. Se puso en cuclillas, permaneció así durante unos veinte segundos para aliviar el vértigo y, tras secarse el sudor frío de la frente, se agarró de la barandilla y volvió a incorporarse. Algo más calmado, bajó algunos escalones y cuando notó que había vuelto a la normalidad corrió escalera abajo hasta el vestíbulo.

Agradeciendo que el vestíbulo estuviera desierto, lo atravesó al trote hasta la puerta principal y salió del edificio. En el exterior tuvo que hacer esfuerzos por caminar con paso rápido en lugar de ceder al pánico y salir corriendo. Se sentía como un atracador saliendo de un banco con el dinero y todas las miradas puestas en él. Casi esperaba oír un silbato agudo en cualquier momento y que alguien le ordenara detenerse con un grito.

Raj llegó a la calle, todavía concurrida, y llamó a una mototaxi. No empezó a relajarse hasta que el centro médico Aesculapian desapareció de su vista por la pequeña ventanilla trasera. Mirando al frente, casi en estado de trance, recordó aterrorizado el desafortunado episodio. Le asustaba contárselo a los demás, pero más le asustaba no contarlo, inseguro como se sentía de cuáles serían las consecuencias a largo plazo.

Tras cruzar la puerta de entrada del bungalow, Raj se detuvo a escuchar. Percibió las vibraciones procedentes del aparatoso *subwoofer* del equipo de vídeo potenciando los tonos bajos en la sala de estar, por lo que se dirigió hacia allí. Encontró a Cal, Durell, Petra y Santana, junto a Veena, Samira y otras dos enfermeras, viendo una emocionante película de acción. Durell se lo estaba pasando en grande y jaleaba a los protagonistas, que se enfrentaban a desafíos insalvables.

Raj se acercó a Cal por detrás y, tras un momento de vacilación, le dio un suave apretón en el hombro.

Cal, tenso por la película, dio un brinco, se giró y, al ver a Raj, detuvo el DVD.

—¡Raj! Qué alegría que estés de vuelta. ¿Cómo ha ido?

—Me temo que nada bien —admitió este; apartó sus ojos de los de Cal y los clavó en el suelo—. Ha sido un desastre.

Hubo un momento de silencio; todos observaban a Raj.

—Ya os dije que no deberíamos lanzarnos a por otro tan pronto —soltó Veena—. ¡Tendríais que haberme hecho caso!

Cal levantó una mano para acallarla.

—Creo que antes de sacar ninguna conclusión deberíamos escuchar a Raj. Cuéntanos qué ha pasado. No omitas ningún detalle.

Raj contó toda la historia sin adornarla demasiado, desde su encontronazo con el doctor hasta su agradecimiento en el pasillo del hospital después del fallido intento de reanimación. Al terminar guardó silencio; seguía sin levantar la mirada del suelo y evitando cualquier contacto visual.

—¿Eso es todo? —preguntó Cal tras un breve silencio. Se sentía aliviado. Todos habían imaginado algo mucho peor, como que hubieran acusado a Raj de hacer lo que en realidad había hecho—. Déjame que lo repase. El diagnóstico inicial ha sido ataque al corazón con algún tipo de infarto cerebral. ¿Eso es lo que constará en el certificado de defunción?

—Eso es lo que he entendido —asintió Raj.

—¿No han dicho nada de la necesidad de indagar, hacerle la autopsia o cualquier tipo de investigación?

—No, nada de eso. Lo que le he oído decir al cirujano es que habían recibido una orden por e-mail que les obligaba a llamar al presidente del hospital e informarle inmediatamente de los fallecimientos. Parece que están preocupados por la atención internacional que han despertado las dos muertes del hospital Queen Victoria. No quieren que la muerte de esta noche salga a la luz.

—Pues a mí todo esto me parece casi demasiado perfecto —dijo Cal—. Dadas las circunstancias, no se me ocurre mejor desenlace para este desastre en potencia. Raj, has hecho un trabajo estupendo.

El enfermero empezó a recobrar el ánimo. Incluso se atrevió a mirar a varios de los presentes. Se produjo un aplauso espontáneo, aunque fue Cal quien lo inició.

—Saquemos unas Kingfisher de la nevera y brindemos por Raj —propuso.

—¿Qué os parecería si no volviéramos a hacerlo? —preguntó Veena—. Creo que ha llegado el momento en que deberíamos decidir parar, al menos durante unos días. Más vale no tentar a la suerte.

—Me parece razonable —dijo Cal—, pero saquemos todo el provecho posible de este. ¿Te has traído el registro hospitalario del paciente? —preguntó a Raj, que metió la mano en un bolsillo y sacó el USB y la jeringuilla de succinilcolina. Cal cogió el dispositivo y se lo tendió a Santana—. Manda la información a la CNN ya mismo. Con el intento fracasado de reanimación les saldrá una noticia estupenda e incluso tendrá más impacto. Anímalos a que lo emitan cuanto antes.

Santana tomó el dispositivo USB.

—Solo tardaré unos minutos, y luego volveré a por esa cerveza. Esperadme, ¿vale?

21

Las pautas de sueño de Jennifer nunca habían estado tan alborotadas. Cuando volvió a su habitación después de cenar con Lucinda Benfatti, se sentía tan cansada que le faltó poco para quedarse dormida mientras se cepillaba los dientes. Pero cuando se metió en la cama y apagó las luces, su mente se despertó. Antes de que se diera cuenta ya estaba emocionada pensando en la llegada de Laurie y Jack y preguntándose si ya debería haber reservado uno de los coches del hotel para ir a recogerles. Al parecer, la mayoría de los vuelos internacionales llegaban entre las diez de la noche y las dos de la madrugada, por lo que ese sería el momento en que habría mayor demanda de los vehículos del hotel.

Preocupada por si se le terminaba la suerte, Jennifer se incorporó en la cama, encendió la luz y llamó por teléfono al mostrador de conserjería. En su conversación con el conserje averiguó algo que no sabía: recoger a los huéspedes en el aeropuerto estaba incluido en los servicios del hotel, y ya había un vehículo asignado para sus amigos. Preguntó si podía unirse a la recogida y el conserje le aseguró que no había problema, le dijo a qué hora saldría y prometió informar al departamento de transporte de que ella también iría.

Con ese asunto resuelto, Jennifer volvió a apagar la luz y se deslizó bajo las mantas. Al principio se tumbó de espaldas, con las manos cómodamente cruzadas sobre el pecho. Pero la reserva del coche mantenía su mente activa y se descubrió preguntándose si Laurie y Jack tendrían más suerte que ella a la hora de lidiar con la gerente médica y lo que eso podría significar en cuanto a una posible autopsia.

Pocos minutos después, Jennifer se giró de lado mientras meditaba sobre la cianosis y la forma de averiguar si el señor Benfatti también la había sufrido.

Cinco minutos más tarde, estaba tumbada sobre el estómago y pensaba en lo que haría al día siguiente. Desde luego, no tenía la menor intención de rondar por el Queen Victoria para que la atosigaran. Se le ocurrió que podría hacer algo de turismo, aunque, con las preocupaciones que tenía, tal vez le pareciera un fastidio. Se conocía lo suficiente a sí misma para saber que ni en las mejores circunstancias era la típica turista a la caza de edificios antiguos y tumbas. Lo que le interesaba era la gente.

Entonces pensó en que apenas sabía nada de la India, de los indios y de la cultura india.

—¡Maldita sea! —dijo de repente a la oscuridad.

Aunque su cuerpo estaba agotado, su mente zumbaba como una colmena. Agobiada, se sentó, encendió la lámpara de la mesilla de noche y salió de la cama. Sacó del armario del vestidor las guías de viaje que había comprado en el aeropuerto internacional de Los Ángeles, se las llevó a la habitación y las tiró sobre la cama. A continuación se acercó al televisor y lo giró para que estuviera enfocado hacia la cama y no hacia el sofá. Saltó a la cama y utilizó el mando a distancia para sintonizar CNN International. Entonces se dio cuenta de que se había olvidado el agua y volvió a maldecir. Abrió la nevera del minibar, sacó una botella de agua mineral fresca y le quitó el tapón. De nuevo en la cama, ahuecó las almohadas y apoyó la espalda contra la cabecera. Por fin cómoda, abrió una guía de viaje y buscó el apartado dedicado a la Vieja Delhi.

Mientras los locutores de la CNN seguían con su cantilena

acerca de unos avispados empresarios franceses que proyectaban construir hoteles temáticos de Disney en Dubai, Jennifer leyó sobre el Fuerte Rojo que habían construido los emperadores de la dinastía mogol. Había un montón de hechos históricos, cifras, nombres y fechas. En la página siguiente estaba la descripción de la mayor mezquita de la India, con otro sinfín de datos igualmente aburridos, como por ejemplo el número máximo de visitantes permitido en los servicios del viernes. Pero después encontró algo que le interesaba de verdad: una extensa descripción del renombrado bazar de la Vieja Delhi.

Jennifer estaba intentando localizar el mundialmente famoso mercado de especias en el plano esquemático de la guía cuando el televisor llamó su atención. La locutora decía:

«A las dos muertes habidas en un hospital del hasta ahora aclamado turismo médico de la India se añade una tercera que ha tenido lugar hace aproximadamente una hora. Si bien las dos primeras muertes se produjeron en el hospital Queen Victoria de Nueva Delhi, esta última tragedia ha ocurrido en el centro médico Aesculapian, también en Nueva Delhi. La víctima, un varón saludable, aunque obeso, de cuarenta y ocho años, procedente de Jacksonville, Florida, llamado David Lucas, se había sometido a una intervención de grapado de estómago esta mañana. Deja esposa y dos hijos de diez y doce años».

Hipnotizada, Jennifer se sentó con la espalda recta.

«Menuda tragedia —intervino el locutor—, sobre todo por los niños. ¿Tenemos noticias sobre la supuesta causa de la muerte?»

«Sí. Al parecer se trató de una combinación de ataque al corazón e infarto cerebral.»

«Es horrible. Gente que se desplaza hasta la India para ahorrarse unos dólares y vuelve a casa en una caja… Si yo tuviera que operarme y debiera decidir entre que me costara un poco menos y morir o gastar un poco más y vivir, no hay duda de lo que elegiría.»

«Por supuesto. Y al parecer así es como están reaccionando

algunos clientes. La CNN ha recibido montones de e-mails y noticias de gente que ha cancelado la intervención quirúrgica que tenía programada en algún hospital indio.»

«No me sorprende —prosiguió él—. Como he dicho, si fuera yo, desde luego lo cancelaría.»

Cuando cambiaron de tema y empezaron a comentar la llegada de Halloween en solo dos semanas, Jennifer bajó el volumen del televisor. Estaba patidifusa. Otra muerte por fallo cardíaco en un hospital privado indio... y de nuevo un paciente estadounidense saludable y después de transcurrido aproximadamente el mismo tiempo desde la operación.

Jennifer miró el reloj e intentó calcular la hora que sería en Atlanta. Le salieron más o menos las once y media de la mañana. Cogió el teléfono y, con la ayuda de la información telefónica de AT&T, se puso en contacto con la CNN. Explicó el asunto por el que llamaba y, tras pasarle con varios departamentos, por fin tuvo al otro lado de la línea a una mujer que parecía saber de qué le hablaba. Su interlocutora se presentó como Jamielynn.

—Acabo de ver una noticia en CNN International sobre una muerte en el turismo médico —dijo Jennifer—. Lo que me gustaría saber es quién...

—Lo siento pero no podemos facilitar información sobre nuestras fuentes —la interrumpió Jamielynn.

—Me lo temía —dijo Jennifer—. Pero ¿y la hora a la que les ha llegado la noticia? Eso no comprometería a su fuente de ninguna manera.

—Supongo que no —coincidió Jamielynn—. Déjeme que lo pregunte, ¡no cuelgue! —La mujer se ausentó unos minutos y luego volvió—: Puedo decirle a qué hora ha llegado, pero nada más. La noticia ha entrado a las 10.41, hora de la costa Este. La primera emisión ha sido a las 11.02.

—Gracias —dijo Jennifer.

Lo apuntó en el cuadernillo que había junto al teléfono. A continuación llamó a conserjería y pidió el número del centro médico Aesculapian. Una vez lo hubo apuntado, llamó. Tuvo que esperar algunos tonos. Cuando respondieron, solicitó que le pasaran con la habitación de David Lucas.

—Lo lamento, pero no tenemos permitido pasar llamadas a las habitaciones de los pacientes después de las ocho.

—¿Y cómo hacen los familiares para llamar después de esa hora? —Jennifer creía conocer la respuesta, pero lo preguntó de todos modos.

—Tienen el número directo.

Jennifer colgó sin despedirse. Estaba en racha, así que llamó a la recepción del hotel. Consultó si había algún cliente registrado con el nombre de señora Lucas. Mientras esperaba, se preguntó si tendría el coraje suficiente para llamar a la mujer tan pronto después de los hechos.

—Lo lamento, pero no hay ninguna señora Lucas registrada en el hotel —le dijo el empleado de recepción.

—¿Está seguro? —preguntó Jennifer. Acababa de llevarse un chasco.

El recepcionista deletreó el nombre y preguntó si se escribía de otra forma. Jennifer le dijo que no y, cuando estaba a punto de colgar, decepcionada, se le ocurrió una idea.

—Yo estoy en el Amal Palace por el hospital Queen Victoria. ¿Sabe si los demás hospitales privados alojan a los familiares de sus pacientes en otros hoteles?

—En efecto —respondió el recepcionista—. En cualquiera de los otros hoteles de cinco estrellas. El Taj Mahal, el Oberoi, el Imperial, el Ashok y el Grand Hotel son los más populares, aunque también se utilizan el Park y el Hyatt Regency. Depende de la disponibilidad. Si desea ponerse en contacto con alguno de esos hoteles, el operador puede hacerlo fácilmente.

Siguiendo el consejo del recepcionista, Jennifer llamó a los otros hoteles en el mismo orden en que se los había dado. No le llevó mucho tiempo. Acertó con el tercer hotel, el Imperial.

—¿Desea que le pase con la habitación? —preguntó el operador del Imperial.

Jennifer dudó. Tanto si la mujer estaba o no al corriente de lo que había pasado, su llamada la molestaría y la trastornaría enormemente. Pero las similitudes entre el caso de su abuela, el del señor Benfatti y ese último le dejaban poca opción.

—Sí —afirmó por fin.

Permaneció en tensión escuchando los tonos del teléfono. Al recibir respuesta se sobresaltó y al principio se atrancó con las palabras mientras explicaba quién era y se disculpaba efusivamente por molestarla.

—No es ninguna molestia —dijo la señora Lucas—. Y por favor, llámeme Rita.

«No me pedirás que te llame Rita en cuanto te diga para qué llamo», pensó Jennifer mientras reunía el coraje para empezar. Estaba claro que, como le había pasado a ella y a la señora Benfatti, todavía no habían informado a Rita de la muerte de su marido, aunque la CNN ya hubiera aireado la noticia. Para suavizar el impacto, Jennifer le explicó lo que les había ocurrido a Lucinda y a ella respecto a la CNN.

—Es horrible enterarse de esa forma —dijo Rita, comprensiva, pero su voz se fue apagando al final de la frase, como si, a su pesar, intuyese por qué Jennifer la había llamado pasadas las nueve de la noche.

—Sí, lo es —asintió Jennifer—, sobre todo porque en Estados Unidos los medios lo evitan y se preocupan de que la familia esté informada de antemano. Pero, señora Lucas, hace un momento tenía puesto el canal CNN International y los locutores han dado la trágica noticia del fallecimiento de su marido.

Después de obligarse por fin a decirlo, Jennifer permaneció en silencio. Pasaban los segundos y no sabía si debía expresar sus condolencias o esperar a que la señora Lucas dijera algo. Pasó más tiempo y Jennifer no pudo seguir callada.

—Lamento muchísimo haber tenido que ser yo quien le diera esta horrible noticia, pero hay una razón.

—¿Esto es alguna clase de broma cruel? —preguntó Rita en tono furioso.

—Le aseguro que no —dijo Jennifer, comprendiendo la rabia y el dolor de la mujer.

—¡Pero si he dejado a David hace poco más de una hora y estaba de maravilla! —chilló.

—Señora Lucas, entiendo cómo se siente al recibir una llamada inesperada de una extraña. Pero le aseguro que han emitido para todo el mundo que un hombre llamado David Lucas de Jacksonville, Florida, ha fallecido en el centro médico Aesculapian hace una hora aproximadamente, y que deja esposa y dos hijos.

—¡Dios mío! —exclamó Rita, desesperada.

—Señora Lucas, por favor, llame al hospital y compruébelo. Si es cierto, y de verdad espero que no lo sea, por favor llámeme. Solo intento ayudar. Y si es cierto y le insisten para que acceda a una incineración o un embalsamamiento inmediatos, le ruego que no lo haga. Mi experiencia con el hospital donde operaron a mi abuela y al señor Benfatti me hace pensar que está pasando algo malo, muy malo, en el turismo médico indio.

—¡No sé qué decir! —espetó Rita, enfadada pero confundida por el tono sincero de Jennifer.

—No diga nada. Llame al hospital y luego llámeme a mí. En realidad yo ya he llamado al hospital, pero no me han dado ninguna información, lo cual es una estupidez porque ya ha salido en la televisión internacional. Me alojo en el hotel Amal Palace y me quedaré aquí junto al teléfono. Una vez más, siento haber sido yo quien haya tenido que llamarla cuando era responsabilidad de su hospital.

De repente Jennifer se dio cuenta de que estaba escuchando el tono de la línea. Rita le había colgado. Jennifer devolvió el auricular a su aparato mientras llegaba a la conclusión de que ella podría haber hecho lo mismo si la situación hubiera sido la inversa. Se sentía fatal por haber sido la mensajera de una mala noticia como aquella; descubrió que odiaba ese papel. Sin embargo, como médico tendría que hacerlo muchas veces a lo largo de su carrera profesional.

Jennifer era consciente de que dormir había quedado totalmente descartado y se preguntó qué debía hacer. Pensó en seguir leyendo la guía de viaje, pero pronto se rindió. No podía concentrarse. Empezó a preocuparle que, incluso si el informe de la CNN era verídico, Rita podía pasar de ella y no llamarla como parte de una reacción pasivo-agresiva: culpar al mensajero.

Como no se le ocurrió nada mejor, subió el volumen del televisor y miró sin prestar atención un reportaje de la CNN sobre Darfur. Pero todavía no se había puesto cómoda cuando sonó el teléfono. Levantó el receptor antes de que terminara el primer timbrazo. Era Rita, como ella esperaba, pero su voz había cambiado. Estaba tan abrumada que le costaba hablar.

—No sé quién es usted ni qué clase de ser humano es, pero mi marido está muerto.

—Lo lamento terriblemente, y le garantizo que no ha sido ningún placer tener que informarla. La única razón por la que lo he hecho es para avisarla de que seguramente el hospital intentará presionarla para que les permita incinerar o embalsamar.

—¿Y qué importancia tiene? —preguntó Rita bruscamente.

—Que si permite que hagan cualquiera de las dos cosas, ya no se podrá hacer una autopsia. Me da la impresión de que existen similitudes entre el fallecimiento inesperado de su marido y los de mi abuela y el señor Benfatti. Porque supongo que la muerte de su marido es totalmente inesperada…

—¡Por supuesto! Su cardiólogo le dio el visto bueno hace solo un mes.

—Lo mismo que con mi abuela y el señor Benfatti. Para serle sincera, me preocupa que estas muertes no sean naturales. A eso me refería cuando le he dicho que ocurría algo malo.

—¿Qué pretende decirme exactamente?

—Que me preocupa que estas muertes puedan ser intencionadas.

—Es decir, que alguien ha matado a mi marido.

—Sí, algo así —dijo Jennifer, consciente de lo paranoica que sonaba aquella afirmación.

—¿Por qué? Aquí no nos conoce nadie. ¿Quién puede beneficiarse de ello?

—No tengo ni idea. Pero mañana por la noche llegan dos amigos míos que son patólogos forenses. Me ayudarán con lo de mi abuela. Podría pedirles que echaran un vistazo también al caso de su marido.

Jennifer sabía que se pasaba de la raya ofreciendo los servicios de Laurie y Jack sin consultarles, pero pensó que estarían dispuestos a echar una mano. También sabía que, a la hora de resolver una conspiración, cuantos más casos había, mayores eran las probabilidades de éxito.

Oyó que Rita se sonaba la nariz antes de volver al teléfono. Respiraba a trompicones, como si intentara controlar su pena.

—Por favor, señora Lucas, no les deje destruir ninguna prueba. Se lo debemos a nuestros seres queridos. Ah, además, podría preguntar a quien haya encontrado a su marido si tenía la piel azul. Tanto mi abuela como el señor Benfatti estaban azules.

—¿En qué ayudaría eso? —preguntó Rita, luchando por contener las lágrimas.

—No lo sé. En situaciones de este tipo, si lo que me temo es cierto, no hay forma de saber qué hechos servirán para resolver el misterio. Eso lo he aprendido estudiando medicina y tratando de hacer diagnósticos. Simplemente, nunca se sabe lo que será importante.

—¿Usted es médico?

—Aún no. Estoy en el último curso de la facultad de medicina. Me titularé en junio de 2008.

—¿Y por qué no me lo ha dicho? —inquirió, aunque con mucha menos acritud.

—No me parecía importante —dijo Jennifer, pero al pensar en ello se dio cuenta de que la gente concedía mucho más crédito a su opinión, incluso en asuntos que no tenían nada que ver con la medicina, cuando se enteraban de que estudiaba medicina.

—No le prometo nada —dijo Rita—. Salgo ya de camino al hospital. Pensaré en lo que me ha dicho. La llamaré por la mañana.

—Está bien —respondió Jennifer.

El hecho de que Rita hubiera esperado a despedirse antes de colgar le dio motivos para sentirse optimista. No solo volvería a llamarla, además cooperaría. Pero mientras Jennifer cavilaba sobre esta tercera muerte en tres noches consecutivas y en lo que podía deducirse a partir de ellas, recordó una famosa cita de Shakespeare: «Algo huele a podrido en Dinamarca». Al mismo tiempo se le pasó por la cabeza que tal vez estaba utilizando esa idea de la conspiración como una nueva forma de bloquear el impacto real del fallecimiento de su abuela.

22

Nueva Delhi, miércoles 17 de octubre de 2007, 22.11 h

Ramesh Srivastava hizo lo posible por mantener la compostura. Eran más de las diez de la noche y el teléfono volvía a sonar. Se había pasado toda la tarde colgado del auricular. Primero había sido su segundo al mando en el departamento de turismo médico informándole de que un subordinado le había llamado unos minutos antes con la desalentadora noticia de un nuevo reportaje en la CNN sobre otro paciente estadounidense que había muerto en un hospital privado indio. Era la tercera en tres días, en esta ocasión en el centro médico Aesculapian. El interés periodístico de la noticia estaba en que el paciente, David Lucas, tenía algo más de cuarenta años. Tan pronto como Ramesh dio por finalizada esa perturbadora llamada, recibió otra de Khajan Chawdhry, el presidente del hospital implicado, informándole de todos los detalles que conocía. Y ahora el teléfono volvía a sonar.

—¿Qué pasa? —preguntó Ramesh, sin preocuparse por los modales. Como funcionario civil de alto nivel, no esperaba tener que trabajar tanto.

—Soy Khajan Chawdhry otra vez, señor —dijo el presidente—. Siento molestarle, pero hay un pequeño problema relacionado con una de sus órdenes específicas, en concreto su insistencia para que no haya autopsia.

—¿Dónde puede estar el problema? —preguntó con brusquedad—. Es una orden muy sencilla.

Khajan ya le había explicado antes la extraña serie de acontecimientos que habían desembocado en el fallecimiento de David Lucas, empezando por la incipiente cianosis sin obstrucción de las vías aéreas, seguido por los cambios en el sistema de conducción del corazón y el incremento repentino de la temperatura del paciente y su nivel de potasio. Ramesh no era médico, por lo que había exigido que le tradujera toda aquella horrible jerga; por lo visto, la mejor hipótesis que tenían sobre la causa de la muerte era una combinación de ataque al corazón y algún tipo de infarto cerebral. La respuesta de Ramesh había sido ordenar que el cirujano pusiera exactamente eso en el certificado de defunción, y que no solicitara una autopsia bajo ningún concepto.

—El problema es la esposa —dijo Khajan, sumiso—. Ha dicho que tal vez quiera que le hagan la autopsia.

—La gente no suele querer autopsias —respondió Ramesh en tono irritado—. ¿Acaso el cirujano la ha convencido para que la pida después de que yo le ordenara claramente que no lo hiciera?

—No, el cirujano sabe que en general en el sector privado son reacios a las autopsias, y conoce su rechazo específico en este caso. No ha sido él quien ha hablado con la señora Lucas, sino otra estadounidense llamada Jennifer Hernández, que ha llamado a la viuda antes incluso de que ella se hubiera enterado de la muerte de su marido. La tal Hernández ha sacado el tema de la autopsia, le ha dicho que unos patólogos forenses de Estados Unidos estaban en camino para estudiar el caso de su abuela y que también podrían echar un vistazo al de su marido, suponiendo que el cuerpo no estuviera incinerado ni embalsamado.

—¡Ella otra vez! —gruñó Ramesh—. Esa Hernández se está pasando.

—¿Qué debo hacer si la señora Lucas insiste con lo de la autopsia?

—Lo mismo que le he dicho esta tarde a Rajish Bhurgava,

del Queen Victoria: asegúrese de que la petición acaba en manos de uno de los magistrados con los que solemos tratar, e infórmele de que no debe haber autopsia. Mientras tanto, haga todo lo posible para convencer a la señora Lucas para que consienta en incinerar o embalsamar. ¡Insístale! ¿Todavía está en el hospital?

—Aquí está, señor.

—Pues haga todo lo que pueda.

—Sí, señor.

Ramesh colgó y llamó inmediatamente al inspector Naresh Prasad.

—Buenas noches, jefe —dijo Naresh—. No sé nada de usted en meses y ahora me llama dos veces el mismo día. ¿Qué se le ofrece?

—¿Qué has averiguado?

—¿Qué he averiguado de qué?

—Del topo en el hospital Queen Victoria y de la mosca cojonera de Jennifer Hernández.

—Supongo que bromea. Hemos hablado hoy mismo. Aún no he empezado con ninguno de los dos asuntos. Estoy organizando un equipo para mañana.

—Bien, pues los dos problemas están empeorando y quiero ver algo de acción.

—¿En qué sentido están empeorando?

—Ha habido otra muerte, y la CNN la ha emitido casi al momento. Me lo ha contado mi segundo al mando, cuyo asistente la ha visto por casualidad en la tele poco después de que el presidente del hospital se enterara directamente por el médico que ha intentado reanimar al paciente.

—Imagino que ha sido en el mismo hospital, el Queen Victoria…

—No, esta vez ha sido en el centro médico Aesculapian.

—Interesante. El cambio de hospital puede venirnos bien si el culpable es un médico de la plantilla. Tendría privilegios en los dos hospitales. Eso nos permitiría acortar bastante la lista.

—Bien pensado. No se me había ocurrido.

—Quizá por eso usted es un burócrata y yo inspector de policía. ¿Qué hay de la mujer? ¿Qué ha hecho para irritarle aún más?

Ramesh le explicó lo que Khajan le había dicho: Jennifer había convencido a la esposa del último paciente muerto para que solicitara una autopsia antes incluso de que el hospital le informara de que su marido había muerto.

—¿Cómo se ha enterado Hernández de la muerte de ese hombre? —preguntó el inspector.

—No estoy seguro, pero imagino que lo habrá visto en CNN International.

—A lo mejor conoce a alguien de la CNN que le está pasando información. ¿Qué opina de esa idea?

Ramesh se quedó callado un momento. Le fastidiaba perder el tiempo con esa clase de ejercicios mentales. Ese era trabajo de Naresh, no suyo. Lo que él quería eran resultados. Necesitaba quitarse de encima aquel desastre para poder evaluar los daños en la campaña de relaciones públicas y repararlo en la medida de lo posible.

—¡Escúchame! —dijo de repente Ramesh sin hacer caso a la pregunta de Naresh—. Al final todo se reduce a esto: Jennifer Hernández se está convirtiendo en un incordio enorme y de paso está poniendo en peligro el futuro del turismo médico en la India, sobre todo de cara a Estados Unidos, que promete ser nuestro mercado más provechoso por su estúpido sistema sanitario y la descontrolada inflación médica que promueve. Quiero que te encargues de esa mujer, tú o un agente en quien confíes. Pégate a su espalda un par de días y tenme informado en tiempo real de a quién ve, con quién habla y dónde va. Quiero un informe completo, y lo que de verdad quiero es una razón para poder deportarla sin armar escándalo ni publicidad de ningún tipo. Si no hace nada malo, piensa en algo. Pero, por lo que más quieras, no la conviertas en mártir, es decir, nada de mano dura con ella. ¿Comprendido?

—Ya lo creo —dijo Naresh—. Empezaré con Hernández por la mañana, y me encargaré yo mismo. También pondré a un agente de confianza a averiguar quién está chivándose a la CNN.

—Perfecto —respondió Ramesh—. Y, como te he dicho, tenme informado.

Ramesh colgó y exhaló ruidosamente de pura exasperación. Aunque se alegraba de haber puesto las pilas a Naresh y confiaba en su palabra como para estar seguro de que seguiría a Jennifer Hernández a partir de la mañana siguiente, dudaba de si eso sería suficiente y si no sería demasiado tarde. Tenía a Naresh por una persona fiable y competente, pero sin duda no era el niño más listo de la clase. Ramesh también estaba preocupado por el efecto que la noticia de otra muerte en la CNN tendría sobre los superiores, que aquella misma tarde le habían llamado para quejarse de las otras dos. Estaba claro que no sería positivo, lo cual arrojaba más sombras de duda sobre la eficacia del estilo metódico pero lento que empleaba Naresh. Estos razonamientos le recordaron su llamada de aquella tarde a Shashank Malhotra, que era cualquier cosa menos lento y metódico. Supuso que no pasaría nada por cabrear un poco más al emprendedor empresario, por lo que volvió a levantar el receptor e hizo la que esperaba que fuera su última llamada del día.

—¿Esta vez me llamas con alguna buena noticia? —preguntó Shashank cuando supo con quién hablaba.

—Ojalá fuera así —contestó Ramesh—. Por desgracia esta noche ha muerto otro turista médico y la noticia ya se ha emitido en CNN International.

—¿Otra vez en el Queen Victoria? —preguntó Shashank bruscamente. Era evidente que no estaba de humor para la cháchara.

—Eso es lo único positivo —dijo el funcionario—. Esta vez ha sido en el centro médico Aesculapian. —En cierto modo, este comentario tenía la intención de provocar a Shashank, ya que este era tan accionista de los centros Aesculapian como del hospital Queen Victoria—. Lo malo es que el paciente era joven y deja atrás esposa y dos hijos. Y normalmente esos puntos consiguen mayor atención mediática.

—No hace falta que me digas lo que ya sé.

—El otro problema es Jennifer Hernández. No sé cómo, pero se ha implicado en este caso como en el último, y eso habiendo ocurrido en un hospital distinto.

—¿Qué ha hecho?

—Verás, en los casos delicados como este procuramos evitar las autopsias, porque hacer una autopsia es como echar leña al fuego. Cuanta menos atención, mejor, así que intentamos evitar a los medios y, en concreto, evitamos darles nada que tenga interés periodístico, cosa que normalmente despiertan las autopsias.

—Lo entiendo. Tiene sentido. ¡No me hagas preguntar otra vez! —gruñó Shashank—. ¿Qué ha hecho?

—Ha convencido a las dos viudas para que pidan la autopsia.

—¡Mierda! —gritó Shashank.

—Tengo curiosidad —dijo Ramesh, intentando sonar despreocupado—. Esta tarde te he preguntado si conocías a alguien que pudiera hablar con ella y sugerirle que no le interesa seguir con lo que hace y que quizá, solo quizá, sería mucho mejor para ella llevarse los restos de su abuela a Estados Unidos antes de causar un grave perjuicio al turismo médico indio. Más tarde me he enterado de que un buen número de pacientes han cancelado las intervenciones quirúrgicas que tenían programadas aquí, no solo de Estados Unidos sino también de Europa.

—¿Las han cancelado?

—Sí, cancelado —repitió Ramesh, sabiendo que la mente empresarial de Shashank asociaría esa palabra con la pérdida de ingresos.

—Debo confesar que había dejado aparcada tu sugerencia —gruñó Shashank—, pero me pondré a ello ahora mismo.

—Creo que le estarás haciendo un gran favor al turismo médico en la India. Y por si se te ha olvidado, Hernández se hospeda en el hotel Amal Palace.

23

Nueva Delhi, miércoles 17 de octubre de 2007, 22.58 h

—Disculpe, señor —dijo la azafata mientras agitaba con suavidad el hombro de Neil McCulgan—. ¿Podría enderezar el respaldo de su asiento? Hemos iniciado las maniobras de aproximación y aterrizaremos en el aeropuerto internacional Indira Gandhi dentro de pocos minutos.

—Gracias —contestó Neil, e hizo lo que le habían dicho. Bostezó, hizo fuerza contra el respaldo y se removió en el asiento para buscar una postura cómoda. Habían salido de Singapur con hora y media de retraso, pero solo llegaban una hora tarde. De algún modo habían conseguido ganar media hora, a pesar de volar contra la corriente en chorro.

—Me impresiona lo bien que duerme usted en un avión —dijo el ocupante del asiento contiguo al de Neil.

—Supongo que es una suerte —respondió este.

Había hablado con él durante la primera hora de vuelo, y sabía que el hombre vendía electrodomésticos Viking en el noroeste de la India. Le había parecido una persona interesante, ya que la conversación le había hecho darse cuenta de lo poco que sabía del mundo en general un médico de urgencias.

—¿Dónde se alojará en Delhi? —le preguntó el extraño.

—Hotel Amal Palace —dijo Neil.

—¿Le gustaría compartir un taxi conmigo? Yo vivo en la misma zona.

—Me irá a recoger un coche del hotel. Si quiere puede venir, siempre que no tenga que esperar el equipaje. Yo solo llevo el de cabina.

—Yo también. —Le tendió la mano—. Me llamo Stuart. Debería haberme presentado antes.

—Neil. Mucho gusto —dijo este, dándole un rápido apretón. Se inclinó hacia delante y trató de mirar por la ventanilla.

—Todavía no hay nada que ver —dijo Stuart, que ocupaba el asiento de ventanilla.

—¿Ni luces, ni nada?

—En esta época del año no, por la neblina. Verás a qué me refiero cuando nos acerquemos en coche a la ciudad. Es como una niebla densa, pero casi todo es contaminación.

—Qué bien suena —afirmó Neil con sarcasmo.

Se reclinó contra el reposacabezas y cerró los ojos. Acercándose al destino de su viaje, empezó a pensar cómo debería abordar a Jennifer. En las dos paradas que incluía su ruta pensó en llamarla. No sabía si sería mejor sorprenderla en persona o por teléfono. Este último tenía la ventaja de que a Jennifer le daría tiempo para asimilarlo. El problema era que había muchas posibilidades de que se limitara a decirle que diera media vuelta y se fuera a casa. Y ese miedo fue el que le decidió a no llamar.

Las ruedas del enorme avión tocaron pista con un estruendo; Neil, sorprendido, abrió los ojos. Se agarró a los brazos del asiento para mantenerse en él mientras el avión frenaba.

—¿Cuánto tiempo vas a quedarte en Delhi? —preguntó Stuart.

—No mucho —contestó Neil evasivamente.

Por un momento se preguntó si debería retirar la invitación de compartir el coche. No estaba de humor para entablar ninguna conversación personal.

Stuart pareció captar la indirecta y no hizo más preguntas hasta que superaron los controles de pasaporte y aduanas.

—¿Has venido por negocios? —preguntó mientras esperaban a que el coche del hotel diera la vuelta para recogerlos.

—Un poco de todo —mintió Neil, poco receptivo—. ¿Y tú?

—Lo mismo —dijo el hombre—. Vengo a menudo y tengo
un apartamento. La ciudad está muy bien, pero para mis propósitos prefiero Bangkok.

—Vaya —dijo Neil sin mucho interés, aunque se preguntó
vagamente cuáles serían los «propósitos» del hombre.

—Si tienes alguna pregunta sobre Delhi, llámame. —Stuart le
dio una tarjeta de Electrodomésticos Viking.

—Así lo haré —respondió Neil con poca sinceridad; echó
una mirada rápida a la tarjeta y se la guardó.

Los dos cansados viajeros se acomodaron en el asiento trasero del todoterreno del hotel. Neil cerró los ojos y volvió a darle
vueltas a cómo se pondría en contacto con Jennifer. Ahora que
estaba en la misma ciudad que ella, se sentía más emocionado de
lo que esperaba. Tenía de verdad ganas de verla y de disculparse
por no acompañarla en el momento en que se lo pidió.

Abrió los ojos el tiempo justo para mirar la hora. Pasaban
cinco minutos de la medianoche; se dio cuenta de que, por mucho que estuviera deseando ver a Jennifer, tendría que esperar
hasta la mañana siguiente. Empezó a cavilar cómo la sorprendería, lo cual se complicaba por el hecho de que no tenía ni la
más remota idea de sus planes. De repente sintió un miedo incómodo. No era propio de él que no se le hubiera ocurrido
antes, pero Jennifer podía haber concluido las gestiones en
cuanto a su abuela durante el miércoles, el primer día que había
pasado entero en Delhi, y estar volando de vuelta en aquel mismo instante; quizá incluso en el mismo avión que acababa de
traerlo a él.

Abrió los ojos y apartó esa idea de su mente. Se burló de sí
mismo y miró por la ventana la neblina que le había descrito su
compañero de viaje. Era suficiente para que alguien preocupado
por la salud como Neil se sintiera congestionado.

Poco después el coche del hotel subió la rampa de la entrada principal del establecimiento. Varios botones y porteros rodearon el vehículo y abrieron las puertas.

—Si puedo ayudarte en lo que sea, dame un toque —se ofreció Stuart estrechándole la mano—. Y gracias por traerme.

—Lo haré —respondió Neil.

Le costó arrebatarle su maleta a un botones; insistió en que prefería entrarla él mismo al hotel, no pesaba mucho y tenía ruedecillas.

El registro tuvo lugar sentado a una mesa. Cuando Neil le dio su pasaporte al recepcionista de elegante traje que se presentó como Arvind Sinha, le preguntó si tenían registrada a alguna Jennifer Hernández. Sin que el portero lo viera, Neil cruzó los dedos.

—Puedo comprobarlo, *sahib* —dijo Arvind. Utilizó para ello un teclado que extrajo de debajo de la mesa—. Sí, está aquí, en efecto.

«¡Sí!», se dijo Neil. No había parado de torturarse desde el instante en que consideró la posibilidad de que Jennifer ya se hubiera ido.

—¿Puede decirme el número de su habitación?

—Lo lamento pero no puedo —se disculpó Arvind—. Por motivos de seguridad, no se nos permite proporcionar el número de las habitaciones de nuestros huéspedes. Sin embargo, el operador puede conectarle por teléfono, siempre que la señorita Hernández no lo tenga bloqueado y que usted considere apropiado hacer la llamada. Es más de medianoche.

—Comprendo —dijo Neil. Por emocionado que se sintiera por estar allí, no pudo evitar una leve decepción. Como mínimo, había planeado acercarse a su puerta y pegar la oreja. Y llamar si oía el televisor—. ¿Podría decirme si tiene programado dejar su habitación en un día o así? —preguntó.

Arvind volvió al teclado y luego comprobó el monitor.

—No hay una fecha de salida.

—Bien —respondió Neil.

Tras unos minutos más de formalismos, Arvind se levantó y su silla rodó hacia atrás.

—¿Le enseño su habitación?

Neil también se levantó.

—¿Tiene algún otro equipaje en consigna?

—No, esto es todo —contestó Neil mientras alzaba su maleta—. Viajo ligero.

Siguió al recepcionista por las puertas de entrada hacia los ascensores y se preguntó cómo sorprendería a Jennifer por la mañana. Sin conocer sus planes era complicado decidirse, y finalmente optó por improvisar.

—Disculpe, señor Sinha —dijo mientras el ascensor iniciaba la subida—. ¿Podría ocuparse de que me llamen para despertarme a las ocho y cuarto?

—¡Por supuesto, señor!

24

Nueva Delhi, jueves 18 de octubre de 2007, 7.30 h

Jennifer estaba enmarañada en una recurrente pesadilla sobre su padre que solía tener cuando se estresaba. Nunca le había contado el sueño a nadie por miedo a lo que pudieran pensar de ella. Ni siquiera estaba demasiado segura de lo que pensaba ella de sí misma. En la pesadilla su padre la acosaba con una cruel expresión en el rostro mientras ella le gritaba que parase. Terminaban en la cocina. Ella cogía un cuchillo de carnicero y lo blandía. Sin embargo, él se acercaba y le decía, burlón, que nunca lo utilizaría. Pero ella lo hacía. Le apuñalaba una y otra vez, pero lo único que hacía su padre era reír.

Normalmente Jennifer se despertaba en ese momento, empapada en sudor, y así ocurrió también esta vez. Desorientada, le costó unos instantes comprender que estaba en la India y que el teléfono estaba sonando. Jennifer descolgó con cierto miedo, como si quien estuviera llamando hubiera sido testigo de sus puñaladas.

La llamada resultó ser de Rita Lucas, que sintió la ansiedad en la voz de Jennifer.

—Espero que no sea mal momento para llamar.

—No, está bien —dijo Jennifer, sintiéndose más cercana a la realidad—. Estaba soñando.

—Siento llamarla tan pronto, pero quería asegurarme de que la pillaría. En realidad he tenido que esperar. No he dormido nada. He pasado casi toda la noche en el hospital. —Jennifer miró el despertador analógico con radio. Le costó un momento saber qué hora era porque las dos manecillas eran casi igual de largas—. Esperaba que pudiera desayunar conmigo.

—Esto estaría bien.

—¿Puede ser pronto? Estoy molida. ¿Y puedo pedirle que venga al Imperial? Me temo que tengo un aspecto igual de horrible que como me siento.

—Ningún problema. Puedo estar lista en menos de media hora. ¿Sabe si el hotel Imperial está muy lejos del Amal Palace?

—Está muy cerca. Solo tiene que coger la calle Janpath.

—Me temo que no sé dónde está la calle Janpath.

—Muy cerca. Serán unos cinco minutos en taxi.

—Entonces creo que podría estar ahí sobre las ocho —dijo Jennifer, apartando las mantas y sacando las piernas de la cama.

—La espero en el comedor del desayuno. Si entra por la puerta principal y cruza todo el vestíbulo, le queda a la derecha.

—Nos vemos dentro de media hora —dijo Jennifer.

Colgó el teléfono y puso la directa. En su etapa de estudiante de medicina había perfeccionado los pasos para conseguir estar lista en poco tiempo. Había decidido muy pronto que un cuarto de hora más durmiendo bien valía la molestia de darse prisa.

Se alegró de que Rita Lucás estuviera dispuesta a reunirse con ella. Jennifer estaba deseando saber más de aquella tercera muerte de un turista médico estadounidense y de determinar con exactitud cuánto se parecía a las otras dos.

Mientras se duchaba y se vestía, pensó en el día que tenía por delante. Quería evitar el hospital Queen Victoria, no fuera a ser que la pesada de la gerente médica siguiera agobiándola. Eso significaba que tenía que pensar en algo con lo que ocupar la mañana, la comida, la tarde y la cena para no obsesionarse con la desazón de no poder hacer progresos con el caso de su abuela hasta que llegase Laurie. En cuanto a la noche, sabía exactamente qué haría y no veía el momento de salir hacia el aeropuerto.

Cuando salió de la habitación con una de sus guías de viaje se sintió orgullosa: eran solo las siete y cincuenta y tres minutos, posiblemente su mejor tiempo. Bajando en el ascensor volvió a repasar sus planes para aquel día. Había decidido llamar a Lucinda Benfatti y quedar con ella para comer, cenar o las dos cosas. Por la mañana, suponiendo que el desayuno no se alargara, pensó en hacer algo de turismo, aunque eso de ver monumentos no le gustaba demasiado. Se dijo que viajar a un lugar tan lejano y volver sin haber visto nada de la ciudad sería una lástima. Decidió que por la tarde haría un poco de ejercicio y se relajaría en la piscina, un lujo que no solía permitirse.

Cuando le dijo al portero del Amal Palace que iba al hotel Imperial, el hombre le aconsejó que bajara por el camino de entrada del hotel y, si se sentía aventurera, parara una mototaxi. Jennifer se lo tomó como una especie de desafío e hizo eso exactamente; la convenció que el portero le dijera que a esa hora punta sería bastante más rápido que un taxi normal.

Al principio el vehículo, con sus tres ruedas y sin paredes laterales le pareció pintoresco. Pero cuando se sentó en el resbaladizo banco trasero de plástico y la mototaxi aceleró como si estuviera en una carrera, reconsideró su primera impresión. Los bruscos acelerones la zarandearon adelante y atrás y Jennifer corrió a agarrarse. Cuando la mototaxi alcanzó velocidad, el conductor zigzagueó entre los humeantes autobuses mientras ella iba de un lado a otro. La última afrenta a su dignidad tuvo lugar por culpa de un bache que la envió hacia el cielo con tal velocidad que su cabeza tocó el techo de fibra de vidrio.

Pero el peor momento tuvo lugar cuando el conductor aceleró entre dos autobuses que convergían. Haciendo caso omiso del peligro de ser aplastado por dos vehículos cincuenta veces mayores que su mototaxi, el hombre no redujo la velocidad a pesar de lo rápido que menguaba el espacio libre, tanto que la gente que viajaba agarrada a los laterales de los autobuses podría haber estrechado la mano a Jennifer.

Convencida de que la mototaxi y los autobuses se tocarían, la joven apartó las manos de los laterales y se agarró al borde del asiento. Segura de que estaba a punto de oír el restallido del roce, cerró los ojos y apretó la mandíbula. Pero no se produjo. Lo que oyó fue el ensordecedor chirrido de los frenos de los autobuses cuando se acercaron a un semáforo en rojo. Abrió los ojos. El conductor de la mototaxi, capaz de frenar en mucho menos espacio, aceleró, pasó como una bala entre los dos autobuses, los adelantó y entonces frenó él también.

En cuanto la mototaxi dejó de tambalearse, la rodearon un montón de niños entre tres y doce años, sucios, descalzos y harapientos, que tendían la mano izquierda hacia ella mientras hacían el gesto de que querían comer con la derecha. Algunas niñas llevaban un bebé a la cadera.

Jennifer se encogió al ver los ojos tristes y oscuros de los niños, algunos con costras y pus, sin duda infectados. No se atrevía a darles dinero, no fuera a ser que se organizara algún alboroto, así que miró al conductor en busca de ayuda. Pero él no movió un dedo; ni siquiera se volvió. Con aire ausente, aceleró el minúsculo motor del vehículo sin soltar el embrague.

Casi mareada por enfrentarse a una pobreza tan desgarradora, la asqueó y al mismo tiempo la intimidó que el hinduismo, con sus credos del *punarjanma* y el karma, tuviera el poder de habituar a sus fieles a tales contrastes e injusticias.

Para alivio de Jennifer, el semáforo se puso en verde y el enjambre de mototaxis, ciclomotores, motocicletas, autobuses, camiones y coches salió en tropel y los niños tuvieron que esquivarlos para salvar la vida.

El trayecto desde el Amal Palace hasta el Imperial fue corto, como le habían prometido, pero cuando Jennifer pagó al conductor y enfiló el camino de entrada al hotel Imperial —este le había dicho que no se le permitía el paso—, se sintió como si hubiera hecho una maratón física y mental. Y para colmo le dolía ligeramente la cabeza por el humo de los motores que había inhalado.

Mientras se acercaba al hotel observó el edificio; tenía un aura colonial, no así su emplazamiento. En cierto modo le recordaba al hospital Queen Victoria; ambos parecían como metidos a presión entre edificios comerciales nada atractivos.

A Dhaval Narang le parecía que su trabajo era el mejor del mundo, pues se pasaba la mayor parte del tiempo sentado jugando a las cartas con otros empleados de Shashank Malhotra. Y cuando le llamaban para que se encargase de algo, siempre era interesante y a menudo suponía un desafío, como la misión que tenía entre manos. Se suponía que debía deshacerse de una joven americana llamada Jennifer Hernández. El desafío consistía en que no tenía ni idea del aspecto de aquella mujer, solo sabía que se alojaba en el hotel Amal Palace. Tampoco sabía cuánto tiempo se quedaría allí, por lo que no podía permitirse el lujo de pasar mucho tiempo buscándola, observándola y conociendo su rutina. Shashank le había ordenado que lo hiciera y que lo hiciera rápido.

En la radio del coche sonaba música actual inspirada en las películas de Bollywood. Dhaval, vestido con una camisa negra de cuello abierto y algunas cadenas de oro, giró su amado sedán Mercedes Clase E hacia la vía de entrada al Amal Palace y lo acercó al pórtico. En la guantera, cerrada con llave, llevaba una Beretta automática con silenciador de tres pulgadas. Era una de sus muchas armas de usar y tirar. Dhaval se guiaba por la regla de que, después de cada golpe, la pistola debía desaparecer o quedarse en la escena del crimen. Cuando Shashank lo contrató, se quejó de lo cara que era semejante manera de proceder, pero Dhaval insistió e incluso amenazó con despedirse si no se le permitía seguirla. Finalmente Shashank cedió. En la India era mucho más fácil comprar pistolas que encontrar a gente con el currículo de Dhaval.

Este provenía de una pequeña ciudad rural de Rajastán y se

había alistado en el ejército para escapar de las inexorables garras de la vida en provincias. Esa decisión cambió su vida en muchos sentidos. Llegó a adorar la vida militar y la emoción de poder matar dentro de la ley. Solicitó y consiguió el ingreso en las recién constituidas Fuerzas Especiales indias y terminó como Gato Negro formando parte del cuerpo de élite en la Guardia Nacional de Seguridad. Su carrera progresó a las mil maravillas, al menos hasta que entró en combate real durante las operaciones en Cachemira en 1999. En una redada nocturna contra un grupo de insurgentes a los que supuestamente Pakistán apoyaba, cuando Dhaval mostró su implacable ensañamiento matando a diecisiete sospechosos dispuestos a rendirse, los mandos consideraron que era un lastre molesto y lo retiraron de la operación. Un mes después lo relevaron del servicio.

Por suerte para Dhaval, su historia, que la Guardia Nacional de Seguridad intentó silenciar, llegó al radar de Shashank Malhotra, quien estaba diversificando rápidamente sus intereses empresariales y haciendo enemigos en el camino. Shashank necesitaba a alguien con la preparación y la actitud de Dhaval, por lo que rastreó al ex agente de las Fuerzas Especiales; el resto era historia.

Dhaval bajó la ventanilla cuando vio que el jefe de porteros del Amal Palace se acercaba con el bloc de pegatinas para el aparcamiento en una mano y un lápiz en la otra.

—¿Cuánto tiempo se quedará? —preguntó el portero. Estaba ocupado; no dejaban de llegar clientes de negocios para mantener reuniones durante el desayuno.

Dhaval sacó un fajo enrollado de rupias y se lo pasó con disimulo. El dinero desapareció de inmediato en la chaqueta escarlata del portero.

—Me gustaría aparcar por aquí, cerca de la entrada. Seguramente me quedaré una hora o así, no llegará a dos.

Sin decir nada, el portero señaló el último sitio libre frente a la entrada del hotel y a continuación indicó al siguiente coche que avanzara. Dhaval rodeó las columnas exteriores del pórtico y se metió en el lugar señalado. Era perfecto. Tenía una línea de visión despejada hacia la puerta del hotel y su vehículo estaba encarado hacia la salida que daba a la calle.

Dhaval bajó del coche y entró en el vestíbulo. Utilizó un teléfono interno del hotel para llamar a Jennifer Hernández. Lo dejó sonar media docena de veces, le saltó el contestador automático y colgó. Se acercó al comedor principal, el que se utilizaba para los desayunos, y preguntó al maître si había visto a la señorita Jennifer Hernández aquella mañana.

—No, señor —respondió el caballero.

—He de reunirme con ella y ni siquiera sé qué aspecto tiene. ¿Podría darme alguna pista?

—Es una joven muy guapa. De mediana altura; tiene el pelo oscuro, tupido y le llega por los hombros, y tiene muy buen tipo. Suele llevar pantalones vaqueros ajustados y camisetas de algodón.

—Estoy impresionado —dijo Dhaval—. Es una descripción mucho más completa que la que esperaba. Gracias.

—Debo admitir que suelo recordar bien a las mujeres atractivas —dijo el maître con una sonrisa y un guiño—, y no cabe duda de que ella es una mujer muy atractiva.

Dhaval salió del comedor con paso lento, algo confundido. Eran poco más de las ocho y Jennifer no estaba en su habitación ni en la zona de desayuno. Se detuvo en el centro del vestíbulo y miró alrededor por si veía a alguien que encajara con la descripción del maître; nadie. Su mirada atravesó los amplios ventanales y vio a media docena de personas nadando en la piscina.

Salió del hotel y observó a los nadadores. Había dos mujeres más o menos jóvenes. Una tenía el pelo castaño, pero no podía decirse que tuviera buen tipo. La otra era rubia, por lo que también quedaba descartada. Dhaval regresó al edificio por la entrada inferior para echar un vistazo en la sala de masajes y el gimnasio. Había dos personas usando las máquinas de pesas y las bicicletas estáticas, pero ambas eran varones.

Algo desanimado, Dhaval subió la escalera hacia el vestíbulo y se dirigió al mostrador de transporte. El empleado que estaba allí se llamaba Samarjit Rao. La nómina de Sam, como solía llamársele, constaba en la contabilidad oculta de Shashank Malhotra. Cuando Shashank invitaba a clientes de negocios a Delhi, siempre los alojaba en el Amal; solía interesarle saber adónde iba esa gente.

—Señor Narang —dijo Sam en tono respetuoso—. *Namasté*.

Sam sabía quién era Dhaval y se comportaba con el temor adecuado.

—En este hotel se aloja una mujer joven y atractiva, al menos según el maître. Se llama Jennifer Hernández. ¿La conoces?

—Sí. —Sam miró a su alrededor, nervioso.

Otros empleados del hotel también sabían quién era Dhaval.

—Necesito que alguien me la señale. ¿Crees que podrás hacerlo tú?

—Desde luego, señor. Cuando regrese.

—¿Ha salido del hotel?

—Sí, la he visto marcharse poco antes de las ocho.

Dhaval suspiró. Había esperado encontrarla pronto y seguirla cuando saliera.

—Bueno, esperaré por aquí unas cuantas horas —dijo Dhaval—. Compraré un periódico y me sentaré allí, contra la pared. —Señaló unos sillones libres—. Cuando regrese, si regresa, házmelo saber.

El sonido del teléfono a las ocho y cuarto de la mañana sacó a Neil de un sueño profundo. Respondió con miedo, sin saber muy bien dónde se hallaba. Pero se despejó enseguida, dio las gracias al operador y saltó de la cama. Lo primero que hizo fue abrir las cortinas y contemplar la soleada neblina. Justo debajo de su ventana estaba la piscina; había unas cuantas personas nadando. Neil tenía intención de hacer lo mismo en algún momento del día. Sería una buena cura para la ansiedad y el jet lag.

Ilusionado, entró en el cuarto de baño y se metió en la ducha. Se cepilló los dientes, puso un poco de orden en su pelo, y sacó de la maleta una camisa y unos pantalones limpios. Ya a punto, se sentó en el borde de la cama y pulsó el botón del operador con un dedo tembloroso. Su intención era fingir que llamaba desde Los Ángeles y, en el transcurso de la conversación, tratar de averiguar qué planes tenía Jennifer para ese día. Contando con esa información, se le ocurriría alguna forma de sorprenderla.

Le pareció que el operador tardaba siglos en responder. «¡Vamos!», instó impaciente. Cuando el operador por fin contestó, Neil le dio el nombre de Jennifer. Lo siguiente que oyó fueron los tonos del teléfono sonando en la habitación de ella. Su emoción creció al imaginar que en cualquier momento oiría su voz.

Casi doce tonos después, se hizo a la idea de que Jennifer no iba a coger el teléfono, así que colgó. Probó con el número del móvil, pero el contestador saltó al primer tono, lo que le indicó que no lo había encendido. Volvió a colgar. Algo decepcionado, pensó en el siguiente paso. Se dijo que cabía la posibilidad de que Jennifer estuviera en la ducha y que debería volver a llamar a su habitación en cinco o diez minutos, pero con lo nervioso que estaba no iba a quedarse allí sentado. Cogió su tarjeta llave, salió de la habitación y bajó al vestíbulo. Lo siguiente que se le había ocurrido era que Jennifer podría estar desayunando.

El comedor estaba casi lleno. Mientras guardaba cola para hablar con el maître, recorrió con la mirada los distintos niveles de la sala. A la izquierda, contra la pared del fondo, en el nivel elevado, había un bufet bien provisto.

A la derecha, varias alturas por debajo, estaban los ventanales que daban a los jardines y la piscina. Neil sufrió una nueva decepción: no la veía.

—¿Cuántos van a ser? —preguntó el maître cuando llegó su turno.

—Solo uno —respondió Neil.

El maître sacó un menú para dárselo a la camarera que le acompañaría a la mesa cuando Neil preguntó:

—¿Le suena por casualidad una cliente del hotel llamada Jennifer Hernández? Es...

—Me suena —le interrumpió el maître—, y es usted el segundo caballero que la anda buscando esta mañana. No ha venido todavía a desayunar.

—Gracias —dijo Neil, animado. Cuando llamó antes debía de estar en la ducha. Este dejó que la camarera le guiara a una mesa para dos cerca de las ventanas, pero no se sentó—. ¿Dónde está el teléfono interno más cercano? —preguntó.

—Hay varios en el pasillo que lleva a los servicios —respondió la joven. Se los señaló.

Neil le dio las gracias y corrió hacia allí. El corazón se le aceleró de nuevo, y eso le sorprendió. No pensaba que se emocionaría tanto…, y eso le llevó a preguntarse si Jennifer le atraía más de lo que quería admitir. Cuando el operador contestó, Neil volvió a pedirle que le pasara con la habitación de Jennifer. Seguro de que esta vez hablaría con ella, incluso empezó a preparar su primera fase. Pero no le hizo falta. Igual que antes, el teléfono no hizo más que sonar y sonar.

Neil colgó. Había estado tan seguro de que respondería, que la decepción fue mayor que antes. Incluso se le pasó por la cabeza la idea absurda de que Jennifer sabía que iba y lo estaba evitando deliberadamente.

—Menuda ridiculez —murmuró su yo más cuerdo.

Decidió que había llegado el momento de tomar un buen desayuno y se encaminó hacia su mesa. Mientras caminaba, se preguntó si la ausencia de Jennifer tendría algo que ver con el otro caballero que había estado buscándola y, mientras consideraba esa posibilidad, se dio cuenta de otra cosa: estaba celoso.

Se sentó a la mesa de manera que pudiera controlar la entrada del comedor y, a continuación, cogió el menú y le hizo un gesto a la camarera.

El inspector Naresh Prasad giró el volante de su antiguo automóvil blanco Ambassador, propiedad del gobierno, enfiló la rampa hacia el hotel Amal Palace y aceleró hasta la entrada del edificio. Eran casi las nueve de la mañana, por lo que había mucho movimiento de coches que llegaban y descargaban a los clientes de negocios que transportaban.

Cuando le llegó el turno a Naresh, uno de los porteros de ropaje resplandeciente y turbante le hizo señas de que se acercara y enseguida levantó una mano para que se detuviera. Abrió la puerta del Ambassador, se irguió y saludó a Naresh mientras bajaba del coche.

El inspector ya se había sometido varias veces al mismo ritual, por lo que llevaba la cartera abierta y su identificación policial visible. La mostró casi con el brazo estirado para que el portero, de una altura impresionante, pudiera leerla y comprobar la foto si así lo deseaba. Naresh admitió lo gracioso de la escena, ya que él era un hombre bajo. Su metro sesenta hacía que el portero, de más de dos metros de altura, pareciera un gigante.

—Quiero el coche aparcado aquí, junto a la puerta, y listo para salir rápidamente si es necesario —dijo Naresh.

—Como desee, inspector Prasad —contestó el portero, demostrando que había comprobado detenidamente su identificación. Chasqueó los dedos y dio instrucciones a un mozo uniformado para que dejara el coche donde debía.

Algo cohibido, Naresh intentó erguirse para parecer tan alto como pudiera mientras subía los pocos escalones que llevaban a la puerta doble y pasaba junto a un grupo de huéspedes que esperaban su transporte. Ya dentro, barrió con la mirada el amplio vestíbulo y consideró cómo debía proceder. Tras deliberar un momento consigo mismo, decidió que lo más razonable era contar con la ayuda del conserje. No deseaba llamar la atención, por lo que esperó su turno hasta que varios clientes terminaron de entretener a los dos empleados con sus reservas para la cena.

—¿En qué puedo ayudarle, señor? —preguntó uno de los conserjes ataviado con un traje formal y luciendo una sonrisa encantadora.

Naresh estaba impresionado. Aquel hombre y su compañero daban tal sensación de entusiasmo que parecía que disfrutaran de verdad con su trabajo, algo de lo que Naresh rara vez era testigo en el vasto funcionariado indio con que tenía que tratar a diario.

Con prudencia para que no se montara ningún alboroto, Naresh le dejó ver sutilmente su tarjeta de identificación.

—Estoy buscando a una de sus huéspedes. Nada serio. Un simple formalismo. Solo nos preocupa su seguridad.

—¿Qué podemos hacer por usted, inspector? —preguntó el conserje bajando la voz. Se llamaba Sumit.

El segundo conserje terminó de atender a un cliente y se inclinó para unirse a la conversación después de ver la identificación policial de Naresh. Su nombre era Lakshay.

—¿Alguno de los dos conoce a una joven estadounidense que se aloja en el hotel llamada Jennifer Hernández?

—¡Oh, sí! —dijo Lakshay—. Y diría que es una de nuestras huéspedes más agradables y atractivas. Pero de momento solo ha venido al mostrador para pedir un plano de la ciudad. Ningún otro servicio. La he atendido yo.

—Parece una mujer muy agradable —añadió Sumit—. Cuando pasa, siempre nos mira y nos sonríe.

—¿La han visto hoy?

—Yo sí —respondió Sumit—. Ha salido del hotel hace aproximadamente cuarenta minutos. Tú no estabas en ese momento en el mostrador —le dijo a Lakshay, en respuesta a la expresión perpleja de su compañero.

Naresh suspiró.

—Lástima. ¿Iba sola o acompañada?

—Sola, pero no sé si había quedado con alguien fuera.

—¿Cómo iba vestida?

—Muy informal: un polo de colores vivos y vaqueros azules. —Naresh asintió mientras sopesaba sus opciones. Sumit hizo una sugerencia—: Déjeme que salga un segundo y se lo pregunte a los porteros. Tal vez se acuerden de ella.

Sumit abandonó su puesto detrás del mostrador de conserjería y se encaminó hacia el exterior.

—Parece que se lo esté pasando de maravilla —comentó Naresh, mirando por el cristal cómo el viento agitaba la cola de frac del conserje.

—Siempre —dijo Lakshay—. ¿Ha hecho algo malo esa chica?

—No puedo hablar de ello.

Lakshay asintió, algo avergonzado por su evidente curiosidad.

Los dos contemplaron la corta y animada conversación que Sumit mantenía con uno de los sij. Al poco, este regresó.

—Al parecer ha ido al hotel Imperial, eso suponiendo que estemos hablando de la misma mujer. Y estoy bastante seguro de que sí.

Una pareja inglesa de mediana edad se acercó a conserjería. Naresh se hizo a un lado. La pareja pidió que les recomendaran algún sitio para comer en la parte antigua de Delhi, y Naresh aprovechó el momento para meditar su siguiente jugada. Al principio se le ocurrió salir volando hacia el Imperial, pero descartó la idea al darse cuenta de que Jennifer ya llevaba casi una hora fuera y, sin nadie allí capaz de identificarla con seguridad, podría escapársele. Optó por quedarse en el Amal, confiando en que no se pasara todo el día fuera y regresara pronto. Por lo menos allí los conserjes le ayudarían en la identificación.

—Gracias por su ayuda —dijo la mujer inglesa después de que Sumit le anotara una reserva para comer.

Tan pronto como la pareja inglesa se volvió para marcharse, Naresh regresó al mostrador.

—He decidido que haré lo siguiente —anunció—: Me sentaré ahí, en el centro del vestíbulo. Si la señorita Jennifer entra, háganme una seña.

—Será un placer, inspector —dijo Sumit.

Lashkay también asintió.

Jennifer miró al otro lado de la mesa y le impresionó lo bien que Rita Lucas guardaba la compostura. Cuando Jennifer llegó al hotel Imperial, la mujer se disculpó por su aspecto, le explicó que no se había visto con ánimos para arreglarse después de pasar la noche despierta, primero varias horas en el hospital y luego al teléfono con familiares y amigos.

Era una mujer delgada y pálida, al contrario que su difunto marido. Dejaba entrever una especie de rebeldía tímida y desesperada ante la tragedia en que se hallaba.

—Era un buen hombre —estaba diciendo—. Aunque era incapaz de controlar el hambre. Lo intentaba, eso hay que reconocerlo, pero no podía. Y eso que se avergonzaba de su aspecto y de sus limitaciones…

Jennifer asintió; comprendió que la mujer necesitaba desahogarse. Le dio la impresión de que era ella, no su marido, la que se avergonzaba y la que le había insistido en pasar por la cirugía contra la obesidad que, en última instancia, le había causado la muerte.

Rita le había explicado que el hospital intentó presionarla para que decidiera qué quería que hicieran con el cuerpo. Al principio solo lo sugirieron, pero poco a poco se pusieron más insistentes. Rita admitió que, de no haber hablado antes con ella, seguramente se habría rendido y el cuerpo estaría ya camino del crematorio.

—Lo que al final me decidió fue que no pudieran explicarme cómo murió —había explicado—. Primero dijeron que había sido un simple ataque al corazón, luego un infarto cerebral con ataque al corazón, después que el ataque al corazón provocó el infarto cerebral. No se decidían. Y cuando saqué el tema de la autopsia, casi se pusieron agresivos. Bueno, por lo menos el gerente médico se enfadó; al cirujano no parecía que le preocupara.

—¿Te dijeron si cuando tuvo el ataque al corazón se puso azul? —había preguntado Jennifer.

—Sí, el cirujano lo mencionó —había sido la respuesta de Rita—. Dijo que como se le pasó tan rápido con la respiración artificial, creyó que David saldría adelante.

Rita calló un momento y Jennifer devolvió la atención al presente.

—¿Qué hay de esos amigos forenses que vienen para ayudarte con lo de tu abuela? —preguntó Rita—. Me dijiste que también podrían echar un vistazo al caso de mi marido. ¿Sigue en pie la oferta?

—Están de camino, así que no he tenido ocasión de preguntárselo. Pero estoy segura de que no pondrán ninguna pega.

—Se lo agradecería muchísimo. Cuanto más pienso en lo que dijiste de que se lo debemos a nuestros seres queridos, más de acuerdo estoy contigo. Y con todo lo que me has contado, ahora yo también tengo mis sospechas.

—Se lo preguntaré esta noche cuando lleguen, mañana te diré algo —dijo Jennifer.

Rita suspiró; las lágrimas se le acumularon en los ojos y se las limpió cuidadosamente con un pañuelo de papel, primero un ojo y luego el otro.

—Creo que ya no puedo hablar más, y desde luego estoy molida. Será mejor que me vaya arriba. Menos mal que tengo un par de pastillas Xanax de a saber cuándo. Si alguna vez he necesitado algo contra la ansiedad, es ahora.

Las dos mujeres se levantaron y se fundieron en un abrazo espontáneo. A Jennifer le sorprendió lo frágil que parecía el cuerpo de Rita. Le dio la impresión de que le quebraría algunos huesos si hacía demasiada fuerza.

Se despidieron en el vestíbulo. Jennifer prometió llamarla la mañana siguiente y Rita le agradeció que la hubiera escuchado. Después, se separaron.

Mientras Jennifer salía del hotel se prometió que volvería al Amal en un taxi de verdad, nada de mototaxis.

25

Nueva Delhi, jueves 18 de octubre de 2007, 9.45 h

Durante la carrera relativamente corta desde el Imperial hasta el Amal Palace, Jennifer decidió que un taxi normal no era mucho más relajante que una mototaxi, excepto porque estaba cerrado por los lados y eso al menos daba sensación de seguridad. El taxista conducía de una forma tan agresiva como el conductor de la mototaxi, pero el coche era ligeramente menos maniobrable.

De camino, tras consultar la hora, Jennifer se reafirmó en sus planes de salir de turismo por la mañana y hacer algo de ejercicio y tumbarse en la piscina durante la tarde. Su desayuno con Rita había terminado de convencerla de que estaba ocurriendo algo extraño, y no quería obsesionarse con ello. Se había acostumbrado lo suficiente al tráfico de Delhi para que una mirada por la ventanilla le bastara para saber que la hora punta de la mañana estaba tocando a su fin. En vez de avanzar con parones continuos, avanzaban muy lentamente, por lo que aquel era tan buen momento como cualquier otro para recorrer la ciudad.

De vuelta en el hotel, Jennifer no se molestó en subir a su habitación. Utilizó el teléfono interno para llamar a Lucinda Benfatti.

—Espero que no sea demasiado temprano —se disculpó Jennifer.

—Cielos, claro que no —exclamó Lucinda.

—Acabo de desayunar con una mujer cuyo marido murió anoche, no en el Queen Victoria sino en otro hospital similar.

—Si alguien puede entender lo que debe de estar pasando somos nosotras.

—En más de un sentido. El asunto se parece a lo que nosotras ya hemos vivido. Una vez más, la CNN se enteró antes que ella.

—Pues eso ya hace tres muertes —afirmó Lucinda. Estaba atónita—. Dos pueden ser una coincidencia; tres en tres días, no.

—Justo lo que he pensado yo.

—No sabes cuánto me alegra que vengan tus amigos forenses.

—Y a mí, pero hasta que lleguen me siento como si no estuviera haciendo ningún progreso. Intentaré no pensar en ello hoy. A lo mejor hasta consigo comportarme como una turista. ¿Te gustaría acompañarme? En realidad me da igual ver una cosa u otra. Solo quiero distraerme de todo esto.

—Posiblemente sea buena idea, pero no para mí. No me veo capaz.

—¿Estás segura? —preguntó Jennifer, dudando de si debería insistir.

—Segura.

—Y yo diciendo que quiero distraerme de todo esto y en realidad tengo un par de preguntas que hacerte. Primera: ¿te ha dicho tu amigo de Nueva York a qué hora se enteró por la CNN de la defunción de Herbert?

—Sí —respondió Lucinda—. Lo tengo apuntado en algún sitio. ¡Espera! —Jennifer oyó que la mujer movía cosas en la mesa y murmuraba para sí misma. Tardó un minuto en volver al teléfono—. Aquí está. Lo tenía escrito en un sobre. Fue justo antes de las once de la mañana. Se acordaba porque había encendido la tele para ver algo que ponían a las once.

—Vale —dijo Jennifer mientras anotaba la hora—. Y ahora tengo que pedirte algo. ¿Puedo?

—Claro.

—Llama a nuestra amiga Varini y pregúntale qué hora consta en el certificado de defunción. O, si piensas acercarte por allí, pídele que te deje ver el certificado; estás en tu derecho. Querría saber la hora, y te cuento por qué. Yo me enteré del fallecimiento de mi abuela a las ocho menos cuarto de la mañana, hora de Los Ángeles, que son más o menos las ocho y cuarto de la tarde en Nueva Delhi. Cuando pedí el certificado de defunción aquí, la hora que tenía eran las once menos veinticinco, y eso es, como mínimo, curioso. La hora de su muerte era posterior a la que anunciaron por televisión.

—¡Sí que es curioso! Es como si alguien supiera que iba a morir antes de que lo hiciera.

—Exacto —admitió Jennifer—. Bueno, podrían haber hecho alguna cagada aquí en la India que explicara esa diferencia en las horas, como que alguien escribiera once menos veinticinco cuando quería escribir diez menos veinticinco, pero aun así es muy poco tiempo para que alguien avise a la CNN, que ellos lo verifiquen de alguna forma, redacten la noticia sobre el turismo médico y lo emitan.

—Estoy de acuerdo. Lo averiguaré con mucho gusto.

—Y una última cosa —dijo Jennifer—. Cuando encontraron a mi abuela, estaba de color azul. Eso se llama cianosis. No le encuentro ninguna explicación fisiológica. Cuando se produce un ataque al corazón, a veces el paciente puede estar un poco azul, las extremidades, la punta de los dedos, pero no todo el cuerpo. Ya que hay tantas similitudes entre el caso de mi abuela y el de Herbert, me gustaría saber si él también estaba azul.

—¿A quién se lo pregunto?

—A los enfermeros. Son ellos los que saben lo que pasa en un hospital. O a los estudiantes de medicina, si los hay.

—Lo intentaré.

—Siento encargarte tantas tareas.

—No pasa nada. La verdad es que prefiero tener cosas que hacer. Evita que me obsesione con mis emociones.

—Si no te apetece hacer turismo, ¿qué me dices de cenar? ¿Irás al aeropuerto a recoger a tus hijos o los esperarás aquí?

—Iré al aeropuerto. Estoy deseando verlos. Sobre la cena, ¿te lo puedo decir más adelante?

—Claro que sí —afirmó Jennifer—. Te llamaré por la tarde.

Después de despedirse, Jennifer colgó y se apresuró hacia el mostrador de recepción. Ya que había decidido visitar la ciudad, quería salir cuanto antes. Por desgracia, había cola y tuvo que esperar. Cuando llegó su turno y se acercó al mostrador, se dio cuenta de la reacción del conserje. Era como si acabara de reconocer a una vieja amiga. Lo sorprendente era que ni siquiera se trataba del empleado que le había dado el plano de la ciudad el día anterior.

—Querría que me aconsejara un poco —dijo Jennifer, observando los ojos oscuros del hombre. La mirada del conserje, en cambio, se desviaba intermitentemente por encima del hombro de la joven hacia el vestíbulo, hasta el punto que esta se giró para ver si pasaba algo, pero no le pareció que hubiera nada raro.

—¿Sobre qué puedo aconsejarle? —preguntó el hombre, enlazando por fin su mirada con la de ella.

—Esta mañana me gustaría hacer algo de turismo —declaró. Se fijó en que el conserje se llamaba Sumit—. ¿Qué me recomienda para pasar dos o tres horas?

—¿Ha visto la Vieja Delhi? —preguntó este.

—No he visto nada.

—Entonces le aconsejo la Vieja Delhi, sin duda —dijo Sumit mientras cogía un plano de la ciudad. Lo abrió con una sacudida experta y lo alisó sobre el mostrador. Jennifer lo examinó. Era idéntico al que le habían dado el día anterior—. Mire, esta es la zona de la Vieja Delhi. —Sumit señaló con el índice de la mano izquierda. Ella lo siguió con la mirada, pero vio con el rabillo del ojo que el hombre alzaba la mano derecha por encima de la cabeza, como si intentara llamar la atención de alguien. Jennifer volvió a girar la cabeza hacia el vestíbulo para ver a quién saludaba Sumit, pero no había nadie que le devolviera el gesto. Miró de nuevo al conserje. Parecía avergonzado; bajó la mano como un niño al que sorprenden intentando hacerse con el bote de galletas—. Lo siento —se disculpó—, solo intentaba saludar a un viejo amigo.

—No pasa nada —respondió Jennifer—. ¿Qué debería visitar en la Vieja Delhi?

—No puede perderse el Fuerte Rojo —dijo, señalándolo en el plano. Cogió la guía de viaje de Jennifer y la abrió por la página indicada—. Después del Taj Mahal, en Agra, tal vez sea el edificio más interesante de toda la India. A mí me gusta especialmente el Diwan-i-Aam.

—Suena interesante —comentó Jennifer, dándose cuenta de que el hombre ya no parecía en absoluto distraído.

—Buenos días, señorita Hernández —dijo el segundo conserje cuando terminó de atender a su último cliente y esperaba a que se acercara el siguiente. Era él quien le había el dado el plano de la ciudad el día anterior.

—Buenos días —respondió Jennifer.

—La señorita Hernández va a visitar la Vieja Delhi —le dijo Sumit a Lakshay.

—Le encantará —aseguró Lakshay mientras hacía un gesto al siguiente huésped del hotel para que avanzara.

—¿Y después de ver el Fuerte Rojo? —pidió consejo Jennifer.

—Después le recomiendo que visite la mezquita Jama Masjid, construida por el mismo emperador mogol. Es la mayor mezquita de la India.

—¿Esta zona que hay entre los dos edificios es un bazar? —preguntó Jennifer.

—No es solo un bazar, es el bazar. Es un pasmoso laberinto de estrechos *galis* y *katras* más estrechos aún donde se puede comprar casi cualquier cosa. Las tiendas son minúsculas y las regentan verdaderos mercaderes, por lo que debe regatear. Es maravilloso. Le recomiendo que dé un paseo por el bazar, haga alguna compra si le apetece y luego vaya a comer a un restaurante llamado Karim's, aquí —le aconsejó Sumit señalando en el mapa—. Es el restaurante de comida mogol más auténtico de toda Nueva Delhi.

—¿Es de fiar? —quiso saber Jennifer—. Preferiría no tener la descomposición del turista.

—Muy de fiar. Conozco al maître. Le llamaré para decirle que tal vez se pase usted por allí. Si lo hace, pregunte por Amit Singh. Él se ocupará bien de usted.

—Gracias —respondió ella—. Parece un buen plan.

Intentó doblar el plano para que recuperara su forma inicial. Sumit se lo cogió de las manos y lo plegó con maña.

—¿Puedo preguntarle cómo va a desplazarse hasta la Vieja Delhi?

—Aún no me lo había planteado.

—Permítame aconsejarle que tome un coche del hotel. Podemos proporcionarle un chófer que hable inglés, y además el coche tiene aire acondicionado. Es algo más caro que un taxi, pero, excepto mientras visite los edificios o el bazar, el conductor se quedará con usted.

A Jennifer la idea le gustó de inmediato. Dado que aquella visita a la ciudad podría ser su única y última oportunidad, decidió que debería hacerla bien y, para una turista primeriza, el coche podía ser la diferencia entre disfrutarla o no.

—¿Y dice que no cuesta mucho más que un taxi? —preguntó Jennifer para estar segura.

—Así es, si paga el taxi por horas. Es un servicio que el hotel brinda a sus clientes.

—¿Qué hago para contratarlo? Solo me iría bien si hubiera un coche disponible ahora mismo.

Sumit señaló hacia un mostrador similar al suyo que estaba al otro lado del vestíbulo, cerca de la entrada principal.

—Ese es el mostrador de transportes, justo al otro lado. Mi colega, el que viste de forma parecida a mí, es el encargado. Le aseguro que la ayudará en cuanto pueda.

Jennifer zigzagueó entre la gente que entraba y salía del hotel en dirección al mostrador de transportes. No se percató del hombre con entradas y cara redonda, casi diez centímetros más bajo que ella, que se levantó del sillón que ocupaba en el centro del vestíbulo y se acercó a los conserjes. Pero poco después, mientras el encargado de transportes terminaba una conversación telefónica, lo vio por casualidad. Se fijó en él porque estaba hablando con uno de los porteros, con turbante y altísimo, y en comparación parecía mucho más bajo de lo que era en realidad.

—¿Puedo ayudarle? —preguntó el encargado de transportes mientras colgaba el teléfono.

Jennifer empezó a explicarse y observó en el hombre una reacción parecida a la que había mostrado el conserje: una especie de reconocimiento distraído. Se sintió cohibida al instante, preocupada por si se le había pasado por alto algo en su aspecto, como que se le hubiera quedado algún resto de comida entre los dientes. Por puro reflejo, se pasó la lengua por la dentadura.

—¿Puedo ayudarle? —repitió el hombre. Jennifer vio que se llamaba Samarjit Rao. No recordaba haber hablado antes con él.

—¿Nos conocemos? —preguntó Jennifer.

—Por desgracia, no; al menos en persona. Pero yo organicé su transporte desde el aeropuerto el martes por la noche, y también sé que irá usted en uno de los coches que realizarán una de las recogidas programadas para esta noche. Además, la administración fomenta que nos familiaricemos con los nombres y las caras de nuestros huéspedes.

—Impresionante —exclamó Jennifer.

Preguntó entonces cuánto le costaría contratar un coche para tres horas aproximadamente, y si había alguno disponible con un chófer que hablara inglés.

Samarjit le dijo el precio, y resultó ser menos de lo que ella esperaba. En cuanto le confirmó que había un coche disponible con un chófer que hablaba inglés, Jennifer lo solicitó. Cinco minutos después la enviaron al pórtico y le dijeron que el Mercedes llegaría en breve desde el garaje. También le dijeron que el conductor se llamaba Ranjeet Basoka y que los porteros sij estaban informados y le indicarían de qué vehículo se trataba.

Mientras esperaba que apareciese su coche, Jennifer se entretuvo observando la mezcla de nacionalidades; no se fijó en un hombre vestido de negro, con varias cadenas de oro al cuello, que salía del hotel, esquivaba la multitud y se subía a un Mercedes negro. Tampoco se dio cuenta de que aquel hombre, en lugar de arrancar el motor, se quedaba sentado en el asiento del conductor, tamborileando con los dedos sobre el volante.

—¿Le apetece un poco más de café? —preguntó el camarero.

—No, muchas gracias —respondió Neil.

Dobló el periódico que le habían dado, se levantó y se desperezó. El desayuno había sido estupendo. El bufet era uno de los más completos que había visto nunca, y había probado casi todo lo que ofrecía. Ya había firmado la cuenta, por lo que salió al bullicioso vestíbulo preguntándose qué planes tenía. Vio el mostrador de conserjería y se le ocurrió que podía empezar por allí.

Pasó un tiempo antes de que le llegara su turno.

—Me alojo en este hotel y... —empezó a decir.

—Por supuesto —dijo Lakshay—. Usted es el *sahib* Neil McCulgan.

—¿Cómo es que sabe mi nombre?

—Por las mañanas, cuando llego aquí, si tengo tiempo procuro familiarizarme con los nuevos huéspedes. A veces me equivoco, pero suelo acertar.

—Entonces debe de sonarle Jennifer Hernández.

—Desde luego. ¿Es usted un conocido suyo?

—Sí. Ella no sabe que estoy aquí. Es una especie de sorpresa.

—Un segundo —dijo Lakshay mientras salía a toda prisa de detrás del mostrador. Antes de cruzar la puerta a la carrera volvió a hablar—: Espere aquí.

Neil, desconcertado, vio a través del cristal que el portero iba directo hacia uno de sus coloridos colegas. Mantuvieron una rápida conversación y luego Lakshay volvió corriendo al interior. Le costó un poco recuperar el aliento.

—Lo lamento —se disculpó—. La señorita Hernández estaba aquí hace solo dos minutos. He pensado que quizá podría alcanzarla, pero acaba de irse en el coche.

El semblante de Neil se iluminó.

—¿Estaba aquí, en este mostrador, hace poco?

—Sí. Nos ha pedido algunas recomendaciones para hacer turismo. La hemos enviado al Fuerte Rojo, en la Vieja Delhi, a la mezquita Jama Masjid y al bazar de Delhi. Es posible que almuerce en un restaurante llamado Karim's.

—En ese orden.

—Así es. Si se da prisa, creo que podría alcanzarla en el Fuerte Rojo.

Neil se encaminaba ya hacia la salida del hotel cuando le llamó el segundo conserje:

—Va en un coche del hotel, un Mercedes negro. Pregúntele el número de matrícula al encargado de transportes. Podría serle útil.

Neil asintió e hizo un gesto para indicar que lo había entendido. A continuación se dirigió hacia el mostrador de transportes, consiguió la matrícula y el número del móvil del chófer, y salió corriendo a buscar un taxi.

Jennifer se alegró al instante de haberse dejado convencer por el conserje para que alquilara un coche del hotel. Envuelta por la comodidad que ofrecía el silencioso Mercedes con aire acondicionado, se sentía como en otro planeta, sobre todo comparado con la mototaxi y el taxi. Disfrutó del primer cuarto de hora contemplando el espectáculo de las calles indias, la fantástica diversidad de medios de transporte, el gentío, y la mezcla de animales, desde impacientes monos hasta aburridas vacas. Incluso vio su primer elefante indio.

Ranjeet, el chófer, vestía un uniforme de color azul oscuro, ceñido y perfectamente planchado. Aunque hablaba inglés, tenía un acento tan fuerte que a Jennifer le costaba entenderle. Intentó esforzarse cuando le señaló varios monumentos, pero terminó por rendirse y se limitó a asentir y a decir cosas como «Muy interesante» o «Es maravilloso». Al cabo de un tiempo abrió la guía de viaje por la sección dedicada al Fuerte Rojo. El conductor se dio cuenta a los pocos minutos de que estaba concentrada en el libro y guardó silencio.

Jennifer leyó durante casi media hora sobre la arquitectura del fuerte, así como parte de su historia; estaba tan absorta que no era consciente del tráfico ni del itinerario. Tampoco era consciente de que les seguían dos coches: un Ambassador blanco y un Mercedes negro. En algunos momentos ambos vehículos le seguían muy de cerca, en particular cuando todos debían detenerse por algún semáforo en rojo o el típico embotellamiento. En otras ocasiones se alejaban bastante, aunque nunca se perdían de vista.

—Pronto veremos el Fuerte Rojo a nuestra derecha —informó Ranjeet—, justo después de este semáforo.

Jennifer apartó la mirada de su guía, en la que ya había pasado del Fuerte Rojo a la Jama Masjid. Lo primero que le llamó la atención era que la Vieja Delhi estaba mucho más abarrotada que Nueva Delhi, de gente y de vehículos; el cambio era patente en el número de bicitaxis y carretas tiradas por animales. También había más basura y desechos de todo tipo. La actividad era asimismo más intensa: había gente afeitándose y cortándose el pelo, recibiendo tratamiento médico, comprando comida rápida, dándose masajes, limpiándose las orejas, lavando la ropa, reparando el calzado y poniéndose empastes en los dientes. Todo al aire libre, con un equipamiento mínimo. El barbero no tenía más que una silla, un espejo diminuto y agrietado, unos pocos instrumentos, un cubo de agua y un trapo grande.

Jennifer estaba anonadada. Todas las partes de la vida que en Occidente se ocultaban a puerta cerrada, allí se llevaban a cabo al aire libre. Los ojos de Jennifer no daban abasto. Cada vez que veía una actividad y quería preguntarle al chófer qué hacían o por qué lo hacían al aire libre, veía algo aún más sorprendente.

—Ahí está el Fuerte Rojo —dijo Ranjeet con orgullo.

Jennifer miró al otro lado del parabrisas, hacia una impresionante estructura con almenas hecha de arenisca roja, mucho más grande de lo que había imaginado.

—Es enorme —consiguió decir. Estaba boquiabierta.

Avanzaban en paralelo a su muralla occidental, que parecía no tener fin.

—La entrada está al final, a la derecha —dijo Ranjeet mientras señalaba hacia delante—. Se llama la Puerta Lahore. El primer ministro pronuncia su discurso del Día de la Independencia desde ese lugar.

Jennifer no le estaba escuchando. El Fuerte Rojo era abrumador. Al leer sobre él había visualizado un edificio de tamaño similar al de la Biblioteca Pública de Nueva York, pero era inmensamente más grande y se había construido con un estilo de lo más exótico. Para explorarlo como merecía, habría que dedicarle un día entero, no una hora, como ella tenía en mente.

Ranjeet cruzó hacia la zona de aparcamiento que había frente a la Puerta Lahore. Había bastantes autobuses de turistas estacionados a un lado. Ranjeet fue hacia allí y se detuvo cerca de una tienda de recuerdos.

—La esperaré ahí —explicó, señalando unos árboles que daban cierta sombra—. Si al salir no me ve, llámeme y regresaré aquí de inmediato.

Jennifer cogió la tarjeta que le ofrecía el chófer, pero no le respondió. Aturdida por la inmensidad del fuerte, pensó que era inútil intentar ver cualquier edificio de ese tamaño en una hora. No le haría justicia. A ese sentimiento negativo se añadían el cansancio general que aún sentía por el jet lag, la sensación de arrullo que le había provocado el coche, y el hecho de que no era muy aficionada a visitar edificios antiguos. Lo suyo era la gente. Puesta a hacer el esfuerzo, prefería mil veces ver gente que arquitectura en ruinas. Le interesaba mucho más el espectáculo de la vida callejera india, de parte del cual había sido testigo desde el coche.

—¿Tiene algún problema, señorita Hernández? —le preguntó Ranjeet. Después de darle su tarjeta, seguía mirando a Jennifer, que ni siquiera había hecho ademán de moverse.

—No —contestó Jennifer—. Es que acabo de cambiar de opinión. Estamos cerca de la zona del bazar, ¿verdad?

—Sí, ya lo creo —dijo Ranjeet. Señaló al otro lado de la carretera que corría paralela al muro del Fuerte Rojo—. Toda la zona al sur de Chandni Chowk, esa calle principal que sale del Fuerte Rojo, es la zona del bazar.

—¿Hay algún lugar donde pueda aparcar bien el coche mientras doy una vuelta por ahí?

—Sí. En la mezquita Jama Masjid hay un aparcamiento. Está en el extremo sur del bazar.

—Vayamos allí —dijo Jennifer.

Ranjeet hizo un diestro cambio de sentido en tres maniobras y aceleró para deshacer el camino que habían seguido, levantando una nube de polvo amarillento. Hizo sonar el claxon cuando casi atropellaron a un hombre vestido de negro que llevaba una chaqueta al hombro. A quien no vio Ranjeet fue a otro hombre bajito, junto a un puesto de refrescos, que tiraba una lata de soda y corría hacia su coche.

—¿Chandni Chowk es también un distrito, además de una calle? —preguntó Jennifer. Había vuelto a su guía de viaje—. Me confundo un poco.

—Es las dos cosas —explicó Ranjeet.

Se había parado en un semáforo en rojo, pero eso no impidió que su claxon volviera a sonar cuando un taxi cruzó hacia el aparcamiento de la Puerta Lahore con más velocidad de la apropiada y casi les rozó al pasar. Ranjeet movió su puño en el aire y gritó unas palabras en hindi que, según supuso Jennifer, no debían de ser las más utilizadas en las reuniones de la alta sociedad.

—Perdóneme —se disculpó Ranjeet.

—Ha hecho bien, no se preocupe —dijo Jennifer. A ella el taxi también la había asustado.

El semáforo se puso en verde y Ranjeet giró al sur para incorporarse a la autovía Netaji Subhast Marg, que discurría frente al Fuerte Rojo.

—¿Ha subido usted en un *rickshaw*, señorita Hernández?

—No —admitió Jennifer—, aunque sí en mototaxi.

—Le recomiendo que pruebe el *rickshaw*, particularmente aquí, en Chandni Chowk. Puedo conseguirle uno en la Jama Masjid para que la lleve por el bazar. Los callejones se llaman *galis*; son estrechos y están llenos de gente. Los *katras* son todavía más estrechos. Le hará falta un *rickshaw* si no quiere perderse, para que la devuelva al coche cuando así lo desee.

—Supongo que debería probar —dijo Jennifer sin demasiado entusiasmo. Pensó que debería ser más aventurera.

Ranjeet salió por la derecha de la amplia avenida y enseguida quedó envuelto por el tráfico de una calle estrecha que avanzaba a trompicones. No se hallaban en el bazar en sí, pero a ambos lados de la calle se alineaban tiendas no muy grandes con una oferta variadísima, desde utensilios de cocina de acero inoxidable hasta excursiones en autobús por Rajastán. El coche avanzaba con lentitud y Jennifer pudo contemplar cómo la multitud de rostros de los lugareños reflejaba la vertiginosa variedad de grupos étnicos y culturas que milagrosamente se habían unido a lo largo de milenios para dar forma a la India actual.

La calle estrecha acababa en la pintoresca mezquita Jama Masjid, donde Ranjeet giró a la izquierda para internarse en un aparcamiento atestado. Bajó del coche y pidió a Jennifer que esperase un momento.

Mientras lo hacía, se percató de un rasgo característico del temperamento indio. A nadie parecía importarle que Ranjeet acabara de dejar el coche en pleno centro de una ajetreada zona de aparcamiento. Era como si el vehículo fuera invisible, a pesar de estar bloqueando el paso. No quiso ni imaginarse el revuelo que habría causado hacer algo parecido en Nueva York.

Ranjeet volvió seguido de un *rickshaw*. Jennifer se quedó de piedra. El ciclista era delgado como un palo y tenía las mejillas hundidas por la falta de proteínas. Si no parecía capaz de llegar muy lejos caminando, mucho menos de pedalear con la suficiente fuerza para mover un triciclo con los cincuenta y dos kilos de Jennifer a cuestas.

—Este es Ajay —dijo Ranjeet—. La llevará por el bazar, a donde usted le diga que quiere ir. Le he propuesto el Dariba Kalan, con sus adornos de oro y plata. También podría gustarle visitar algunos templos. Cuando quiera volver al coche, dígaselo.

Jennifer salió del coche y se sentó con cierta desgana en el duro asiento del *rickshaw*. Vio que apenas había donde agarrarse, y eso hizo que se sintiera vulnerable. Ajay se inclinó hacia delante y luego empezó a pedalear sin decir palabra. Para sorpresa de Jennifer, impulsaba la bicicleta con aparente facilidad poniéndose de pie sobre los pedales. Tras recorrer la fachada de la Jama Masjid se adentraron en el extenso bazar.

Cuando Dhaval Narang volvió a su coche, junto a la Puerta Lahore del Fuerte Rojo, Ranjeet ya tenía el semáforo en verde y avanzaba hacia el sur para unirse al tráfico procedente del bulevar Chandni Chowk. Dhaval aceleró para pasar el semáforo antes de que se pusiera en rojo y siguió al coche del hotel intentando a la desesperada no perderlo de vista. Había mucho tráfico y no le fue fácil, aunque conducía de manera muy agresiva para no quedarse atrás. Le fue bien hasta que un autobús se le puso delante y le bloqueó incluso la visión.

Dhaval decidió arriesgarse; pisó el acelerador, cambió de carril frente a un camión que venía en dirección contraria, y logró adelantar al autobús, que iba repleto. La lástima fue que cuando volvió a tener una buena visión al frente, Ranjeet se había esfumado. Dhaval redujo la marcha y fue escrutando las calles que salían hacia el oeste a medida que pasaba junto a ellas. Al poco tuvo que detenerse en un semáforo y dejar pasar a la multitud que cruzaba la Netaji Subhast Marg.

Estaba contrariado; golpeteaba con impaciencia el volante mientras esperaba a que el semáforo cambiara. Al principio le alegró lo del Fuerte Rojo; era grande y siempre estaba lleno de turistas, y eso facilitaba dar el golpe y fundirse con la multitud sin miedo a que lo atraparan. Pero de repente Ranjeet se marchó y Dhaval no tenía ni idea de adónde se dirigía ni por qué.

Cuando el semáforo se puso en verde, Dhaval tuvo que esperar con impaciencia mientras los vehículos que tenía delante se ponían lentamente en marcha. En la siguiente esquina echó un vistazo en dirección a la mezquita Jama Masjid y en un abrir y cerrar de ojos se decidió. A medio camino de la mezquita, parado en un atasco, le pareció ver el Mercedes del Amal Palace.

De repente Dhaval giró el volante a la derecha y se metió entre el tráfico que avanzaba en dirección contraria, lo que obligó a varios vehículos a dar un frenazo. Apretaba la mandíbula, casi daba por hecho que en cualquier momento oiría el estrépito de un coche, pero por suerte solo hubo chirridos de neumático, cláxones y gritos de furia. Había decidido que llegaría hasta la mezquita tanto si el coche negro era un vehículo del hotel como si no. Si Jennifer Hernández no estaba allí, regresaría al Amal Palace.

Le tomó algún tiempo llegar delante de la mezquita por la lentitud del tráfico, que avanzaba dificultosamente por la calle secundaria, y girar hacia los aparcamientos que había a la izquierda. Tan pronto como lo hizo, vio que el coche del hotel estaba aparcando. Un vistazo rápido por encima del hombro hacia el otro lado lo recompensó como esperaba: vio a Jennifer montada en un *rickshaw* justo antes de que desapareciera en uno de los abarrotados *galis*.

El inspector Naresh Prasad conocía el itinerario que Jennifer pensaba seguir en su gira por la Vieja Delhi, por lo que enseguida supuso que había cambiado de idea sobre el Fuerte Rojo y seguía hacia la Jama Masjid. Hasta cierto punto, Naresh avanzaba deprisa, pero no vio la necesidad de arriesgarse. Aunque no deseaba perderla, cada vez se planteaba más la necesidad de seguirla mientras actuaba como una simple turista. Hubiera preferido averiguar con quién había desayunado aquella mañana en vez de convertirse en su sombra mientras ella disfrutaba de las vistas.

Cuando entró en el aparcamiento y puso punto muerto, observó a un hombre vestido de negro que salía de un Mercedes. Era el mismo hombre al que Naresh había visto unos minutos antes correr hacia el coche mientras Jennifer Hernández abandonaba el Fuerte Rojo. Picado por la curiosidad, bajó rápidamente del vehículo.

A Neil no le quedo más remedio que sonreír mientras corría frente a la mezquita Jama Masjid. Le estaba costando horrores sorprender a Jennifer. Se preguntó qué habría ocurrido en el Fuerte Rojo. Cuando él visitó la India cinco meses atrás, el Fuerte Rojo fue uno de sus lugares turísticos favoritos, pero Jennifer por lo visto no pensaba lo mismo.

Un minuto antes, por pura suerte, Neil había entrevisto a Jennifer intentando mantener el equilibrio en un *rickshaw* y a punto de ser engullida por la laberíntica Delhi. Le gritó al taxista que parase, lanzó el dinero de la carrera al asiento del copiloto y abandonó el vehículo de un salto, pero lo único que consiguió fue quedarse atascado entre la multitud que se agolpaba a la entrada de la mezquita. Cuando por fin salió de allí, Jennifer ya no estaba.

Neil entró en el bazar y tuvo que reducir el paso a un trote lento. Al principio no estuvo seguro de la dirección que Jennifer había tomado, pero tras un par de minutos de footing volvió a verla. La tenía a unos quince metros por delante.

Jennifer no estaba pasándolo nada bien. El asiento del *rickshaw* era duro y el callejón estaba lleno de baches. En varias ocasiones, cuando los neumáticos de la bicicleta se metían en algún hoyo, creyó que iba a caerse. Los callejones, las callejuelas y los todavía más estrechos *katras* estaban horriblemente llenos de gente, eran ruidosos, frenéticos, vibrantes y caóticos, todo al mismo tiempo. Sobre ella pendía como una telaraña una miríada de cables eléctricos y tuberías. Una sinfonía de olores deliciosa y nauseabunda, formada entre otras cosas por especias, orina, heces de animales y jazmín, lo envolvía todo.

Agarrada como si le fuera la vida en ello, pensó que tal vez aquella experiencia le habría parecido más interesante de no ser por la muerte de su abuela, que no lograba apartar de su conciencia por intenso que fuera el bombardeo sobre sus sentidos. Aunque estaba sobrellevando la tragedia mucho mejor de lo que esperaba antes de llegar a la India, seguía afectándole negativamente en muchos aspectos. Así, el bazar le parecía sucio, lleno de basura e inmundicias y exageradamente repleto de gente. La mayoría de las tiendas no eran más que agujeros en las paredes con un montón de trastos a la venta como derramándose en la calle. Aún no había visto la parte donde se comerciaba con oro y plata, ni tampoco la zona de las especias, pero ya tenía suficiente. Sencillamente no tenía ánimo para seguir con aquello.

Se disponía a intentar decirle al ciclista que quería volver —de hecho ya se había inclinado hacia delante, mientras se sujetaba con la mano izquierda y sostenía el bolso en su regazo con la derecha, para tratar de llamar la atención del hombre—, cuando con el rabillo del ojo atisbó cierto alboroto. Se volvió hacia la izquierda, bajó la vista, y se encontró mirando el cañón de una pistola. Por encima del arma vio el rostro delgado, duro e inexpresivo de un hombre.

Lo siguiente que se oyó en los abarrotados *galis* fue el alarmante sonido de dos disparos. Los que se hallaban cerca de la víctima y miraban en su dirección fueron testigos del poder destructivo de una bala de nueve milímetros que atravesó el cráneo y salió por el lado izquierdo de la cara del hombre. Casi toda la mejilla izquierda de la víctima estalló y dejó al desnudo la parte superior e inferior de la dentadura.

26

Delhi, jueves 18 de octubre de 2007, 10.52 h

El tiempo se detuvo un instante. Se hizo el silencio. Todos los que estaban allí enmudecieron durante lo que tarda un corazón en dar un latido. El disparo en un estrecho y sinuoso callejón les había dejado un zumbido en los oídos. Pero un segundo después la calle se transformó en un tornado, todo el mundo gritaba y corría presa del pánico.

El famélico ciclista que transportaba a Jennifer fue uno de los primeros en huir; saltó del triciclo y echó a correr hacia los *galis* sin agarrarse siquiera el *dhoti*. Por desnutrido que pareciera, tenía un fuerte instinto de supervivencia.

Al saltar, se había dado impulso con los pies, con lo que la rueda delantera del *rickshaw* giró bruscamente y la propia inercia del triciclo lo empujó hacia delante. Cuando volcó, Jennifer salió disparada contra el mugriento asfalto. Con el bolso todavía en su hombro, cayó despatarrada en el suelo; tenía rasguños en la nariz y el codo derecho. En aquel momento no le preocupó sobre qué había caído. Casi en el mismo instante en que aterrizó, se puso en pie y echó a correr con todos los demás.

En unos segundos el bazar se convirtió en una marea de gente que corría a meterse en las tiendas. Estas reaccionaban cual almejas: en cuanto el alboroto se acercaba a ellas, sus puertas se cerraban con fuerza desde el interior; echaban los cerrojos y la mercancía quedaba en la calle, pisoteada, aplastada.

Jennifer no tenía ni la menor idea de adónde iba, pero se conformaba con que sus azorados pies la llevaran rápidamente a donde fuera con tal de que la alejaran del lugar del disparo. Solo podía pensar en la imagen fugaz de aquel individuo de negro que apuntaba a su cara. En el último segundo había visto desaparecer por completo la mejilla izquierda del hombre: un instante estaba allí, al siguiente ya no. Y entonces el pistolero le pareció la encarnación de la Muerte.

Se dio cuenta de que la gente corría en direcciones distintas, aunque la mayoría bajaba la calle y giraba en la primera esquina a la derecha. Agotada por la carrera, vio que varias personas intentaban colarse en una tienda grande que había tras la esquina. El propietario se quejaba y trataba de cerrar la puerta, pero la gente no le hacía caso. Jennifer se mezcló con ellos y se abrió paso hacia el interior; había visto a dos policías malvestidos en tonos caqui que pretendían detener el pánico golpeando a la gente con largas varas de bambú a medida que se acercaban a ellos en espantada.

Jennifer irrumpió en la tienda, echó un vistazo al género y supo que estaba en una carnicería. Cerca de la puerta había montones y montones de pequeñas cajas llenas de cacareantes pollos y un par de patos. Al fondo vio algunos cerdos y un cordero. El local hedía y estaba horriblemente sucio. Una capa de sangre seca recubría el suelo. Había moscas por todas partes. Le costaba mantenerlas lejos de su cara.

Mientras el propietario discutía con los otros intrusos que se habían colado, Jennifer buscó algún lugar donde ocultarse, donde pudiera recobrar el aliento y poner orden en su cabeza. El miedo la tenía abrumada. Halló una cortina llena de manchas y, sabiendo que no podía ser exigente, la apartó y dio un paso al otro lado.

Se dio cuenta demasiado tarde de que había dos ladrillos donde se suponía que debía haber puesto los pies. Se había metido sin darse cuenta en un lavabo improvisado. Cerró la cortina e intentó mantener el equilibrio sobre los ladrillos. A continuación giró sobre sí misma sin pisar el suelo. El váter consistía en un agujero, dos ladrillos y un grifo.

En la estrecha tienda el mercader y los intrusos seguían discutiendo. Jennifer supuso que hablaban en hindi. Procuró no respirar por la nariz. El olor era repugnante.

Ahora que había dejado de moverse, Jennifer se estremeció. Miró sus manos y luego, indecisa, las olió. Fuera lo que fuese contra lo que había caído al salir disparada del triciclo, no olía bien. Al menos no eran heces. Bajó la mirada al grifo, se encogió de hombros y se inclinó para enjuagarse las manos. En aquel momento los sonidos cambiaron, como si hubiera entrado alguien más en la tienda y estuviera discutiendo con el dueño. Esta vez era en inglés. Pero quienquiera que fuera no hablaba mucho. El propietario, furioso, llevaba la voz cantante. Entonces se oyó un ruido muy fuerte y los cerdos empezaron a chillar y los corderos a balar.

Jennifer, preocupada por lo que pudiera estar pasando, se irguió, se dio la vuelta y escuchó. Le pareció que el tendero estaba intentando levantarse. En el mismo instante en que Jennifer se armaba de valor para echar una ojeada por un lado de la cortina, la apartaron de sopetón a un lado. Jennifer gritó, y la persona que había apartado la cortina, también.

Era Neil McCulgan.

—Dios mío, casi me matas del susto —protestó Neil apretándose el pecho con una mano.

—¿Tú? —protestó Jennifer con igual vehemencia—. ¿Y yo qué? ¿Y qué demonios estás haciendo aquí?

—Ya tendremos tiempo para explicaciones —dijo Neil.

Le tendió una mano para ayudarla a bajar de los ladrillos. Tras él, el dueño de la tienda intentaba quitarse de encima un montón de cajitas con pollos adonde, al parecer, lo habían empujado. Varias cajas se habían roto, y los pollos liberados caminaban nerviosos por las inmediaciones.

Jennifer negó con la cabeza y levantó las manos como aviso.

—Más vale que no me toques. He salido volando de un triciclo hasta...

—Lo sé. Lo he visto.

—¿De verdad? —Jennifer bajó de los ladrillos. Echó un breve vistazo a los seis indios que había seguido hasta la tienda.

—Ya lo creo que sí.

—¡Americanos, largaos! —chilló el tendero después de capturar los pollos y embutir a los pobres pájaros en otras cajas ya ocupadas—. ¡Fuera de aquí todo el mundo!

—¡Vámonos! —dijo Neil, interponiéndose entre el dueño y Jennifer—. No hay por qué salir corriendo.

En el exterior las cosas casi habían regresado a la normalidad. La gente ya no estaba aterrorizada y vagaba de nuevo por las calles. Las tiendas habían vuelto a abrir y los dos policías ya no pegaban a nadie. Y lo mejor de todo era que no parecía que hubiera más heridos que la víctima del disparo.

—¡Vale, ya estamos lo bastante lejos! —exclamó Jennifer, deteniéndose en el centro del callejón. Había tenido un momento para pensar en lo que acababa de vivir y temblaba. Todo había sucedido muy rápido—. ¿Sabes qué ha pasado?

—Más o menos —dijo Neil—. Yo iba detrás de ti, intentando alcanzarte, cuando han disparado. Llevo siguiéndote la pista desde que has salido del hotel. Te perdí en el Fuerte Rojo.

—No me veía con ánimos suficientes para visitarlo —confesó Jennifer—, y resulta que el bazar tampoco. Estaba intentando que el ciclista diera la vuelta y me dejara en el coche cuando alguien ha disparado.

—Pues yo he llegado a la mezquita y he visto que te ibas en el *rickshaw*. He tenido que correr entre toda la gente que había delante de la mezquita para no perderte en este laberinto. —Neil barrió el aire con la mano—. No estaba seguro de por dónde habías ido. Pero he corrido todo lo que he podido a pesar del gentío. Entonces te he visto y me he dado cuenta de que alguien se te acercaba por detrás y sacaba una pistola. He gritado como un loco y he corrido aún más, pero un tío bajito que estaba detrás del primero ha sido más rápido. Era como un pistolero profesional. Ha sacado una pistola y... pum, pum. Entonces ha gritado: «¡Policía!», y ha levantado una placa. Eso ha sido todo. He visto cómo te caías de la bici y te largabas. Me ha costado no perderte de vista. Chica, sí que corres.

—¿Crees que el tío de la pistola iba a dispararme? —preguntó Jennifer con ansiedad. Consternada, empezó a llevarse una mano a la cara pero se lo pensó mejor.

Neil apretó los labios y alzó los hombros.

—Eso es lo que parecía. Bueno, supongo que cabe la posibilidad de que intentara atracarte, pero me parece que no. Ha actuado con demasiada determinación. ¿Hay alguien que pueda querer matarte?

Neil dejó la pregunta en el aire, como si no pudiera creer lo que acababa de decir.

—Hombre, hay un par de personas que están enfadadas conmigo, pero no lo bastante para que quieran matarme. O al menos, no lo creo.

—Tal vez te confundieron con otra persona...

Jennifer apartó la mirada, negó y soltó una carcajada desprovista de humor.

—Dios, no tiene sentido morir por lo que he estado haciendo. Ni hablar. Si no ha sido por error, yo me largo de este sitio, aunque esté lo de mi abuela.

—¿Estás segura de que no hay nadie que de verdad esté enfadado contigo?

—La gerente médica de mi abuela, pero es su puñetero trabajo. No se mata a nadie por algo así.

—Sea lo que sea, tienes suerte de que ese policía de paisano estuviera donde estaba.

—Ya lo creo —respondió Jennifer—. ¡Venga! Vamos a hablar con ese tío. A lo mejor él sabe algo. Quizá estaba siguiendo al otro. Ahora que tienen el cuerpo, tal vez sepan si me estaba siguiendo o no. Vale la pena intentar que nos den alguna respuesta.

Neil alargó el brazo para refrenarla.

—No te lo aconsejo.

—¿Por qué no? —preguntó Jennifer, apartando el brazo de la mano de Neil.

—Cuando estuve aquí para el congreso de medicina, aprendí bastante de los anfitriones sobre el gobierno y la policía india. Lo mejor es mantenerse lejos de ambos a menos que sea absolutamente necesario. Aquí la corrupción es una forma de vida. No la consideran desde la misma perspectiva moral que tenemos en Occidente. Implicarte en algo, sea lo que sea, cuesta dinero. Se supone que el CBI, el equivalente de nuestro FBI, es muy diferente. Pero en esta situación tendrás que tratar con la policía local. No me extrañaría que decidieran encerrarte por incitar a alguien a desenfundar un arma.

—Déjate de bobadas —dijo Jennifer, pensando que Neil bromeaba. Empezó a andar hacia el lugar de los hechos—. Estás exagerando.

—Un poco sí —admitió Neil mientras alcanzaba a la chica—, pero todos los que saben algo del asunto tienen claro que la policía está corrompida, créeme. Y lo mismo pasa con buena parte de los funcionarios. Más vale no meterse. Si les haces cualquier petición concreta sobre un crimen, tienen que rellenar un FIR, que significa Primer Parte Informativo. Y, claro, han de hacer cinco millones de copias. A ellos les supone trabajo, algo que odian, y te odian también a ti.

—Han matado a un hombre. Tiene que haber un FIR.

—Sí, pero será su FIR.

—Cuanto más lo pienso, más me parece que ese hombre iba a por mí.

—Puede que sí y puede que no —dijo Neil—. Yo lo que te digo es que te estás arriesgando. Me dejaron bien claro que no debía mezclarme con la policía local.

Era difícil caminar juntos entre el gentío, sobre todo porque la multitud se hacía más densa cuanto más se acercaban a la escena del crimen. Neil dejó que Jennifer fuera delante. De pronto se detuvo y giró en redondo.

—¡Un momento! —dijo—. Con todo lo que ha pasado, me he distraído y se me ha ido de la cabeza, pero te lo vuelvo a preguntar: ¿qué demonios estás haciendo en la India? La pregunta ha asaltado mi mente varias veces, pero eso de que hayan intentado matarme se ha llevado toda mi atención.

—No me extraña —respondió Neil, buscando qué debía decir exactamente en aquel momento. De no ser por todo aquel alboroto, su idea era poner las cartas sobre la mesa y primero de todo disculparse. Se encogió de hombros, pensó que qué más daba y dijo—: Estoy aquí porque me pediste que viniera y porque insinuaste que me necesitabas. La verdad, allí, en Los Ángeles, no me lo tomé en serio. Me preocupaba más una concentración de surf que hay hoy en La Jolla. Por desgracia, cuando te marchaste sin que pudiéramos hablarlo, me cabreé mucho; me llevó un rato descabrearme, y cuando lo conseguí ya te habías ido.

—¿Cuándo has llegado? —preguntó Jennifer.

—Anoche. No iba a molestarte si estabas dormida. Pero lo malo fue que ni siquiera quisieron decirme el número de tu habitación, así que no pude pegar la oreja a tu puerta.

—¿Por qué no me llamaste para avisarme de que venías?

—Muy fácil —contestó Neil con una corta risotada de autoburla—. Me dio miedo de que me obligaras a volverme a casa. A ver, es que ni siquiera estaba seguro de que contestaras al teléfono, y si lo hubieras hecho, conociéndote como te conozco, no me habría extrañado que me mandaras al cuerno.

—Tal vez sí —admitió Jennifer—. Me decepcionó muchísimo tu reacción, eso sí puedo decírtelo.

—Lamento no haber dado a la situación la importancia que merecía en aquel momento —dijo Neil.

Jennifer se quedó pensativa, mordiéndose el carrillo. Después volvió a girarse y se abrió paso a codazos entre la multitud. El *rickshaw* seguía volcado en el suelo. El cuerpo también estaba aún allí, sin tapar. Sin la parte izquierda de la cara y con los dientes a la vista parecía estar haciendo una mueca.

—Ese es el conductor —susurró Jennifer, señalando con la barbilla al escuálido chófer del *rickshaw*, agachado en el suelo. De pie, junto a él, a ambos lados había varios policías con uniforme de color caqui.

—¿Ves lo que te decía? —susurró también Neil—. Probablemente al pobre lo han arrestado.

—¿De verdad lo crees?

—No me extrañaría.

—Me parece que ese tío bajito es el que está al mando. ¿Qué opinas?

Naresh Prasad estaba hablando con varios policías de uniforme cerca del cadáver.

—Debe de ser un detective de paisano o algo por el estilo.

—¿Estás seguro de que no debería hablar con ellos? —dudó Jennifer.

—Míralo de esta forma: ¿qué sabes? Nada. Ni siquiera si ese tío te ha seguido desde el Amal Palace o te ha visto aquí y ha pensado: «Mira, una occidental millonaria».

—¡Anda ya! —dijo Jennifer.

—No tienes forma de saberlo. A eso me refiero. Ellos tampoco lo saben. Si te empeñas en involucrarte, no te enterarás de nada nuevo y no les aportarás nada, y seguramente te costará dinero. Además, si cambias de idea, puedes llamarles mañana, o esta misma tarde si quieres. Nadie va a culparte porque te largues de aquí cagando leches, dadas las circunstancias.

—¡Vale! —saltó Jennifer—. Me has convencido, al menos por ahora. Volvamos al hotel. Me parece que necesito un trago o algo. Todavía estoy temblando.

—¡Buena elección! —dijo Neil—. Lo que podríamos hacer es pasarnos por la embajada estadounidense en algún momento, hoy o mañana, y ver qué opinan. Si creen que deberías presentar un FIR, lo haremos, porque entonces ellos estarán en el ajo y no podrán liarnos.

—Vale —respondió Jennifer.

La gente que se había acercado al lugar de los hechos taponaba la mayoría de los *galis*. La policía había abierto un pasillo al lado de la pared más lejana. Habían obligado a los comerciantes locales a despejar la calle de mercancías. Jennifer y Neil tuvieron que caminar de nuevo en fila.

Al pasar, Jennifer miró el *rickshaw* volcado. Pudo ver el lugar donde había caído ella. Echó otro breve vistazo al conductor. No le permitían moverse, lo que apoyaba en cierta medida la teoría de Neil sobre no implicarse a menos que tuvieran alguna razón convincente. Sus ojos se posaron también brevemente en el policía bajito vestido de paisano, pero Jennifer reaccionó demasiado tarde. El inspector la estaba mirando.

Durante varios segundos Jennifer y Naresh Prasad se miraron a los ojos, hasta que Jennifer apartó la vista con timidez.

—No te gires —dijo Jennifer en voz baja a Neil por encima del hombro—, pero ese poli bajito me está mirando fijamente.

—No nos pongamos paranoicos.

—De verdad que me ha mirado. ¿Crees que me ha reconocido porque iba en el *rickshaw*?

—No tengo ni la más remota idea. Para y date la vuelta. Veamos qué hace. Lo digo porque si sabe que estás implicada, no nos queda mucha elección. Tenemos que hablar con él.

Jennifer se detuvo, pero no se volvió inmediatamente.

—Estoy nerviosa —dijo.

—¡Gírate! —insistió Neil, tapándose la boca con una mano para evitar que se le oyera. Solo estaban a unos seis metros del policía. Si el bazar no fuera tan ruidoso, podrían haber escuchado parte de la conversación que mantenía.

Tras una respiración profunda, Jennifer se volvió lentamente. En aquel momento no había una línea de visión clara entre ella y el inspector Prasad. Al detenerse, ella y Neil habían bloqueado la zona de paso y la gente se amontonaba tras ellos. Sin embargo, Jennifer veía la cara del policía; habría bastado con que él girara la cabeza noventa grados para que la mirara directamente. Pero ni giró la cabeza ni interrumpió su conversación con los policías de uniforme.

—No te mira —dijo Neil.

—Parece que no —asintió Jennifer.

—Salgamos de aquí antes de que lo haga —dijo Neil mientras tiraba del brazo de Jennifer.

Cuando la muchedumbre se hizo menos densa pudieron aligerar el paso y pronto salieron de las sombras y el ambiente propio de un túnel que reinaba en el bazar. La enorme Jama Masjid les quedaba enfrente y a la derecha. Jennifer bajó el ritmo y volvió la mirada hacia las profundidades del bazar, aunque no podía ver muy lejos.

—Me siento más expuesta fuera del bazar que dentro —afirmó—. Larguémonos de aquí.

—Estoy contigo —respondió Neil.

Los dos echaron a correr, pero Jennifer seguía mirando por encima del hombro.

—Me temo que te estás volviendo cada vez más paranoica —comentó Neil entre jadeos.

—Tú también estarías paranoico si alguien te apuntara con una pistola y lo mataran en ese momento.

—Eso no te lo puedo discutir.

Al acercarse a la entrada de la mezquita, repleta de turistas y lugareños que pretendían sacarles partido, dejaron de correr. Jennifer siguió mirando hacia atrás mientras se dirigían al aparcamiento, y finalmente su esfuerzo se vio recompensado.

—¡No mires! —dijo sin detenerse—, pero el poli bajito de paisano nos está siguiendo.

Neil se detuvo pero no se dio la vuelta.

—¿Dónde está?

—Detrás de nosotros. ¡Vamos, salgamos de aquí!

—No. Veamos si se acerca —replicó Neil—. Oye, soy el responsable de que hayas abandonado la escena de un crimen. No quiero que te metas en problemas por eso.

—Ahora te estás contradiciendo.

—No es cierto. En serio. Ya te he dicho que si te ha visto en el *rickshaw*, tenemos que hablar con él. ¿Aún lo ves?

Jennifer se dio la vuelta y estudió a la multitud.

—No, ya no.

Neil se giró y miró.

—Está ahí. Se aleja de la mezquita. Otra falsa alarma.

—¿Dónde?

Neil señaló.

—Tienes razón.

Vieron que el inspector Prasad desaparecía en la calle que daba a la Jama Masjid. Jennifer miró fijamente a Neil y se encogió de hombros.

—¡Lo siento!

—No seas tonta. Hasta que se ha metido por esa calle yo también habría pensado que iba detrás de nosotros.

Jennifer y Neil siguieron adelante y entraron en el aparcamiento. Neil era más alto y se puso de puntillas para ver por encima del mar de coches. El primer Mercedes negro que vieron no era del Amal Palace, pero acertaron con el segundo. Pasaron veinte minutos hasta que todos los coches que les bloqueaban la salida se movieron. Cinco minutos después de eso, Jennifer y Neil rodaban hacia el sur por la carretera principal que llevaba al Amal Palace.

—Creía que iba usted a Karim's —dijo el chófer a Jennifer, mirando por el retrovisor.

—He perdido el apetito —respondió esta desde el asiento trasero—. Solo quiero volver al hotel.

—¿Has visto algo de Delhi? —le preguntó Neil.

—Nada de nada —contestó Jennifer—. Este iba a ser mi gran intento. Lástima que se haya estropeado.

Levantó una mano. Estaba temblando, no tanto como justo después de los disparos, pero se agitaba a ojos vista.

—A pesar de este desastre, me da la impresión de que llevas el asunto de tu abuela mucho mejor de lo que pensaba que serías capaz.

Jennifer tomó aire profundamente y lo dejó escapar con los labios parcialmente fruncidos.

—Supongo que sí. No era consciente de hasta qué punto establecería una separación entre el cuerpo de mi abuela y su alma o espíritu. No sé si es una ventaja el estudiar medicina y haber trabajado con cadáveres o qué. Hombre, cuando vi el cuerpo de mi abuela por primera vez me afectó. Pero desde entonces pienso en él como un cuerpo usado y ya está, y también en lo que puede decirnos sobre cómo murió. Ahora mismo de verdad quiero que le hagan la autopsia.

—¿Se la van a hacer?

—Ojalá. No, nada de autopsias. Han firmado el certificado de defunción y, una vez se firma, lo que quieren es embalsamar el cuerpo o incinerarlo. La gerente del caso de mi abuela está luchando a muerte, por así decirlo, para disponer del cuerpo y lleva dándome la tabarra desde el primer día, que para mí fue el lunes por la mañana.

—¿Dónde está el cuerpo? ¿En un depósito de cadáveres?

—Sí, claro —rió Jennifer, burlona—. El cuerpo de mi abuela y el de un hombre llamado Benfatti están en una nevera de cafetería. Ayer por la mañana fui allí para ver el cuerpo de mi abuela. No es el lugar perfecto por un montón de razones, pero no está mal. Es lo bastante frío.

—Háblame de ese otro cuerpo que has mencionado.

—Ha habido otras dos muertes similares. Una se parece tanto a la de mi abuela que asusta. La otra viene a ser por el estilo, pero parece que lo descubrieron justo después de sufrir lo que fuera que también sufrieron los otros dos, porque en este tercero hubo un intento real de reanimación.

—¿Cómo sabes todo eso?

—He hablado con las viudas. También las he convencido para que no den permiso para embalsamar o incinerar a sus maridos. Creo que tenemos los cuerpos de tres personas que han sufrido alguna especie de crisis médica letal. Los hospitales quieren que cuele como ataque al corazón, esté justificado o no, porque los tres tienen algún incidente cardíaco en el historial. Si te soy sincera, me da la impresión de que lo único que quieren es quitarse de encima estos casos lo antes posible y, francamente, eso es lo que me hizo sospechar desde el primer día.

—¿Podría ser que todo esto fuera una especie de defensa por tu parte para sobrellevar mejor la pérdida de tu abuela?

Jennifer se volvió y miró fijamente por la ventanilla del coche. Era una buena pregunta, pero su reacción inmediata fue enfadarse porque Neil fuera capaz de pensar que se lo estaba inventando todo.

—Creo que en estas tres muertes hay algo raro. Creo que no fueron naturales. De verdad lo creo.

Le tocaba a Neil clavar la vista en algo. Y eligió para ello el parabrisas frontal. Cuando volvió a posar sus ojos en Jennifer, ella seguía mirándole.

—Sería difícil demostrarlo sin autopsias. Supongo que has intentado conseguir que se la hagan.

—Hasta cierto punto —confesó Jennifer—. Es lo que te decía, una vez firman el certificado médico, la autopsia queda descartada. Lo único que quieren es sacar el cuerpo de la nevera de cafetería. Pero si hoy estoy sin hacer nada es que esta noche pasará algo que puede cambiarlo todo.

—¿Qué quieres que haga, que lo adivine? —se quejó Neil cuando Jennifer se quedó en silencio.

—Sólo quería estar segura de que me escuchabas —dijo Jennifer—. ¿Te había contado alguna vez que mi abuela fue la niñera de una mujer que se ha hecho bastante conocida como forense?

—Creo que sí, pero recuérdamelo.

—Se llama Laurie Montgomery. Trabaja de investigadora forense en Nueva York junto a su marido, Jack Stapleton.

—Recuerdo haberte oído mencionar a Laurie Montgomery, pero no a Jack.

—Bueno, se casaron hace un par de años. La llamé el martes, justo después de ver a mi abuela. Quería que me diera su opinión sobre algunas cosas, y me dejó con la boca abierta al ofrecerse a venir inmediatamente. Supongo que yo no sabía cuánto significaba mi abuela para ella. Tendría que haberlo imaginado. María tenía ese efecto en la gente. Pero entonces salió un problema: Laurie y Jack están en pleno ciclo de reproducción asistida, por lo que Jack tiene que estar cerca para poder actuar. —Neil puso los ojos en blanco—. De todas formas, la solución es que Jack también se viene, y en teoría aterrizan esta noche.

—No hará ningún daño que vengan —dijo Neil—, pero no estoy tan seguro de que debas poner tantas esperanzas en ellos. Si tú no has podido mover a las autoridades de aquí, no creo que a una pareja de forenses les vaya mucho mejor. Por lo que sé, la patología forense no es una disciplina muy popular en la India, y que se practique una autopsia o no depende de los médicos.

—Ya lo sé. Y para colmo hay cierta controversia sobre qué ministerio se encarga de cada cosa. Los depósitos de cadáveres dependen del Ministerio del Interior, pero los forenses que trabajan en ellos pertenecen al Ministerio de Sanidad. Además, la decisión sobre la idoneidad de una autopsia en cada caso específico la toman la policía y los jueces, no los médicos.

—A eso me refería. Tal como están las cosas, yo no me haría demasiadas ilusiones solo porque aparezcan un par de forenses inteligentes. Me da la impresión de que tú ya has hecho prácticamente todo lo que cualquiera podría hacer.

—Tal vez, pero no pienso rendirme, aunque el episodio de hoy me tienta. Te lo digo en serio, si Laurie y Jack no llegaran esta noche, me largaría de aquí.

—Y yo intentaría que lo hicieras. Dudo si no es la idea más razonable.

Siguieron avanzando en silencio, ambos sumidos en sus propias meditaciones y ambos mirando por la ventanilla las vistas caleidoscópicas de la vida callejera de Delhi. Al cabo de un tiempo Jennifer aventuró una mirada hacia Neil. Seguía sorprendida por su presencia. Era quizá la última persona del planeta a la que habría esperado ver cuando estaba asustada en el lavabo de la mugrienta carnicería y la cortina se abrió. Contempló su perfil. Tenía una pequeña hendidura en el lugar donde se encontraban su nariz y su frente, como en la cara de una moneda griega. Sus labios eran turgentes, su nuez de buen tamaño. Era un hombre apuesto, y a Jennifer le halagaba que hubiera ido hasta allí. Pero ¿qué significaba eso? Básicamente ella lo había dejado por imposible después de ver cómo se la había quitado de encima. Aunque Jennifer no solía dudar una vez que tomaba una decisión, el hecho de que Neil hubiera recorrido quince mil kilómetros era señal de que tal vez fuera el momento de empezar.

—¿Tienes pensado ir al aeropuerto a recibir a tus amigos? —preguntó Neil de repente.

—Sí. ¿Quieres acompañarme?

—¿No crees que estarías más segura si te quedaras en el hotel?

—Puede, pero el aeropuerto y el hotel son seguros. Creo que no me pasará nada.

—Iré contigo, si es que estoy invitado.

—Por supuesto —dijo Jennifer.

Levantó la mano. Seguía temblándole como si hubiera tomada once tazas de café.

Cada cierto tiempo Jennifer lanzaba un vistazo por la luna trasera del coche. Le preocupaba que estuvieran siguiéndoles, como al parecer le había ocurrido cuando dejó el hotel. Por desgracia, con el denso tráfico y el caos generalizado de la calle, era difícil saberlo. Pero cuando llegaron al hotel Amal Palace y enfilaron la larga rampa de acceso, ocurrió algo ligeramente fuera de lo común.

Acababa de mirar de nuevo hacia atrás cuando empezaron a subir y estaba a punto de volver a girarse cuando un menudo coche blanco se incorporó al acceso detrás de ellos. Pero enseguida se detuvo y bloqueó el paso. Jennifer intentó saber cuánta gente había en el coche, pero no pudo; el neblinoso sol se reflejaba en el parabrisas.

Vio que estaban a punto de alcanzar el pórtico. Detrás, vio que el coche salía de la vía marcha atrás y se alejaba por la carretera principal después de provocar una algarabía de cláxones, pitidos y gritos rabiosos. Pensó que sería alguien que se había equivocado, aunque con lo sensible que estaba no le pareció normal.

—¿Necesitará el coche para algo más? —preguntó el chófer, apartando la atención de Jennifer de las curiosas travesuras del automóvil blanco.

—No, en absoluto —respondió Jennifer, deseando entrar en el hotel—. Gracias.

—Me impresiona que hayas alquilado un coche —comentó Neil mientras caminaban hacia las puertas de entrada.

—No sé si colará —admitió Jennifer—. La empresa Foreign Medical Solutions de Chicago me paga la cuenta del hotel, pero no sé si incluyen algún extra. Si resulta que no, tendré que cargarlo en la tarjeta de crédito.

Se detuvieron en el vestíbulo.

—¿Tienes hambre? —preguntó Neil.

—Ninguna. Me siento como si me hubiera tomado una sobredosis de cafeína.

—¿Qué te gustaría hacer? ¿O prefieres que te haga una sugerencia, ya que estás tan colocada?

—Lo segundo —respondió Jennifer de inmediato. No se sentía capaz de pensar en asuntos prácticos.

—Cuando me registré anoche me dijeron que tienen un gimnasio con máquinas de pesas, bicicletas estáticas, de todo. ¿Te has traído ropa de deporte?

—Sí.

—Perfecto. A lo mejor lo que te hace falta es un poco de ejercicio. Y después quizá tengas hambre; si es así, podríamos comer fuera, en la piscina. Por la tarde, si te apetece, podríamos pasarnos por la sección consular de la embajada estadounidense y hablar con alguien. Te darán su opinión sobre el asunto del bazar y te dirán qué debes hacer.

—No sé si quiero ir a la embajada, pero un poco de ejercicio y salir a la piscina era lo que tenía planeado. Me apetece un montón.

—¡Señorita Hernández! —llamó una voz.

Jennifer se giró y vio que uno de los conserjes movía un papelito en el aire. Se disculpó ante Neil y se acercó al mostrador.

—Ha vuelto usted pronto —dijo Sumit—. Espero que haya disfrutado de las vistas.

—No han sido precisamente lo que pensaba —dijo Jennifer, reticente a contarle lo que había ocurrido.

—Lo lamento mucho —se disculpó Sumit—. ¿Hay algo que habríamos podido hacer de otra manera?

—Creo que el problema ha sido mío —reconoció Jennifer, y cambió de tema—. ¿Tenía algo para mí?

—Sí. Nos ha llegado un mensaje urgente para usted. Tiene que llamar a Kashmira Varini; este es el mensaje y el número de teléfono.

Jennifer cogió el papel. Le sacaba de quicio que la molestaran. Mientras volvía donde estaba Neil, abrió el mensaje. Decía: «Hemos programado algo muy especial para su abuela. Por favor, llame a Kashmira Varini». Jennifer se detuvo y volvió a leerlo. Estaba desconcertada. Lo primero que le pasó por la cabeza fue que tal vez se hubieran bajado del burro y estuvieran dispuestos a hacerle la autopsia. Siguió andando y le enseñó el mensaje a Neil.

—Esta es la señorita que está siendo mi bestia negra —dijo Jennifer.

—¡Pues llámala! —respondió Neil mientras le devolvía el papel.

—¿Seguro? Me cuesta creer que esté haciendo nada bueno.

—Solo hay una forma de averiguarlo.

Los dos volvieron al mostrador de conserjería. Jennifer preguntó si podía hacer llamadas locales desde algún teléfono del vestíbulo. Sin dudarlo ni un segundo, Sumit cogió uno de sus teléfonos, lo colocó sobre el mostrador y lo empujó hacia Jennifer. Por si eso no bastaba, levantó el auricular, se lo entregó y pulsó el botón de línea exterior con el dedo índice. Llevó a cabo todo el proceso con una amable sonrisa.

Jennifer marcó el número y miró a Neil mientras la llamada sonaba. Realmente no sabía qué esperar.

—Ah, sí —dijo Kashmira cuando Jennifer se identificó—. Gracias por devolverme la llamada. Tengo noticias excelentes. Nuestro presidente, Rajish Bhurgava, ha logrado un trato extraordinario para su abuela. ¿Ha oído hablar alguna vez de los crematorios de los *ghats* de Benarés?

—La verdad es que no me suena —respondió Jennifer.

—La ciudad de Benarés, o Banaras, como la llamaban los ingleses, o Kashi, como lo hacían en la antigüedad, es con mucha diferencia la ciudad más sagrada para los hindúes de la India, y su legado religioso se remonta a más de tres mil años de antigüedad.

Jennifer miró a Neil y se encogió de hombros en señal de que seguía sin saber qué quería el hospital.

—La ciudad está consagrada por Shiva y por el Ganges —continuó Kashmira— y es con mucho el lugar más sagrado para los ritos de paso.

—Quizá podría decirme la relación que tiene todo eso con mi abuela —dijo Jennifer con impaciencia; se daba cuenta de que aquello no tenía nada que ver con las autopsias.

—Por supuesto —admitió Kashmira con entusiasmo—. El señor Bhurgava ha conseguido algo inaudito para su abuela. Aunque los crematorios de los *ghats* son exclusivos para los hindúes, ha logrado una autorización para que su abuela efectúe su rito de paso en Benarés. Lo único que necesitamos es que venga usted al hospital y firme la salida.

—No me gustaría ofender a nadie —contestó Jennifer—, pero para mí que incineren a mi abuela en Benarés o en Nueva Delhi no cambia nada.

—Entonces es que no me ha comprendido. Aquellos que son incinerados en Benarés obtienen un karma particularmente bueno y un renacimiento excelente en su siguiente vida. Tan solo necesitamos su consentimiento para proceder.

—Señorita Varini —dijo Jennifer lentamente—, mañana por la mañana iremos al hospital. Llevaré a mis amigos forenses y llegaremos a algún tipo de acuerdo.

—Creo que hace mal en dejar pasar esta oportunidad especial. No habrá coste alguno para usted. Lo hacemos como un favor a usted y a su abuela.

—Como le he dicho, no pretendo herir los sentimientos de nadie. Agradezco sus esfuerzos por complacerme, pero habría preferido una autopsia. La respuesta es no.

—En ese caso debo informarle de que el hospital Queen Victoria ha acudido a los tribunales y pronto, mañana al mediodía, recibiremos la orden judicial de un juez para retirar, enviar a Benarés e incinerar a su abuela, al señor Benfatti y al señor Lucas. Lamento que nos haya obligado a tomar medidas de este tipo, pero el cuerpo de su abuela y los otros dos son una amenaza para el bienestar de las instituciones.

Jennifer echó la cabeza hacia atrás con el impacto de la desconexión. Devolvió el teléfono a Sumit y le dio las gracias.

—Me ha colgado —le dijo a Neil—. Van a obtener un permiso legal para sacar a mi abuela mañana y hacerla incinerar.

—Pues entonces menos mal que tus amigos llegan esta noche.

—Puedes volver a decirlo. Si estuviera aquí sola, no tendría ni idea de qué hacer.

—Pues entonces menos mal que... —repitió Neil, burlón, tal como ella le había pedido retóricamente.

—¡Vale ya! —exclamó ella, conteniendo la risa y agitándole un brazo con las dos manos.

—¿Por qué no subimos a la habitación y nos ponemos ropa de deporte?

—Es la mejor propuesta que has hecho hasta el momento —respondió Jennifer, y los dos se dirigieron hacia los ascensores.

27

Nueva Delhi, jueves 18 de octubre de 2007, 14.17 h

El inspector Naresh Prasad entró en el edificio del Ministerio de Sanidad y constató cuán diferente era del que albergaba el departamento de policía de Nueva Delhi. Mientras que las paredes desconchadas y las inmundicias eran la norma en su edificio, el Ministerio de Sanidad estaba considerablemente limpio. Incluso el sistema de seguridad era nuevo y la gente que lo manejaba parecía hasta cierto punto motivada. Como de costumbre, tuvo que dejar el revólver a la entrada.

Naresh recorrió el largo y retumbante pasillo del segundo piso hasta donde sabía que estaba la relativamente nueva oficina de turismo médico. Entró sin llamar a la puerta. El contraste entre su despacho y el de Ramesh Srivastava era incluso mayor que el que había entre sus respectivos edificios. El de Ramesh estaba recién pintado y los muebles eran nuevos. Casi todo, incluidos los utensilios de las mesas de las secretarias, indicaba que Ramesh ocupaba un nivel significativamente más alto en la burocracia civil.

Tal como suponía, Naresh tuvo que esperar un buen rato. Aquello formaba parte del ritual con que los burócratas afirmaban su superioridad respecto a otros colegas, aunque estuviesen disponibles. Pero a Naresh no le importaba. Contaba con eso.

Además, en la zona de espera había un sofá nuevo, alfombra y algunas revistas, aunque fueran viejas.

—El señor Srivastava le espera —anunció una de las secretarias quince minutos después, señalando la puerta de su jefe.

Naresh se levantó del sofá. Pocos segundos más tarde estaba de pie ante la mesa de Ramesh. El jefe de turismo médico no le invitó a sentarse. Tenía los dedos entrecruzados y apoyaba los codos en la mesa. Sus ojos acuosos contemplaron a Naresh con enojo. Estaba claro que no perdería el tiempo con saludos.

—Por teléfono me has dicho que tenías que verme porque había un problema —dijo Ramesh, malhumorado—. ¿Cuál es el problema?

—Lo primero que he hecho esta mañana es ir en busca de la señorita Hernández. Cuando he llegado al Amal se había ido a desayunar al Imperial y no me ha dado tiempo de seguirla, así que no sé con quién se ha encontrado allí. Pero justo después, a las nueve y poco, ha vuelto al Amal y ha cogido un coche del hotel, en teoría para hacer turismo.

—¿Hace falta que me cuentes todo? —protestó Ramesh.

—Si quiere saber cómo ha ocurrido el problema, sí —dijo Naresh.

Ramesh hizo rodar su dedo índice izquierdo para indicarle que continuara.

—Se ha detenido brevemente en el Fuerte Rojo, pero no le ha apetecido entrar. Entonces se ha ido al bazar y ha aparcado en la Jama Masjid. Allí ha alquilado un *rickshaw*.

—¿No puedes explicarme el problema y punto? —se quejó de nuevo Ramesh.

—En ese momento he llegado yo al aparcamiento, justo detrás de alguien que conducía un Mercedes Clase E nuevo. Me había fijado en él porque también la había estado siguiendo desde el Fuerte Rojo. —Ramesh puso los ojos en blanco ante el extenso informe de Naresh—. Ese individuo ha salido detrás de la señorita Hernández, lo que me ha parecido curioso, así que he redoblado los esfuerzos y he corrido tras ambos. A partir de entonces todo ha pasado en un abrir y cerrar de ojos. El tipo no se lo ha pensado dos veces. Ha llegado corriendo hasta la señorita Hernández y ha sacado una pistola. El bazar estaba a rebosar, había gente por todas partes. Estaba clarísimo que iba a disparar. He tenido dos segundos para decidir si intervenía. Lo único en lo que he pensado era en que usted me dijo que no podía dejar que se convirtiera en una mártir. Bueno, pues en eso precisamente iba a convertirse, así que he disparado al asesino y le he matado.

Ramesh abrió la boca muy despacio. A continuación se dio una palmada en la frente, dejó la mano allí y apoyó el codo en el escritorio mientras negaba con la cabeza como si sufriera convulsiones.

—¡No! —gritó.

Naresh se encogió de hombros.

—Ha pasado todo tan rápido…

Naresh se metió la mano en el bolsillo y sacó un trozo de papel en el que estaba escrito el nombre Dhaval Narang. Lo dejó en la mesa, delante de Ramesh.

Sin apartar la cabeza de su mano, este cogió el papel. Leyó el nombre.

—¿Sabes quién es este tipo? —espetó. Alzó los ojos y miró a Naresh con exasperación.

—Ahora sí. Es Dhaval Narang.

—Exacto. Es Dhaval Narang, y ¿sabes para quién trabaja?

Naresh negó con la cabeza.

—Trabaja para Shashank Malhotra, so torpe. Malhotra iba a librarse de la chica. La culpa se la habrían cargado los ladrones. Lo de convertirse en mártir solo era si la matábamos nosotros, los servicios civiles indios, no Malhotra.

—¿Y qué debería haber hecho? Intenté seguir sus órdenes. ¿Por qué no me dijo que Malhotra se iba a encargar de ella?

—Porque no lo sabía. Al menos no lo sabía con seguridad. —Ramesh se frotó la cara con energía—. Desde luego, las cosas ahora se han puesto peor. Ya sabe que van tras ella. ¿Dónde está?

—Ha vuelto a su hotel.

—¿Qué ha pasado en la escena?

—El disparo ha creado el pánico general. Ella se ha ido corriendo, como todo el mundo. Yo me he quedado allí para ayudar a los agentes locales a restablecer el orden e identificar a la víctima.

—¿Hernández ha vuelto luego para hablar con la policía y contigo?

—Ha vuelto, y la acompañaba un hombre americano. No sé ni dónde ni cómo se han reunido. Pero no ha hablado con la policía, lo que me parece un poco raro. Se me ha ocurrido detenerla, pero quería comentarlo con usted antes.

—Eso prueba lo desconfiada que es.

—Después de una lección como esa, tal vez se vaya…

—Eso estaría bien, sí pero por lo que dicen la gerente médica de su abuela y el presidente del hospital, no lo hará. Esa joven sigue en sus trece pase lo que pase.

—Bueno, ¿qué quiere que haga ahora?

—¿Has averiguado quién distribuye material a la CNN?

—He puesto a dos personas a ello esta mañana. No he hablado con ellos desde entonces.

—Llámalos por teléfono mientras yo hablo con Shashank Malhotra. Por cierto, tenemos otra muerte, pero esta en el centro médico Aesculapian. Y, de nuevo, la CNN lo supo sumamente pronto.

Ramesh cogió el teléfono. No le apetecía nada hablar con Shashank Malhotra. Pese a lo que le había dicho a Naresh, Ramesh sabía que él era el verdadero responsable de la muerte de Dhaval Narang. El inspector tenía razón en que debería haberle informado.

—Espero que me llames para agradecerme que te haya solucionado el problema —dijo Shashank al descolgar. Su tono era neutro: ni tan alegre como el día anterior, ni tan amenazador.

—Me temo que no. Me temo que hay otro problema, además de una extensión del antiguo.

—¿Qué? —gritó Shashank.

—Primero, la señorita Hernández ha aconsejado a la esposa

del tercer paciente que pida que le hagan la autopsia. Segundo, esta mañana, en el bazar de Vieja Delhi, han matado de un disparo a Dhaval Narang.

—¿Me tomas el pelo?

—¿Le dijiste que hablara con Hernández para que saliera de la India? —preguntó Ramesh.

—¿De verdad ha muerto? —quiso saber Shashank, furioso e incrédulo.

—Lo sé de buena tinta.

—¿Cómo puede haber pasado? Era un profesional. No era ningún aficionado.

—La gente comete errores.

—Dhaval no —gruñó Shashank—. Era el mejor. Escucha, quiero que esa mujer deje de ser un problema.

—También nosotros, pero ahora está sobre aviso de que alguien la quiere muerta. Creo que será mejor que nos ocupemos nosotros de este asunto.

—¡Más te vale! —gritó Shashank—. Supongo que no te gustaría estar siempre mirando por encima del hombro de camino a la oficina.

Dicho esto, colgó. Ramesh devolvió el receptor a su soporte. Miró a Naresh, que también había finalizado su llamada.

—Aún nada —dijo el inspector—, pero apenas han empezado a investigar. No va a ser fácil. Hay muchos catedráticos que disfrutan de privilegios de admisión en otros hospitales privados no universitarios, y la mayoría en más de uno. Se hace así sobre todo para que a los pacientes les resulte más cómodo, según su localización, y al parecer tampoco reciben a tantos porque se supone que no deben tener pacientes privados.

—Supongo que tu gente sigue trabajando en ello…

—Por supuesto. ¿Qué quiere que haga yo?

—Ten controlada a esa Hernández. Se supone que esta noche llega una amiga suya que es patóloga forense. Recuerda, no debe haber ninguna autopsia. Por suerte, en ese tema tenemos la ley de nuestra parte.

28

Nueva Delhi, jueves 18 de octubre de 2007, 16.32 h

Cal tenía las piernas cruzadas y los pies apoyados en la esquina de la mesa de la biblioteca. Santana le había dado unos cuantos artículos sobre el turismo médico que habían aparecido en los periódicos estadounidenses. Todos recogían las tres noticias de la CNN sobre las muertes en Nueva Delhi, como habían hecho los noticiarios vespertinos de las tres grandes cadenas. La gente se lo estaba tragando. Los artículos favoritos de Cal eran los que venían adornados con las historias personales de pacientes que cancelaban sus viajes programados, la mayoría a la India pero también a Tailandia.

De pronto les iba todo tan bien que Cal debería sentirse extasiado, pero no era así. Las sospechas de esa tal Hernández llevaban incordiándole todo el día como un dolor de muelas. Aquella misma mañana había llamado al anestesiólogo y al patólogo para repasar de nuevo los peligros del uso de la succinilcolina. Si alguno de los dos médicos albergaba la más mínima duda, no lo habían dejado ver en absoluto; en algunos aspectos parecían competir para ver quién aseguraba con más vehemencia que aquel plan diabólico era infalible.

Después de la llamada internacional se había sentido más seguro. Por desgracia la sensación no duró mucho y el problema regresó poco a poco a su conciencia. ¿Qué podía haber encontrado aquella pesada estudiante de medicina para que empezara a sospechar? Después de que Hernández se fuera del país, sin duda habría otros igual de curiosos que se toparían con la misma laguna misteriosa y potencialmente fatal.

—¡Eh, tío! —le llamó Durell desde la puerta de la biblioteca. Cal lo saludó con la mano.

—¿Qué pasa?

—¿Quieres salir a echar un vistazo al nuevo vehículo de la organización?

—Por qué no —respondió. Dejó caer los pies al suelo y se levantó; en ese mismo momento se oyó un portazo desde la entrada principal—. ¿Podemos esperar unos minutos? Si Veena y Samira han vuelto, me gustaría escuchar su informe. Pienso en esa tal Hernández a todas horas desde que dijiste, y con razón, que deberíamos averiguar qué la hizo sospechar. Supongo que tendrá que ver con que estudie medicina, pero por mucho que me rompa la cabeza no se me ocurre qué pudo ser. Hasta he vuelto a llamar a los dos médicos a los que consultamos al principio en Charlotte, Carolina del Norte. Por lo que parece, lo hemos hecho todo bien.

—Yo voto por averiguarlo —admitió Durell—. Si no, nunca estaremos tranquilos, ¿me explico?

—Perfectamente —asintió Cal.

Mientras terminaba de hablar, Veena, Samira y Raj entraron en la biblioteca. Estaban de buen humor; cantaban una canción que los tres conocían desde críos. Samira se separó del resto y se acercó a Durell para darle un abrazo y un largo beso en los labios. Veena fue hacia Cal, pero solo se permitió un beso rápido en cada mejilla.

Raj se lanzó al sofá, riendo y completando el último estribillo de la canción.

—Sí que estáis contentos... —comentó Cal en un tono que apuntaba que él no lo estaba.

—Ha sido un buen día —dijo Veena—. El único que ha tenido un paciente nuevo ha sido Raj, y solo era una cirugía de hernia. Samira y yo hemos tenido que buscarnos trabajo.

—¿Y eso?

Veena y Samira se miraron.

—No estamos seguras. Tal vez ha habido cancelaciones. A lo mejor Nurses International está teniendo demasiado éxito.

Las dos rieron.

—Sería de lo más irónico —dijo Cal—. Bueno, ¿qué se sabe de la tal Hernández? ¿Ha habido algo nuevo?

—Yo a eso de las dos y media ya había acabado —explicó Veena—, así que he bajado a hablar con la gerente médica. Le he preguntado por el cadáver de María Hernández, para saber si ya se habían librado de él. Ha soltado una risotada y me ha dicho: «Pues claro que no». Se ve que han llegado al extremo de ofrecerle llevar el cuerpo a Benarés y que lo incineren en la orilla del Ganges, pero la nieta lo ha rechazado, así que están enfadadísimos. Mañana la amiga forense irá al hospital, pero se supone que eso no cambiará nada porque se niegan en redondo a hacer la autopsia. Aun así, parece que todo se solucionará pronto. La gerente médica me ha dicho que mañana les llega una orden judicial para sacar e incinerar el cuerpo. O sea que todo debería terminar mañana, en algún momento del día.

—Con Benfatti lo mismo —intervino Samira.

—Con David Lucas lo mismo —dijo Raj—. La orden del juez se referirá a los tres cuerpos.

—No os habréis dedicado a hacer preguntas sobre los cadáveres, ¿verdad? —preguntó Cal, ligeramente alarmado.

—Claro que sí —contestó Samira—. ¿Pasa algo? Cuando los cuerpos hayan desaparecido, todos nos sentiremos mejor.

—¡Pues se acabó, por favor! No llaméis la atención haciendo preguntas sobre los cuerpos.

Los tres se encogieron de hombros.

—No nos ha parecido que llamáramos la atención —dijo Samira—. Está dentro de los típicos chismorreos de hospital. No somos los únicos que hablamos del tema.

—Hacedme el favor de manteneros al margen —pidió Cal.

—Hoy han firmado el certificado de defunción de mi paciente —anunció Raj—. Pero aun así la esposa quiere que le practiquen la autopsia porque se lo ha aconsejado Jennifer Hernández.

—¿Cuál es la causa oficial de la muerte? —preguntó Cal.

—Ataque al corazón —respondió Raj—. Ataque al corazón con embolia y accidente cerebrovascular.

—Mientras los tres cuerpos sigan por ahí, quizá no deberíamos volver a actuar hasta dentro de unos días —propuso Cal.

Veena, sentada en un sillón de cuero, se irguió.

—Estoy completamente de acuerdo. No más muertes hasta que se solucione todo este caos generado por Jennifer Hernández.

—Alguien debería informar a Petra —dijo Cal—. Hoy ha llamado una enfermera suya para decir que tenía un buen candidato.

Veena se levantó de un salto.

—Lo haré yo. Ni siquiera deberíamos haber actuado anoche.

Abandonó la habitación sin esperar respuesta. Raj se levantó del sofá.

—Creo que voy a darme una ducha.

—Yo también —dijo Samira. Dio un último abrazo a Durell y siguió a Raj hacia la puerta de la biblioteca.

Cal miró a Durell.

—Vamos a ver esas ruedas.

—Hecho —dijo Durell.

—Creo que deberíamos pasar a la acción con esa Jennifer Hernández —afirmó Cal mientras salían de la biblioteca y se dirigían a la puerta principal.

—Ya te lo he dicho, si no averiguamos la razón de sus sospechas, siempre nos parecerá que estamos con el culo al aire. Otra persona verá lo mismo y al final acabarán asociándonos con el asunto.

—Eso es justo lo que me preocupa. Vaya mierda que tenga que pasar ahora, justo cuando todo lo demás está yendo de maravilla.

—¿Qué se te ha ocurrido? —preguntó Durell. Abrió la puerta delantera de la mansión y la sostuvo para que Cal pasara.

—Había pensado en llamar a Sachin, el señor Cazadora de

Motero. Se encargó del padre de Veena sin ningún problema. Se me ha ocurrido porque me llamó ayer para contarme que el miércoles visitó a Basant Chandra y el tío temblaba de miedo. No cree que tenga que volver a visitarle en un par de semanas. Creo que Jennifer Hernández no le supondría ningún problema. Es un encargo mucho más sencillo.

—¿Qué debería hacer?

—Capturarla y traérnosla. Podemos encerrarla en ese cuarto que hay debajo del garaje hasta que cante.

—¿Y luego qué? —preguntó Durell.

Estaba de pie junto a un Toyota Land Cruiser de color burdeos. Tenía algunos kilómetros a sus espaldas y alguna que otra abolladura, pero el desgaste le daba personalidad.

Cal apoyó ligeramente la mano en la superficie metálica del vehículo y le dio una vuelta completa deslizando los dedos sobre él. A continuación abrió la puerta del conductor y miró dentro. El interior también se veía usado.

—Me gusta —dijo Cal—. ¿Qué tal corre?

—Muy bien. Ha estado haciendo de animal de carga para una empresa de arquitectura.

—Perfecto —dijo Cal. Cerró la puerta con firmeza y se escuchó un clic tranquilizador.

—Bueno, ¿qué harías con Hernández cuando hubieras averiguado lo que quieres que nos cuente?

—Yo nada. Me limitaría a pagar a Sachin para que la hiciera desaparecer. No quiero saber dónde, la verdad, pero supongo que terminaría en el fondo de algún vertedero.

Durell asintió mientras se preguntaba cuánta gente habría desaparecido ya allí. Era un lugar muy práctico.

—¡Oye, tío! Me encanta el coche —exclamó Cal; se sentía más optimista. Dio una patada a uno de los neumáticos de delante—. Si lo necesitamos, será perfecto. Buen trabajo.

—Gracias.

29

Nueva Delhi, jueves 18 de octubre de 2007, 22.32 h

Laurie se dirigió hacia un lavabo del avión procurando que no se le cayera ninguno de los utensilios para la inyección. Puso el pestillo y extendió sus preparados farmacéuticos de gonadotropina en el diminuto anaquel. Llenó con destreza la jeringuilla con la dosis prescrita de hormona foliculoestimulante y a continuación, con igual pericia, se administró la inyección subcutánea en la parte interior del muslo. Eran las diez y media de la noche en la India, la una de la tarde en Nueva York, el momento en que se ponía la inyección todos los días. Estaban sobrevolando el noroeste de la India y pronto iniciarían la aproximación a Nueva Delhi.

Cuando terminó, se miró en el espejo. Tenía un aspecto horrible: llevaba el pelo hecho un desastre absoluto y las ojeras le llegaban casi hasta las comisuras de la boca. Lo peor era que se sentía sucia. Pero eso no era raro. Primero habían pasado toda una noche volando hacia París, durante la cual solo había dormido un par de horas. En el aeropuerto de París estuvieron tres horas, y prácticamente las necesitaron todas para llegar a la siguiente puerta de embarque. Y por último la maratón de ocho horas. Lo que más le sacaba de quicio era Jack, que dormía sin problemas. No le parecía justo.

Recogió los envoltorios de la inyección y los tiró a la papelera. Devolvió la aguja usada a su bolso, donde llevaba los medicamentos y las jeringuillas nuevas. No quería ser irresponsable. Se lavó las manos y volvió a mirarse en el espejo. Era difícil no hacerlo, ya que prácticamente toda la pared en la que estaba el lavamanos de aquel baño liliputiense era un espejo. No pudo evitar preguntarse qué efecto tendría aquel viaje repentino en el culebrón de su infertilidad. No tenía ni idea de por qué todavía no se había quedado embarazada, y esperaba que el viaje no agravara el problema, fuera cual fuese.

Abrió la puerta y salió. Se dio cuenta de que entre su reacción ante lo bien que dormía Jack y el pensar en su dificultad para quedarse embarazada, estaba poniéndose demasiado nerviosa, así que hizo un esfuerzo por calmarse. Confiaba en que sería capaz de controlar sus frágiles emociones durante la visita a la India para poder apoyar a Jennifer como necesitaba; ese era el principal motivo del viaje. Al mismo tiempo, Laurie se dijo que también lo hacía para calmar su conciencia. La muerte de María había despertado en ella cierto sentimiento de culpabilidad.

De nuevo en su asiento, Laurie miró a Jack. Seguía profundamente dormido en la misma posición en la que lo había dejado cinco minutos antes. Era la viva imagen de la relajación, con una ligera sonrisa despreocupada en su atractivo rostro. Tenía el pelo revuelto, pero lo llevaba corto, con cierto aire a lo Julio César; nada que ver con las greñas enredadas de Laurie.

Con la misma rapidez con que se había puesto de los nervios viendo lo bien que dormía Jack, le invadió de repente el sentimiento opuesto y sonrió agradecida. Amaba a Jack más de lo que se creía capaz, y se sentía bendecida.

En aquel momento el sistema de comunicación del avión cobró vida con un chasquido. El comandante, tras dar la bienvenida a la India a los pasajeros, anunció que habían iniciado el descenso hacia el Aeropuerto Internacional Indira Gandhi y que aterrizarían en veinte minutos.

Henchida de amor, Laurie acunó la cabeza de Jack entre sus manos y le dio un largo beso en los labios. Jack abrió los ojos como platos, parpadeó y le devolvió el beso. Laurie le dedicó una amplia sonrisa.

—Ya estamos —dijo.

Jack se incorporó, se desperezó e intentó mirar por la ventanilla.

—No se ve nada de nada.

—Claro. Son las once menos veinte de la noche, ¿te acuerdas? Aterrizaremos a eso de las once.

El aterrizaje transcurrió sin incidentes. Laurie y Jack se sentían emocionados mientras abandonaban el avión y avanzaban por la terminal. Pasaron el control de pasaportes sin problemas y no tuvieron que esperar por el equipaje porque no habían facturado ningún bulto. Les hicieron señas para que cruzaran la aduana sin detenerse.

Estaban subiendo la rampa que había fuera de la zona de aduana cuando Jennifer empezó a gesticular como una loca y a gritar sus nombres. Estaba tan impaciente que corrió hacia abajo para encontrarse con ellos y envolver a Laurie en un abrazo.

—Bienvenida a la India —dijo Jennifer, encantada—. Gracias, gracias, gracias por venir. No tienes ni idea de lo mucho que significa para mí.

—De nada —respondió Laurie, riendo y algo abrumada por la energía de Jennifer. No pudo caminar hasta que la muchacha la soltó.

Entonces Jennifer abrazó a Jack con idéntico entusiasmo.

—Y a ti lo mismo —dijo.

—Gracias —consiguió articular Jack, intentando evitar que se le cayera la gorra de béisbol de los Red Sox de Boston que le había regalado su hermana.

Jennifer pasó un brazo por el hombro de Laurie y otro alrededor de Jack. En esa postura incómoda culminaron la rampa hasta donde Neil les esperaba. Él no había echado a correr con Jennifer. Ella les presentó y se estrecharon la mano.

A Laurie la dejó perpleja ver que el tal Neil estaba allí, y así lo dijo. Creía que Jennifer estaba sola en la India.

—Neil es un amigo de Los Ángeles —explicó Jennifer, todavía demasiado emocionada por la llegada de Laurie y Jack—. Nos conocimos en el primer curso. Era el jefe residente de urgencias. Ahora es uno de los jefazos. Un ascenso meteórico, aunque esté feo que lo diga.

Neil se sonrojó.

Laurie sonrió y asintió, pero seguía sin entenderlo.

—Escuchad todos —continuó Jennifer, muy animada—. Tengo que ir corriendo al servicio. Llegar al hotel nos costará más o menos. ¿Alguien más tiene que ir?

—Ya hemos ido en el avión —respondió Laurie.

—Perfecto. Vuelvo enseguida —dijo Jennifer—. ¡No os mováis! ¡Quedaos justo aquí! Si no, podríamos perdernos.

Jennifer se marchó a la carrera. Los otros tres la miraron.

—Sí que está acelerada… —comentó Laurie.

—Ni te lo imaginas —dijo Neil—. Estaba emocionadísima porque veníais. Nunca la había visto así. Bueno, miento. La última vez que su abuela fue a Los Ángeles estaba igual. Aquella vez también la acompañé al aeropuerto.

—La gente que hay por aquí es genial —afirmó Jack—. Voy a dar una vueltecita por esta zona, ¿vale?

—Vale, pero no te pierdas. Estaremos aquí. Jennifer no tardará.

—Yo tampoco. ¿Puedo dejarte el equipaje?

—Claro —dijo Laurie. Cogió la bolsa de Jack y la colocó junto a la suya. Ella y Neil contemplaron a Jack mientras paseaba entre la gente.

—Es un placer conocerte —dijo Neil—. Aparte de su abuela, tú eres la única persona de su niñez de la que habla. Debes de conocerla muy bien.

—Supongo.

—Pues lo dicho: encantado de conocerte —repitió Neil.

—Jennifer no me había dicho que estabas aquí —reveló Laurie.

No estaba segura de cómo se sentía acerca de que Jennifer tuviera compañía.

—Lo sé —dijo Neil—. Ella no sabía que iba a venir. Llegué anoche y no nos hemos visto hasta hoy.

—Tampoco sabía que estuviera saliendo en serio con alguien.

—Bueno, más vale que no nos precipitemos. Ni siquiera sé lo serio que es. Me imagino que es una de las razones por las que estoy aquí, para no cerrar ninguna puerta. La verdad es que ella me importa. Lo que quiero decir es que me he pegado este palizón de viaje por una abuela. Pero seguro que tú conoces a Jennifer y sabes lo difícil que puede ser, dada la relación con su padre.

—Creo que no te sigo.

—Ya sabes, los problemas de autoestima.

—Nunca he pensado que Jennifer tuviera problemas de autoestima. Es lista, atractiva..., una chica estupenda.

—Pues sí, los tiene, y eso puede hacer que las relaciones sean más o menos tormentosas. Y desde luego ella no se considera tan atractiva como la ven los demás, qué va. Es de manual, con todo el complejo asociado, aunque no sin esperanza.

—¿De qué me estás hablando exactamente? —quiso saber Laurie, cuadrándose ante aquel desconocido que criticaba abiertamente a alguien por quien ella sentía gran afecto.

—Jennifer me lo ha contado, así que no hace falta que finjas. Hablo de los abusos que sufrió a manos del delincuente de su padre tras la muerte de su madre. No me entiendas mal, lo está llevando increíblemente bien gracias a su inteligencia y su fuerte personalidad. Es una chica muy dura y, con lo testaruda que es, su padre tiene suerte de que no lo matara.

Laurie estaba anonadada. No tenía ni idea de que Jennifer hubiera sufrido abusos. Durante un segundo dudó si debía ser sincera con aquel hombre o seguirle el juego. Optó por la sinceridad.

—Yo no sabía nada de eso —dijo.

—¡Madre mía! —Neil palideció—. Está claro que no debería haber dicho nada. Pero tal como Jennifer hablaba de ti, su única y más cercana mentora, había supuesto que serías la única que lo sabía aparte de mí.

—Jennifer nunca me lo ha contado. Ni siquiera me ha dado ninguna pista.

—Caray, tendría que haberlo supuesto. Lo siento.

—No te disculpes conmigo. Tendrás que disculparte con Jennifer.

—No si no se lo mencionas. ¿Puedo pedirte que no lo hagas?

Laurie reflexionó; intentó discernir qué era mejor para Jennifer.

—Me reservo el derecho de contárselo en algún momento si creo que puede hacerle bien.

—Me parece justo —dijo Neil—. Si estoy aquí es porque ella acudió a mí para pedirme que la acompañara. Al principio le dije que no. Estaba demasiado ocupado para dejarlo todo y venir a la India. Ella se marchó hecha una furia. Pensé que habíamos terminado. Le di vueltas al asunto durante horas, no pude contactar con ella y decidí venir de todas formas.

—¿Le ha hecho ilusión?

Neil alzó los hombros.

—Bueno, no me ha dicho que me vaya.

—¿Eso es todo lo que le has sacado después de recorrer medio mundo?

—Está muy irritable. Pero me alegro de estar aquí. Hoy estaba en el bazar de la Vieja Delhi, intentando alcanzarla para que viera que estaba aquí, cuando he visto a un hombre que intentaba abordarla de la peor manera posible. Iba demasiado bien vestido para ser el típico ladrón.

—¿Qué quieres decir con «abordarla de la peor manera posible»?

—Quiero decir con una pistola con silenciador, como un asesino.

Laurie se quedó boquiabierta.

—¿Y qué ha pasado? —preguntó bruscamente.

—No sabemos las intenciones que tenía porque de repente ha salido otro tipo de la nada, casi justo delante de mí, y le ha pegado un tiro a quemarropa al primero. Luego hemos sabido que era un policía de paisano.

—¿Y después? —preguntó Laurie. Estaba horrorizada. Ya había advertido a Jennifer en cuanto a los peligros de pasarse haciendo de detective aficionada, y saltaba a la vista que llevaba razón.

Neil le contó que Jennifer había salido volando del *rickshaw*, que había huido con la multitud y que él había logrado encontrarla escondida en una carnicería.

—Dios mío —musitó Laurie. Se llevó una mano a la cara para taparse la boca.

—Sí, menudo día hemos tenido —dijo Neil—. Nos hemos pasado la tarde escondidos en el hotel. Yo ni siquiera quería que viniera esta noche, pero se ha empeñado.

—¡Jack! —gritó Laurie de pronto; Neil se asustó. Le había visto salir entre el gentío y mirar en su dirección. Laurie levantó un brazo—. Vuelve, Jack. —Y mirando a Neil mientras su marido se acercaba, añadió—: Esto lo cambia todo.

—Lo que me preocupa —dijo Neil— es que este posible atentado sobre su vida sea por lo que ha estado haciendo respecto a la muerte de su abuela.

—Exactamente —asintió Laurie, gesticulando en dirección a Jack para que se apresurara—. Neil acaba de contarme una cosa que ha pasado hoy y que me ha puesto los pelos de punta —le dijo a Jack cuando se unió a ellos—. Algo que, creo, alterará nuestra visita.

—¿Qué? —preguntó este.

Jennifer salió de la muchedumbre antes de que Laurie pudiera empezar y corrió hacia ellos.

—Lo siento, chicos. El primer servicio de mujeres estaba demasiado lleno, así que he tenido que buscar otro. Pero ya estoy aquí. —Se detuvo y los miró, primero a Laurie, luego a Jack y después a Neil—. ¿Qué pasa? ¿A qué vienen esas caras largas?

—Neil acaba de contarme lo que te ha pasado hoy en el bazar de la Vieja Delhi.

—Ah, eso —replicó Jennifer, moviendo una mano en el aire—. Tengo muchas cosas que contaros. Esa solo es la más dramática.

—A mí me parece algo muy serio y con implicaciones muy preocupantes —insistió Laurie con calma.

—Estupendo. Tenía la esperanza de que pensaras eso —dijo la chica mientras levantaba el brazo sobre su cabeza—. Lo siento, pero aquí llegan los Benfatti, de quienes ya te he hablado. ¡Buenas noches! —saludó mientras Lucinda guiaba a sus dos hijos hacia el grupo de Jennifer.

Todos se presentaron y se estrecharon la mano.

Jennifer echó un vistazo a los dos chicos. Louis era el mayor, el oceanógrafo. Tony era el herpetólogo, el más joven, y se parecía más a su madre.

—Jennifer me ha hablado de ustedes —dijo Lucinda a la pareja—. Me sugirió que tal vez quisieran echar un vistazo a Herbert, mi marido, antes de que les dejemos seguir adelante e incinerarlo.

—Por lo que tengo entendido hasta el momento, los casos de su marido y la abuela de Jennifer guardan muchas similitudes —respondió Laurie—. Si es así, nos encantaría estudiarlo. No puedo decirle si podemos contar con una autopsia. Pero espere a saber nuestra opinión antes de darles luz verde para la incineración. Mañana por la mañana iremos al hospital.

—Por supuesto que sí —admitió Lucinda—. Muchísimas gracias.

—No habrá autopsia —dijo Jennifer—. La señorita Varini me lo ha vuelto a recordar hoy mismo, claro como el agua. Tendría que pasar algo muy inusual para que la permitieran. En la India esa decisión no depende de los médicos sino de la policía o de los jueces. ¿Has tenido noticias de la señorita Varini hoy, Lucinda?

—Sí. Me ha ofrecido llevar a Herbert a Benarés si le daba permiso. Entre tú y yo, a mí Benarés me importa un pimiento. En fin, le he recordado que esta noche venían mis hijos y le he dicho que tendría noticias de ellos mañana.

—¿No te ha hecho ninguna amenaza sobre mañana?

—Sí, no sé qué de una orden del tribunal, pero no la recibirán hasta la tarde. Yo le he repetido que mis hijos la llamarían antes del mediodía y he colgado. Es una mujer muy pesada.

—Te quedas corta —rió Jennifer.

Acordaron charlar por la mañana y los dos grupos se dirigieron a la zona del hotel Amal Palace para reunirse con sus respectivos anfitriones, quienes a su vez llamaron a sus respectivos chóferes antes de que el grupo saliera al exterior para esperar a sus respectivos automóviles.

Jennifer se acomodó en el asiento delantero del todoterreno, Laurie y Jack en el intermedio, y Neil pasó a la última fila. Aunque Jennifer se había puesto el cinturón en un ejercicio de responsabilidad, estaba girada, mirando hacia atrás, sentada casi sobre su pierna derecha.

—Muy bien —dijo Jack una vez arrancó el coche—. Ya me habéis tenido bastante tiempo en suspense con eso que ha pasado hoy y que da tanto miedo como para alterar nuestra visita.

Jennifer miró hacia el chófer, indicando que tal vez fuera mejor posponer los asuntos importantes hasta que llegaran al hotel. Laurie captó el significado del gesto de inmediato y se lo susurró a Jack. Acabaron manteniendo una charla animada sobre la India, y sobre Nueva Delhi en particular. También hablaron de la inminente licenciatura de Jennifer en la facultad de medicina y del hecho de que estuviera considerando la especialidad de cirugía, posiblemente con un ojo puesto en el Presbyterian de Nueva York, para su programa de residencia. A Jack la visión del tráfico al otro lado de la ventanilla lo tuvo fascinado los cincuenta minutos que duró el trayecto.

Cuando aparcaron frente al hotel, Neil dijo a los demás:

—Agrupémonos alrededor de Jennifer como medida de seguridad.

—¿Por qué? —preguntó Jack.

—Es parte de lo que tenemos que contarte —respondió Laurie—. No es mala idea. Nunca está de más ser precavidos.

Laurie, Jack y Neil salieron del coche antes que Jennifer, que cooperaba de mala gana. Siguió la orden con timidez y halló a los demás alrededor de su puerta. Avanzaron hacia el interior formando un grupo compacto.

—¿Por qué no os registráis y luego nos tomamos una cerveza bien fría? —propuso Jennifer, recobrando la dignidad—. Neil y yo os esperamos.

Era más de medianoche, por lo que el bar no estaba muy concurrido. Había música en directo, pero en ese momento el grupo estaba tomándose un descanso. Jennifer y Neil buscaron una mesa lo más alejada posible de la música, en un rincón y lejos de la zona donde estaban la mayoría de las mesas. Tan pronto como tomaron asiento apareció una camarera. Pidieron una ronda de Kingfisher para todos y se acomodaron en las exageradamente mullidas sillas.

—Es la primera vez que me siento relajada en todo el día —dijo Jennifer—. Puede que hasta tenga un poco de hambre.

—Me caen bien tus amigos —comentó Neil.

Barajó un instante la idea de confesar que por error había revelado a Laurie el secreto de Jennifer, pero no se atrevió. Con toda la tensión de aquel día, temía cómo aquello podía afectarle mentalmente. El problema era que no quería que se lo dijera nadie más que él; eso si es que había que decírselo. Pero le parecía que podía confiar en Laurie. Confiaba en que él nunca haría nada que llevara a esta a contárselo.

—A Jack no lo conozco mucho, pero si a Laurie le parece estupendo, seguro que lo es.

La camarera les sirvió las cervezas.

—¿Tienen algo para picar? —preguntó Jennifer.

—Sí. Puedo traerles un surtido.

Quince minutos después Jennifer tenía delante un plato con aperitivos exóticos. Laurie y Jack aparecieron al poco. Él dio unos sorbos a la cerveza y se apoyó en el respaldo.

—Bueno —dijo—. Ya me habéis tenido bastante en ascuas con lo del episodio escalofriante. Contádmelo.

—Dejadme a mí —pidió Laurie—. Así, podéis corregirme si me equivoco. Quiero estar segura de que he entendido exactamente lo que ha ocurrido.

Jennifer y Neil le indicaron con un gesto que continuara. Laurie pasó a relatar los acontecimientos del bazar de la Vieja Delhi, para lo que solo necesitó unas pocas explicaciones y correcciones por parte de Jennifer y Neil. Cuando terminó, miró a la joven pareja por si querían añadir algo.

—Eso es todo —dijo Jennifer con un asentimiento—. Lo has explicado muy bien.

—¿Y no habéis ido a la policía? —preguntó Jack.

Jennifer negó con la cabeza.

—Neil ya había estado aquí antes, para un congreso de medicina, y me ha convencido para que me mantuviera al margen.

—Hay mucha corrupción entre la policía local —explicó Neil—. Y otra cosa que no te he mencionado hoy, Jennifer, y otra razón por la que no quiero que hables con la policía, es que creo que de alguna forma está implicada.

—¿Cómo puede ser? —dijo Jennifer, sorprendida ante esa idea.

—No me entra en la cabeza que ese poli de paisano estuviera detrás de ti por casualidad. Es demasiada coincidencia. Creo que o te seguía a ti o a la víctima. Si tuviera que elegir, diría que te seguía a ti.

—¿En serio? —gimió Jennifer—. Entonces, si fuera como dices, estoy casi segura de que cuando nos marchamos de allí el policía nos siguió.

—Quién sabe. A lo que voy es que tal vez la policía no sea un testigo inocente en todo este asunto, y eso no me tranquiliza, porque, como te decía, la corrupción aquí está a la orden del día.

—Bien —intervino Jack—. Una amenaza contra la vida de Jennifer cambia por completo el caso de su abuela, y también lo que vamos a tener que hacer.

—¿Crees que las dos cosas están relacionadas? —preguntó Laurie.

—Hemos de suponer que sí —dijo Jack—. Y, como dice

Neil, si la corrompida policía está implicada en esa amenaza, la cosa se vuelve muy preocupante.

—Dejadme que os cuente lo que más me ha hecho sospechar en todo este asunto —pidió Jennifer—. Lo que sea que ha pasado hoy solo ha sido la gota que colma el vaso. Lo más chocante, no solo en el caso de mi abuela sino también en las otras dos muertes, es la incoherencia entre la hora de la muerte según el certificado de defunción y el momento en que la CNN emitió la noticia en un reportaje sobre el turismo médico. Mi abuela, por ejemplo. Yo lo vi en la televisión aproximadamente a las ocho menos cuarto en Los Ángeles, que son como las ocho y cuarto de la noche en la India. Luego pude ver el certificado de defunción, y ponía que murió a las once menos veinticinco, dos horas y veinte minutos después.

—En el certificado de defunción se registra el momento en que un médico declara muerta a una persona —aclaró Laurie—, la hora real a la que murió.

—Eso lo comprendo —dijo Jennifer—. Pero piénsalo. Hay una diferencia de dos horas y veinte minutos. Y a eso hay que añadir el tiempo que cualquiera necesitaría para reunir los datos, llamar a la CNN e informarles. Además, hay que sumar lo que tarda la CNN en hacer cualquier comprobación que quieran hacer, escribir la noticia y luego programarla. Estamos hablando de mucho tiempo. Seguramente más de dos horas.

—Ya veo a qué te refieres —dijo Jack—. ¿Eso también pasó con las otras dos muertes?

—En la segunda, la de Benfatti, exactamente lo mismo. La primera hora de emisión que tengo en Nueva York son las once de la mañana, que son las ocho y media de la tarde en la India. En el certificado pone las diez y treinta y uno. Otra vez dos horas de diferencia. Es como si alguien hubiera informado a la CNN incluso antes de que se produjeran las muertes. Además, tened en cuenta la coincidencia entre las horas. ¿Podría ser una casualidad o hay algo más?

—¿Qué hay de la tercera muerte? —preguntó Laurie.

—La tercera fue un poco diferente, no encontraron a la víctima fría y azul igual como las dos primeras. Pero se le parece en otras cosas, incluido el horario. Al tercer paciente lo descubrió todavía vivo su cirujano, que hizo un intento completo de reanimación, aunque por desgracia fue en vano. Lo vi por casualidad en la CNN poco después de las nueve de la noche, y los locutores dijeron que la muerte había ocurrido hacía poco. He hablado esta tarde con la viuda. En el certificado de defunción ponía las nueve y treinta y uno.

—Desde luego parece que alguien se esté chivando a la CNN mucho antes de que nadie más parezca saber nada de las muertes, sobre todo en los dos primeros casos —dijo Jack—. Y eso es extraño.

—Lucinda Benfatti, Rita Lucas y yo nos enteramos a través de la CNN, y se supone que la cadena lo sabía con la antelación suficiente para componer la noticia, programarla y emitirla, y, por lo que se ve, antes también de que lo supiera el hospital. Si no hubiera sido por estas incongruencias temporales, tal vez ya les habría dado carta verde con el cuerpo de la abuela. Pero tal como están las cosas, no puedo dejar de pensar que estas muertes no son naturales. Son intencionadas. Alguien las ha provocado y quiere que todo el mundo se entere.

Cuando Jennifer dejó de hablar, todos permanecieron en silencio durante varios minutos.

—Me temo que estoy de acuerdo con Jennifer —dijo Laurie—. Suena a una versión de los ángeles de la muerte. En Estados Unidos hemos tenido algunos: empleados de sanidad que realizan asesinatos en serie. Esto tiene que ser un trabajo interno. Pero lo normal es que entre las víctimas haya alguna relación consistente. Por lo que has dicho, no parece que ese sea el caso.

—Es verdad —respondió Jennifer—. El rango de edad va desde la abuela, con sesenta y cuatro años, hasta David Lucas, con cuarenta y ocho. Dos de las muertes ocurrieron en el mismo hospital, y la tercera en otro centro. Dos de los pacientes se habían sometido a una intervención de ortopedia, y el tercero a cirugía contra la obesidad. La única constante es que todos eran estadounidenses.

—Parece que la hora de la muerte fue casi la misma en los tres casos —añadió Laurie—. Y podemos suponer que también el mecanismo, con pequeñas variaciones.

—¿Existe alguna relación entre los dos hospitales? —preguntó Jack.

—Son hospitales del mismo tipo —contestó Jennifer—. En la India hay básicamente dos tipos de hospitales: los públicos, que están que se caen, y los nuevos, que cuentan con un equipamiento impresionante y que atienden sobre todo al turismo médico y, en menor medida, a la emergente clase media india.

—Este movimiento del turismo médico ¿tiene mucha fuerza en la India? —siguió preguntando Jack.

—Está creciendo enormemente —dijo Jennifer—. Por lo poco que he podido averiguar, sé que alguna gente piensa que llegará a competir con la tecnología de la información como fuente de divisas. Se espera que genere dos mil doscientos millones de dólares en 2010. La última vez que se reunieron cifras exactas, estaba creciendo alrededor de un treinta por ciento anual. Es interesante preguntarse si estas muertes tendrán algún impacto en un crecimiento tan impresionante. Por lo visto ya ha habido bastantes cancelaciones.

—A lo mejor por eso los mandamases están deseando correr un tupido velo en cuanto a estos casos —apuntó Jack.

—Jack ha preguntado si había alguna relación entre los dos hospitales —recordó Laurie—. No has contestado del todo a la pregunta.

—Lo siento —dijo Jennifer—, me he ido por las ramas. Sí. He encontrado en internet que los dos pertenecen al mismo *holding* empresarial, de tamaño considerable. La sanidad india es un negocio muy rentable, sobre todo porque el gobierno concede fuertes incentivos, entre ellos diferentes deducciones fiscales. Las grandes empresas se están implicando cada vez más porque, aunque haya que hacer una buena inversión inicial, los beneficios son enormes.

—Jennifer —dijo Jack—, cuando has hablado de la discrepancia en la línea temporal, has dicho que eso era lo que más te había hecho sospechar que las muertes no eran naturales. Eso da a entender que tienes más motivos. ¿Cuáles son?

—Bueno, el primero es que desde el principio me han presionado demasiado para que decidiera si quería incinerar o embalsamar. Y como después de cualquiera de los dos procesos la autopsia no puede hacerse o sirve de bien poco, al final con tanta tozudez se me encendió la luz roja. También está el diagnóstico fácil y demasiado conveniente de infarto de miocardio. Yo había hecho que examinaran a mi abuela en el centro médico de UCLA hace muy poco, y los resultados fueron de primera, sobre todo los relativos al corazón.

—Supongo que aquí no le hicieron ninguna angiografía ni nada de eso, ¿no? —preguntó Jack.

—Angiografía no, pero pasó una prueba de esfuerzo.

—¿Alguna otra cosa que te haga sospechar? —inquirió Jack.

—La cianosis presente en mi abuela y en Benfatti cuando los encontraron.

—Eso es interesante —dijo Laurie, asintiendo con la cabeza.

—¿En el tercer paciente no? —preguntó Jack.

—Sí, también —contestó Jennifer—. Le he pedido a Rita Lucas, su esposa, que lo preguntara. Presentaba cianosis, pero solo cuando lo encontraron, momento en que todavía estaba vivo aunque por los pelos. Cuando iniciaron la reanimación, la cianosis desapareció rápidamente, y eso les dio la falsa impresión de que iban a tener más éxito del que tuvieron.

—¿Cuánto duró la reanimación?

—No lo sé exactamente, pero tengo la sensación de que no demasiado. El paciente empezó a tener rígor mortis mientras seguían intentando revivirlo.

—¿Rígor mortis? —se sorprendió Laurie.

Miró a Jack, que compartía su sorpresa. Por lo general el rígor mortis tardaba horas en asentarse.

—Según la esposa, el cirujano se lo dijo para que no creyese que habían claudicado demasiado pronto. Me ha dicho que lo atribuyeron a la hipertermia.

—¿Qué hipertermia? —la interrumpió Jack.

—El intento de reanimación se complicó mucho. La temperatura del paciente se disparó por las nubes, igual que los niveles de potasio. Intentaron controlar las dos cosas, pero no tuvieron éxito.

—Madre mía —dijo Jack—. Menuda pesadilla.

—Total, que los tres presentaban cianosis generalizada, cosa que no me parecía demasiado coherente con un diagnóstico de infarto de miocardio normal.

—Yo tampoco le veo ningún sentido —intervino Neil por primera vez—. La cianosis está más relacionada con un problema respiratorio que cardíaco.

—O con un *shunt* derecha-izquierda —propuso Laurie.

—O con el envenenamiento —dijo Jack—. Me extrañaría un *shunt* derecha-izquierda en tres pacientes. En uno, tal vez. Pero en tres no. Me parece que lo que tenemos aquí es un problema de toxicología.

—Estoy de acuerdo —dijo Laurie—. Y yo que pensaba que solo había venido a dar mi apoyo…

—Y me lo estás dando —agregó Jennifer.

Jack miró a Laurie.

—Sabes lo que esto significa, ¿verdad?

—Desde luego —respondió Laurie—. Significa que, definitivamente, hace falta una autopsia.

—No la van a hacer —dijo Jennifer—. Creedme. Y os diré otra cosa; eso de lo que he hablado con la señora Benfatti. Esta tarde he recibido una llamada de mi gerente médica favorita, Kashmira Varini. Quería hacerme una nueva oferta con la que ella y la dirección del hospital pensaban tentarme para que accediera a la incineración. Me ha dicho que el presidente del hospital había tirado de algunos hilos y le habían dado permiso para que mi abuela, Benfatti y Lucas fueran trasladados a Benarés para incinerarlos y esparcir sus cenizas en el Ganges.

—¿Por qué Benarés? —preguntó Jack.

—Lo he buscado en la guía de viajes —dijo Jennifer—. Es interesante. Benarés es la ciudad hindú más sagrada, y también la más antigua. Tiene más de tres mil años de historia. Si te incineran allí, consigues más karma para la siguiente vida. Cuando Kashmira ha visto que no me ponía a dar saltos de alegría ni aceptaba la oferta, me ha amenazado, igual que a la señora Benfatti. Dice que el hospital ha solicitado una orden judicial para disponer del cuerpo de mi abuela como vean conveniente, y que les llegará mañana a mediodía.

—Eso significa que nos las hemos de apañar para hacerle la autopsia por la mañana —dedujo Laurie, mirando a Jack.

—Así es —dijo Jack—. Parece que mañana será un día movidito.

—Os digo que no la van a autorizar —insistió Jennifer—. Ya se lo dije a Laurie por teléfono. El sistema indio para las autopsias es horrendo; no cuentan con ninguna independencia. La policía y los jueces deciden si se debe practicar una autopsia y cuándo, no los médicos.

—Es una prolongación del sistema británico de investigación —comentó Laurie—. Está muy, muy atrasado. Los forenses tienen muchos problemas para ejercer la supervisión necesaria que se supone que ejercen; tienen las manos atadas por la policía y los jueces, y sobre todo si ambos se compinchan.

—Haremos lo que podamos —dijo Jack—. Has hablado de certificados de defunción. ¿Existe un certificado firmado del caso de tu abuela?

—Sí —respondió Jennifer—. Parece que el cirujano estuvo encantado de quitárselo de encima firmando que la muerte se había producido por un ataque al corazón.

—Posiblemente al final lo fuera —dijo Jack—. ¿Y los otros dos casos?

—Ya os lo he dicho, hay certificados de defunción de los tres. En parte por eso pienso que lo único que quiere el Ministerio de Sanidad es que estos casos desaparezcan.

—Si eso es cierto, me confunde —confesó Laurie a Jack—.

Estábamos considerando la posibilidad de que existiera un ángel de la muerte indio en el sistema sanitario. ¿Por qué querrían encubrirlo los hospitales, o el gobierno indio, impidiendo una autopsia? No tiene mucho sentido.

—No creo que vayamos a poder responder a demasiadas preguntas hasta que estemos razonablemente seguros de que nuestra hipótesis se confirma y estas muertes son asesinatos —zanjó Jack—. Así que mejor hablamos mañana.

Todos miraron el reloj.

—Caramba —exclamó Jennifer—, pero si ya es mañana. Es más de la una. Vosotros dos deberíais descansar un poco.

—Tengo una cita para mi tratamiento a las ocho de la mañana —se mostró de acuerdo Laurie.

—Es en el hospital Queen Victoria —añadió Jack—. Estaremos allí bien temprano.

—Procuré que fuera allí para que tuviéramos una excusa para entrar.

—Muy buena idea —dijo Jennifer.

—Tengo entendido que el cuerpo de tu abuela está en una nevera del sótano —dijo Jack.

—Exacto. Muy cerca de la cafetería de personal.

Jack asintió, meditabundo.

—¿A qué hora quedamos por la mañana para salir hacia allá? —preguntó Jennifer—. ¿Y dónde? ¿Queréis que desayunemos juntos?

—Usted, jovencita —dijo Jack con autoridad—, se quedará en el hotel. Después de lo que ha pasado hoy, no debes arriesgarte correteando por ahí fuera. En realidad, ni siquiera deberías haber ido a recibirnos al aeropuerto.

—¿Qué? —gritó Jennifer. Se puso en pie de un salto y desafió a Jack con los brazos en jarras.

—Tú ya has hecho tu parte —dijo Jack con calma—. Parece que tus sospechas y tu persistencia han destapado la caja de los truenos en Nueva Delhi, y al hacerlo te has puesto en peligro. Creo que Laurie estará de acuerdo conmigo.

—Estoy de acuerdo, Jennifer.

—Debes dejar que intentemos demostrar lo que has conseguido descubrir —siguió Jack—. No me implicaré a menos que te mantengas al margen. No pienso llevar tu vida en mi conciencia por culpa de esta posible conspiración.

—Pero yo me... —intentó protestar Jennifer, aunque sabía que Jack tenía razón.

—¡No hay pero que valga! —dijo Jack—. Ni siquiera sabemos si podremos hacer algo. ¿Vale la pena que arriesgues la vida por eso?

Jennifer negó con la cabeza y volvió a sentarse despacio. Miró a Neil, pero él asintió para indicarle que estaba de acuerdo con Jack.

—Vale —dijo Jennifer, resignada.

—Pues eso es todo —resolvió Jack dándose una palmada en los muslos—. Os tendremos informados. Preferiría que os quedarais en la habitación, pero ya sé que es pedir un poco demasiado, y seguramente tampoco hace falta. Eso sí, no salgáis del hotel.

—¿Puedo ayudar en algo? —preguntó Neil.

—Te lo haremos saber —contestó Jack—. Dame tu número de móvil. Mientras tanto, mantén a Jennifer entretenida para que no caiga en la tentación de saltarse las reglas.

—Tampoco hace falta que me tratéis como a una niña —se quejó Jennifer.

—Tienes razón. Lo siento —dijo Jack—. Me he pasado un poco. No era mi intención. El sarcasmo es mi manera de bromear. El que hayas descubierto tantas cosas, pese al dolor por lo de tu abuela, tiene mucho mérito. Dudo que yo hubiera sido capaz.

Tras desearse todos buenas noches, Jack y Laurie se levantaron y dejaron allí a los otros dos terminando su cerveza. Cuando salieron al vestíbulo, Jack le dijo a Laurie que iba al mostrador de recepción para intentar reservar una furgoneta para la mañana siguiente.

—¿Para qué quieres una furgoneta? —preguntó Laurie.

—Si queremos llevar un cuerpo del punto A al punto B, más vale que vayamos preparados.

—Buena idea —dijo Laurie con una sonrisa, adivinando lo que Jack tenía en mente.

Pocos minutos después, mientras subían en el ascensor hasta el séptimo piso, Laurie dijo:

—Hoy me he enterado de algo que no sabía. Al parecer el padre de Jennifer abusó de ella cuando era niña.

—Qué tragedia —dijo Jack—. Pero está claro que es una persona altamente funcional.

—Al menos en apariencia.

—¿Te lo ha contado ella?

—No, ha sido él. Por equivocación. O al menos creo que ha sido por equivocación. Estaba convencido de que, por mi rol de mentora, yo ya lo sabía, pero no. Así que no le cuentes nada a nadie.

Jack lo miró interrogante.

—¿A quién se lo voy a contar?

—¿Nos vamos? —preguntó Neil después de que Jennifer tomara el último trago de su cerveza.

Ella asintió mientras dejaba la botella vacía en la mesa. Se levantó, le ofreció una mano y se encaminaron hacia los ascensores.

—No me gusta la idea de estar recluida en el hotel.

—Pero es lo más sensato. Llegados a este punto, no deberíamos correr riesgos. A mí ya se me había ocurrido, pero no me he atrevido a proponerlo.

Jennifer lo miró con enojo. Subieron al ascensor.

—¿Piso, por favor? —canturreó el ascensorista.

Ambos se miraron, indecisos de quién debía contestar.

—Noveno —dijo Jennifer cuando Neil siguió callado.

Mientras subían, no hablaron, y tampoco entraron en la habitación de Jennifer. Se detuvieron ante la puerta.

—Supongo que no esperabas entrar —dijo Jennifer—. Es la una y media de la madrugada.

—Cuando se trata de ti, Jen, no me permito esperar nada. Siempre hay sorpresas.

—Bien. En Los Ángeles me cabreé bastante contigo. No imaginaba que reaccionarías así.

—Me di cuenta después. Pero la verdad es que podríamos haberlo hablado un poco más.

—¿Para qué? Estaba claro que no ibas a venir ni siquiera después de que te dijera lo mucho que creía necesitarte.

—Pero te ha ido bien sin mí. ¿Eso no cambia de algún modo cómo te sientes respecto a ese momento?

—No —respondió Jennifer de inmediato.

—¿Y qué piensas de que haya venido a la India aunque dijera que no lo haría? Aún no me lo has dicho.

—Te lo agradezco, pero estoy confundida. Supongo que el jurado aún está deliberando si de verdad puedo confiar en ti, Neil. Tengo que poder confiar en ti. Para mí es un requisito importante, importantísimo.

El joven se encogió para sus adentros al recordar que había revelado su secreto a Laurie aquella misma noche. Estaba totalmente seguro de que, si se lo confesaba a Jennifer, ella decidiría que no era de fiar. De repente se sintió agotado. ¿Valía la pena todo aquello? En aquel momento no tenía la respuesta, ya que no había garantías de que alguna vez ella fuera capaz de afrontar el toma y daca de una relación normal. Le preocupaba que, a ojos de Jennifer, él solo pudiera ser bueno o malo, cuando lo cierto era que habitaba en la zona gris, como todo el mundo.

—¿Quién llama a quién mañana? —preguntó, intentando aligerar el ambiente. Cualquier pensamiento, por vago que fuera, sobre un posible momento íntimo se había evaporado en cuanto ella le había dicho que no esperara entrar en la habitación.

—¿Por qué no quedamos a una hora? —propuso Jennifer—. ¿Qué tal si nos vemos en el comedor del desayuno a las nueve?

—Bien —se mostró de acuerdo Neil.

Estaba a punto de marcharse cuando Jennifer se lanzó sobre él y le dio un largo abrazo.

—En realidad —dijo Jennifer, con la cabeza apretada contra su pecho—, me alegro un montón de que estés aquí. Lo que pasa es que me da miedo que se me note por si me llevo una decepción. Siento mucho ser tan escéptica.

Dicho esto se apartó, le dio un rápido beso en los labios y desapareció en su habitación.

Neil se quedó allí de pie un segundo, desarmado por la reacción de Jennifer. Como acababa de decir, siempre había sorpresas.

30

El coche del inspector Naresh Prasad enfiló la rampa que llevaba al hotel Amal Palace. Naresh miró la hora mientras subía. Había llegado antes que el día anterior, pero no tan pronto como pretendía. Había olvidado que la hora punta del tráfico era un poco peor los viernes por la mañana que los demás días, y había tardado más de lo previsto en llegar a la oficina y de la oficina al hotel.

El jefe sij de los porteros le reconoció y señaló con su cuaderno de recibos la misma plaza que Naresh había ocupado el día anterior. El inspector avanzó hacia el pórtico, giró y aparcó. Saludó al portero con la mano mientras entraba en el hotel. Este le devolvió el saludo.

—¡Inspector, ha vuelto! —exclamó Sumit alegremente cuando Naresh se acercó al mostrador de conserjería.

—Eso me temo —admitió Naresh, molesto.

La verdad era que no estaba satisfecho con su misión. Las instrucciones que le habían dado eran, como el día anterior, desesperantemente vagas, lo cual ya había dado lugar a un desastre. ¿Qué significaba realmente tener controlada a Jennifer Hernández? Algo así como hacer de niñera. Y cuanto más pensaba Naresh en el infortunio del día anterior, más se convencía de que toda la culpa la tenía Ramesh.

—Hoy está usted de suerte —dijo Sumit—. Todavía no he visto a la señorita Hernández, aunque sí a su acompañante.

—¿También se hospeda aquí?

—Desde luego.

—¿Cómo se llama?

—Neil McCulgan.

—¿Y están en la misma habitación?

—No, tienen habitaciones separadas.

—¿Él ya ha salido?

—No. Vestía ropa de deporte. Está abajo, en el gimnasio.

—Creo que la señorita Hernández me vio ayer, así que me parece que tendré que esperar en el coche.

—Muy bien —admitió Sumit—. Haremos lo posible por mantenerle informado.

—Gracias —respondió Naresh—. Mientras tanto, les agradecería que me llevaran una taza de té.

—Por supuesto. Enseguida.

—Es exasperante que los funcionarios indios duerman a gusto por la noche con todos estos niños mendigando en la calle —dijo Laurie, indignada, mientras entraban en el Queen Victoria. De camino al hospital, ver la vida tan dura que llevaban los niños la había puesto furiosa. Jack, recordando su sensibilidad hormonal, se mostró completamente de acuerdo.

—¿Qué te parece el hospital? —preguntó Jack, intentando cambiar de tema.

Laurie recorrió con la mirada el lujoso vestíbulo, con su moderno mobiliario y el suelo de mármol.

—Muy atractivo. —Miró hacia la cafetería—. Muy atractivo, ya lo creo.

—Esto es lo que haremos —dijo Jack—: mientras tú subes a ver al doctor Ram, yo iré a ver el cuerpo de María Hernández.

—¿No me acompañas a la ecografía? —preguntó Laurie en tono lastimero—. No has visto ninguna.

—Iré —le aseguró Jack—. Pero antes quiero ver el cuerpo para qué sepamos en qué nos metemos. Luego subiré a ver la ecografía. Te lo prometo.

Laurie no tuvo más remedio que dejar que Jack se dirigiera a los ascensores mientras ella caminaba hacia el ajetreado mostrador principal.

A Jack el hospital le había impresionado. A su juicio, además de ser moderno, lo habían construido con esmero y con materiales de primera calidad. Estaba claro que cuando lo diseñaron no escatimaron en gastos. Mientras esperaba el ascensor se fijó en que las enfermeras vestían un uniforme blanco a la vieja usanza rematado por una cofia. Había algo nostálgico en aquello. Casi todo el mundo usaba los ascensores para subir, por lo que Jack bajó solo.

Salió en el sótano, recorrió el pasillo y se asomó a la moderna cafetería. Había unos cuantos médicos y enfermeros tomando café. Nadie le prestó la menor atención. Retrocedió hacia los ascensores y abrió una de las dos puertas que daban a las cámaras frigoríficas. No había ningún cadáver. Después de cerrar la pesada puerta, probó con la segunda. El olor dulzón le indicó que estaba en el lugar correcto.

En la cámara había dos camillas y dos cuerpos, ambos cubiertos con una sábana. Por suerte la temperatura era bastante fría; Jack supuso que cercana al punto de congelación. Cogió la sábana del primer cadáver por una punta y la retiró. El muerto era un hombre obeso de cincuenta y tantos años. Jack dedujo que se trataba de Herbert Benfatti.

Volvió a taparlo y se acercó a la segunda camilla. Levantó la sábana y se halló contemplando a María Hernández. Su cara, amplia y rellena, se le había desencajado y tiraba hacia abajo de las comisuras de su boca en una mueca. Estaba de color gris con manchas verdosas y azuladas. Jack bajó un poco más la sábana y comprobó que todavía llevaba puesta la bata del hospital. Incluso la vía intravenosa seguía en su sitio. Volvió a taparla. Durante un minuto pensó en cómo deberían manejar la situación. No le parecía que tuvieran demasiadas opciones.

Regresó a la puerta y salió de la cámara. Miró hacia el pasillo y vio a un guardia, con un uniforme demasiado grande, junto a una doble puerta que sin duda se hallaba bajo su vigilancia. Jack avanzó despacio hacia el hombre, de edad avanzada; este lo miró acercarse pero no se movió.

—Hola —dijo Jack con una sonrisa despreocupada—. Soy el doctor Stapleton.

—Sí, doctor —dijo el anciano guardia. Salvo por los ojos, permanecía inmóvil.

Parecía una estatua, pero en eso Jack detectó que le temblaba una mano y frotaba el dedo índice con el pulgar. Dedujo que el hombre sufría la enfermedad de Parkinson.

Jack empujó la doble puerta y entró en el muelle de carga. En la pequeña zona de aparcamiento había una furgoneta; en el lateral llevaba inscrito el rótulo HOSPITAL QUEEN VICTORIA – SERVICIO DE ALIMENTACIÓN. Satisfecho, volvió a salir. Sonrió de nuevo al guardia, que le devolvió el gesto. Jack estaba seguro de que ya eran viejos amigos.

En el ascensor, pulsó el botón del cuarto piso. No le interesaba ese piso en particular, lo que quería era ir a una planta destinada a los pacientes, y cuando se abrió la puerta supo que había elegido bien. Se acercó al ajetreado mostrador central. Hacía poco más de una hora que habían subido la primera tanda de pacientes a cirugía y estaban preparando al segundo grupo. Reinaba cierto caos.

—Disculpe —dijo Jack al atareado administrativo de planta—. Necesito una silla de ruedas para mi madre.

—En el armario que hay al lado de los ascensores —dijo el empleado, señalando con el lápiz que tenía en la mano.

Jack se acercó al armario con paso tranquilo y sacó una silla. Sobre el asiento había una sábana de tejido reticular doblada; él no la movió de allí. Llevó la silla a los ascensores y la bajó hasta el sótano. Una vez allí, la metió en la cámara donde estaban los dos cuerpos y la dejó allí.

Regresó a la puerta principal del vestíbulo, salió al aparcamiento y se metió en la furgoneta que el conserje del hotel Amal Palace le había conseguido. Condujo hasta la parte trasera del hospital y bajó la rampa. Aparcó junto a la furgoneta del servicio de alimentación, con la parte trasera casi tocando el muelle de carga.

Cuando entró en el hospital desde la zona de carga, volvió a sonreír y a decir «hola» al anciano guardia. Confiaba en que ya serían incluso mejores amigos. La sonrisa desdentada del guardia era aún más amplia que antes.

Mientras cruzaba el pasillo hacia el ascensor con la intención de subir al vestíbulo y preguntar por el despacho del doctor Ram, Jack sacó su teléfono móvil y el papelito con el número de Neil. Lo marcó.

—Espero no haberos despertado —adujo cuando Neil contestó.

—Qué va —dijo Neil—. Estoy en el gimnasio, haciendo un poco de bicicleta estática. He quedado con Jennifer a las nueve.

—Anoche preguntaste si podías ayudar.

—Por supuesto —respondió Neil—. ¿Qué quieres que haga?

—Supongo que ya han entregado a Jennifer las cosas que trajo su abuela. Necesito algún conjunto de su ropa. ¿Puedes pedírselo a Jennifer y traerlo al Queen Victoria? Laurie y yo estaremos dentro, con el doctor Arun Ram. No sé dónde está su despacho, si no te lo diría.

—¿Ropa? ¿Para qué quieres ropa?

—Es para ella, no para mí. Dentro de más o menos una hora le darán el alta.

Cuando Veena salió del bungalow aquella mañana para ir al trabajo, Cal le encargó que averiguase con disimulo qué se sabía del cuerpo de María Hernández. Se lo pidió a pesar de que la noche anterior había prohibido que ella, Samira y Raj llamaran la atención preguntando por los cadáveres de sus víctimas. Pero con la llegada de los patólogos forenses estadounidenses, Cal sabía que ese día iba a ser crucial.

Mientras se ataba las zapatillas de deporte antes de su carrera matutina, reflexionó sobre lo que Veena le había dicho la tarde anterior. Esperaba y confiaba que los acontecimientos del día pondrían fin al problema. Quería oír que el cuerpo estaba incinerado o, como mínimo, embalsamado.

Pensar en María Hernández le llevó a su obsesión por Jennifer Hernández y por saber qué había despertado sus sospechas. Durante la reunión de la mañana en la galería estuvo a punto de mencionar sus planes, pero cambió de opinión en el último momento. Le asustaba la reacción de Petra y Santana, sobre todo de esta última, cuando les dijera que Hernández, después de contarles lo que necesitaban saber, debía desaparecer.

Cal trotó sin moverse del sitio durante unos segundos. Las zapatillas eran nuevas y quería asegurarse de que eran cómodas. Parecía que sí. Echó mano de su botella de agua y se dirigió a la puerta. No llegó. El insistente soniquete de su teléfono le detuvo y provocó en él un breve dilema: ¿debía responder o dejar que saltara el contestador?

Estaban ocurriendo tantas cosas al mismo tiempo que decidió que era mejor atender la llamada, por mucho que le molestara.

—¿Sí? —dijo con voz áspera.

—Soy Sachin —replicó otra voz igualmente áspera.

—Ah, sí, señor Gupta —dijo Cal, adoptando un tono formal.

—Me llamó anoche.

—Es cierto. Tenemos otro trabajo. ¿Está disponible?

—Depende del trabajo y de la paga.

—La paga será superior a la de la última vez.

—Deme una idea del alcance del trabajo.

—Es una estadounidense. Una mujer joven. Nos gustaría tenerla como invitada aquí durante, pongamos, veinticuatro horas, y luego querríamos que se fuera.

—¿Para siempre?

—Sí, para siempre.

—¿Sabe dónde está o averiguarlo forma parte del trabajo?

—Sabemos dónde está.

—La tarifa será el cien por ciento más que la vez anterior.

—¿Qué tal el cincuenta por ciento? —contraatacó Cal. Aunque no le importaba el coste, sentía el impulso irrefrenable de regatear.

—El doble —dijo Sachin.

—Muy bien, el doble —respondió Cal. Quería salir a la calle a correr—. Pero quiero que sea hoy, si es posible.

—Me pasaré por ahí a recoger la mitad de la paga ahora; el resto, esta noche.

—Voy a salir a hacer un poco de footing. Deme media hora.

—¿Cómo se llama la señorita y dónde está?

—Se llama Jennifer Hernández y se aloja en el hotel Amal Palace. ¿Eso será un problema?

—No, no debería. Tenemos amigos trabajando allí en mantenimiento. Le tendremos al corriente. Le llamaré antes de llevarle a su invitada de visita.

—Es un placer hacer negocios con usted.

—Lo mismo digo —respondió Sachin antes de colgar.

—Ha sido fácil —se dijo Cal mientras soltaba el auricular.

—Pues claro que los veo —dijo Jack.

Estaba inclinado sobre Laurie, semisentada en la cama de exploración. El doctor Arun Ram, de pie entre las piernas de Laurie, cubiertas por un paño estéril, dirigía con una mano la sonda de ultrasonidos y señalaba la pantalla con la otra. Era un hombre bajito, con la piel del color de la miel y una media melena muy oscura, espesa y muy bien peinada. También era joven; Jack le echó unos treinta y pocos años. Lo que más le llamó la atención fue su amabilidad y la serenidad que emanaba.

—Es increíble que los vea tan bien —añadió Jack, emocionado—. Laurie, ¿tú los ves?

—Si no me taparas la pantalla, a lo mejor podría.

—Vaya, lo siento. —Jack se apartó unos centímetros. Utilizó su dedo índice para contar cuatro folículos en el ovario izquierdo.

—Es una cosecha magnífica —dijo Arun. Su voz estaba en consonancia con sus maneras.

—¿Cuánto tiempo tendremos que seguir con las inyecciones? —preguntó Jack.

—Vamos a medirlos —dijo Arun antes de añadir, dirigiéndose a Jack—: ¿Podría sujetar la sonda mientras traigo una regla?

—Supongo que sí —contestó Jack, no demasiado seguro de querer jugar a los médicos con su esposa. Tomó de Arun la empuñadura de la sonda, aunque sin mirar. La imagen se distorsionó con rapidez.

—¡Ten cuidado! —se quejó Laurie.

—Lo siento —se disculpó Jack, compungido. Miró la pantalla y logró devolver la sonda a su posición original. Estaba nervioso.

Arun abrió un cajón y sacó una regla. La colocó sobre el monitor y leyó en voz alta los diámetros de los folículos.

—Diecisiete, dieciocho, dieciséis y diecisiete milímetros. ¡Estupendo! —Dejó la regla a un lado—. Creo que podemos sustituir la inyección de hoy por la gonadotropina desencadenante. —Cogió la sonda de manos de Jack y la retiró. Dio un golpecito tranquilizador en la rodilla de Laurie—. Ya está. Puede levantarse, hablaremos en mi despacho.

Hizo un gesto a Jack para que le siguiera.

—¿La inyección desencadenante será hoy? —preguntó Laurie—. Estoy ilusionadísima.

—No necesitamos que crezcan mucho más —dijo Arun desde la puerta, indicando a Jack que pasara delante de él.

En el despacho, el doctor Ram llevó un par de sillas junto a su escritorio. Jack se sentó en una. Arun se acomodó en la suya y anotó las medidas en la tabla que había abierto para Laurie.

—Este ciclo, con esos cuatro folículos tan saludables sobre el oviducto funcional, parece muy prometedor. La doctora Schoener estará encantada. Si ponemos hoy la inyección desencadenante, como les recomiendo que hagan, la fertilización debería tener lugar mañana. ¿Haremos inseminación intrauterina? ¿Qué prefieren?

—Creo que deberíamos esperar a Laurie —dijo Jack.

—Bien —dijo Arun, terminando la tabla y apartándola a un lado—. ¿Le ha comentado su esposa que hubo un tiempo en que aspiré a ser patólogo forense?

—Me parece que no.

—No tiene importancia. La razón por la que abandoné es porque en la India las instalaciones forenses siempre han sido muy malas, por motivos burocráticos.

—Me he fijado en que incluso un hospital como este carece de instalaciones mortuorias.

—Es cierto —confirmó Arun—. Apenas son necesarias. Las familias hindúes y musulmanas reclaman enseguida los cuerpos de sus familiares por razones religiosas.

—Aquí estoy —anunció Laurie con una sonrisa mientras entraba en la habitación—. ¡Qué emocionada estoy con la inyección desencadenante! No sabe cómo odio tomar hormonas.

—He preguntado a su marido sobre la IIU —le dijo Arun—. Ha querido esperarla a usted.

Laurie miró a Jack.

—¿Para qué?

Jack se encogió de hombros.

—Me ha preguntado qué preferíamos.

—Bueno, el método natural es mucho más agradable, de eso no hay duda —dijo Laurie—. Pero la intrauterina lleva a todos esos pequeñines donde deben estar. Después de tantos esfuerzos, más vale que no nos la juguemos. Mucho me temo que tendremos que recurrir a la IIU.

—Muy bien —dijo Jack, moviendo las manos en el aire.

—Entonces fijemos una cita para mañana. ¿Qué les parece hacia el mediodía?

Laurie y Jack se miraron y asintieron.

—Bien —dijo Laurie.

—A mediodía, pues —convino Arun—. Haremos todo lo

posible para que conciba su retoño en la India. Y ahora que tenemos resuelto este asunto, ¿qué les ha traído al hospital Queen Victoria? ¿Es algo en que yo pueda ayudarles? Tengo tiempo. Hoy es mi día de investigación.

—¿Tiene algún amigo que sea patólogo forense? —preguntó Laurie.

—Sí. Un muy buen amigo, de hecho. El doctor Vijay Singh. Somos amigos desde la infancia. Los dos queríamos hacernos forenses, y él lo logró. Da clases en una facultad privada de medicina en Nueva Delhi.

—¿Y esa facultad cuenta con instalaciones para la patología? —preguntó Jack. Se estaba animando.

—Por supuesto. El edificio engloba la facultad de medicina y un pequeño hospital.

—¿Tienen equipo para hacer autopistas? —preguntó Laurie.

—Claro. Como les he dicho, es una escuela de medicina. Se suelen practicar bastantes intervenciones en cadáveres con fines académicos.

Jack y Laurie se miraron y luego asintieron. Se conocían lo bastante bien como para que una cantidad considerable de comunicación no verbal fluyera entre ellos.

—Arun... ¿Le importa si le llamo Arun? —preguntó Jack.

—Al contrario, lo prefiero. Tutéeme —respondió Arun.

—Igualmente. ¿Crees que tu amigo Vijay estaría dispuesto a dejarnos usar sus instalaciones? Querríamos hacer una autopsia.

—En la India para hacer una autopsia necesitas un permiso.

—Se trata de un caso especial —dijo Jack—. El cuerpo es de una estadounidense, no de una india, y su pariente más cercana está aquí y nos ha dado su consentimiento.

—Es una petición sin precedentes —dijo Arun—. Para ser sincero, no estoy al corriente de la situación legal.

—Creemos que efectuar esa autopsia es muy importante.

—Podría servir para detener a un posible asesino en serie —intervino Laurie—. Sospechamos que existe un ángel de la muerte indio, un empleado de sanidad que vuela bajo el radar, en

Delhi, y atenta contra turistas médicos estadounidenses. Nuestra intención era acudir a los dirigentes de los hospitales implicados, pero al llegar nos hemos enterado de que esos dirigentes, por alguna razón incongruente, se niegan a investigar el problema.

—¿Cómo habéis sabido del tema?

—Resulta que una joven que conozco desde hace muchos años está aquí porque su abuela fue la primera víctima.

—Creo que será mejor que me contéis la historia completa —pidió Arun.

La pareja le explicó todo lo que Jennifer y Neil les habían contado la noche anterior, incluido el posible intento de asesinato contra Jennifer. Arun, abrumado por la historia, escuchó con atención, apenas parpadeando.

—Y eso es todo —concluyó Jack; Laurie asintió—. Si hay casos que exijan una autopsia son los de María Hernández y los otros dos —añadió—. Creemos que nos enfrentamos a un posible envenenamiento; normalmente eso puede saberse mediante la autopsia, e incluso el posible agente. Por supuesto, a continuación toxicología debería confirmarlo. Sea como sea, está claro que necesitamos hacer la autopsia por lo menos a uno de los cadáveres, y a los tres si es posible.

—Los únicos laboratorios de toxicología que hay en la India están en los hospitales públicos, como el All India Institute of Medical Sciences, del que soy ex alumno. Pero allí no podríais hacer ninguna autopsia, eso seguro. La mejor opción son las instalaciones de Vijay; él podría encargarse de que alguien hiciera el análisis toxicológico. ¿Sabéis? Ya había oído de esos casos en el Queen Victoria. No se comenta mucho sobre el tema, pero lo poco que se comenta me ha llegado. Veréis, en el turismo médico indio se dan muy pocos resultados adversos, y cuando se dan suelen ser casos de riesgo muy elevado.

—Por lo general —intervino Laurie—, los asesinos en serie dentro de la sanidad actúan movidos por una justificación perversa, como por ejemplo el deseo torticero de evitar el sufrimiento de los pacientes, llevarse el mérito de salvarlos después de haberlos puesto en peligro. ¿Se te ocurre cuál podría ser la justificación para matar a turistas médicos americanos? Nosotros estamos en blanco.

—Se me ocurre una —respondió Arun—. No todo el sector sanitario indio está encantado con la explosión repentina del sector privado, ni con la creación de islotes de excelencia como el hospital Queen Victoria. Se está fomentando un sistema con dos niveles alarmantemente divergentes. En la actualidad, más del ochenta por ciento del presupuesto sanitario se destina a este sector relativamente pequeño, con lo que el sistema público, mucho mayor, se ahoga. El efecto se nota sobre todo en áreas como la de las enfermedades infecciosas en las zonas rurales. Conozco a bastante gente en el mundo académico que se opone con vehemencia a que el gobierno subvencione el turismo médico, aunque a la larga redunde en beneficios para la India por las divisas que aporta. Para entenderlo, lo único que deberías hacer es salir de este hospital e ir a uno público. Pasaríais del nirvana médico al submundo.

—Es fascinante —dijo Laurie—. Ni se me había pasado por la cabeza que pudiera tratarse de una situación de suma cero.

—Ni a mí —dijo Jack—. Eso significa que seguramente habrá estudiantes de medicina radicales que también estén en contra.

—No lo dudes. Es un tema complicado, como cualquier otro en un país con mil millones de habitantes.

—Pero ¿por qué querría la administración del hospital bloquear cualquier intento de investigación? —preguntó Laurie.

—Ahí sí que no os puedo ayudar. Yo diría que posiblemente sea la decisión desafortunada de algún burócrata. Esa es la explicación habitual para cualquier comportamiento irracional en la India.

—¿Y por qué solo estadounidenses? Tenéis turistas médicos de otros países, ¿no?

—Desde luego. De hecho, creo que la mayoría vienen del resto de Asia, de Oriente Medio, Europa y Sudamérica. Aun así, últimamente se está orientando concretamente hacia Estados Unidos. Creo que el departamento gubernamental de turismo médico considera que Estados Unidos puede ser la principal fuente de crecimiento para superar el treinta por ciento anual. Se puede lograr. Ahora mismo los hospitales privados están por debajo de su capacidad. Ahora mismo.

—¿Qué opinas tú del turismo médico? —preguntó Laurie.

—Personalmente, yo estoy en contra, a menos que los beneficios revistieran en la sanidad pública. Pero no es el caso, y no lo será jamás. Quienes están ordeñando la vaca son los nuevos megaempresarios, y de esos tenemos de sobra. Además, opino que el sistema de dos niveles que se está creando es éticamente insostenible.

—Sin embargo, tú utilizas los hospitales privados —señaló Laurie.

—Es verdad. Lo admito sin reservas, pero también colaboro con los hospitales públicos. Dedico parte de mi tiempo a trabajar desinteresadamente en un hospital público como ginecólogo-tocólogo, y tengo pacientes privados de infertilidad para mantenerme y mantener a mi familia. No hay demasiados ginecólogos, así que hice lo posible por entrar en plantilla en la mayoría de los hospitales privados para la comodidad de mis pacientes. Pero solo tengo despacho en dos de ellos.

—¿Trabajas en el centro médico Aesculapian?

—Sí, ¿por qué lo preguntas?

—En ese hospital hubo una tercera muerte relacionada con las dos de aquí. Creemos que el responsable, sea quien sea, debe de estar vinculado con las dos instituciones. Eso es lo que nos hace pensar que se trata de un médico.

—Tiene sentido —dijo Arun.

—Si estás en contra del turismo médico, tal vez no te apetezca demasiado ayudarnos a revolver un misterio que por lo visto lo está dejando bastante mal parado. Hasta es posible que quien esté en el fondo de todo esto sea alguno de tus colegas de la universidad o de tus alumnos más radicales.

—No apruebo esa metodología —sentenció el ginecólogo categóricamente—. Estaré encantado de ayudar. De hecho, como me interesa la patología forense, el asunto me intriga. ¿Qué es lo primero que hay que hacer?

—La autopsia, sin duda —dijo Jack.

—Dejadme que llame a Vijay —señaló Arun mientras levantaba el teléfono.

31

Nueva Delhi, viernes 19 de octubre de 2007, 9.45 h

El inspector Naresh Prasad estaba aburrido e incómodo. Se había terminado el té y había leído el periódico de cabo a rabo. Llevaba casi tres horas sentado en el asiento del conductor de su Ambassador, sin señales de Jennifer Hernández y sin recibir ni una palabra del mostrador de conserjería. Estaba seguro de que se la tropezaría en cuanto saliera del coche, pero aun así lo hizo; dejó la puerta abierta.

Se estiró y a continuación se agachó hasta casi tocarse los pies. Era lo mejor que podía hacer. Los porteros sij le saludaron con la mano y sonrieron. Naresh también les saludó. Ni rastro de la señorita Hernández. Volvió la mirada hacia el coche. Sabía que debería cargarse de paciencia y regresar al vehículo, pero fue incapaz. El sol estaba pegando fuerte y en el coche hacía demasiado calor.

Observó el hotel. ¿Qué estaba haciendo aquella mujer? ¿Por qué no había bajado? Pero entonces cayó en la cuenta de que estaba dando por hecho que si Jennifer hubiera bajado, Sumit se lo habría notificado para cumplir su oferta de mantenerle informado. Decidió que era hora de averiguar si la habían visto.

Cerró el coche y atravesó el pórtico, siempre al acecho de la señorita Hernández. Entró en el hotel y, con la misma prudencia, se acercó al mostrador de conserjería.

—Buenos días, inspector —dijo Lakshay.

Sumit estaba ocupado con un cliente.

—¿No ha aparecido? —preguntó Naresh con malos modos, como si los conserjes tuvieran la culpa de algo.

—No que yo sepa. Deje que le pregunte a mi compañero.

Lakshay dio un golpecito a Sumit en el brazo para llamar su atención y luego le susurró algo discretamente.

—No, mi colega coincide conmigo. Hoy no hemos visto a la señorita Hernández.

—¿Se os ocurre alguna excusa para llamarla a su habitación? —preguntó Naresh con voz malhumorada—. Quiero saber si está ahí.

—A mí no —dijo Lakshay.

—Dame el teléfono —exigió Naresh—. ¿Cómo se habla con el operador?

Después de contactar con él, Naresh pidió hablar con Jennifer Hernández. Sonaron unos pocos tonos y una voz somnolienta respondió.

—Lo siento —se disculpó Naresh—, creo que me he equivocado de número.

—No pasa nada —dijo Jennifer, y colgó.

Naresh hizo lo mismo. Ella estaba durmiendo en su habitación y él se preguntó qué debía hacer.

Sachin Gupta y su conductor, Suresh, entraron por el acceso de los empleados. Había una verja y una caseta de vigilancia. Sachin bajó la ventanilla del copiloto. Se dio cuenta de que al guardia le había impresionado aquel Mercedes negro y limpio como una patena.

—Venimos a ver a Bhupen Chaturvedi, de mantenimiento —dijo Sachin—. Esta mañana olvidó su medicina y se la hemos traído.

El guardia cerró la puerta de la caseta. Sachin vio que hacía una llamada. Al poco el guardia volvió a salir.

—Pueden aparcar ahí, contra esa pared —dijo—. Bhupen se reunirá con ustedes en el muelle de carga.

Sachin le dio las gracias pero ordenó a Suresh que fuera directamente hasta el muelle. Cuando llegaron, Bhupen les estaba esperando. Les indicó que entraran el coche marcha atrás en un garaje colindante reservado para mantenimiento. Lanzó sobre el salpicadero la tarjeta de identificación que llevaba en la mano. Bhupen era supervisor de mantenimiento; vestía un uniforme almidonado de color azul oscuro que incluía una gorra con visera. Era un hombre de complexión media; tenía un cuello muy ancho. Sachin y él se hicieron amigos durante el instituto.

—¿Te parece bien este asunto? —preguntó Sachin—. Dará que hablar y habrá una investigación: ¡una turista estadounidense secuestrada de un hotel de cinco estrellas!

—Lo que quiero saber es si habéis traído el dinero —replicó Bhupen. Sachin sacó un buen fajo de rupias enrolladas y se lo lanzó al de mantenimiento, que se lo metió en el bolsillo sin dilación—. Yo diría que los que tenéis que preocuparos sois vosotros. Venir aquí en ese coche tan lujoso...

—En Delhi hay miles de Mercedes Clase E negros como este, y la matrícula es falsa. Por cierto, ¿qué medicina se supone que te he traído?

—Mi inhalador para el asma.

—Vale. ¿Qué sabes de la chica? ¿Está en el hotel?

—Lo he comprobado después de que me llamaras esta mañana. No ha salido de su habitación. La cadena de seguridad seguía en su sitio. Los efectos del jet lag, supongo.

—Mejor para nosotros. Entonces creo que lo haremos igual que la última vez.

—Me parece bien. He dejado en su piso la carretilla con la caja grande de las herramientas. Su habitación está cerca de los ascensores de servicio. ¿Habéis traído cinta americana?

Sachin alzó un rollo nuevo de cinta. También sacó guantes de vinilo y se los tendió a sus dos subordinados. Bhupen tenía sus propios guantes.

—¿Listos? —preguntó Bhupen.

—Vamos —dijo Sachin.

Utilizaron el ascensor de servicio. Ninguno de los cuatro habló: estaban inquietos, con los nervios a flor de piel. Se detuvieron en el noveno piso y descubrieron que no estaban solos. Un grupo de cuatro huéspedes esperaba el ascensor reservado para los clientes, pero cuando Sachin y los demás llegaron a la puerta de la habitación 912 ya se habían ido. Bhupen había arrastrado la carretilla desde la salida del ascensor de servicio.

Cuando estuvieron seguros de que el pasillo estaba desierto, Bhupen pegó la oreja a la puerta.

—Por el sonido, diría que está en la ducha. Eso sería perfecto.

Sacó su tarjeta llave maestra y, tras echar otro vistazo al pasillo, abrió la puerta. Casi de inmediato, la cadena de seguridad limitó el ángulo de apertura. Todos oyeron el inconfundible sonido del agua de la ducha.

—Perfecto —susurró Bhupen.

Apoyó un hombro contra la puerta, se echó hacia atrás para coger impulso y arremetió contra ella con fuerza. Los cuatro tornillos que sujetaban la cadena de seguridad al ribete del marco salieron limpiamente. Un segundo después los cuatro hombres estaban apretujados en el diminuto recibidor y la puerta volvía a estar cerrada.

El cuarto de baño quedaba a su izquierda. La puerta estaba abierta unos ocho centímetros; el vapor se escapaba por ahí. Sachin indicó a Suresh, el gigante, que le cambiara el sitio. Quería que este fuera el primero que entrara en el cuarto de baño. Le seguiría Sachin, y luego Subrata.

Suresh puso su manaza en el canto de la puerta y, de repente, la abrió con ímpetu y se precipitó en el baño. Dentro había mucho más vapor; Suresh intentó apartárselo de la cara mientras el impulso que se había dado lo arrastró hasta el centro del cuarto. Pero no había prisa. La ducha estaba al fondo y, gracias al ruidoso torrente de agua y a la densidad del vapor, Jennifer aún no era consciente de su presencia.

Sachin adelantó a Suresh y abrió de un tirón la puerta de la ducha. Suresh metió la mano entre los chorros de agua y el vapor y agarró lo primero que encontró, que resultó ser un brazo. Levantó y tiró con todas sus fuerzas y Jennifer acabó tirada en el suelo del cuarto de baño. Gritó, pero su grito quedó ahogado cuando los tres hombres se echaron sobre ella y una mano le tapó la boca.

Intentó retorcerse, pero fue en vano. Trató de morder pero no logró llevarse nada a la boca, donde enseguida le embutieron un trapo. El rollo de cinta americana dio varias vueltas alrededor de su cabeza para mantener el trapo en su sitio. La cinta adhesiva le ciñó el torso, las muñecas y varios puntos de las piernas. Pocos segundos después los tres hombres se levantaron y contemplaron su obra.

En el suelo del baño había una mujer desnuda y mojada, con las manos a la espalda y atadas a los pies, y cuyos ojos aterrados pasaban rápidamente de uno a otro de sus tres asaltantes. Todo había ocurrido en un instante.

—Es toda una belleza —dijo Sachin—. Vaya desperdicio.

Fuera oyeron que Bhupen maniobraba con la carretilla en el interior de la habitación.

—Muy bien —continuó Sachin—, metámosla en la caja y larguémonos de aquí.

Los tres hombres agarraron a Jennifer por diferentes partes del cuerpo, la levantaron y la sacaron con ciertas dificultades del cuarto de baño. Ella intentó resistirse, pero fue inútil. En la habitación, Bhupen había abierto la tapa de la gran caja de herramientas.

—Bajadla —ordenó Sachin.

Miró el interior de la caja. Luego regresó al cuarto de baño y salió con dos gruesos albornoces turcos. Bhupen cogió uno y recubrió con él el interior de la caja.

—Perfecto —dijo Sachin.

Señaló a Jennifer y entre los tres volvieron a levantarla del suelo. La joven hizo un nuevo intento por zafarse. Aterrorizada, intentaba evitar que la metieran en la caja doblando la cintura, pero su esfuerzo no obtuvo recompensa. También trató de gritar, pero la mordaza apagaba sus gritos y los convertía en gruñidos sordos. Bhupen cerró la tapa.

—Dejadme que compruebe el pasillo —dijo. Regresó de inmediato—. No hay nadie.

Mientras sacaban la carretilla al pasillo, Suresh volvió al cuarto de baño para cerrar el grifo de la ducha. A continuación cerró la puerta de la habitación y se reunió con los demás. Bhupen empujaba la carretilla con la caja encima.

—Estaría muy bien tener la seguridad de que podemos bajar hasta el sótano en un ascensor para nosotros solos —dijo Sachin.

—Podemos —respondió Bhupen. Sacó una llave de ascensor y se la mostró—. Basta con que el que llegue esté vacío.

El ascensor estaba vacío. Tras meter la carretilla, Bhupen utilizó su llave para que el ascensor descendiera hasta el sótano sin detenerse. Jennifer dio unos cuantos golpes pero no duró mucho. Llegaron al sótano y llevaron la gran caja de herramientas al garaje de mantenimiento. Solo tardaron unos minutos en sacar a Jennifer y los albornoces de la caja y meterlos en el maletero del Mercedes. De nuevo intentó resistirse, pero fue solo un instante.

Cuando salieron del aparcamiento de los empleados, el guardia ni siquiera apartó la vista del periódico.

—Yo diría que ha sido uno de nuestros trabajos más eficientes —se jactó Sachin.

—Impecable —asintió Subrata.

Sachin marcó el número de Cal Morgan en su teléfono móvil.

—Ya tenemos a su invitada —anunció cuando Cal descolgó—. Vamos de camino. Es un poco antes de lo que teníamos previsto. Espero que tenga preparado el dinero. No es un encargo barato.

—Genial —dijo Cal—. No se preocupe. Su dinero le está esperando.

Veintisiete minutos después, Cal estaba de pie en el camino de entrada cuando llegó el Mercedes. Sachin levantó una mano y Suresh frenó justo a su lado.

—La señorita Hernández se quedará en el garaje que hay en el jardín trasero. ¿Puedo subir al coche para indicarles dónde está?

—Claro que sí —dijo Sachin desde el asiento del copiloto—. Suba detrás.

Cal se metió en el coche.

—Vaya al otro lado de la casa —le ordenó a Suresh, señalando con el dedo hacia el parabrisas. Mientras el conductor aceleraba, añadió—: Debo felicitarles. Ha sido mucho más rápido de lo que esperaba. Creía que podrían tardar varios días.

—Hemos tenido mucha suerte. Nos ha hecho el favor de que se le pegaran las sábanas. Y como regalo especial de la casa, se la traemos bien limpita.

—¿A qué se refiere?

—Lo verá en un minuto. ¿Izquierda o derecha?

—A la izquierda —contestó Cal—. El garaje está en el centro de esa arboleda.

Pocos minutos más tarde, Suresh detuvo el coche junto a un garaje de piedra, con cuatro plazas para coche y buhardillas en el segundo piso. El lugar estaba cerrado a cal y canto.

—Parece que no se ha usado en años —comentó Sachin. Entre los adoquines, frente a las puertas del garaje, había hierbajos de un palmo de alto.

—Estoy seguro de que no —confirmó Cal. Blandió una llave enorme—. El sótano parece una mazmorra propia de la Edad Media. Aquí está la llave.

—Muy apropiada. ¿Cuánto tiempo desea que permanezca aquí su invitada?

—No estoy seguro. En realidad depende de ella. Ya les llamaré.

—Será mucho más fácil de noche.

—Ya se me había ocurrido —dijo Cal.

Todos salieron del coche. Cal se acercó a una sólida puerta lateral. Abrió con la llave. Enfrente descendía una escalera de piedra. Junto a la puerta había un antiguo interruptor eléctrico de pomo rotatorio. Cal lo giró y la luz iluminó los escalones.

—Esperen a que encienda también las luces que hay abajo —ordenó.

Bajó deprisa. La escalera terminaba en otra puerta robusta, idéntica a la primera. Se abría con la misma llave; Cal la abrió y encendió las luces del interior. Sachin bajó.

—¿Para qué se usaba esto en la época colonial? —preguntó.

—Ni idea —admitió Cal mientras se acercaba a la pileta para comprobar que había agua.

Había humedad, hacía fresco y olía a bodega para vegetales. Algunas telarañas pendían del techo. Había una habitación grande con una pileta, y dos dormitorios más pequeños con catres cubiertos por colchones finos y desnudos. Había también un baño pequeño con un retrete antiguo que tenía la cisterna a dos metros del suelo. Los muebles eran de madera, sin acabados ni embellecimientos.

—Vale —dijo Cal—. Vamos a bajarla.

—Hay un pequeño problema. No tiene ropa, excepto un par de albornoces.

—¿Y eso?

—Estaba en la ducha cuando la invitamos a venir.

Durante un momento se preguntó cómo podía conseguir ropa para Jennifer, pero terminó decidiendo que no hacía falta.

—Tendrá que conformarse con los albornoces —dijo.

Volvieron al coche y Sachin ordenó a Subrata que abriera el maletero. Cuando se alzó la tapa, Jennifer bizqueó ante la luz del sol. Sus ojos reflejaban una combinación de rabia y terror. Sachin ordenó a Suresh y Subrata que la levantaran y, ya fuera del maletero, cargaran con ella escalera abajo. Sachin y Cal les siguieron. Cal llevaba los albornoces.

—¿Dónde la ponemos? —preguntó Sachin.

—En el sofá —respondió Cal, señalándolo—. Y quítenle la cinta adhesiva.

Les llevó más tiempo retirar la cinta americana que lo que les había costado ponérsela; a Jennifer le dolió, pero no se quejó hasta que le quitaron la mordaza.

—¡Malditos cabrones! —gruñó en cuanto pudo hablar—. ¿Quién demonios sois?

—Esa actitud no es un buen presagio para su visita —dijo Sachin a Cal.

—Ya se calmará —dijo Cal, seguro de sí mismo.

—¡Y una mierda me calmaré! —escupió Jennifer.

Cuando Suresh le quitó el último fragmento de cinta de las piernas, Jennifer se puso en pie de un salto y echó a correr hacia la escalera. Suresh logró agarrarla de un brazo, y ella se giró y le arañó. Suresh le propinó un salvaje revés que la tiró al suelo. Cuando consiguió sentarse no había duda de que estaba mareada: se balanceaba un poco y no pudo incorporarse de inmediato. Durante un momento su rostro no expresó nada, pero se recuperó enseguida.

—Tal vez no sea una invitada demasiado agradable —comentó Sachin.

Cal le puso un albornoz sobre los hombros.

—En realidad no tendrás que estar aquí mucho tiempo —dijo a Jennifer—. Solo queremos hablar contigo; después podrás marcharte. Te diré ya lo que nos interesa. No sé cómo, pero tú sospechas de las tres muertes que tuvieron lugar las noches del lunes, el martes y el miércoles. Algo te ha hecho desconfiar de los tres diagnósticos. Queremos saber qué es. Nada más. —Cal separó las manos del cuerpo y alzó las cejas—. Eso es todo lo que queremos de ti. En cuanto nos lo digas, te llevaremos de vuelta al hotel. Prefiero decírtelo ya para que vayas pensándolo.

Jennifer lo fulminó con la mirada.

—No os voy a decir una puta mierda.

—¿Qué opinas? —preguntó Jack. Dio un paso hacia atrás.

Jack, Laurie, Neil y Arun se hallaban en la cámara frigorífica del sótano del hospital Queen Victoria. Entre los cuatro habían vestido a María Hernández, no sin dificultades, con la ropa que Neil había llevado del hotel Amal Palace. Jack acababa de añadir la guinda: su gorra de los Yankees. La había colocado de forma que la visera le tapara buena parte de la cara para ocultar el color de ultratumba.

—No sé... —dudó Laurie.

—Oye, que tampoco ha de ser la reina de la cabalgata —dijo Jack—. Solo tiene que engañar al guardia que hay al final del pasillo.

Habían atado a María a la silla de ruedas y hecho todo lo posible para que se mantuviera erguida.

—A mí lo que me preocupa es el olor —dijo Neil haciendo una mueca.

—Eso no tiene remedio —admitió Jack. Dio un paso adelante e inclinó la gorra un poco más—. Vamos. Si el guardia dice algo, lo único que tenemos que hacer es avanzar más deprisa. Al fin y al cabo, sabrán que ha desaparecido en cuanto echen un vistazo aquí dentro.

—¿La furgoneta ya está ahí detrás? —preguntó Laurie.

—Sí —contestó Jack—. Vale, lo haremos de la siguiente forma. Arun, tú saldrás del hospital por la puerta principal. No quiero que te arriesgues lo más mínimo a meterte en problemas por fugarnos con este cadáver.

—Bien —respondió el ginecólogo—. Saldré ya y daré la vuelta hacia la parte de atrás. Quiero acompañaros para que no os perdáis de camino a la facultad de medicina Gangamurthy.

—¿Tu amigo el doctor Singh nos espera allí?

—Exacto —dijo Arun.

—Vale, pues nos vemos fuera —dijo Jack.

Arun abrió la gruesa puerta con aislamiento y se marchó. Jack centró su atención en Neil.

—Tú empujarás a la reina de la belleza. —Miró a Laurie y prosiguió—: Y tú caminarás a su izquierda, entre María y el guardia. Has de estar preparada para sujetarla si ves que se escurre. Yo le daré conversación al guardia. Me he cruzado dos veces con él, así que somos viejos amigos. ¿Lo tenemos todos claro?

—Vamos allá —propuso Laurie. Miró a Neil, que se había colocado detrás de la silla de ruedas.

—Dejadme que eche un vistazo al pasillo —pidió Jack.

Empujó la puerta y se asomó. Vio a Arun entrando en el ascensor. En la otra dirección, alcanzó a ver al guardia sentado en la silla. Por lo demás, el pasillo estaba vacío.

Jack abrió la puerta del todo y gesticuló hacia los demás para que se movieran.

—No hay moros en la costa —dijo.

En el mismo segundo en que Neil llegaba al pasillo con la silla de ruedas, varios médicos salieron de la cafetería.

—Dios —murmuró Jack.

Los médicos saludaron a Jack con la cabeza y siguieron absortos en su conversación. Este temía volverse, pero se obligó a hacerlo. Vio que los facultativos ya habían dejado atrás a María. Se encogió de hombros. No parecía que hubiera ningún problema. Jack indicó a Neil y Laurie que caminaran más deprisa para pasar la entrada de la cafetería y evitar algún otro encuentro.

El guardia los observó mientras se acercaban. Jack llegó un poco antes que los demás.

—¿Cómo andamos, joven? —dijo—. ¿Está siendo un día duro aquí abajo? Vamos a sacar a mi madre por esta puerta. La pobre está preocupada por la pinta que tiene y no quiere encontrarse a ningún viejo conocido. —Jack siguió parloteando mientras procuraba mantenerse entre el guardia y la trayectoria de María. El anciano hizo un amago de mirar a los demás, pero eso fue todo—. Bueno, luego nos vemos —se despidió Jack mientras salía de espaldas por la doble puerta.

«Ha sido chupado», pensó mientras adelantaba a los demás para abrir las puertas traseras de la furgoneta.

Habían atado a María con la idea de poder soltarla rápidamente; bastó tirar de un extremo de la cuerda para que su torso se separara de la silla de ruedas. La metieron en la furgoneta entre los tres y cerraron las puertas.

Arun apareció enseguida; había dado la vuelta al edificio.

—Mejor que conduzcas tú —dijo Jack lanzándole las llaves—. Tú sabes adónde vamos.

Los cuatro entraron en el vehículo: Arun al volante, Jack a su lado, y Laurie y Neil en el asiento de atrás.

—¿Y si bajamos las ventanas? —preguntó Neil, impresionado por el estoicismo de los demás.

—¡No nos comportemos como si acabáramos de atracar un banco! —exclamó Jack—. Pero tampoco empecemos a perder el tiempo. Lo que quiero decir es que salgamos de aquí ya.

Arun arrancó el motor de la furgoneta pero no le dio suficiente gas y se le caló. Jack puso los ojos en blanco y se dijo que menos mal que no habían atracado un banco.

—¿Qué va a hacer Jennifer hoy? —preguntó Laurie a Neil—. ¿Le ha molestado que Jack te llamara para que trajeras la ropa de María?

—Qué va, le ha encantado que me marchara —explicó Neil—. Creo que es ahora cuando empieza a recuperarse del jet lag. Me ha dicho que a lo mejor dormía hasta el mediodía o incluso más, y que no me preocupara por ella. Ha dicho que cuando se levante, si se levanta, a lo mejor hace un poco de ejercicio, que buena falta le hace.

32

La llave descomunal emitió un sonido descomunal cuando Cal la giró en la cerradura.

—Así no habrá manera de pillarla por sorpresa —rió Cal volviendo la cabeza hacia Durell, que estaba tras él. Abrió la puerta y la sostuvo hasta que Durell pudo aguantarla—. Cuando hayas entrado, cierra con pestillo, por si acaso —añadió mientras bajaba la escalera. Ya abajo, esperó a que Durell llegara—. Es una tigresa, así que hemos de ir con cuidado. Además, estaba desnuda cuando la han traído; me ha dejado pasmado.

—No quiero perderme nada —dijo Durell—. ¡Abre ya la puerta!

Cal metió la llave en la cerradura, la giró y empujó la puerta. No vieron a Jennifer. Cal y Durell intercambiaron una mirada.

—¿Dónde se ha metido? —susurró Durell.

—¿Cómo demonios voy a saberlo? —Cal abrió del todo la puerta, hasta que el pomo golpeó contra la pared—. ¡Señorita Hernández! —gritó—. Esto no va a servir de nada.

Los dos hombres escucharon el silencio.

—¡Mierda! —profirió Cal—. Lo último que queremos son complicaciones.

Entró en la habitación. Durell le siguió.

—Cerremos también esta puerta —propuso Cal. Apartó a su compañero para tener espacio y poder cerrarla. Le pasó el pestillo—. Tiene que estar en un dormitorio o en el lavabo.

Cal esperaba que estuviera en un lugar o en otro. Lo que le confundía era que los dos albornoces estuvieran sobre el sofá.

—Desde aquí se ve casi todo el lavabo —señaló Durell.

—Vale, entonces uno de los dormitorios. ¡Vamos!

Cal cruzó la habitación, se acercó a uno de los dormitorios y abrió la puerta por completo. El único mobiliario era el catre, una mesilla de noche, una lámpara muy pasada de moda y una silla de respaldo recto. También había un armario minúsculo, cuya puertecilla estaba entreabierta. Ni rastro de Jennifer. Salió y pasó por delante del cuarto de baño, que estaba al fondo del pasillo. Comprobó el otro dormitorio. La estancia era la viva imagen de la primera, salvo que en esta no había ninguna silla.

Durell, que había llegado detrás de Cal y estaba mirando la habitación por encima de su hombro, se fijó en que faltaba una silla. Las palabras apenas habían empezado a salir de su boca cuando se oyó un chillido ensordecedor, digno de una *banshee*; por un instante los dos hombres se quedaron paralizados. Jennifer había salido desde las sombras del pequeño y estrecho armario blandiendo por encima de su cabeza una pata de la silla desaparecida.

Cal reaccionó lo suficientemente rápido para apartar la cabeza y recibir el golpe en el hombro. Durell no tuvo tanta suerte. Recibió un impacto directo en la coronilla y trastabilló hacia atrás.

Con otro grito, Jennifer se volvió hacia Cal, pero este se había recuperado; se lanzó al frente y embistió el cuerpo desnudo de Jennifer como si fuera un defensor de línea de fútbol americano con la intención de placarla. Y bien la placó, mientras ella intentaba desesperadamente golpearle con la pata de la silla. Acabaron en el suelo, entre la pared y el catre; Jennifer seguía atizándole pero no tenía libertad de movimientos suficiente para hacerle daño. Por entonces Durell se había recuperado del todo y, dando un paso adelante, agarró la pata de la silla y se la arrancó de las manos. La batalla acababa de empezar y ya había terminado: Cal y Durell retenían a Jennifer por la fuerza.

—Joder —dijo Cal.

Soltó a la joven. Durell hizo lo mismo. Los tres se incorporaron con esfuerzo y se lanzaron miradas furiosas. Durell sostenía la pata de la silla y barajaba la idea de usarla con Jennifer como ella había hecho con él. La sangre le resbalaba por la frente.

—No había ninguna necesidad de hacer eso —gruñó Cal.

—Sois vosotros los que me tenéis encerrada en este Agujero Negro de Calcuta —dijo Jennifer con igual fuerza.

Viendo que la razón se había impuesto, Durell bajó el arma pero siguió taladrando a Jennifer con la mirada. Cal regresó a la otra habitación; se estremeció cuando sus dedos tocaron la zona sensible del hombro donde ella le había golpeado, aunque su objetivo era la cabeza. Cogió uno de los albornoces que había visto en el sofá y lo llevó al dormitorio. Se lo pasó a Jennifer y le dijo que se lo pusiera.

Cal salió, se sentó en el sofá y, dolorido, trató de hallar una postura cómoda para su hombro. Durell se movió después de retar claramente a la norteamericana a que le pidiera disculpas amenazándole con la pata de la silla. Siguió a Cal y también se sentó en el sofá. Jennifer salió tras ellos. Se había puesto el albornoz y se lo había atado. Permaneció en pie, desafiante, con los brazos cruzados.

—No os hagáis ilusiones de que me entre el síndrome de Estocolmo.

—He dejado la luz encendida aquí para ser amable —explicó Cal, haciendo caso omiso de su comentario—. La próxima vez que recurras a la violencia, arrancaremos los cables.

Jennifer no respondió. Cal siguió hablando con voz cansada:

—Hemos vuelto para ver si habías reconsiderado lo que te he dicho antes de irme. Queremos saber qué te hizo desconfiar de que tu abuela sufriera un ataque al corazón. Eso es todo. Tú nos dices eso y nosotros te llevamos al hotel.

—No voy a deciros una mierda, cabrones —dijo Jennifer—. Y si sabéis lo que os conviene, me dejaréis marchar ahora mismo.

Cal miró a Durell.

—Creo que va a tener que meditar sobre su situación antes de que empiece a cooperar. Y yo necesito ponerme hielo en el hombro.

—Tienes razón —dijo Durell; empezó a levantarse—. A mí va a salirme un buen chichón, así que el hielo me vendrá de perlas.

—Volveremos —anunció Cal a Jennifer. También se incorporó, aunque con la mano derecha intentó mantener inmóvil su hombro izquierdo. Hizo una mueca de dolor.

Jennifer no dijo nada mientras los hombres se encaminaban hacia la puerta con paso vacilante. Tampoco intentó nada, pues Durell seguía llevando la pata de la silla en la mano.

Después de que Cal cerrara con llave la puerta de arriba y salieran, Durell le dijo que dudaba de que la amabilidad fuera la táctica apropiada.

—Tienes razón —admitió Cal.

Se metió en la primera plaza del garaje y abrió la caja de fusibles. Le costó algún tiempo encontrar los que correspondían al sótano, pero una vez lo logró desatornilló los plomos.

—Un poco de oscuridad debería ayudar —dijo Cal.

Más tarde, mientras los dos hombres heridos atravesaban el césped en dirección al bungalow, Cal volvió a hablar:

—Ya te he dicho que era una tigresa.

—¡Y que lo digas! —exclamó Durell—. Me ha pillado totalmente por sorpresa. Yo pensaba que estaría cagándose en las bragas. Por cierto, ¿qué cuernos es el síndrome de Estocolmo?

—Ni la más remota idea —dijo Cal—. ¿Crees que hay probabilidades de que hable con nosotros? Yo ya no estoy tan seguro como al principio.

—Si quieres que te diga la verdad, yo no estoy nada seguro.

—A lo mejor hemos de convencer a Veena para que vuelva a sacarnos las castañas del fuego —dijo Cal—. Ya ha hablado con ella antes.

—No es mala idea. Podría hacer de poli bueno mientras tú y yo hacemos de polis malos, ¿sabes a qué me refiero?

—Claro —respondió Cal—. Y me parece una idea genial.

33

Nueva Delhi, viernes 19 de octubre de 2007, 11.35 h

—Estas instalaciones son mejores que las que tenemos en Nueva York —constató Laurie mientras sus ojos recorrían la sala de exámenes post mórtem de la facultad de medicina Gangamurthy—. Nuestra sala de autopsias tiene más de medio siglo. Comparado con esta, parece sacada de una antigua película de miedo.

Laurie, Jack, Neil, Arun y el doctor Singh estaban de pie en la sala de autopsias del departamento de patología de la facultad de medicina. Todo el equipo era nuevo y de última generación. Su hospital, el centro médico Gangamurthy, era puntero en la industria del turismo médico, en particular en cuanto a las afecciones cardíacas; recibía sobre todo a pacientes de Dubai y otras ciudades de Oriente Medio. La mayoría de los fondos provenían de un agradecido señor Gangamurthy, de Dubai, que había donado al centro alrededor de cien millones de dólares.

—Por desgracia tengo que dar una clase en pocos minutos y voy a tener que dejarles —dijo el doctor Vijay Singh. Era un hombre de constitución débil y rechoncho; vestía una chaqueta occidental con corbata, aunque la voluminosa papada cubría el nudo—. Pero creo que aquí cuentan con todo lo que puedan necesitar. Mi cámara digital está en la encimera. Incluso pueden hacer secciones congeladas; nosotros las hacemos para el hospital. Mi ayudante, Jeet, les proporcionará cualquier otra cosa que necesiten. Arun sabe cómo contactar con él, y vendrá enseguida.

Arun unió las palmas de sus manos, se inclinó y dijo:

—*Namasté.*

—Bueno, me voy —dijo Vijay—. Pásenlo bien.

—Me siento un poco culpable —reveló Jack cuando Vijay se marchó—. ¿No creéis que deberíamos haberle dicho que hemos robado el cuerpo y que no tenemos permiso oficial para hacerle la autopsia?

—No, porque eso habría hecho su decisión más difícil —dijo Arun—. De esta forma, no tiene ninguna responsabilidad. Puede afirmar que no sabía nada, y no estará mintiendo. Lo más importante ahora es que nos demos prisa en terminar.

—Vale, empecemos —ordenó Laurie.

Ella y Jack se habían puesto ya la ropa adecuada y guantes. Arun y Neil solo llevaban una bata sobre la ropa. Conociendo el historial de María, ninguno se preocupó por los protectores respiratorios.

—¿Tú o yo? —preguntó Jack haciendo un gesto hacia el cuerpo desnudo de María, que estaba colocado en la mesa de autopsias.

—Yo —dijo Laurie.

Cogió el bisturí y empezó a practicar la incisión en forma de Y habitual en las autopsias.

—Vale. Repasémoslo una vez más —dijo Arun—. Esto me interesa mucho. Habéis dicho que estabais considerando la posibilidad del envenenamiento.

—Así es —respondió Jack—. Como no tenemos mucho tiempo debemos enfocar este caso de forma diferente a la habitual. Partimos de una hipótesis e intentaremos demostrar si es cierta o falsa. Normalmente, al hacer una autopsia hay que tener la mente abierta para que no se te escape nada. Aquí intentaremos ver si hay algo específico que confirme que se le administró un veneno o al menos que descarte el diagnóstico de infarto de miocardio.

—Incluso tenemos una idea de cuál puede haber sido el agente desencadenante —dijo Laurie, incorporándose tras la incisión final. Cambió el bisturí por la pesada cizalla para huesos.

—¿De verdad? —exclamaron Arun y Neil al mismo tiempo.

—De verdad —contestó Jack mientras Laurie cortaba las costillas—. En primer lugar, sospechamos que el asesino es alguien relacionado con la sanidad. Dado que las muertes han tenido lugar en más de un hospital, suponemos que es un médico. Y un médico nos lleva a los medicamentos, ya que los médicos tienen acceso a las medicinas y los tres pacientes llevaban un catéter. Teniendo en cuenta la cianosis, y en particular la cianosis del tercer caso, que desapareció enseguida durante la reanimación, no nos queda más remedio que pensar en las sustancias parecidas al curare que se utilizan en la anestesia para paralizar los músculos.

Laurie terminó el trabajo con la cizalla y retiró el esternón con la ayuda de Jack.

—Vayamos derechos al corazón —resolvió ella—. Si encontráramos pruebas de un infarto serio, tendríamos que revisar completamente nuestras hipótesis.

—Estoy de acuerdo —dijo Jack.

—Existen bastantes drogas que pueden provocar una parálisis respiratoria —dijo Neil—. ¿Os decantáis por alguna?

Laurie y Jack trabajaban muy rápido, cada uno se anticipaba a los movimientos del otro. Jack cogió una bandeja de la mesa auxiliar y la disección en bloque del corazón y los pulmones cayó en ella con un sonido de chapoteo.

—Sí, vamos a hacer las pruebas para una droga en concreto —respondió Jack a Neil, mientras observaba cómo Laurie separaba el corazón—. Gracias de nuevo al intento de reanimación del tercer caso, donde hallaron hiperpirexia y un potasio exageradamente alto, vamos a centrarnos en la succinilcolina, que se sabe que puede causar ambos efectos. De momento, a no ser que tropecemos con algo muy inesperado, todo nos lleva a ese agente.

—Caramba —dijo Arun—, esto es fascinante.

—Aquí no hay ninguna enfermedad cardíaca —comentó

Laurie. Había practicado varias incisiones en el miocardio y a lo largo de los principales vasos coronarios—. En concreto, no hay ninguna afección obstructiva.

Los otros tres miraron por encima de su hombro.

—Hay algunas hemorragias distribuidas por el pericardio —dijo Jack—. Eso no es patognomónico del envenenamiento por succinilcolina, pero concuerda.

—También las hay en la superficie pleural de los pulmones —señaló Laurie.

—Arun, ¿puedes sacar unas fotos con la cámara de Vijay? —pidió Jack.

—Por supuesto.

Después de las fotografías, Laurie se dispuso a tomar muestras para el análisis toxicológico. Utilizando una jeringuilla diferente para cada cosa, fue extrayendo orina, sangre, bilis y líquido cefalorraquídeo.

—Hay otras dos razones por las que tenemos en mente la succinilcolina —dijo Jack—. La succinilcolina sería el agente más apropiado desde un punto de vista puramente diabólico. Si el responsable es un médico, como sospechamos, usaría el agente menos susceptible de ser detectado, y la succinilcolina encaja ahí como un guante. Primero porque probablemente utilizaron succinilcolina para anestesiar al paciente durante la operación, por lo que, si alguien como nosotros la detectara, su presencia sería explicable. Y segundo porque el cuerpo metaboliza la succinilcolina muy deprisa; por eso, en el caso de una sobredosis, lo único que hay que hacer es ventilar al paciente un rato y borrón y cuenta nueva.

—Pero ¿aun así vais a hacer las pruebas? —preguntó Arun—. Si el cuerpo la metaboliza tan rápido...

—Sin duda —dijo Laurie, llenando de bilis una jeringuilla—. Si alguien usa la succinilcolina con malas intenciones, siempre inyecta una buena cantidad para asegurarse de que sea suficiente. Con una dosis elevada, el cuerpo podría no dar abasto para metabolizarla, y entonces además de encontrar gran cantidad de metabolitos de succinilcolina, a menudo encuentras también la propia droga.

—La succinilcolina se utilizó en un par de casos muy co- nocidos entre los médicos forenses de Estados Unidos —expuso Jack—. Un enfermero llamado Higgs mató a su mujer en Nevada, y un anestesiólogo, un tal Coppolino, mató a la suya en Florida. En el caso de Higgs encontraron la droga en la orina del cadáver, y en el de Coppolino la aislaron en el tejido muscular.

—Bueno, será interesante ver qué pueden hacer nuestros toxicólogos del All India Institute of Health Sciences. Nuestro jefe goza de reputación internacional.

—¿Hay alguna forma de enviarles las muestras? —preguntó Laurie mientras terminaba de extraer la última.

—Seguro que sí —respondió Arun—. Se lo encargaré a Jeet. Supongo que el laboratorio clínico del hospital Gangamurthy tiene un servicio de mensajería.

Con dos expertos disectores trabajando en equipo, la autopsia avanzó a buen ritmo hasta que Laurie llegó a los riñones. Tras examinarlos y determinar que su estado era normal, los sacó utilizando un cuchillo de disección. Abrió uno de ellos con el mismo cuchillo, practicando una sección coronal bifurcada que dejó expuesto el parénquima y el cáliz.

—¡Jack, mira esto! —dijo emocionada.

Jack miró por encima del hombro de Laurie.

—Tiene un aspecto raro —comentó—. El parénquima parece ceroso.

—Exacto —dijo Laurie, aún más emocionada—. Había visto esto antes. ¿Sabes al final qué era?

—¿Amiloidosis? —probó Jack.

—No, tonto. Esa cosa de color rosa está en los túbulos. Está en la luz del túbulo, no en las células. ¡María sufrió rabdomiolisis aguda!

—¡Arun! —gritó Jack, emocionado él también—. ¡Llama a Jeet! Necesitamos una sección congelada. Si esto es miosina y si, como sospechamos, estamos ante una intoxicación, será prácticamente patognomónico del envenenamiento por succinilcolina.

Media hora después, Laurie fue la primera en examinar las

secciones del riñón. El examen post mórtem había terminado y estaba transcrito en una grabadora. Habían preparado muestras de tejido, en especial renal y cardíaco, y estaban ya en portaobjetos. Por último, habían colocado el cuerpo en un depósito de cadáveres refrigerado, como debía ser.

—¿Y bien? —preguntó Jack, impaciente.

Laurie llevaba más tiempo del habitual mirando por el microscopio.

—Se confirman las secreciones de color rosa en los túbulos —dijo.

Se apartó para que Jack pudiera mirar.

—¡Rabdomiolisis, sin duda! —exclamó Jack. Se incorporó—. Teniendo en cuenta el historial, yo aceptaría esto como prueba incluso sin los análisis toxicológicos.

Laurie se hizo a un lado para que Arun y después Neil pudieran ver la miosina que bloqueaba los túbulos renales.

—Bueno, ¿qué vais a hacer ahora? —preguntó Arun.

Estaba contentísimo por haber participado en un caso de patología forense como había soñado cuando iba al instituto, ante de conocer el estado de esa disciplina en la India.

—Llegados a este punto, eso seguramente deberíamos preguntártelo nosotros a ti —dijo Jack—. En Estados Unidos, unos forenses que hubieran actuado por su cuenta acudirían a la policía, al fiscal del distrito o a ambos. Esto es claramente un acto criminal.

—No sé qué deberíamos hacer —admitió Arun—. Quizá debería preguntar a algún amigo abogado.

—Mientras tanto hemos de movernos rápido y reforzar nuestra argumentación —dijo Laurie—. Con un poco de suerte tendremos la prueba científica por la orina que hemos enviado al All India Institute of Health Sciences, pero eso valdrá solo para uno de los tres fallecidos. Hemos de volver al Queen Victoria y hacernos con el segundo cuerpo, o por lo menos sacarle una muestra de orina. Y deberíamos hacer lo mismo con el cadáver que está en el centro médico Aesculapian. Tres casos son mucho mejor que uno. Y más vale que nos demos prisa. Jennifer dijo que la hora tope era el mediodía.

—Vale, hagamos eso lo primero —dijo Jack—. Necesitamos tener pruebas de más de un cuerpo, sobre todo en cuanto al envenenamiento por succinilcolina. Demonios, un cadáver puede producir pequeñas cantidades de succinilcolina al descomponerse.

—Me llevaré un par de jeringuillas de aquí para que podamos sacar las muestras —informó Laurie.

—Buena idea —afirmó Jack.

Emocionados y con la sensación de que compartían un objetivo común, los cuatro regresaron a la furgoneta y condujeron a toda prisa hacia el hospital Queen Victoria. Arun volvía a estar al volante.

Neil sacó el teléfono móvil.

—Yo creo que ya es hora de llamar a Jen —explicó—. No puede ser que siga dormida. Estoy seguro de que todo esto la va a entusiasmar.

—Buena idea —dijo Laurie—. Luego déjame hablar con ella.

Neil dejó sonar el teléfono hasta que saltó el contestador. Dejó grabado un breve mensaje en el que le pedía a Jennifer que le llamara.

—Seguramente está haciendo gimnasia o nadando. Volveré a intentarlo dentro de un rato.

—Podría estar comiendo —apuntó Laurie.

—Es verdad —dijo Neil, y se guardó el teléfono en el bolsillo.

Cuando llegaron al Queen Victoria, Arun guió directamente la furgoneta hacia la parte trasera y aparcó en el mismo sitio que antes.

Salieron a toda prisa del vehículo y entraron a la carrera en el hospital. La silla del anciano estaba vacía.

—Quizá esté comiendo —dijo Laurie.

—Eso espero —manifestó Jack—. Me sentiría culpable si perdiera el trabajo por nuestras travesuras.

Arun llevaba la delantera. Avanzaron en fila porque la cola de la cafetería a la hora de comer llegaba hasta el pasillo. Se detuvieron en la cámara frigorífica donde había estado María.

—¿Entramos a pesar de toda esta gente? —preguntó Arun. Jack y Laurie se miraron.

—Entra tú solo, Arun —propuso Laurie—. No vayamos a montar una escena.

Laurie, Jack y Neil avanzaron otro poco por el pasillo. Nadie les prestaba atención.

Arun no tuvo que entrar hasta el fondo para ver que Benfatti había desaparecido. En la cámara no había ningún cadáver. Retrocedió, cerró la puerta y comunicó la mala noticia al resto.

—Ya no podremos jugar a ganador y colocados —anunció Jack.

—Dejadme que suba y averigüe qué está pasando —dijo Arun.

—Mientras tanto, nosotros podríamos subir y comer algo en la cafetería —propuso Laurie—. Según lo que Arun descubra, es posible que no tengamos otra oportunidad.

—Buena idea —dijo Arun—. Allí nos vemos.

Arun tardó más de lo que esperaba pero averiguó más de lo que había imaginado. Cuando entró en la cafetería, los otros tres ya tenían sus bocadillos. Nada más sentarse, una camarera se materializó a su lado. También él pidió un bocadillo.

Cuando la camarera les dejó, Arun se inclinó sobre la mesa. Los demás lo imitaron.

—Esto es increíble —dijo en voz baja para asegurarse de que no le oyera nadie más. Los miró a los tres—. En primer lugar, los directivos del hospital están furiosos con la desaparición de María Hernández. Tanto que han despedido al anciano de abajo.

—¡Maldita sea! —exclamó Jack—. Me lo temía.

—Por otra parte, están seguros de que el cuerpo lo han robado los forenses de Nueva York. Lo raro es que no han presentado un FIR contra vosotros.

—¿Qué es un FIR? —preguntó Laurie.

—Un primer parte informativo —explicó Arun—. Es lo primero que hay que hacer si se quiere que la policía actúe. Pero la policía odia los FIR porque significan trabajo.

—¿De dónde has sacado la información? —preguntó Jack.

—Me lo ha dicho el presidente del hospital —contestó Arun—. Se llama Rajish Bhurgava. Somos relativamente buenos amigos. Lo conozco desde la escuela.

—Si saben que nos hemos llevado el cuerpo, ¿por qué no presentan ese FIR? —preguntó Laurie.

—No sé si lo he entendido bien. Bhurgava me ha dicho que un alto cargo del Ministerio de Sanidad, un tal Ramesh Srivastava, le ha ordenado que no lo haga. Tiene algo que ver con el miedo a los medios de comunicación.

Laurie, Jack y Neil intercambiaron largas miradas para decidir quién respondería al comentario de Arun. Habló Laurie.

—A lo mejor ese Ramesh va tras la pista del asesino en serie de la sanidad y no quiere que los medios le alerten hasta que la investigación esté más avanzada.

Jack la miró de reojo.

—Bueno, ¿quién sabe? —se justificó ella.

—Pasemos a la segunda parte, que es la más importante —dijo Arun—. Han retirado el cadáver de Benfatti y el del centro médico Aesculpian, Lucas, por una orden judicial que otorga a los dos hospitales el derecho de sacarlos y disponer de ellos por constituir una molestia y un peligro público. Lo más extraño es que se las han ingeniado para incinerarlos en el crematorio principal de los *ghats* de Benarés.

—Ya había oído antes la palabra *ghat* —interrumpió Jack—. ¿Qué significa?

—En este contexto significa escalones de piedra en la ribera de un río —le explicó Arun—, aunque también puede ser una cordillera escarpada.

—Nosotros ya conocíamos el plan Benarés —dijo Laurie—. Se suponía que iba a ser tan especial que las familias se calmarían. Pero está claro que cuando hicieron la oferta no tuvo ese efecto, por lo menos en dos de las tres familias.

—¿Y dónde queda Benarés desde aquí? —preguntó Jack.

—Al este de Delhi, como a medio camino de Calcuta —contestó Arun.

—¿Muy lejos?

—A unos setecientos kilómetros —dijo Arun—, pero hay buenas autopistas en todo el trayecto.

—¿Llevarán los cuerpos en un camión? —preguntó Jack.

—Seguro que sí —respondió Arun—. Tardarán once horas y media, aproximadamente. Seguramente los incinerarán esta noche, muy tarde, o mañana temprano. Los crematorios de los *ghats* funcionan las veinticuatro horas del día. Pero debo deciros que esto no es normal. Por lo general, en Benarés solo pueden ser incinerados los hindúes. Les aporta un karma excepcionalmente bueno. Si un hindú muere en Benarés y su cuerpo se incinera allí, alcanza de inmediato el *moksha*, la iluminación.

—Deben de haber sobornado a alguien —aventuró Laurie.

—Sin duda —asintió Arun—. Habrán pagado a alguno de los cabecillas entre los *Dom*. Los *Dom* son la casta que tiene los derechos exclusivos sobre la incineración en los *ghats*. O quizá hayan sobornado a algún brahmán hindú. Lo que está claro es que los hospitales han tenido que comprar a unos o a otros, o a los dos.

—¿Cómo es la ciudad? —preguntó Jack.

—Es uno de los lugares más interesantes de la India —dijo Arun—. Es la ciudad más antigua del mundo que ha estado ocupada sin interrupción. Hay quienes creen que hace cinco mil años que allí vive gente. Para los hindúes es la ciudad más sagrada, especialmente beneficiosa para los ritos de pasos, como la llegada a la madurez, el matrimonio y la muerte.

—¿Qué probabilidades tendríamos de encontrar los dos cadáveres si cogiéramos un avión a Benarés?

—A eso no puedo responder —dijo Arun—. Supongo que bastantes, sobre todo si estáis dispuestos a repartir dinero.

—¿Qué opinas? —preguntó Jack a Laurie—. Nos vendría bien obtener al menos las muestras de orina, aunque no podamos practicar autopsias completas.

—¿Hay vuelos a Benarés? —preguntó Laurie a Arun. La idea de un viaje de casi doce horas por tierra no la atraía lo más mínimo.

—Hay, pero no tengo ni idea de los horarios. Voy a preguntarlo.

Mientras Arun llamaba por teléfono, Laurie se giró hacia Neil.

—En circunstancias normales, os preguntaríamos si queréis venir. Pero sigo pensando que lo mejor será que Jennifer no salga del hotel.

—Yo opino lo mismo —dijo Neil.

Arun cerró la tapa de su teléfono móvil.

—Han salido ya varios vuelos. El último es a las tres menos cuarto de la tarde.

Laurie y Jack miraron sus relojes. Era la una menos cuarto.

—Solo faltan dos horas. ¿Nos da tiempo? —preguntó Laurie.

—Creo que sí —dijo Arun—. Pero tenemos que darnos prisa.

—¿Tú también vienes? —preguntó Laurie a Arun mientras se levantaba y dejaba la servilleta con los restos de su bocadillo. También dejó más dinero del necesario para pagar la comida.

—Hoy me lo estoy pasando mejor que en años —reveló Arun—. No me lo perdería por nada del mundo. —Se levantó y abrió de nuevo el móvil para contactar con su agencia de viajes—. Gracias por el bocadillo —dijo a Laurie mientras su llamada se conectaba.

Mientras caminaban hacia el ascensor, Arun reservó tres billetes en clase de negocios para el vuelo a Benarés y dos habitaciones en el hotel Taj Ganges. Dio los nombres de Jack y Laurie.

Arun terminaba de hacer las gestiones cuando llegaron a la furgoneta; quedó en que se reuniría con la pareja en el mostrador de Indian Airlines del aeropuerto de los vuelos nacionales. A continuación se marchó rápidamente hacia su coche.

Jack, Laurie y Neil entraron en la furgoneta, con Jack al volante. Se dejó un poco de neumático en la vía de acceso del Queen Victoria, pero tanta velocidad se acabó de golpe y porrazo cuando llegaron a la calle. Habían olvidado el tráfico que hay en Nueva Delhi al mediodía.

—Cuando lleguemos al hotel, necesitaré algo de tiempo para ponerme la inyección de GCH desencadenante —dijo Laurie.

Estaba sentada delante, junto a Jack.

—Anda, es verdad —respondió Jack—. Menos mal que te has acordado. A mí se me había pasado por completo.

—Será mejor que no os olvidéis estas jeringuillas que tengo aquí atrás —les advirtió Neil.

La bolsa con las jeringuillas esterilizadas estaba a su lado, encajada entre el asiento y el respaldo.

—Ya lo creo —dijo Laurie—. Me las podría haber dejado, y entonces sí que tendríamos un problema. ¡Pásamelas!

Neil le entregó la bolsa.

—Lamento que Jennifer y tú no podáis venir —dijo Laurie.

—No pasa nada. Dedicaré la tarde a intentar reservar los vuelos para el regreso a Estados Unidos. Creo que cuanto antes salga Jennifer de aquí, mejor.

—Dile que decida ya mismo lo que quiere hacer con su abuela —le indicó Laurie—. Y luego llamad a la facultad Gangamurthy para ponerlo en marcha.

—Tiene claro que quiere incinerar, así que eso lo haremos enseguida.

Laurie y Jack estaban inquietos por su inminente viaje; durante el tiempo que tardaron en llegar al hotel reinó el silencio. Ni siquiera cuando se encaminaban hacia el vestíbulo hablaron.

—Vete para arriba —dijo Jack a Laurie una vez dentro del hotel—. Me encargo del transporte hasta el aeropuerto y voy enseguida.

—Hecho —afirmó Laurie, y se separó de ellos.

—A vosotros os veremos mañana en algún momento —dijo Jack a Neil—. Ya has oído dónde nos alojaremos en Benarés, y Jennifer tiene el número de móvil de Laurie, así que mantened el contacto. ¡Y que Jennifer se quede en el hotel!

—No te preocupes —lo tranquilizó Neil.

Era poco más de la una del mediodía, por lo que Neil cruzó el vestíbulo y se asomó al comedor principal para ver si Jennifer estaba allí. Mientras exploraba el interior, el maître cruzó la mirada con él.

—Su compañera no ha venido hoy —le dijo.

Neil le dio las gracias. La calidad el servicio del hotel Amal Palace no dejaba de impresionarle. Jamás había estado en un hotel donde los empleados recordaran hasta ese punto a sus clientes.

Se preguntó si Jennifer estaría en las instalaciones del *spa* y, dado que el ascensor que llevaba allí se encontraba junto al comedor, Neil lo tomó para bajar. La puerta del ascensor se abrió ante el mostrador principal y Neil preguntó si Jennifer Hernández estaba recibiendo algún servicio, como un masaje, en aquel momento. La respuesta fue negativa. Neil recorrió el pasillo para ver las bicicletas estáticas. Siguió andando, salió al jardín y se acercó a la piscina.

Lucía el sol a través de la neblina y había unos treinta grados de temperatura, por lo que la piscina estaba muy concurrida y había bastante gente comiendo en el jardín. Le sorprendió que Jennifer tampoco estuviera allí. El lugar era ciertamente agradable.

Supuso que debía de seguir en su habitación; se dijo que tal vez siguiera durmiendo y hubiera desconectado el teléfono. Neil no sabía qué hacer. Si Jennifer estaba dormida, sin duda era porque lo necesitaba, y no tenía intención de despertarla. Decidió llevar a la práctica el plan que había urdido la noche de su llegada: pegar la oreja a su puerta. Si oía algún ruido o el agua de la ducha o la tele estaba funcionando, llamaría. Si todo estaba en silencio, la dejaría dormir.

Una vez tomó la decisión, regresó hacia la entrada del gimnasio. Ocurriera lo que ocurriese, tenía claro que él iba a volver a la piscina.

34

Nueva Delhi, viernes 19 de octubre de 2007, 16.02 h

En lugar de ir directamente a su habitación después de entrar en el bungalow, Veena fue derecha a la biblioteca. Se sentía nerviosa, necesitaba calmarse, y solo se le ocurría una persona capaz de lograrlo: Cal Morgan. Ya lo había hecho en otras ocasiones relacionadas con el mismo asunto, y Veena esperaba que funcionara, aunque esta vez la cosa le parecía más grave.

La puerta estaba abierta; cuando entró, la tranquilizó ver a Cal haciendo papeleo en la mesa de la biblioteca. Tardó en darse cuenta de que Durell se hallaba tumbado en el sofá, con un libro en el pecho y una bolsa de hielo en la frente. Cal se dio cuenta entonces de su presencia y levantó la mirada. Los dos hablaron al mismo tiempo y ninguno entendió lo que dijo el otro.

—Lo siento —se disculpó Veena, nerviosa, llevándose una mano temblorosa a la cara.

—No, es culpa mía —respondió Cal, que dejó el lápiz e hizo una mueca de dolor. Él tenía una bolsa de hielo en el hombro izquierdo.

Hubo un momento incómodo cuando los dos se lanzaron a hablar simultáneamente por segunda vez. Cal rió.

—Tú primero —dijo.

—Esta mañana ha ocurrido una cosa que me preocupa —dijo Veena—. Me ha alterado bastante.

Durell giró las piernas y se sentó. Se frotó los ojos; hasta ese momento estaba dormido.

—¡Dinos qué pasa! —le urgió Cal.

—El cuerpo de María Hernández ha desaparecido a finales de la mañana. El hospital está seguro de que se lo han llevado los dos patólogos forenses que Jennifer Hernández consiguió que vinieran a la India. Seguro que quieren hacerle la autopsia, si no se la han hecho ya. ¿Y si descubren que murió por la succinilcolina?

—Ya hemos hablado de esto otras veces —respondió Cal, agobiado—. Ha pasado mucho tiempo. Me han garantizado que el cuerpo humano elimina rápidamente la succinilcolina descomponiéndola.

—Además —intervino Durell—, acuérdate de que aunque den con el agente desencadenante, no importa. A esa mujer le pusieron succinilcolina antes de operarla.

—He buscado la succinilcolina en Google —insistió Veena—. Se han dado casos en que han condenado a gente por matar a sus esposas con succinilcolina, y los forenses pudieron demostrar su presencia en el cuerpo.

—Yo también he leído sobre esos casos —dijo Cal—. Uno de ellos inyectó la droga y la encontraron en el lugar del pinchazo. Nosotros hemos usado una vía intravenosa que ya estaba puesta. En el otro hallaron la droga en poder del gilipollas que la había administrado. ¡Vamos, Veena, déjate de paranoias! Durell y yo nos hemos informado. Tal como lo estamos haciendo, no puede haber fallos. Además, he leído hace poco que aislar esa droga no es nada fácil. Hoy en día hay mucha gente que cuestiona los métodos del toxicólogo que llevó el caso de la inyección intramuscular.

—¿Estáis completamente seguros de que estos forenses neoyorquinos no van a encontrarla? —imploró Veena. Quería creérselo, pero su mente culpable no dejaba de sembrarle dudas.

—Es–toy–se–gu–ro —dijo Cal, repasando las sílabas en un *staccato*. Estaba harto del tema.

—Pues claro, hombre, es imposible —corroboró Durell.

Veena dejó escapar un largo y ruidoso suspiro, como si estuviera desinflándose, y se dejó caer en una silla. La ansiedad la había dejado agotada.

—Oye, hemos de pedirte un favor —le dijo Cal—. Necesitamos que nos ayudes.

—Tal como me siento, no sé en qué podría ayudar a nadie.

—Nosotros opinamos que sí —insistió Cal—. De hecho, creemos que eres la única que puede hacerlo.

—¿Qué necesitáis? —preguntó Veena con tono de cansancio.

—Esta mañana la misma gente que enviamos a hablar con tu padre nos ha traído a Jennifer Hernández —dijo Cal sin más preámbulos. Hizo una pausa para que Veena asimilara la información.

—¿Que Jennifer Hernández está aquí, en el bungalow? —preguntó Veena con cautela, como si le asustara que la chica pudiera invadir su refugio.

—En la habitación de debajo del garaje —explicó Durell.

—¿Por qué? —preguntó Veena, algo frenética. Irguió la espalda.

—Llegamos a la conclusión de que teníamos que saber de qué sospechaba —dijo Cal—. Tú eres la que más molestias ha sufrido por su culpa. Querías que hiciéramos algo respecto a ella desde el principio.

—Pero no que la trajerais aquí. Lo que quería era que consiguierais que se fuera de la India.

—Bueno, tenemos que saber de qué sospecha para poder cambiarlo —dijo Cal—. No queremos más sospechas. Caray, ¡mira cómo te está afectando a ti! Estás hecha polvo. Necesitamos que hables con Hernández porque ya hablaste con ella una vez. Creemos que contigo hablará, o al menos que tienes más probabilidades, porque a nosotros no nos dice ni pío.

—No —sentenció Veena—. No quiero hablar con ella. La

otra vez me sentí fatal. Una conversación con ella me recuerda lo que le hice a su abuela. ¡No me obliguéis a hacerlo!

—No tenemos elección —dijo Durell—. Debes hacerlo. Además, Cal opina que te ayudará a calmarte.

—Es cierto, Veena —coincidió Cal—. Y además, supongo que no quieres que retiremos a los amigos que están presionando a tu padre para que se porte bien y os deje en paz a ti y a tus hermanas.

—¡No es justo! —chilló Veena; el color afluyó a sus mejillas—. Me prometiste que sería para siempre.

—¿Qué es para siempre? —preguntó Cal—. Va, Veena. Tampoco es que te pidamos algo tan difícil. Maldita sea, si puede que ni siquiera te lo diga. Si ocurre eso, pues bueno. Pero tenemos que intentarlo. Nosotros confiamos en que tú lo lograrás.

—Y si me lo dice, ¿qué? —quiso saber Veena—. ¿Qué le ocurrirá a ella?

Cal y Durell intercambiaron una mirada.

—Llamaremos a las personas que la han traído para que se la lleven.

—¿A su hotel? —preguntó Veena.

—Exacto. A su hotel —afirmó Durell.

—Muy bien. Hablaré con ella —dijo Veena, decidida de repente—. Pero no os prometo nada.

—Ni tampoco te lo exigimos —dijo Cal—. Y ya sabemos que para ti es un poco difícil porque te recuerda a su abuela. Es normal. Pero también es normal que no queramos encontrarnos otros baches como este en la carretera, sobre todo ahora que todo nos va tan bien.

—¿Cuándo queréis que lo intente?

Los hombres se miraron de nuevo. No habían decidido nada al respecto. Cal alzó los hombros.

—¿Cuándo mejor que ahora?

—Quiero quitarme el uniforme y ducharme. ¿Dentro de media hora?

—Dentro de media hora —asintió Cal.

Veena se levantó de la silla y fue hacia la puerta. Justo antes de llegar oyó que Cal le decía:

—Gracias, Veena. Una vez más, nos estás salvando la vida.

—De nada —respondió ella—. Necesitamos saber qué la hizo sospechar. No quiero volver a pasar por todo esto otra vez.

—Muy bien, os explico cómo quiero que lo hagamos —dijo Cal. Él, Veena y Durell habían llegado al garaje desde la casa—. Primero colocaré los fusibles eléctricos. Luego bajaremos la escalera, yo delante. Abriré la puerta y entonces tú, Veena, entrarás y la llamarás. Si no te contesta, como nos ha pasado antes, dile que volverás cuando le apetezca hablar. Discúlpate por tener que volver a quitar la luz, pero dile que los hombres malos se empeñan en hacerlo. Y luego te marchas. Es posible que tengamos que repetirlo unas cuantas veces. Creemos que esa mujer tiene una vena violenta.

Cal miró brevemente a Durell, quien se limitó a alzar las cejas y asintió.

Todo fue según el plan. Cuando Cal hubo abierto la puerta, Veena entró y estaba a punto de decir en voz alta el nombre de Jennifer cuando la vio sentada en el sofá. Veena agarró la puerta y la cerró en las narices de Cal. A continuación se encaminó hacia Jennifer y se sentó junto a ella.

Ninguna de las dos habló; se limitaron a mirarse con cautela. Jennifer, a pesar de tener los ojos entrecerrados, dejó entrever su sorpresa en cuanto Veena puso un pie en la estancia.

—Creo que comprende que hay algo en concreto que necesitamos saber —comenzó Veena. Se la veía tensa, contenida.

—Entiendo que hay algo que os gustaría averiguar —dijo Jennifer—. Llevadme a mi hotel y os lo diré.

—El trato es que volverá a su hotel después de hablar. De lo contrario, no tendría ningún motivo para cooperar.

—Pues lo siento. Tendréis que confiar en mí.

—Creo que le conviene más tratar conmigo que con los dos hombres que están al mando.

—Seguramente tengas razón, pero yo lo único que sé es que no os conozco a ninguno. ¿Sabes? Me sorprende que tú estés metida en esto.

—Así que esa es su postura. Se niega a decirme qué le hizo sospechar que la muerte de su abuela podría no haber sido natural.

—No es que me niegue. Ya me he ofrecido a decírtelo, pero en terreno neutral. No me gusta nada estar encerrada en este búnker.

Veena se levantó.

—Entonces supongo que tendrá que esperar hasta mañana. Estoy segura de que si lo piensa durante la noche, verá las ventajas de tratar conmigo en vez de con los otros.

—Yo no contaría con ello, enfermera Chandra —dijo Jennifer sin moverse.

Veena se dirigió hacia la puerta y la abrió de un tirón.

A Cal, que tenía la cabeza apoyada contra la puerta, le faltó poco para caerse dentro de la habitación.

—Creo que necesita un poco más de oscuridad —dijo Veena.

Apartó a los dos hombres y empezó a subir la escalera.

Cal cogió el picaporte de la pesada puerta y, tras echar un breve vistazo a Jennifer, tiró de ella y cerró. Luego siguió a Durell escalera arriba. Después de cerrar la otra puerta se acercó a donde Durell y Veena estaban hablando.

—Ha sido rapidísimo —comentó—. ¿No has intentado convencerla?

—No demasiado, la verdad. ¿No nos oías?

—No muy bien.

—Se mantiene firme. De momento es una pérdida de tiempo intentar convencerla de nada. Me da la impresión de que mañana verá las cosas de otro modo, y así se lo he dicho. Quince o dieciséis horas aislada y a oscuras pueden hacer maravillas. Mañana es sábado y no tengo que ir al hospital. Le he explicado las condiciones y le he dicho que volvería.

Los dos hombres se miraron y asintieron.

—No suena mal —dijo Cal, aunque por su tono no parecía que estuviera seguro.

Regresaron al bungalow.

—¿Esta noche veremos alguna película? —preguntó Veena.

—Sí, tenemos una buena —respondió Durell—. Clint Eastwood, *Sin perdón.*

—Necesito distraerme —dijo Veena—. Todavía estoy algo tensa por lo de la autopsia de María Hernández. No me lo quito de la cabeza.

Cuando llegaron al bungalow, Veena se fue a su cuarto.

—Nos vemos en la cena.

Cal y Durell la miraron mientras se alejaba.

—Esa chica es muy lista —comentó Durell—. Creo que está en lo cierto en cuanto a Hernández.

—Sí que es lista, pero me preocupa verla de repente tan insensible. Cuando se tomó la sobredosis estaba igual. Deberíamos pasarnos por su habitación cada dos horas y asegurarnos de que está bien. Y el primero de los dos que vea a Petra o a Santana, que les diga que hagan lo mismo.

35

Nueva Delhi, viernes 19 de octubre de 2007, 16.40 h

La pelota de fútbol americano no rozó por milésimas la mano que debía agarrarla. Cual un «pase en bala» de un ex *quarterback* universitario, viajaba veloz cuando rebotó en la superficie de la piscina. Su segunda toma de contacto fue contra el trasero de Neil. Justo antes del impacto, dormía. Después ya no.

Neil saltó de la hamaca listo para enfrentarse al ejército agresor. Dentro del agua, el chico que no había conseguido coger la pelota le pedía a gritos que se la pasara, mientras el ex *quarterback* se moría de risa. Neil, furioso, cogió la pelota y con todas sus fuerzas le dio una patada en dirección al risueño *quarterback*, pero pasó muy por encima de su cabeza y se internó entre los árboles que delimitaban el hotel.

—Hombre, muchas gracias —dijo desde la piscina el otro chico, nada contento.

—No hay de qué —replicó Neil.

Se había espabilado lo suficiente para sentir cierta culpa. Miró el reloj. Se había quedado dormido alrededor de las tres con la esperanza de que Jennifer apareciera en cualquier momento. Había dejado algunos mensajes en el contestador de su habitación. El hecho de que aún no hubiera dado señales de vida empezaba a asustarle.

—Cinco menos veinte —dijo en voz alta. Estaba atónito.

Recogió sus cosas, se puso el albornoz y entró en el edificio. Echó un vistazo al gimnasio al pasar: ni rastro de Jennifer. En el ascensor, pidió subir al noveno piso. Quería pasar por la habitación de Jennifer antes de ir a cambiarse de ropa.

Apretó el timbre de la habitación 912, aporreó la puerta y forcejeó con el pomo sin esperar respuesta. Apoyó la oreja en la puerta.

—Vale, ya está bien —protestó en voz alta al no oír nada.

Bajó a su habitación y se vistió. Luego bajó hasta el mostrador principal y pidió hablar con un encargado. Como era normal en el servicio del hotel Amal Palace, un encargado apareció casi por arte de magia.

—Buenas tardes, caballero. Soy gerente de servicio al huésped. Me llamo Sidharth Mishra. ¿En qué puedo ayudarle?

—Mi novia, Jennifer Hernández, de la habitación novecientos doce, necesitaba recuperar horas de sueño —dijo Neil con urgencia—, pero esto ya es absurdo. Son más de las cinco y no responde a mis llamadas ni a los golpes en la puerta.

—Lo lamento mucho, señor. Vamos a intentar llamarla. —Sidharth chasqueó los dedos hacia una mujer sentada tras uno de los mostradores de recepción—. Damini, ¿le importa comprobar si la novecientos doce responde? —Mientras Damini llamaba, Sidharth preguntó a Neil—: ¿Alguna vez había hecho algo parecido en el pasado?

—No, a mí nunca —respondió Neil.

—Si no responde, subiremos enseguida.

—Se lo agradezco —dijo Neil.

—No contesta —informó Damini—. Ha saltado el contestador.

—Bien, subamos —dijo Sidharth. Pidió a Damini que les acompañara.

En el ascensor, Neil, nervioso, empezó a preguntarse si había sido un buen consejo decirle el día anterior que no se relacionara con la policía. Sabía que, si esa situación se hubiera dado en Estados Unidos, abandonar la escena de un crimen tendría consecuencias.

—¿Podría ser que la señorita Hernández hubiera ido a algún sitio? —preguntó Sidharth—. ¿De compras o algo por el estilo?

—Estoy seguro de que no —contestó Neil. Estuvo tentado de mencionar el intento de asesinato y que a Jennifer le asustaba salir del hotel.

Llegaron al piso nueve y se encaminaron con paso ligero hacia la habitación 912. Sidharth señaló el cartel de NO MOLESTAR. Neil asintió y dijo:

—Lleva todo el día puesto.

—¡Señorita Hernández! —gritó Sidharth después de llamar al timbre.

Dio algunos golpes con los nudillos y, a continuación, sacó una tarjeta llave maestra. Abrió la puerta y se apartó para ceder el paso a Damini. La mujer entró en la habitación pero volvió casi de inmediato.

—La habitación está vacía —dijo Damini.

Sidharth también entró. Miraron en la estancia principal de la habitación y en el cuarto de baño. No parecía faltar nada; la puerta de la ducha estaba entreabierta y había una toalla seca colgada en la parte superior. Sidharth incluso se tomó la molestia de tocarla para comprobarlo.

—Parece como si simplemente hubiera salido —dijo Sidharth.

Neil tuvo que admitirlo. Salvo por la puerta de la ducha y el cartel de NO MOLESTAR, todavía colocado, todo parecía normal.

—¿Qué le gustaría que hiciéramos, señor McCulgan? No hay nada que apunte que deberíamos preocuparnos. Quizá su amiga regrese para la cena.

—Aquí ha pasado algo —dijo Neil, meneando la cabeza.

Había ido al recibidor y, al girarse hacia la puerta para salir, posó la mirada en el ribete del marco, dañado allí donde había estado sujeta la cadena de seguridad.

—Miren esto —señaló—. Faltan la cadena de seguridad y el cierre.

—Tiene usted razón —respondió Sidharth. Sacó el móvil y llamó al mostrador principal—. Que venga seguridad a la novecientos doce de inmediato.

—Quiero llamar a la policía —dijo Neil—. Quiero que la llamen ya mismo. Creo que la han secuestrado.

36

Benarés, viernes 19 de octubre de 2007, 19.14 h

—Es innegable que Benarés es una ciudad interesante —comentó Laurie—, pero eso es lo más que puedo decir.

Ella, Jack y Arun acababan de llegar al *ghat* Dasashvamedha, junto al río Ganges. Habían tenido que recorrer a pie lo que a Laurie le parecieron dos kilómetros por una horrible y atestada calle peatonal llena de tiendas para turistas, cerrada al tráfico excepto para los vehículos oficiales.

El vuelo desde Nueva Delhi había sido razonablemente agradable, aunque salió con más de media hora de retraso. El avión iba muy lleno. Habían tardado casi lo mismo en llegar desde el aeropuerto hasta el hotel que desde Nueva Delhi hasta Benarés, aunque Jack y Laurie estuvieron todo el camino embelesados por lo que veían a través de las ventanillas del coche: un desfile de pequeñas tiendas, elementales, atestadas, cada una de ellas dedicada a la venta de cualquier género imaginable, y cuanto más se acercaban al centro de la ciudad, más raquíticas eran. A los dos patólogos no les costó creer que en la India vivían mil millones de personas, viendo semejante densidad de población, y quinientos millones de animales sueltos.

El registro en el hotel no planteó ningún problema; el encargado general, Pradeep Bajpai, era un conocido del doctor Ram.

Pradeep, además, les puso en contacto con un profesor de la Universidad Hindú de Benarés, llamado Jawahar Krishna, que se mostró dispuesto a hacerles de guía. Jawahar llegó al hotel enseguida, mientras el grupo cenaba a una hora temprana. Suponían que no volverían al hotel hasta bien avanzada la noche y que más les valía comer algo entonces, ya que podían.

—Cuesta acostumbrarse a esta ciudad —dijo Jawahar en el *ghat*, comprendiendo a qué se refería Laurie.

Era un hombre de cuarenta y tantos o cincuenta y pocos años, de cara amplia, ojos brillantes y pelo gris rizado. Con la ropa occidental que vestía y su perfecto inglés podría haber pasado por un profesor de la prestigiosa Ivy League estadounidense. Resultó que había estudiado varios años en la Universidad de Columbia.

—Por un lado me impresiona la religiosidad que se respira aquí y por otro me asquea tanta suciedad —siguió Laurie—. Sobre todo los excrementos, sean humanos o no.

Habían pasado junto a numerosas vacas, perros callejeros e incluso algunas cabras que vagaban entre la gente, los desperdicios y todo tipo de basura.

—Para eso no hay justificación —dijo Jawahar—. Me temo que ha sido así desde hace tres milenios y que así seguirá en el próximo.

Jawahar también se había mostrado dispuesto a ayudarles en el motivo que les había llevado a Benarés: encontrar los cadáveres de Benfatti y Lucas. Como erudito del shivaísmo, Jawahar era amigo personal de uno de los principales sacerdotes brahmanes del *ghat* Manikarnika, el mayor crematorio de los *ghats* de Benarés y el lugar donde sin duda habrían enviado a Benfatti y Lucas. Jawahar había accedido a ejercer de intermediario entre la pareja y su amigo, a quien pidió que les llamara al móvil cuando llegaran los cadáveres de los estadounidenses y que les permitiera acceder a ellos el tiempo suficiente para tomar las muestras. Eso les costaría diez mil rupias, poco más de doscientos dólares. Jack había intentado que Jawahar averiguara cuánto habían pagado los hospitales, pero el brahmán, lo supiera o no, no quiso hablar.

—Bueno, ¿dónde estamos ahora? —preguntó Jack, mirando los escalones que bajaban al río.

El sol se había puesto tras ellos. Bajo aquella luz vacilante el río fluía como un cuerpo extenso y suave, más parecido al petróleo que al agua. Al final de la escalera había entre quince y veinte personas bañándose. Gran variedad de barcas pequeñas se arracimaban en la orilla. El desplazamiento a cámara lenta de los residuos evidenciaba el suave discurrir del agua.

—¡Dios mío! ¿Eso que han tirado al agua es un cadáver humano? ¿Y lo que flota ahí son los despojos de una vaca muerta?

Jawahar miró hacia donde Jack estaba apuntando. Ambos elementos flotaban a casi doscientos metros de la orilla.

—Eso parece —dijo—. No es muy inusual. A determinadas personas no se les concede la incineración. Deben conformarse con que lancen su cuerpo al agua.

—¿A quién, por ejemplo? —preguntó Laurie con expresión disgustada.

—Niños de menos de cierta edad, mujeres embarazadas, leprosos, personas que han muerto por la mordedura de una serpiente, *sadhus* y…

—¿Qué son los *sadhus*? —preguntó Laurie.

Jawahar se giró y señaló a una hilera de ancianos con barba y rastas recogidas en moños que estaban sentados con las piernas cruzadas a lo largo del paseo que llevaba al *ghat*. Había algunos también alrededor del *ghat*. Unos llevaban túnicas; otros estaban prácticamente desnudos, salvo por el taparrabos.

—Se consideran a sí mismos monjes hindúes —explicó Jawahar—. Antes de convertirse en *sadhus*, algunos eran respetables hombres de negocios.

—¿Y qué hacen? —consultó Laurie.

—Nada. Vagan sin rumbo, toman mucho *bhang*, que es marihuana con yogur, y meditan. No tienen más posesiones que las que llevan consigo, y viven de las limosnas.

—Contra gustos… —dijo Jack—. Pero volvamos a mi pregunta. ¿Dónde estamos?

—Este es el *ghat* principal, el más conocido y el más visitado —explicó Jawahar—. También es el centro de la actividad religiosa en Benarés; mirad todos esos sacerdotes hindúes llevando a cabo sus particulares ritos religiosos.

Hacia la mitad de la escalera de piedra había una serie de plataformas dispuestas en paralelo al curso del agua. Sobre cada una de ellas había un sacerdote, con una túnica naranja, que realizaba complicados movimientos con velas, campanas y farolillos. Los cánticos, amplificados por una serie de altavoces colgados a lo ancho del *ghat*, envolvían el lugar. Miles de personas deambulaban por allí, sacerdotes hindúes, *sadhus*, comerciantes, artistas de la estafa, niños, aspirantes a guía, familias, peregrinos procedentes de toda la India y turistas.

—Propongo que alquilemos una barca —dijo Jawahar—. El brahmán tardará en darnos noticias, tenemos tiempo, e incluso si nos llamara antes de lo que preveo, con la barca podríamos amarrar cerca del lugar de incineración.

—¿Será en ese *ghat* de allí? —preguntó Laurie, señalando al norte. Se veía un leve fulgor y lo que parecía humo culebreando hacia el cada vez más oscuro color caballa.

—En efecto —asintió Jawahar—. Desde el agua lo veremos. Iré a conseguir una barca; cuando la tenga les haré una señal.

Jawahar descendió los escalones hacia el río.

—¿Qué os parece Benarés? —les preguntó Arun.

—Interesante, como decía —dijo Laurie—. Pero abrumador para mi sensibilidad occidental.

—Es como estar en diferentes siglos al mismo tiempo —comentó Jack. Miró a un indio cerca de ellos que estaba abriendo su teléfono móvil.

El recorrido en barca resultó una buena idea. Mientras caía la noche, durante horas, trazaron ochos arriba y abajo, de una orilla a otra. El ajetreo que reinaba en todos los *ghats* los tenía hipnotizados, pero, en particular el Manikarnika, donde había diez o doce piras funerarias. Perfilados contra el resplandor, varios hombres avivaban los fuegos, que lanzaban chispas y humo al cielo nocturno. En la orilla había enormes pilas de leña, en ocasiones de la excepcional madera de sándalo.

La fosa donde se alzaban las piras estaba un poco más elevada que la leña. Por encima de ella los escalones llevaban a una escarpada pared de mampostería coronada por una terraza en voladizo que, formaba parte de un gran complejo religioso de torres cónicas. Junto al templo había un sórdido palacete coronado por un reloj que no funcionaba. Las hogueras y la actividad frenética creaban una escena propia del Apocalipsis.

Pasaban treinta y cinco minutos de las diez cuando sonó el móvil de Laurie. Miró la hora antes de pasarle el teléfono a Jawahar. Había visto que llamaban desde un número de la India. Jawahar habló brevemente en hindi y le devolvió el teléfono.

—Los cuerpos han llegado —informó—. El brahmán los tiene en un pequeño templo que se halla cerca de esa terraza que veis ahí. Ha dicho que vayamos enseguida.

—Pues vamos —dijo Laurie.

Mientras el barquero remaba hacia la orilla, Jawahar les explicó que desembarcarían en el *ghat* Scindia porque las mujeres tenían prohibido el acceso al Manikarnika y al nivel de las piras funerarias.

—¿Y por qué narices no podemos? —preguntó Laurie.

—Para evitar que las esposas salten en las piras de sus maridos —respondió Jawahar—. En la India más tradicional la vida no era fácil para las viudas.

Cuando desembarcaron, Jack y Laurie se quedaron fascinados ante el enorme templo de Shiva, inclinado y semisumergido en el Ganges. Mientras Jawahar arreglaba las cuentas con el barquero, caminaron con Arun hacia el templo, para verlo de cerca.

Para llegar del *ghat* Scindia al *ghat* Manikarnika tuvieron que internarse en la parte antigua de la ciudad, que lindaba con los *ghats* a lo largo de sus seis kilómetros y medio de extensión. Cuando se alejaron de los muelles, la ciudad, formada por oscuros, claustrofóbicos, retorcidos y adoquinados callejones que no superaban el metro de anchura, parecía sacada de la Edad Media. En contraste con el suave frescor de la ribera del Ganges, los envolvía un calor fétido y el hedor de la orina rancia y las boñigas de vaca. Los callejones estaban repletos de gente, vacas y perros. Laurie hubiera querido poder replegarse sobre sí misma como un caracol para evitar tocar cualquier cosa. El olor era tal que deseaba respirar por la boca, pero el miedo a las enfermedades infecciosas la obligaba a hacerlo por la nariz. Pocas veces se había sentido tan incómoda como siguiendo a Jawahar mientras intentaba desesperadamente no pisar los excrementos.

Aquel ambiente claustrofóbico se relajaba de repente cuando se acercaban a un restaurante iluminado, una tienda abierta o un puesto de *bhang* con una bombilla desnuda. Pero durante la mayor parte del recorrido les acompañó el calor, la oscuridad y el hedor.

—Muy bien, aquí está la escalera —dijo Jawahar; se paró tan de repente que Laurie, en la oscuridad, chocó con él. Se disculpó y él le quitó importancia—. Estos escalones terminan en aquella terraza grande. Les recomiendo que permanezcamos juntos. No quiero que nadie se pierda.

Laurie no entendía que a Jawahar se le pasara por la cabeza que a alguien pudiera apetecerle deambular por su cuenta.

—Ahí arriba hay varios hostales —continuó Jawahar—. Cada uno de ellos lo regenta un brahmán distinto. Están reservados a los moribundos. No entren en ellos. Nos encontraremos con unas pocas velas, pero por lo demás estará oscuro. He traído una linterna, pero no la usaremos hasta que vayan a extraer la muestra. ¿Está claro?

Jack y Arun dijeron que sí. Laurie se quedó callada. Se le habían secado la boca y la garganta.

—¿Estás bien, Laurie? —preguntó Jack. A duras penas podían verse.

—Creo que sí —consiguió decir ella, intentando llevar un poco de saliva hacia sus labios para humedecerlos.

—¿Tiene el dinero? —preguntó Jawahar a Jack.

—Aquí está —respondió este, dándose una palmada en el bolsillo de la cadera.

—Una cosa más —dijo Jawahar—. No hablen con los *Dom*.

—¿Quiénes son los *Dom*? —preguntó Laurie.

—Los Intocables que, desde tiempos inmemoriales, trabajan en los crematorios y preparan a los muertos. Viven aquí, en el templo, junto al fuego eterno de Shiva. Visten una túnica blanca y llevan la cabeza afeitada. No hablen con ellos. Se toman su trabajo muy en serio.

«No te preocupes —pensó Laurie—. No pienso hablar con nadie.»

Jawahar se volvió y empezó a subir la escalera; giraba a la izquierda y parecía interminable. Salieron a una terraza con una rudimentaria verja. La terraza daba a la vasta extensión del río; una luna casi llena se alzaba sobre él. Abajo, las atroces llamas de las piras funerarias llenaban el aire de chispas, ceniza, calor seco y humo. Vieron a los *Dom*: figuras negras que blandían largos palos con los que atizaban los fuegos para crear infiernos en miniatura. En cada hoguera se veía claramente un cuerpo ardiendo. Sobre la superficie de la terraza había unos treinta cuerpos envueltos en blancas mortajas de muselina. La parte trasera de la terraza tenía forma cóncava; allí se hallaban las oscuras entradas de varios templos. En el centro brillaba el fuego eterno de Shiva.

—Permita que sea yo quien lleve el dinero —pidió Jawahar, tendiendo la mano a la luz de la luna. —Jack accedió—. No se muevan de aquí. Volveré enseguida.

—Madre mía —dijo Laurie en tono quejumbroso—. Esto es horrible.

—Entonces, ¿de verdad la gente acude aquí y se queda en estas cuevas hasta que muere? —preguntó Jack a Arun.

—Eso tengo entendido —contestó este.

Jawahar volvió. Había entrado en una de las dos cúpulas de estilo indio que había en las esquinas.

—Los cadáveres de los dos estadounidenses se encuentran en

ese diminuto templo que está junto a la escalera por la que hemos subido —dijo—. El brahmán me ha dicho que seamos rápidos y no llamemos la atención. El problema es que los *Dom* consideran que una de sus funciones principales es la protección de los cuerpos.

—Justo lo que necesitábamos —murmuró Laurie mientras volvían hacia el lugar de donde venían. Notó que empezaba a temblar.

Cuando llegaron al templo, entraron en fila. Esperaron hasta que sus ojos se acostumbraron a la oscuridad. Además de la puerta, había una ventana sin barnizar. La luz de la luna les permitió ver los dos cuerpos, uno junto al otro. También estaban envueltos en una blanca mortaja de muselina.

—¿Tienes las jeringuillas? —preguntó Jack a Laurie. Laurie las levantó a la altura de su cabeza, pues ya las había sacado del bolso. Jack cogió una—. Yo me encargo de uno y tú del otro. No creo que necesitemos la linterna.

Desataron los cordeles que mantenían cerrados lo que resultaron ser sacos de muselina. Arun ayudó a Laurie y Jawahar a Jack a retirar los sacos hacia abajo y dejar al descubierto la zona suprapúbica. Dirigieron las agujas hacia abajo, justo sobre el pubis, y las dos jeringuillas se llenaron de orina.

—Ha sido pan comido —sonrió Jack.

Tras poner el capuchón de seguridad a las dos jeringuillas, Laurie las guardó en su bolso. Luego los cuatro se agacharon para acometer la tarea más difícil de volver a meter los cuerpos en las mortajas. Cuando estaban a punto de terminar, la luz de la luna se atenuó súbitamente. Levantando la mirada, el grupo se dio cuenta de que dos *Dom* bloqueaban la puerta.

—¿Qué está ocurriendo aquí? —preguntó uno de ellos.

Jack fue el primero en reaccionar; se levantó y avanzó para que los *Dom* se alejaran un poco del umbral.

—Ya terminábamos. Somos médicos. Queríamos asegurarnos de que estos dos estaban muertos de verdad. Pero ya hemos acabado.

Jawahar, Laurie y Arun salieron del templo pegados a la espalda de Jack.

La afirmación de Jack confundió al *Dom* durante un momento, pero no duró mucho.

—¡Ladrones de cuerpos! —gritó, e intentó agarrar la camisa de Jack.

—¡Corred! —gritó Jack.

Laurie no necesitó que se lo dijeran dos veces. Bajaba la escalera casi sin poner los pies en el suelo. Jawahar le iba a la zaga, seguido de Arun.

Jack golpeó como un karateka los brazos del primer *Dom*, que intentaban agarrarle, pero el segundo lo aferró por el lado. Jack recurrió entonces al puño cerrado y asestó al segundo un directo a la cara. Al fondo, vio que se acercaban otros *Dom* más. Jack asestó otro puñetazo al abdomen del primero, que se dobló sobre sí mismo. Un momento después Jack estaba ya en la escalera.

Cuando llegó al estrecho callejón que había al final de la escalera, le costó un instante divisar a Arun, que había permanecido a la vista para indicarle la dirección con el brazo alzado. Jawahar los estaba guiando en la dirección opuesta por donde habían llegado. Jack corrió hacia Arun, quien a su vez reemprendió la carrera. Por detrás de ellos se oían los gritos de los *Dom* que bajaban la escalera.

Jack estaba en excelente forma física, por lo que enseguida pasó a Arun, pero entonces los dos tropezaron con Laurie y Jawahar, atascados en el tráfico peatonal. El callejón, oscuro, vacío y muy angosto, había desembocado en otro más amplio pero también más concurrido; había incluso una vaca tumbada en el suelo rumiando su bolo alimenticio. Con las prisas, a Laurie le faltó poco para caerse encima del animal.

Durante cinco minutos el grupo se abrió paso a empujones y codazos para aumentar la distancia entre ellos y los furiosos *Dom*. Solo se detuvieron cuando estuvieron seguros de que ya no les perseguían. Tres de ellos jadeaban por el esfuerzo, todos menos Jack. Se miraron y, debido en parte a la ansiedad que les había provocado aquel episodio, se echaron a reír.

Cuando recuperaron el aliento, Jawahar les guió por enrevesadas callejuelas hasta el *gali* Vishwanath, la calle comercial que habían tomado al principio para llegar al *ghat* Dasashvamedha. Allí, Jawahar paró dos *rickshaws* que les llevaron al hotel Taj Ganges.

—Lo que más me apetece ahora mismo es darme una buena ducha —dijo Laurie mientras se acercaban al mostrador principal para coger sus llaves.

—¿Es usted la doctora Laurie Montgomery? —le preguntó el recepcionista antes de que ella tuviera tiempo de decir nada. Su tono exigente la sorprendió.

—Sí, soy yo —respondió Laurie con preocupación.

—Han llegado varios mensajes urgentes para usted. Le han llamado tres veces por teléfono y me han dicho que le pida que llame inmediatamente.

Laurie cogió los mensajes alarmada.

—¿Qué ocurre? —preguntó Jack, igual de intranquilo. Miró por encima del hombro de ella.

—Es Neil —contestó Laurie. Miró a Jack—. ¿Crees que podría ser sobre Jennifer?

Laurie sacó el teléfono de su bolso mientras el grupo se dirigía a una zona de descanso con vistas a los extensos terrenos del hotel. Laurie no tenía el número del móvil de Neil, por lo que tuvo que llamar al hotel Amal Palace y pedir que le pasaran con su habitación.

Neil descolgó al primer tono, como si estuviera esperando junto al teléfono.

—Han secuestrado a Jennifer —dijo de golpe, antes incluso de saber que era Laurie la que llamaba.

—¡Oh, no! —gritó ella.

Repitió la noticia a Jack de inmediato.

—Tiene que haber sido esta mañana, mientras yo estaba con vosotros —dijo Neil—. Cuando he vuelto he pensado que seguía durmiendo. No me he enterado de que no estaba en el hotel hasta casi las seis de la tarde. Estoy tan cabreado conmigo que podría morirme.

Neil relató la historia completa, incluido el hecho de que su única pista era la desaparición de la cadena de seguridad. Aquello, y que en su habitación no faltaba nada.

—¿Había alguna nota? ¿Han hecho algo? —preguntó Laurie.

—Nada —respondió Neil—. Eso es lo que más me asusta.

—¿La policía lo sabe?

Neil rió con sorna.

—Lo sabe, pero no es como para echar las campanas al vuelo.

—¿Por qué lo dices?

—Se niegan a rellenar el primer parte informativo de las primeras veinticuatro horas. Y no mueven un dedo hasta que han rellenado el FIR. Es como un círculo vicioso al estilo indio.

—¿Por qué no quieren hacer el FIR?

—Vas a alucinar. No quieren porque lo normal, especialmente con los estadounidenses, es que la persona desaparecida, ya sea por secuestro o por sí misma, acabe apareciendo, y entonces todo el esfuerzo de rellenar el FIR no sirve de nada. Esos cabrones perezosos están dispuestos a regalar veinticuatro horas a los secuestradores porque hacer el papeleo es muy cansado. Me dan asco.

—¿Qué dicen en el hotel?

—El hotel se ha portado de maravilla. Están tan enfadados como yo y han puesto un equipo privado a trabajar en el caso. También están revisando las cintas de seguridad que tienen del vestíbulo y la entrada principal.

—Bueno, por Dios, espero que encuentren algo y pronto —dijo Laurie—. Ojalá estuviéramos allí.

—Sí, ojalá. Estoy hecho polvo.

—Al menos hemos conseguido las muestras de orina —dijo Laurie.

—Espero que no te moleste demasiado si te digo que en estos momentos las muestras de orina me importan una mierda.

—Lo entiendo perfectamente —replicó Laurie—. Yo opino igual. Solo te lo decía porque volveremos a Nueva Delhi a primerísima hora de la mañana, y entonces veremos si podemos ayudarte a que la policía local colabore más. Espera, Jack quiere hablar contigo.

—Escucha, Neil —dijo Jack cuando cogió el teléfono—. Lo que haremos mañana es acercarnos a la embajada de Estados Unidos y hablar con algún agente consular, que nos pondrá en contacto con un oficial regional de seguridad. Ellos saben tratar con la policía local. La persona con quien tú has hablado posiblemente no es más que un comisario. Conseguiremos que inviten al FBI a colaborar. El FBI tiene las manos atadas hasta que les piden que participen en un caso.

—¿A qué hora llegaréis?

—Lo he mirado mientras hablabas con Laurie. El primer vuelo sale a las cinco y cuarenta y cinco. Llegaremos al hotel antes de que te hayas despertado.

—No cuentes con ello. No creo que pueda dormir.

Jack devolvió el teléfono a Laurie.

—Te he oído —dijo esta—. Tienes que dormir. Llegaremos al fondo de todo esto, no te preocupes.

Laurie se despidió y colgó. Miró a Jack.

—Esto es un desastre de los gordos.

—Eso me temo —dijo Jack.

37

Nueva Delhi, sábado 20 de octubre de 2007, 3.00 h

A las tres de la madrugada el bungalow quedó por fin en silencio. Una hora antes Veena aún oía el televisor de pantalla plana de la sala de estar, lo que le indicaba que había alguien que no podía dormir. Pero quien fuera lo había apagado y había vuelto a su habitación.

Sin encender las luces, Veena buscó a tientas la funda de almohada llena de ropa que había dejado en la mesilla de noche antes de apagar la luz a medianoche. Cuando la palpó, la cogió y fue hacia la puerta de su cuarto. Por suerte, Samira dormía con Durell aquella noche. Veena había pasado tres horas despierta en la cama, preocupada cada vez que oía un ruido por si Samira regresaba a pasar el resto de la noche en su cama, al lado de la de Veena.

Otra preocupación era la llave. Si no estaba donde ella esperaba que estuviera, todo habría terminado.

Veena abrió la puerta una rendija. La casa estaba en silencio, y notablemente bien iluminada por la luna casi llena de otoño. En silencio, con los zapatos en una mano y la funda de almohada en la otra, avanzó desde el ala de los invitados donde dormían los enfermeros hasta la zona principal de la casa. Procuró permanecer en las sombras. Cuando se acercó a la sala de estar redujo el paso y miró el interior con cautela. Sabía de sobra que viviendo con dieciséis personas y cinco empleados domésticos, podía toparse con alguien en los espacios comunes a cualquier hora del día o de la noche.

La sala de estar estaba desierta. Más animada, Veena atravesó corriendo la alfombra de la sala en dirección a la biblioteca. Al igual que el salón, la biblioteca estaba vacía y a oscuras. Sin perder un segundo, Veena se encaminó hacia la chimenea. Dejó en el suelo la funda y los zapatos y cogió la caja artesanal india de papel maché. La tapa estaba tan ajustada que le costó varios minutos separarla lo suficiente para poder introducir las uñas en la apertura. Cuando por fin se abrió, emitió un «plop» durante unos minutos. Permaneció a la escucha. Todo seguía normal.

Levantó la tapa del todo y la colocó en la repisa. Contuvo la respiración mientras metía la mano en la caja. Para su alivio, sus dedos tocaron de inmediato la enorme llave; Veena recitó una pequeña plegaria a Vishnu. Se metió la llave en el bolsillo y a continuación volvió a cerrar la caja y la dejó donde la había encontrado.

De nuevo con los zapatos y la funda de almohada en las manos, Veena salió de la biblioteca y atravesó a toda prisa la sala de estar, pero esta vez se dirigió hacia la galería. Fue entonces cuando oyó cerrarse la puerta de la nevera. Sin pensarlo, se agachó entre las sombras y se quedó inmóvil. Y menos mal que lo hizo, pues segundos después Cal entró en el salón con una cerveza Kingfisher fresca en la mano. Pasó andando cerca de Veena y fue hacia el ala de invitados.

Se había librado por tan poco, que Veena se asustó. Aunque durante toda la tarde había intentado actuar con normalidad, sabía que Cal sospechaba algo. Incluso le había preguntado varias veces si se encontraba bien. Más tarde, cuando Veena dijo que se iba a la cama, él hasta se pasó por su dormitorio con una excusa tonta. Y si en ese momento Cal iba en aquella dirección, Veena supuso que de nuevo pretendía echar un vistazo en su habitación.

Tan pronto como Cal desapareció de su vista, Veena se puso en movimiento. Tenía poco tiempo. Salió al jardín desde la galería y se puso los zapatos para atravesar el césped a la carrera. Cogió el camino antes de que se internara en los árboles y, una vez allí, la oscuridad le obligó a reducir el paso. Unos minutos más tarde se encontraba ante el garaje.

Abrió la puerta y la dejó abierta para aprovechar la luz de la luna que se filtraba por la arboleda cuando la brisa nocturna alborotaba sus hojas. La oscuridad era casi total al pie de la escalera, la luz de la luna apenas llegaba hasta allí cuando Veena se giró hacia la puerta de arriba.

Golpeó la puerta con la llave.

—Señorita Hernández —llamó—. Soy la enfermera Chandra. —Solo después de aquel aviso intentó abrirla. La puerta se deslizó hacia la oscuridad que reinaba en el interior—. Señorita Hernández, he venido a sacarla de aquí. No es ninguna trampa, pero debemos darnos prisa. Le he traído ropa y zapatos.

Una mano le tocó el pecho.

—¿Dónde están los zapatos? —preguntó Jennifer, aún recelosa aunque Veena hubiera dicho que no era una trampa.

—He traído los zapatos y la ropa dentro de una funda de almohada. Vamos arriba; con la luz de la luna por lo menos veremos algo.

—Vale —accedió Jennifer.

Veena dio media vuelta y subió los escalones hacia la tenue y parpadeante luz gris plateada. Oía que Jennifer, descalza, la seguía. Veena salió a la fría noche y echó un vistazo a la casa.

—¡Oh, no! —exclamó.

A través de los árboles podía ver que había luces encendidas. Un segundo después oyó algo que le heló la sangre. Era la voz de Cal gritando su nombre en la noche.

Jennifer salió de la escalera; ya estaba quitándose el albornoz para ponerse la ropa que Veena le había traído.

—No hay tiempo para la camisa y los pantalones —espetó Veena—, pero más vale que se calce.

Rebuscó en la funda las zapatillas de tenis y se las tendió. Jennifer volvió a cerrarse el albornoz y le arrancó las zapatillas de las manos.

—¿A qué viene tanta prisa? —preguntó sin perder tiempo.

—Cal Morgan, el jefe, se ha dado cuenta de que no estoy en la casa. No tardará mucho en deducir que llevo toda la tarde planeando liberarla, si es que no se le ha ocurrido ya.

Jennifer se puso las zapatillas.

—¿Adónde vamos?

—Detrás de los árboles, lejos de la casa. Hay una verja, pero en un tramo se ha hundido. Debemos encontrarla y alejarnos de aquí o terminaremos las dos en ese sótano.

—Vamos —dijo Jennifer mientras se ceñía el cinturón del albornoz.

Las dos mujeres se adentraron en la densa arboleda. Les resultaba difícil avanzar. Con las manos alzadas delante de la cara, recorrieron quince metros guiándose únicamente por el tacto. Su principal temor era el ruido. Hacían tanto como un par de elefantes atravesando la maleza.

—¡Veena, vuelve! ¡Hemos de hablar! —El húmedo aire de la noche llevó hasta ellas esas palabras. En la oscuridad bailaban los haces de linterna proyectados sobre el césped desde el bungalow.

Las mujeres apretaron el paso y por fin chocaron con una cerca rematada con alambre de espino oxidado.

—¿Por dónde? —preguntó Jennifer con un susurro ahogado.

—Ni idea —respondió Veena.

Los haces de la linterna se adentraban ya en el bosquecillo.

Jennifer se decidió con rapidez y, recorriendo la valla con la mano, giró a la derecha. Oyó los pasos de Veena tras ella; hacían más ruido del que querían. La valla seguía firme. Justo cuando Jennifer empezaba a desesperarse pensando que la parte dañada estaba en la otra dirección, su mano perdió contacto. Se agachó y comprobó que ahí la cerca estaba tendida en el suelo. Había caído hacia fuera.

—Aquí está —susurró Jennifer con energía.

Pisó la valla y eso la asentó más en el suelo. Avanzó con timidez y llegó hasta el alambre de espino. No podía ver, pero se arriesgó a saltar. Por fortuna, consiguió salvar el alambre, y así se lo dijo a Veena. Al momento la enfermera estaba a su lado. Siguieron adelante. Pocos minutos después dejaron atrás el último árbol y salieron a una de las amplias pero desiertas avenidas de Chanakyapuri.

—No podemos quedarnos aquí —dijo Veena, turbada—. Llegarán en cualquier momento con alguno de los coches. Tienen cuatro.

Acababa de decirlo cuando un coche giró la esquina. Las mujeres regresaron a los arbustos y se tiraron al suelo. El coche redujo la velocidad hasta la de una persona andando. Veena y Jennifer no se movieron hasta que se perdió de vista en la siguiente esquina. En ese mismo instante ya estaban de pie y corriendo en la dirección desde donde había llegado el coche. En la siguiente manzana cruzaron la ancha avenida y tomaron una calle menor que las alejaba del bungalow.

—Ese era uno de sus vehículos —dijo Veena entre jadeos—. Han salido a buscarnos.

Un segundo después unos focos aparecieron tras ellas, que se agacharon detrás del murete del camino de entrada a una casa. De nuevo se tiraron al suelo. Era el mismo coche y avanzaba a la misma velocidad.

El juego del gato y el ratón continuó hasta que Jennifer y Veena encontraron un extenso asentamiento de chabolas junto a una carretera relativamente transitada. Estaba levantado a base de cartón, chapa ondulada, lonas y retales. La tierra entre los precarios hogares estaba pisoteada y desnuda de vegetación. Al parecer, aquel asentamiento existía desde hacía bastante tiempo.

—¡Aquí! —dijo Veena, sin aliento. Llevaban más de una hora corriendo—. Aquí estaremos a salvo.

Entró con decisión, caminando entre los sencillos refugios e internándose en las profundidades de la colonia. Salvo por el ocasional llanto de algún niño, reinaba el silencio. El llanto nunca duraba demasiado. Cuando se hubieron alejado unos treinta metros de la carretera se encontraron con una mujer que volvía del lecho casi seco de un arroyo que, a juzgar por el olor, hacía las veces de retrete. Veena conversó en hindi con ella y la mujer señaló con el dedo. Después de unas pocas preguntas más, Veena dio las gracias a la mujer.

—Tenemos suerte —dijo cuando la mujer se hubo marchado—. Una de estas chabolas está deshabitada. El problema es que se halla cerca de la letrina. Pero estaremos seguras.

—Pues vamos —dijo Jennifer—. Creo que no puedo seguir corriendo.

Cinco minutos más tarde estaban sentadas en una chabola levantada con un cordel atado a dos árboles del que pendía una tela con motivos indios estampada en tonos vivos y sujeta al suelo mediante piedras grandes. En el interior, el suelo era un puzle de retales de alfombra. Veena estaba sentada con la espalda apoyada en un árbol; Jennifer, en el otro. A pesar del hedor que les llegaba del cercano cauce contaminado, se sentían seguras, sin duda más seguras que si hubieran intentado parar un camión o algún otro vehículo en la carretera.

—Nunca había agradecido tanto sentarme —comentó Jennifer. Apenas podían verse a la escasa luz de la luna—. Veo que has cargado con la ropa.

Veena levantó la funda de almohada como si le sorprendiera verla. Se la tiró. Jennifer la abrió y sacó una camisa y unos pantalones. Palpó el tejido.

—¿Esto son vaqueros?

—Vaqueros, sí —asintió Veena—. Los compré en Santa Mónica.

—O sea que has vivido en Santa Mónica —comentó Jennifer.

Salió del refugio, se quitó el albornoz y las zapatillas y, una vez desnuda, se puso los vaqueros y la camisa.

Hizo una bola con el albornoz, pensando en que lo utilizaría para recostarse en él, y regresó a la enclenque cabaña. Echó un breve vistazo a Veena; estaba inmóvil y tenía los ojos cerrados. Jennifer se puso tan cómoda como pudo y volvió a mirarla. Se sobresaltó al ver que sus ojos, abiertos como platos, brillaban como diamantes.

—Por un momento he pensado que estabas dormida —comentó Jennifer.

—Tenemos que hablar —dijo Veena.

—Como tú quieras —respondió Jennifer—. Estoy en deuda contigo. Te agradezco de todo corazón que me hayas rescatado. Pero el rescate me obliga a preguntarte qué narices hacías tú con esa gente.

—Es una larga historia —dijo Veena—. Te la contaré encantada, pero primero debo explicarte algo sobre mí misma y mi familia para que lo que vendrá después tenga algún sentido.

—Tienes toda mi atención.

—Lo que voy a decirte traerá la vergüenza a mi familia, pero ya no es un secreto. Mi padre abusó de mí durante toda mi infancia y yo no hice nada por impedirlo.

Jennifer se sacudió como si Veena le hubiera dado una bofetada. La enfermera siguió hablando.

—Puede que te preguntes por qué. El problema es que yo vivo en dos mundos diferentes, pero principalmente en el viejo. La antigua India me obliga a respetar a mi padre y obedecerle en todo. Mi vida no es para mí. Es para mi familia, y no debo hablar de nada que pueda avergonzarnos, como por ejemplo revelar su mal comportamiento. Además, mi padre me dijo que si no obedecía la tomaría con una de mis hermanas.

Veena pasó a contarle el relato completo de la turbia empresa Nurses International y la promesa de llevarla a Estados Unidos. Le dijo que habían robado datos sobre los pacientes y que habían resultado ser demasiado buenos.

—Fue entonces cuando Cal Morgan decidió cambiar las tareas encomendadas a los enfermeros —siguió explicando Veena—. Dijo que me garantizaba que mi padre no volvería a portarse mal conmigo, ni con mis hermanas ni con mi madre, y que me llevaría a América, donde podría tener una nueva vida, si yo hacía una cosa especial por él.

Veena hizo una pausa y clavó la mirada en Jennifer. La pausa se prolongó mientras Veena buscaba el valor para continuar.

—¿Qué quería ese Cal Morgan que hicieras a cambio de librarte de las garras de tu padre? —la urgió Jennifer. Se sentía más furiosa con cada minuto que pasaba. Empezaba a temerse lo que Veena iba a revelarle.

—Quería que matara a María Hernández. Yo maté a tu abuela.

Jennifer se sacudió por segunda vez, aunque esta vez fue un relámpago de pura rabia. Durante un nanosegundo ansió levantarse de un salto y estrangular a la mujer que tenía enfrente. Sus suposiciones sobre la muerte de su abuela eran ciertas, y tenía a la culpable al alcance de la mano. Pero unos pensamientos más serenos se colaron entonces en su conciencia. Tenía delante a una mujer cautiva en la que tal vez era la peor trampa psicológica que Jennifer podía imaginar, sobre todo porque hasta cierto punto ella había pasado por lo mismo, pero sin ninguna esperanza en el horizonte.

Jennifer respiró profundamente varias veces para mantener el control.

—¿Por qué me has salvado esta noche? ¿Te sentías culpable?

—En cierta medida —admitió Veena—. Me arrepentí de lo que le hice a tu abuela. Incluso intenté suicidarme, pero Cal Morgan me salvó.

—¿Un intento real o una manera de llamar la atención? —preguntó Jennifer, poco comprensiva y algo escéptica.

—Muy real —dijo Veena—. Pero cuando me salvé, creí que los dioses estaban contentos. Aun así, seguí sintiéndome e intenté que pararan. Y hoy, cuando he estado cara a cara contigo y he comprendido que probablemente planeaban librarse de ti, ha sido demasiado. Esa gente no tiene moral. No matan con sus propias manos, pero no se lo piensan dos veces antes de encargárselo a otros. No piensan en otra cosa que en alcanzar el éxito.

—Ya que me has contado tu secreto, te voy a contar el mío —dijo Jennifer de pronto—. Mi padre también abusó de mí. Todo empezó a los seis años. Yo estaba muy confundida.

—A mí me pasó lo mismo —respondió Veena—. Siempre ha hecho que me sintiera culpable. A veces pensaba que me lo había buscado yo.

—Como yo —dijo Jennifer—. Pero luego, a los nueve años más o menos, me di cuenta de golpe de que todo aquello estaba mal y saqué a mi padre de mi vida. Supongo que tuve suerte. No sufría ninguna presión cultural que me obligara a respetarlo hiciera lo que hiciese. Y tampoco tenía hermanas de las que preocuparme, claro. No puedo ni imaginar tu situación. Tiene que haber sido horrible. Peor que horrible. Ni siquiera puedo concebirlo.

—Fue horrible, sí —confirmó Veena—. Cuando era una adolescente intenté suicidarme, pero entonces sí fue un gesto más que otra cosa. Quise llamar la atención, pero no funcionó.

—Pobrecilla —dijo Jennifer con sinceridad—. Yo me compadecía de mí misma porque pensaba que mi padre me había arruinado la vida y ya nadie me querría, pero nunca se me pasó por la cabeza suicidarme.

Poco más de una hora después el cielo empezó a iluminarse por el este, pero no fueron conscientes de ello hasta que el sol asomó de verdad. Ambas se dieron cuenta al mismo tiempo de que se podían ver. Llevaban dos horas hablando sin parar.

Salieron del refugio, se miraron a la cara y, pese a la amenaza de Cal y compañía, rieron. Tenían un aspecto desastroso, con el pelo enredado y mugre en la cara, como si fueran comandos.

—Parece que vengas de una guerra —dijo Jennifer; la ropa de Veena estaba tan sucia como su cara.

Jennifer metió el brazo en la cabaña y sacó el albornoz. Cuando lo vio se dio cuenta de que tenía el mismo aspecto que la ropa de Veena.

Mientras atravesaban el asentamiento, alguna gente salía ya de sus desvencijados refugios provisionales. Madres con bebés, padres con chiquillos, niños y ancianos.

—¿No te pone triste ver esto? —preguntó Jennifer.

—No —respondió Veena—. Es su karma.

Jennifer asintió como si lo comprendiera, pero no lo entendía.

A medida que se aproximaban a la carretera, ajetreada ya con el tráfico matutino, sus temores volvieron. Aunque dudaban de que a aquellas horas la gente de Nurses International siguiera patrullando en su busca, quedaba esa posibilidad. Pensando que más valía prevenir que curar, permanecieron detrás de los árboles mientras miraban a un lado y a otro de la carretera, llena de coches pero también de gente que iba a la ciudad a pie o que pasaba el rato al sol de la mañana.

—¿Qué te parece? —preguntó Jennifer.

—Diría que tenemos vía libre.

—¿Qué vas a hacer? —volvió a preguntarle ella—. ¿Adónde vas a ir?

—No lo sé —admitió Veena.

—Pues entonces te lo diré yo. Te vienes conmigo y te quedas en mi habitación hasta que se nos ocurra algo. ¿Trato hecho?

—Trato hecho —dijo Veena.

Les llevó un tiempo conseguir un taxi, pero por fin pararon a uno que iba a la ciudad para empezar la jornada. Ya en el hotel Amal Palace, Jennifer le pidió al conductor que esperara mientras iba a buscar dinero, pero Veena pagó la carrera.

Cuando entraron, Sumit, el jefe de los conserjes, vio a Jennifer y no cupo en sí de gozo.

—¡Bienvenida, señorita Hernández! —exclamó, impaciente—. Acaban de llegar sus amigos.

Salió a toda prisa del mostrador y corrió hacia los ascensores con los faldones aleteando detrás de él. Un momento después reapareció con una expresión de triunfo en el rostro y con Laurie y Jack a su espalda. Les había pillado antes de que cogieran el ascensor.

Laurie echó a correr en cuanto vio a Jennifer. Sonreía de oreja a oreja.

—¡Jennifer, Dios mío! —gritó mientras la envolvía en un largo abrazo. Jack hizo lo mismo.

Jennifer presentó a Veena como su salvadora.

—Vamos a ducharnos y luego bajaremos para tomar un desayuno enorme —añadió—. ¿Os apuntáis?

—Encantadísimos —dijo Laurie, aún sorprendida pero feliz por la inesperada llegada de su amiga—. Estoy segura de que a Neil también le apetecerá.

Los cuatro se encaminaron hacia los ascensores.

—Diría que tienes una buena historia que contar —contestó Laurie.

—Gracias a Veena, sí —dijo Jennifer.

Subieron, y el ascensorista marcó el siete para la pareja y el nueve para Jennifer. Tenía una memoria impresionante.

—Esta mañana, de camino hacia aquí en el taxi, he aprendido un nuevo término legal indio —dijo Jennifer—. Es «prestar probatoria».

—Tiene un sonido curioso —comentó Laurie—. ¿Qué significa?

—Significa testificar, y eso es exactamente lo que va a hacer Veena.

Epílogo

Raxaul, India, sábado 20 de octubre de 2007, 23.30 h

El ambiente dentro del Toyota Land Cruiser había variado a lo largo del trayecto. Al principio, por la mañana, en Nueva Delhi, la urgencia por salir cuanto antes casi consiguió que cundiera el pánico. Santana, sumamente nerviosa, exhortó con voz tensa a los demás que se dieran prisa. Su mayor preocupación había sido no despertar a ningún enfermero salvo a Samira, que había dormido con Durell.

Después de las tres primeras horas en el coche, todos se habían calmado bastante, incluida Santana. Cal incluso empezó a preguntarse si no se lo habían tomado demasiado a la tremenda, pues creía que Veena no iba a autoinculparse.

—Prefiero sentarme en Katmandú y darme cuenta de que me lo he tomado a la tremenda a sentarme en Nueva Delhi y descubrir que me lo he tomado a la ligera —había dicho Petra.

Habían parado en Lucknow a comer y a intentar enterarse de si aquella mañana había habido noticias relacionadas con Nurses International. Pero no oyeron nada. La ausencia de noticias les llevó a hacer conjeturas sobre adónde habría ido Veena, si se habría marchado con Hernández después de liberarla o habría huido sola. Hablaron incluso de lo que Hernández sabía y podía contar a las autoridades. No podía saber con seguridad dónde la habían tenido encerrada, pues había escapado en plena noche, a menos que Veena se lo hubiera explicado. Samira dudaba que lo hubiera hecho, y recalcó que Veena era parte del equipo.

Finalmente llegaron a la conclusión de que habían hecho bien en salir de la ciudad y de la India hasta que las aguas volvieran a su cauce, y hasta que pudieran llevar a cabo una evaluación racional de los daños que podría ocasionales la huida de Veena y Hernández.

—Esa chica siempre me preocupó —admitió Cal desde su asiento en la tercera fila—. Supongo que, visto con la perspectiva de ahora, deberíamos haber prescindido de ella cuando supimos su historia. Caray, vivir dieciséis años de esa manera tiene que soltarte unos cuantos tornillos.

—Si Nurses International se ha acabado, ¿qué crees que dirán la corporación sanitaria SuperiorCare y el presidente Raymond Housman? —preguntó Petra desde el asiento del conductor.

—Creo que van a estar muy decepcionados —aventuró Cal—. El programa ha tenido un impacto excelente en el turismo médico esta semana. Para ellos será una tragedia no poder seguir ordeñando la vaca. Por desgracia, hemos quemado demasiado dinero para llegar donde estamos.

—Menos mal que organizaste este plan por si las cosas se ponían mal, Durell —dijo Santana—, si no aún estaríamos en Nueva Delhi.

—Fue idea de Cal —confesó Durell.

—Pero el trabajo lo hiciste tú —le corrigió Cal.

—Estamos llegando a Raxaul —avisó Santana.

Durell se puso las manos a los lados de la cara y las apretó contra la ventanilla.

—Esto es llano y tropical, y también lo contrario de lo que suponía cuando decidí que podríamos cruzar la frontera por aquí.

—¿Qué posibilidades creéis que hay de que nos metamos en problemas aquí? —preguntó Petra.

Era la pregunta que todos ellos habían evitado hacerse, a sí mismos o al grupo, pero ahora que llegaban a la ciudad cada vez era más difícil no pensar en ello.

—Mínimas —dijo por fin Cal— Esta es una ciudad de mala muerte, aquí ni siquiera necesitas visado para entrar y salir del país. ¿No era eso lo que dijiste, Durell?

—Es un paso fronterizo, sobre todo para camiones —expuso Durell.

—¿Cuánto tiempo calculáis que nos quedaremos en Katmandú? —preguntó Petra.

—Depende de cómo nos sentimos —dijo Cal.

—Oficialmente ya estamos en Raxaul —informó Santana. Señaló un letrero que enseguida dejaron atrás.

El silencio se instaló en el enorme todoterreno. Petra redujo gradualmente la velocidad. Había muchísimas señales de tráfico. Por todas partes había camiones aparcados. La ciudad parecía destartalada y sucia. Las únicas personas que caminaban por sus oscuras calles parecían prostitutas.

—Un sitio precioso —comentó Durell para romper el silencio.

—Nos acercamos a la aduana —informó Santana.

En el centro de la carretera, delante de ellos, había un edificio anodino con, a ambos lados, zonas para que se detuvieran los vehículos. Unos pocos oficiales de aduanas uniformados se hallaban sentados en cabinas vacías bajo una bombilla desnuda. Había solo un policía y estaba sentado aparte. Ni siquiera llevaba el fusil en las manos; lo había dejado apoyado contra el edificio. A casi cien metros del edificio de aduanas había un gran arco que cruzaba la carretera y marcaba la frontera. Media docena de personas caminaban en una u otra dirección sin que nadie les molestara.

Cuando el Land Cruiser se acercó, uno de los oficiales uniformados se levantó y alzó una mano para que Petra detuviera el vehículo. Petra bajó la ventanilla.

—Documentos del coche y pasaportes —dijo el oficial con voz aburrida.

Todos pasaron sus pasaportes a Petra. Santana sacó los papeles del vehículo de la guantera. Petra tendió los documentos al oficial.

Sin decir una palabra, el oficial entró en el edificio. Pasó un minuto, y luego otro. A los cinco minutos Santana habló:

—¿Creéis que va todo bien?

Nadie habló. La tensión crecía por momentos. Su optimismo inicial por cruzar la frontera fácilmente se estaba erosionando con rapidez.

Petra fue la primera en ver los Jeep de la policía por el retrovisor. Eran cuatro, y llegaban a toda velocidad. En un abrir y cerrar de ojos habían rodeado el Toyota. Cuatro policías saltaron de cada coche. Todos menos dos habían desenfundado las pistolas. Los otros dos llevaban fusiles de asalto.

—¡Salgan del vehículo! —gritó el que sin duda era el comandante. Tenía la parte izquierda del pecho cubierta de insignias—. ¡Manos arriba! Están todos detenidos.

Nueva York, jueves 1 de noviembre de 2007, 6.15 h

Para Laurie, lo peor de toda aquella pesadilla del tratamiento para la fertilidad eran las esperas. Durante la primera parte del ciclo estuvo ocupada tomando las pastillas, poniéndose las inyecciones y comprobando los progresos en las ecografías. De una manera o de otra, todas aquellas tareas le dejaban poco tiempo para obsesionarse. Pero en la segunda mitad del ciclo todo cambiaba. Todo lo que podía hacer era preguntarse: «¿Me quedaré embarazada en este ciclo o estoy destinada a ser infecunda para siempre». Y la palabra «infecunda» la perturbaba, como si algo en ella no funcionara, como si le faltara algo.

Laurie se despertó aquella mañana de principios de noviembre con el golpeteo de la lluvia contra la ventana y se preguntó si estaba encinta. Tenía muchas esperanzas, igual que en los aproximadamente diez ciclos anteriores. Las inyecciones de hormonas que se había puesto aquel mes habían dado una excelente cosecha de folículos de buen tamaño.

Al mismo tiempo Laurie se sintió deprimida. En los ciclos anteriores, considerados igualmente prometedores, no se había quedado embarazada. ¿Por qué este iba ser diferente? ¿Acaso no sería mejor reducir la esperanza y las expectativas? El mes anterior, cuando finalmente le vino el período, estuvo a punto de tirar la toalla. Temía que, sencillamente, la cuarentona Laurie Montgomery Stapleton no estaba destinada a quedarse embarazada.

Tumbada en la calidez de su cama, Laurie oyó a Jack cantando en la ducha. Su despreocupación le hacía las cosas mucho más difíciles.

—A tomar por saco —dijo finalmente Laurie en voz alta.

Se había resignado. Apartó las mantas y trotó hacia el cuarto de baño, cálido y lleno de vapor. Intentó mantener la mente en blanco y desprovista de esperanzas mientras sacaba una de sus odiadas pruebas de embarazo. Se sentó con las piernas separadas en el retrete y mojó el palillo como recomendaban las instrucciones. Conectó la alarma del reloj y dejó la prueba sobre la superficie cerámica de la cisterna.

Fue a la cocina, encendió la cafetera, metió varios bollos ingleses en la tostadora y regresó al cuarto de baño. Cogió el palillo pero se obligó a no mirarlo para centrar su atención en desactivar el irritante zumbido del reloj.

Convencida de que sería negativo, se permitió un vistazo rápido al lector de resultados, pero tuvo que volver a él cuando su cerebro le avisó de que había salido positivo. Por primera vez había una segunda franja, perfectamente clara y visible. Soltó un grito de alegría. Sabía por instinto cuándo había tenido lugar la concepción. En la India, justo después de la feliz aparición de Jennifer en el hotel, Laurie y Jack habían hecho el amor y, aunque después también habían llevado a cabo la inseminación intrauterina, ella sabía que el responsable del feliz desenlace era el método natural.

Laurie dio media vuelta, agarró la percha para las toallas sujeta a la puerta de la ducha y abrió con fuerza. Se metió dentro, con pijama y todo, y se reunió con un Jack, que no podía estar más sorprendido.

—¡Lo hemos conseguido! —gritó Laurie—. ¡Estoy embarazada!

Los Ángeles, jueves 20 de marzo de 2008, 11.45 h

Jennifer cogió el sobre y resistió el fuerte impulso de rasgarlo allí mismo. Al fin y al cabo, lo que contenía influiría en el resto de su vida. En la parte delantera podía leerse «Jennifer M. Hernández, Facultad de Medicina David Geffen, UCLA». Dentro estaba el resultado del proceso que correlacionaba los deseos de los estudiantes de cuarto de medicina y los de las instituciones médicas académicas para proporcionar el máximo grado de satisfacción a ambas partes. El resultado era crucial para los estudiantes porque el lugar donde completaran su formación determinaba en buena medida dónde desarrollarían su vida profesional.

Algunos amigos de Jennifer que ya sabían adónde los habían destinado insistieron en que abriera el sobre, pero ella se negó. Resistió a todos los intentos de persuasión, salió del grupo, mayoritariamente contento, y abandonó el auditorio. Creía que compartir aquel momento con su mejor amigo, Neil McCulgan, le daría suerte.

La relación que mantenían había florecido después de volver de la India. Aunque Jennifer tenía poco tiempo libre, debido a los estudios de medicina y a los trabajos remunerados que realizaba en diversos centros médicos, quería pasar el poco que tenía con Neil, suponiendo que no estuviera haciendo surf en algún lugar exótico.

Salió en dirección a la sala de urgencias con el sobre ardiéndole en la mano. Una vez allí, buscó a Neil hasta encontrarlo en una cabina donde trabajaba con algunos estudiantes, practicando la intubación a un paciente de urgencias recientemente fallecido. Estaba concentrado en sus estudiantes, por lo que no la vio enseguida pero, cuando por fin lo hizo, ella levantó el sobre y lo movió con timidez. Neil supo al instante qué era y sintió una punzada de pena. Estaba disfrutando de su creciente amistad, aunque el reino de lo físico seguía siendo un trabajo en proceso. Sabía que las cosas tenían que cambiar y evolucionar, pero no le hacía ninguna ilusión que Jennifer regresara a la costa Este, donde sabía que deseaba trabajar desde su primer año en Los Ángeles.

Se le había ocurrido probar él en la costa Este, pero se resistía a la idea. Por mucho que a Jennifer le gustara Nueva York, a él le encantaba Los Ángeles, sobre todo debido a su pasión por el surf. Sabía que Jennifer lograría lo que deseaba. Era demasiado buena estudiante, y las prácticas de cirugía que había completado al regresar de la India le habían ido especialmente bien.

Se llevó una mano a la mejilla y articuló en silencio pero claramente: «Ve a mi despacho».

Jennifer indicó que había captado el mensaje. Salió de la cabina y fue hacia el despacho de su amigo. Se sentó en la silla que había a un lado y levantó el sobre a la luz del techo por si podía leer el papel que había dentro. Sabía que era como hacerse trampas a sí misma, pero no pudo evitarlo.

Neil apareció a los pocos minutos.

—¿Qué, te han dado Columbia? —preguntó.

—Aún no lo he abierto. Soy supersticiosa. Quería hacerlo contigo.

—¡Serás boba! Si seguro que te han dado lo que querías.

—Ojalá lo tuviera igual de claro que tú.

—Bueno, ¡ábrelo!

Jennifer respiró profundamente y rasgó el sobre, sacó bruscamente su contenido, lo desdobló y luego dio un grito de alegría. Lanzó el papel al aire y dejó que revoloteara hasta el suelo.

—¿Lo ves? —dijo Neil—. Menuda suerte tiene Columbia de que vayas.

Se agachó para recoger el papel y lo miró. Echó atrás la cabeza, sorprendido. La nota decía «Centro Médico de UCLA, Departamento de Cirugía».

Neil, confuso, desplazó su mirada del documento a los ojos de Jennifer.

—¿Qué es esto? —logró decir.

—Ah, es verdad, se me había olvidado decírtelo. Al final cambié el orden de preferencia. Me di cuenta de que ahora que empezábamos a conocernos no quería irme, pero no te preocupes, no te sientas presionado.

Neil estiró los brazos, la abrazó con todas sus fuerzas e inclinó la cintura hacia atrás para levantarla del suelo.

—Estoy contentísimo —dijo—. ¿Sabes? Nunca te arrepentirás.

Los Ángeles, miércoles 5 de agosto de 2008, 18.20 h

Jennifer Hernández estaba tan emocionada que le costaba estarse quieta. Paseando a un lado y a otro en la zona de llegadas del aeropuerto internacional de Los Ángeles. En pocos minutos vería la culminación de sus meses de esfuerzo y de la ayuda que le habían brindado algunas personas.

—Cuesta creer que Veena Chandra esté a punto de salir por esa puerta —comentó Neil McCulgan. Había llevado a Jennifer en coche al aeropuerto.

—Sí, he pensado tantas veces que sería imposible… —coincidió Jennifer.

Casi el mismo día de su regreso de la India, Jennifer había emprendido una cruzada para convencer a UCLA de que concediera a Veena una beca en la facultad de medicina y al gobierno de Estados Unidos para que le emitiera un visado de estudiante. No había sido fácil; al principio ambas instituciones incluso rechazaron admitir su solicitud a trámite.

El mayor obstáculo había sido la implicación de Veena en el

juicio criminal a Nurses International, pero se resolvió cuando Veena y los demás enfermeros obtuvieron la inmunidad a cambio de testificar contra Cal Morgan, Durell Williams, Santana Ramos y Petra Danderoff.

Después tuvo que organizar las cosas para que Veena pudiera presentarse al examen de admisión a la facultad de medicina. Resultó que el esfuerzo había valido la pena, ya que Veena bordó las pruebas. Su alta puntuación apoyó su causa en buena medida y, cuando la universidad empezó a mostrarse más predispuesta hacia su solicitud, el gobierno comenzó a cambiar de cantilena.

Y por último, pero no menos importante, Jennifer tuvo que reunir el dinero suficiente para pagar el vuelo y los otros gastos. Por increíble que pareciera, había hecho casi todo eso mientras estaba inmersa en su programa de residencia en cirugía.

—¡Ahí está! —gritó Neil, emocionado, mientras señalaba el lugar por donde Veena había salido.

Llevaba todas sus posesiones en dos bolsas pequeñas de tela. Vestía unos vaqueros demasiado grandes y una sencilla camiseta de algodón. Aun así, estaba radiante.

Jennifer movió los brazos como una loca para llamar su atención. Veena le devolvió el saludo y fue hacia ellos. Mientras la miraba acercarse con una sonrisa de oreja a oreja, Jennifer trató de imaginar qué le estaría pasando por la cabeza. Se había librado de su egoísta, repulsivo y vicioso padre, se enfrentaba a la espléndida oportunidad de estudiar medicina, carrera que su padre le había negado, y al mismo tiempo aceptaba vivir en una cultura totalmente distinta y poco compasiva, abandonando todo lo que había conocido desde su infancia.

Aunque aquello guardaba un ligero parecido con lo que supuso para Jennifer cambiar Nueva York por la costa Oeste, que en aquel momento le pareció otra cultura, si no otro país, la experiencia de Veena iba a ser un paso de gigante en lo referente a desafíos. Esta abandonaba una fuerte cultura grupal por una cultura basada principalmente en el individuo. Jennifer no había tenido que afrontar algo así y probablemente en eso no podría serle de mucha ayuda. En lo que sí podría ayudarle era en todo lo relacionado con sus similares y horribles historias de abusos. Jennifer conocía demasiado bien la clase de desventajas que resultaban de semejante experiencia, y esperaba ser capaz de enseñar a Veena algunas estrategias que ella había aprendido por el método de prueba y error.

Jennifer confiaba en que Veena se mostrara receptiva a su ayuda. Al fin y al cabo, ella le había enseñado algunas cosas cruciales para su vida, y ahora quería devolverle el favor. Aunque el coste había sido astronómico, había aprendido de Veena qué eran realmente la redención y el perdón.